Orgulho e preconceito

Livros da autora publicados pela **L&PM** EDITORES:

A abadia de Northanger
Amor e amizade & outras histórias
Emma
Jane Austen – SÉRIE OURO *(A abadia de Northanger; Razão e sentimento; Orgulho e preconceito)*
Lady Susan, Os Watson e Sanditon
Mansfield Park
Orgulho e preconceito
Persuasão
Razão e sentimento

Jane Austen

Orgulho e preconceito

Tradução de Celina Portocarrero
Apresentação de Ivo Barroso

www.lpm.com.br
L&PM POCKET

Coleção **L&PM** POCKET, vol. 842

Texto de acordo com a nova ortografia.
Título original: *Pride and Prejudice*

Primeira edição na Coleção **L&PM** POCKET: janeiro de 2010
Esta reimpressão: janeiro de 2023

Tradução: Celina Portocarrero
Apresentação: Ivo Barroso
Capa: L&PM Editores sobre ilustração de Birgit Amadori
Preparação: Bianca Pasqualini
Revisão: Jó Saldanha e Lolita Beretta

CIP-Brasil. Catalogação na Fonte
Sindicato Nacional dos Editores de Livros, RJ.

A95o

Austen, Jane, 1775-1817
Orgulho e preconceito / Jane Austen; tradução Celina Portocarrero. – Porto Alegre, RS: L&PM, 2023.
400p. – (Coleção L&PM 3OCKET; v. 842)

Tradução de: *Pride and Prejudice*
ISBN 978-85-254-1964-4

1. Romance inglês. I. Portocarrero, Celina. II. Título. III. Série.

09-5593. CDD: 823
CDU: 821.111-3

Rua Comendador Coruja, 314, loja 9 – Floresta – 90.220-180
Porto Alegre – RS – Brasil / Fone: 51.3225.5777

Pedidos & Depto. Comercial: vendas@lpm.com.br
Fale conosco: info@lpm.com.br
www.lpm.com.br

Impresso no Brasil
Verão de 2023

Jane Austen, a "boa tia de Steventon"

*Ivo Barroso**

Em 1817, falecia em Winchester, no condado de Hampshire, no sudeste da Inglaterra, uma frágil solteirona de 41 anos, de parcos dotes físicos, mas desenvolta dançarina nos saraus da província, que, com o correr dos tempos, se tornaria conhecida como uma das mais importantes escritoras da língua inglesa. Chamava-se Jane Austen e começou a escrever histórias apenas para a distração de seus inúmeros sobrinhos, chegando mais tarde a publicar alguns livros, o primeiro deles sob pseudônimo. O que se tornou mais famoso, precisamente este *Orgulho e preconceito* (*Pride and Prejudice,* em inglês), numa enquete organizada pela BBC de Londres, em 2003, sagrou-se como o segundo "Livro mais amado pelos leitores do Reino Unido".

Com base em suas narrativas, têm sido feitas inúmeras adaptações cinematográficas, algumas bem recentes até, daí falar-se num *revival* de Jane Austen – mas a expressão é inadequada, pois a autora de *Razão e sentimento* (1811), *Orgulho e preconceito* (1813), *Mansfield Park* (1814) e *Emma* (1816) nunca esteve literariamente morta, embora tenha falecido para o mundo há quase dois séculos. Seus leitores – e não só os de língua inglesa – têm sido fiéis, constantes e crescentes em todos estes anos que viram a obra literária da "boa tia de Steventon" atingir fabulosas tiragens, comparáveis apenas com as da Bíblia e de Shakespeare.

Usando a narrativa como veículo para uma acerba crítica da sociedade em que vivia, defensora incontornável da moral mas sem arroubos moralistas, preferindo a ironia ao sermão, Jane Austen conseguiu criar personagens vivos

* Tradutor e poeta. Traduziu, entre muitos outros livros, *Razão e sentimento* (Nova Fronteira, 1982) e *Emma* (Nova Fronteira, 1996).

e inesquecíveis com sua arte de pintar em subtons e nas entrelinhas o mundo provincial onde transcorreu sua pobre e curta existência. Somente através de uma observação vívida poderia essa "boa tia" transcender os parcos limites do serão familiar para projetar seus personagens na galeria dos grandes vultos criados pela tinta negra. E a despojada forma de seu estilo os preserva ainda hoje, saborosos e latentes, em meio aos milhares de poderosos vultos que nestes 190 anos vieram enriquecer a literatura mundial.

Mas, antes de mais nada, em que consiste esse famoso estilo? Jane Austen não está sozinha na galeria de mulheres escritoras da literatura inglesa de seu tempo: em 1847, Charlotte Brontë publica *Jane Eyre*, e sua irmã, Emily, *O morro dos ventos uivantes*; em 1860, George Eliot (pseudônimo de Mary Ann Evans) lança seu "romance novo" (*The Mill on the Floss*). São todas obras-primas da literatura romântica, sendo que o livro de Eliot inova o gênero com suas preocupações morais e psicológicas. No entanto, nenhuma delas conseguiu ser tão apreciada quanto Jane Austen, talvez por lhes faltar esse ingrediente que é uma das pedras de toque da literatura inglesa: o humor. Jane é espirituosa, é sarcástica, é gozadora. Os aspectos cômicos da pequena aristocracia inglesa são por ela expostos ao ridículo por meio das fraquezas vocabulares e das gafes. Em seus livros abundam as futricas e os mal-entendidos. Neles quase não há descrições; estão praticamente ausentes de paisagens, mesmo porque a autora muito pouco viajou. Toda a ação se passa no interior das residências, é induzida através dos diálogos ou das cartas. Mas que maneira espantosa de reproduzir tais diálogos ou de escrever tais cartas! Por eles, mesmo em tradução, Jane Austen nos permite avaliar o grau de educação ou a ignorância do personagem e situá-lo na escala social. No romance *Razão e sentimento*, por exemplo, quase todas as falas da sra. Jennings são antológicas, meras tentativas frustradas de o personagem aparentar o que não é, deixando sempre escapulir, pela tangente, um termo, uma expressão menos adequada ou um cacoete vocabular, que denunciam sua real personalidade ou sua formação cultural. Outro recurso estilístico de que Jane Austen se valeu de maneira exemplar foi o da inclusão de cartas no decorrer da narrativa. Na época em que viveu, a correspondência desempenhava um papel de relevância na vida familiar, não só por ser o veículo transmissor das notícias, mas igualmente por determinar o caráter do signatário; nela, o missivista punha à mostra o seu grau de instrução, seu conhecimento da língua e das boas maneiras sociais e, principalmente, a nobreza de seus sentimentos, que as convenções preconizavam fossem contidos ou dissimulados. Em Jane Austen, o trecho em que transcreve uma carta vale por uma longa descrição de fatos ou por uma demorada análise do comportamento do subscritor.

Tendo vivido no ambiente limitado de uma pequena paróquia de que seu pai era o *rector* (uma espécie de pároco-professor), Jane escreve sobre o que vê e conhece: as tentativas de ascensão na escala social, o valor das pessoas determinado pela sua renda anual ("considera-se gentleman todo aquele que se mantém sem recorrer ao trabalho manual"), o grau de ignorância dos falsos nobres, a maldade das pessoas boas e, mais que tudo, a luta das mulheres para se casarem, única porta de saída para a modificação (ainda que precária) de seu *status* de animal doméstico. Mas o que ainda hoje mais nos surpreende nas deliciosas narrativas de Jane Austen – o atrativo estilístico que lhe tem proporcionado tamanha popularidade – é sem dúvida seu tom "moderno", a agilidade, o suspense, e mesmo o "gancho", que imprime à sua narrativa um sabor de telenovela, naturalmente de alto nível. Apesar das anquinhas e das anáguas que revestiam todo o corpo das mulheres, os calções amarrados da cintura aos calcanhares; as blusas de punhos cerrados; as luvas, as golas altas; os amplos chapéus, as boinas e bonés, que transformavam a mulher num pacote de gesso ou porcelana, encouraçando-a contra qualquer tentativa de carícia, para nem pensar em algo mais, a mulher, a personagem feminina de Jane, é uma explosão de vitalidade, e seus olhos – única possibilidade de comunicação – transmitem todos os sentimentos, todas as emoções, todo o grande frêmito de vida amorosa não realizada, que certamente foi o grande drama pessoal da novelista inglesa. Em sua contenção emotiva, determinada pelo puritanismo da época, as personagens femininas não deixam, no entanto, de ser criaturas vivas e vibráteis, e mesmo quando contrapostas aos seus modelos antitéticos, racionais, essa racionalidade sabe compreender e equacionar os anseios da paixão e os desvarios da mente. Seus personagens e diálogos parecem (pratos) feitos para o cinema: os textos dos romances são verdadeiros *scripts*. Não é de se admirar que tantos filmes já tenham transposto para as telas as suas histórias aparentemente ingênuas, dando vida a personagens que já eram, nos romances, a configuração de tipos inesquecíveis. Aqui, em *Orgulho e preconceito*, a lenta caracterização da figura de Fitzwilliam Darcy, evoluindo de uma pessoa antipática e pretensiosa para, num *timing* perfeito, se mostar magnânimo e providencial na reabilitação de Lydia (irmã mais nova de Elizabeth Bennet, a principal personagem feminina); a guinada transcendente que nos leva a reconsiderar sua atitude reservada e distante dos primeiros momentos, capaz de provocar em nós, como leitores, uma certa aversão por esse nobre afetado, ao sabermos finalmente que ele foi, desde o início, um enamorado precavido e respeitoso, compensando, no fim, a heroína Elizabeth por todo o sofrimento e as dúvidas que teve a seu respeito – todas essas fabulações e artimanhas de Jane Austen, esses enredos e quiproquós que animam os seus relatos, e que foram, depois dela, utilizados milhares de vezes para movimentar as novelas e os folhetins – servem para evidenciar seu talento de escritora, seu espírito de observação, sua penetração psicológica, ou, reafirmamos, ainda que possa parecer paradoxal, sua “modernidade”. Embora tenha sido publicado em 1813 como seu segundo livro, *Orgulho e preconceito* é, na verdade, a primeira tentativa de Jane para ver um manuscrito seu impresso. Com o título inicial de *First Impressions* (Primeiras impressões), a novela, composta entre outubro de 1796 e agosto de 1797, não chegou a realizar aquele sonho, tendo sido recusada pelo editor Thomas Cadell. Duramente retrabalhados, os originais, sob a nova denominação de *Pride and Prejudice*, foram finalmente vendidos ao editor Thomas Egerton, que os publicou em três volumes encadernados, dezesseis anos depois.

Mas, na verdade, esse primeiro livro já pode ser tido como a súmula do que seria a temática e a estilística pessoais de Jane Austen ao longo de sua criação literária: a apresentação minuciosa da vida corriqueira de uma cidadezinha interiorana, a organização das famílias na sociedade aristocrática da Inglaterra da virada do século XVIII para o século XIX, as irmãs casadoiras cuja única esperança de realização é conseguir um casamento "confortável", ou seja, com um militar ou um pastor anglicano (cujos rendimentos anuais eram públicos), já que os nobres ("amores impossíveis"), com suas posses e moradias senhoriais, só se casavam com pretendentes do mesmo nível econômico. Com base nesse esquema simplista e simplório, Jane Austen, no entanto, povoa seu mundinho com pessoas sensíveis e ardorosas, belas e bem dotadas intelectualmente, embora compense esse quadro idealístico também com personagens caricatos e alguns histriões de caráter duvidoso. Embora os críticos mais exigentes considerem *Persuasão* (*Persuasion*), sua obra póstuma de 1917, o seu melhor romance, e por mais distante que o cenário austiano possa parecer em relação à vida atual, a leitura de *Orgulho e preconceito* tem conquistado a preferência dos leitores de todo o mundo, talvez porque represente o núcleo gerador de todo um universo de sonho e de beleza.

Há críticos que estranham a inexistência, nos livros de Jane Austen, de quaisquer menções políticas relacionadas aos acontecimentos universais de sua época. Embora dois de seus irmãos pertencessem à Armada britânica durante as Guerras Napoleônicas, não há em toda a sua obra a mais leve referência a esses conflitos que perturbavam o mundo e atingiam inclusive (e de maneira significativa) a Inglaterra. Seu silêncio sobre a Revolução Francesa pode, em parte, ser explicado pelo drama que sofreu sua prima Eliza, casada com um nobre francês, o conde de Feuillide. Ela costumava passar temporadas em Steventon com os Austen; quinze anos mais velha que Jane, devia ser para esta um motivo permanente de encanto pela alta posição que conquistara com o casamento (embora ela também tivesse posses) e um modelo perfeito para a observação estudiosa de uma jovem escritora. Eliza gostava de representar, e sua permanência em 1787 com os Austen ficou assinalada por ter movimentado os dotes dramático-amadorísticos da família, ensejando frequentes encenações de esquetes de autoria das jovens no grande celeiro contíguo à propriedade rural. Durante sua estadia, a vida das irmãs Jane e Cassandra se animou com leituras em voz alta e narração de histórias, não só em proveito das crianças da casa, mas igualmente de parentes e vizinhos que vinham se deleitar com as brincadeiras e a música. Mas em 1794, ocorreu o grande choque, que tornaria Eliza viúva e provocaria em Jane um estado de pânico toda vez que se pronunciava diante dela o nome da França. O conde de Feuillide, tendo corrido em defesa de seu amigo, o marquês de Marlboeuf, perseguido pela Revolução, acabou sendo igualmente incriminado e morreu na guilhotina em Paris. Tal acontecimento dramático na vida de uma escritora de grande sensibilidade pode ter criado em Jane Austen uma aversão ou temor pelos acontecimentos mundiais.

Jane Austen nasceu em Steventon, no Hampshire (Inglaterra) a 16 de dezembro de 1775, penúltima dos oito filhos do reverendo George Austen (1731-1805) e de sua mulher Cassandra Leigh Austen (1739-1827), que exerciam funções presbiteriais da Igreja Anglicana nas pequenas paróquias de Steventon e Deane. Dois anos depois dela, nasceria o último dos filhos, Charles John, que, como o irmão Francis William, iria distinguir-se na Armada de Nelson, ambos chegando ao posto de almirante. Dois outros de seus irmãos, James e Henry, seguiram a carreira eclesiástica do pai; George, o segundo filho, que viveu permanentemente afastado do lar, internado em casas de repouso talvez devido a seus distúrbios mentais, faleceu com a avançada idade de 72 anos; Edward, adotado por um longínquo parente abastado, conseguiu alcançar a nobreza como proprietário de terras herdadas do tutor, e será em sua propriedade de Chawton que as irmãs Austen irão residir depois da morte do pai; Cassandra Elizabeth, a irmã única, morreu aos 73 anos, solteira, como Jane. Segundo o costume inglês, cabia-lhe o designativo de Miss Austen, por ser a mais velha, tratamento este que passaria a Jane caso Cassandra viesse a casar-se, e, como tal não aconteceu, Jane costumava brincar dizendo ser ela "a outra Miss Austen". (Oportuno esclarecer que, segundo aquele costume, a escritora devia ser chamada por Miss Jane, omitindo-se o nome de família.) Vítima de moléstia que hoje se supõe fosse a doença de Addison, um distúrbio hormonal, então fatídico, que destruía totalmente as glândulas suprarrenais, a maioria das vezes por lesão tuberculosa, Jane veio a falecer aos 41 anos, na vizinha cidade de Manchester, para onde fora levada em tratamento. Todos os irmãos, exceto Edward, casaram-se duas vezes e tiveram muitos filhos. Jane e Cassandra adoravam os sobrinhos e é da primeira a frase "It's better to be a loving aunt than a famous writer" (é melhor ser uma tia amorosa que uma escritora de fama). Cassandra foi sempre sua grande amiga e confidente; chegou a ficar noiva, aos 24 anos, do reverendo Thomas Fowle, que acabou morrendo de febre amarela, nas Índias Ocidentais, antes do casamento. Jane teve uma paixonite por Thomas Lefroy, seu primo longínquo, irlandês, que passava as férias em Hampshire; em seu regresso à Irlanda, ele se casou com outra, exerceu o alto cargo de Lord Chief Justice (uma espécie de promotor público) e, na velhice, muitos anos depois do falecimento de Jane, confessou "ter amado a grande Jane Austen... mas fora um amor de juventude" [*a boy's love*]. Sabe-se também que em 1802, durante umas férias em Manydown, Harris Bigg-Wither a pediu em casamento; Jane, que tinha 27 anos, assumiu na hora o compromisso, mas fugiu com a irmã nessa mesma noite, voltando para a casa dos pais em Bath, sem que se soubessem as razões tanto da aceitação quanto da recusa, certamente esclarecidas em cartas à irmã, que foram por esta destruídas depois da morte da autora. No entanto, numa carta à sobrinha Fanny, filha mais velha de seu irmão Edward, Jane fala a respeito de amor e conveniência no casamento: "voltando ao assunto, quero lhe suplicar para não se comprometer demasiadamente, e nem pensar em aceitá-lo a menos que realmente goste dele. Tudo pode ser suportado, menos um casamento sem Afeto." Isto pode explicar sua ruptura com Harris Bigg-Wither, com quem, aliás, manteve amizade mesmo depois do desentendimento.

A família Austen era abastada; o pai, além dos estipêndios que usufruía devido às suas funções paroquiais, preparava alunos, às vezes na condição de internos, para os exames da Universidade de Oxford. Jane passou os primeiros 27 anos de sua vida em Steventon, ausentando-se em duas pequenas ocasiões: em 1782 foi com a irmã para o pensionato da sra. Cawley, em Oxford, onde já estudava sua prima Jane Cooper. No pensionato, Jane contraiu crupe (difteria), doença então conhecida na Inglaterra pelo nome de "ferida pútrida na garganta". Se não fosse pela advertência aos pais de Jane e Cassandra, a autora teria morrido nessa ocasião. Posteriormente, em 1785/87, as irmãs Austen foram estudar no pensionato de madame Latournelle, em Reading. Mas a formação literária de Jane só se deu realmente quando, na volta de Reading, começa a estudar com o pai e os irmãos mais velhos. Ela escrevia abundantemente: cartas, peças de teatro, poesia, farsas, novelas. Em 1802, o pai se jubilou de suas atividades eclesiásticas e a família foi morar em Bath. Nessa época, Jane já havia composto as versões iniciais de três novelas que iria mais tarde reescrever e publicar. Em 1803, o sr. Seymor, empregado de seu irmão Henry, enviou seus manuscritos de *Susan* para os editores Crosby & Co., que os adquiriram por dez libras para publicação. No entanto, passados seis anos, a novela não havia saído; Jane, usando o pseudônimo de mrs. Ashton Dennis, consegue recuperar os originais e os transforma em *A abadia de Northanger* (*Northanger Abbey*), publicado postumamente.

Em 1805, o pai, George Austen, morre. Jane e Cassandra assumem o papel de tias, vivendo sempre rodeadas de sobrinhos. Seu relacionamento maior é com o irmão mais velho, o reverendo James Austen, cujo filho, James Edward, iria publicar em 1870 sua *Memória de Jane Austen*. Em 1811, sai sua primeira obra impressa, *Razão e sentimento* (*Sense and Sensibility*), assinada *By a Lady* (por uma Senhora). Durante toda a sua vida Jane manteve o anonimato. Nos últimos anos, já enferma, escreveu *Persuasão* e reviu *Northanger Abbey*. Deixou inacabado o último livro, *Sanditon*, ao morrer a 18 de julho de 1817. O irmão Henry foi quem revelou a identidade da autora e supervisionou a publicação destas duas últimas novelas completas, em 1818.

Orgulho e preconceito

Sumário

Capítulo 1

É verdade universalmente reconhecida que um homem solteiro em posse de boa fortuna deve estar necessitado de esposa.

Por menos conhecidos que possam ser os sentimentos ou pontos de vista de tal homem em seus primeiros contatos com um novo ambiente, essa verdade está tão enraizada nas mentes das famílias vizinhas que o recém-chegado é considerado propriedade de direito das moças do lugar.

– Meu caro sr. Bennet – disse-lhe a esposa um dia –, o senhor já soube que Netherfield Park foi afinal alugada?

O sr. Bennet respondeu que não.

– Pois foi – retrucou ela –, a sra. Long aqui esteve há pouco e me contou tudo a respeito.

O sr. Bennet não lhe deu resposta.

– O senhor não quer saber quem a alugou? – exclamou a mulher, impaciente.

– *A senhora* quer me dizer, e não tenho objeções quanto a ouvir.

Como convite, foi o bastante.

– Mas, meu caro, o senhor precisa saber, a sra. Long me disse que Netherfield foi alugada por um jovem de grande fortuna, do norte da Inglaterra; que ele veio na segunda-feira, numa pequena carruagem puxada por quatro cavalos, para ver o lugar, e ficou tão encantado que no mesmo instante fechou negócio com o sr. Morris; que ele deve se instalar antes da Festa de São Miguel, e que alguns criados são esperados na casa no final da próxima semana.

– Como ele se chama?

– Bingley.

– Casado ou solteiro?

– Oh! Solteiro, meu caro, com certeza! Um homem solteiro e de grande fortuna, quatro ou cinco mil libras por ano. Que ótimo para nossas meninas!

– Por quê? Como isso pode afetá-las?

– Meu caro sr. Bennet – respondeu a mulher –, como

pode ser tão irritante! Deve saber que estou pensando em casá-lo com uma delas.

– É esta a intenção dele ao se instalar aqui?

– Intenção! Bobagem! Como pode dizer uma coisa dessas? Mas é muito provável que ele *possa* se apaixonar por uma delas, portanto, o senhor deve ir visitá-lo assim que chegar.

– Não vejo necessidade. A senhora e as meninas podem ir, ou pode mandá-las sozinhas, o que talvez seja ainda melhor, já que, sendo tão bonita quanto elas, o sr. Bingley poderia achá-la a melhor de todas.

– Está me lisonjeando, meu caro. Sem dúvida eu *tive* minha cota de beleza, mas não tenho pretensões de ser excepcional hoje em dia. Quando uma mulher tem cinco filhas adultas, deveria desistir de pensar em sua própria beleza.

– Em tais casos, a mulher nem sempre tem muita beleza na qual pensar.

– Mas, meu caro, o senhor realmente precisa visitar o sr. Bingley quando ele vier a ser nosso vizinho.

– Isso é mais do que sou capaz de prometer, posso lhe garantir.

– Mas pense em suas filhas. Reflita um pouco sobre a situação que isso representaria para uma delas. Sir William e Lady Lucas estão decididos a ir exatamente pela mesma razão, pois em geral, como bem sabe, os dois não visitam recém-chegados. Precisa mesmo ir, pois será impossível *nós* o visitarmos se o senhor não o fizer.

– A senhora está sendo escrupulosa demais, sem dúvida. Acredito que o sr. Bingley ficará muito contente em vê-la; e vou mandar-lhe algumas linhas assegurando meu cordial consentimento para que se case com qualquer de nossas filhas, à sua escolha, embora deva incluir uma recomendação a respeito de minha pequena Lizzy.

– Desejo que não faça tal coisa. Lizzy não é em absoluto melhor do que as outras; e tenho certeza de que ela não tem a metade da beleza de Jane, nem a metade do bom humor de Lydia. Mas é sempre a *ela* que o senhor dá preferência.

– Nenhuma delas tem muito que as recomende – retrucou ele –, são todas bobas e ignorantes como as outras moças, mas Lizzy tem um pouco mais de perspicácia do que as irmãs.

– Sr. Bennet, como *pode* dizer tais coisas a respeito de suas próprias filhas? O senhor sente prazer em implicar comigo. Não tem qualquer compaixão pelos meus pobres nervos.

– Engano seu, minha cara. Tenho o maior respeito pelos seus nervos. Eles são meus velhos amigos. Pelo menos nos últimos vinte anos, ouço-a, com todo o respeito, mencioná-los.

– Ah, o senhor não sabe como sofro.

– Mas espero que se recupere e viva para ver muitos rapazes com renda anual de quatro mil libras chegarem à vizinhança.

– Não nos servirá de muita coisa se vinte deles chegarem, uma vez que o senhor não irá visitá-los.

– Pode ter certeza, minha cara, de que, quando houver vinte deles, visitarei todos.

O sr. Bennet era uma mistura tão singular de rapidez de raciocínio, humor sarcástico, retraimento e caprichos, que a experiência de 23 anos não fora o bastante para que a esposa lhe compreendesse o caráter. A mente *dela* era de interpretação menos difícil. Era mulher de inteligência medíocre, poucos conhecimentos e temperamento instável. Quando contrariada, fazia-se de nervosa. O objetivo de sua vida era casar as filhas; animava-se com visitas e novidades.

CAPÍTULO 2

O SR. BENNET FOI um dos primeiros a se apresentar ao sr. Bingley. Sempre pretendera visitá-lo, embora continuasse, até o fim, a garantir à esposa que não o faria; e até a noite posterior à visita consumada ela não tinha conhecimento do fato. Tudo foi então revelado da seguinte maneira. Ao observar sua segunda filha ocupada em enfeitar um chapéu, ele de repente se dirigiu a ela:

– Espero que o sr. Bingley goste, Lizzy.

– Não temos como saber do *quê* o sr. Bingley gosta – disse a mãe da moça, ressentida –, já que não vamos visitá-lo.

– Mas a senhora se esquece, mamãe – disse Elizabeth –, que o encontraremos em festas e que a sra. Long prometeu apresentá-lo.

– Não acredito que a sra. Long vá fazer tal coisa. Ela mesma tem duas sobrinhas. É uma mulher egoísta e hipócrita e não a tenho em boa conta.

– Nem eu – disse o sr. Bennet –, e fico contente por saber que a senhora não depende de seus serviços.

A sra. Bennet não se dignou a dar qualquer resposta, mas, incapaz de se conter, começou a repreender uma de suas filhas.

– Não continue tossindo assim, Kitty, pelo amor de Deus! Tenha um pouco de pena dos meus nervos. Você os faz em pedaços.

– Kitty não é discreta em sua tosse – disse o pai –, não sabe a hora certa de tossir.

– Não tusso para me divertir – retrucou Kitty irritada. – Quando será seu próximo baile, Lizzy?

– Dentro de quinze dias, a contar de amanhã.

– Oh, é isso mesmo – exclamou a mãe –, e a sra. Long não estará de volta antes da véspera, portanto será impossível que ela o apresente, pois ela mesma não o terá conhecido.

– Então, minha cara, a senhora poderá fazer melhor do que a sua amiga e apresentar *a ela* o sr. Bingley.

– Impossível, sr. Bennet, impossível, uma vez que eu mesma não o conheço. Como o senhor pode ser tão irritante?

– Respeito sua prudência. Um conhecimento de quinze dias é sem dúvida muito recente. Não se pode saber como é na verdade um homem ao final de uma quinzena. Mas se *nós* não nos aventurarmos, alguém mais o fará; e, afinal de contas, a sra. Long e suas sobrinhas merecem uma oportunidade; sendo assim, e como ela considerará isso um ato de gentileza, eu mesmo me encarregarei de fazê-lo, caso a senhora decline de suas funções.

As moças encararam o pai. A sra. Bennet disse apenas:

– Bobagens, bobagens!

– Que sentido pode ter tal enfática observação? – exclamou ele. – A senhora considera bobagens as formalidades de apresentação e o desgaste que envolvem? Não posso concordar consigo *neste* ponto. O que me diz, Mary? Porque bem sei que você é uma jovem de reflexões profundas, que lê bons livros e faz resumos.

Mary quis dizer algo sensato, mas não soube como.

– Enquanto Mary ajusta suas ideias – continuou ele –, voltemos ao sr. Bingley.

– Não aguento mais o sr. Bingley – exclamou sua esposa.

– Lamento ouvir *isso*; mas por que não me disse antes? Se eu soubesse, com certeza não teria ido esta manhã à casa dele. É muita falta de sorte; mas como já fiz a visita, não podemos agora nos furtar a essa relação.

A perplexidade das damas era exatamente o que ele queria. Talvez mais do que todas a da sra. Bennet, ainda que, depois de acalmado o tumulto de alegria inicial, ela começasse a declarar que era isso o que esperara todo o tempo.

– Como foi gentil de sua parte, meu caro sr. Bennet! Mas eu sabia que conseguiria convencê-lo. Tinha certeza de que o amor por suas filhas era muito grande para que desprezasse tais relações. Ah! Como estou satisfeita! E também, que peça formidável nos pregou, tendo ido lá esta manhã e não nos dizendo uma palavra a respeito até agora.

– Agora, Kitty, pode tossir o quanto quiser – disse o sr. Bennet e, enquanto falava, saiu da sala, cansado dos arroubos da esposa.

– Que pai maravilhoso vocês têm, meninas! – disse ela, quando a porta se fechou. – Não sei como poderão compensá-lo algum dia por sua bondade. Nem eu, aliás. A esta altura de nossas vidas não é assim tão agradável, posso afirmar-lhes, travar novas relações todos os dias, mas, por vocês, faríamos qualquer coisa. Lydia, minha querida, embora você *seja* a mais nova, é bem provável que o sr. Bingley dance com você no próximo baile.

– Oh! – disse Lydia resoluta. – Não tenho medo, pois apesar de *ser* a mais moça, sou a mais alta.

O resto da noite foi gasto em conjeturas sobre quando ele retribuiria a visita do sr. Bennet e decidindo quando deveriam convidá-lo para jantar.

CAPÍTULO 3

ENTRETANTO, POR MAIS que a sra. Bennet, com o auxílio de suas cinco filhas, tentasse descobrir a respeito, nada foi suficiente para arrancar do marido uma descrição satisfatória do sr. Bingley. Elas o atacaram de diversas maneiras – com perguntas indiscretas, teorias engenhosas e pressuposições longínquas; mas ele se esquivou à lábia de todas, e elas se viram afinal obrigadas a aceitar os préstimos de segunda mão de sua vizinha, Lady Lucas. Seu relatório foi altamente favorável. Sir William ficara encantado com o rapaz. Era bastante jovem, muitíssimo bonito, agradável ao extremo e, para culminar, pretendia comparecer à próxima festa com um grande grupo de amigos. Nada poderia ser mais encantador! Gostar de dançar era um passo certo na direção de se apaixonar, e grandes esperanças foram acalentadas em relação ao coração do sr. Bingley.

– Se eu puder ao menos ver uma de minhas filhas instalada e feliz em Netherfield – disse a sra. Bennet ao marido – e todas as outras igualmente bem casadas, nada mais terei a desejar.

Em poucos dias, o sr. Bingley retribuiu a visita do sr. Bennet e passou com ele dez minutos na biblioteca. Tivera esperanças de que lhe fosse concedida a visão das jovens, de cuja beleza muito ouvira falar, mas viu apenas o pai. As moças foram de certa forma mais felizes, pois tiveram a vantagem de vislumbrar, por uma janela no andar superior, que ele usava um casaco azul e montava um cavalo negro.

Um convite para jantar foi logo depois enviado, e a sra. Bennet já havia planejado as compras que fariam jus às suas qualidades de boa dona de casa quando chegou uma resposta que adiou tudo. O sr. Bingley era obrigado a ir à cidade no dia seguinte e, em consequência, não teria condições de aceitar a honra do convite etc. A sra. Bennet ficou um tanto desconcertada. Não conseguia imaginar que negócios ele poderia ter na cidade tão pouco tempo depois de sua chegada a Hertfordshire e começou a recear que ele pudesse estar sempre se deslocando de um lugar para outro e nunca se instalasse em Netherfield como deveria. Lady Lucas dissipou-lhe um pouco os temores apresentando a possibilidade de ele ter ido a Londres apenas para convidar um grande número de amigos para o baile; e logo se seguiram rumores de que o sr. Bingley deveria trazer consigo doze damas e sete cavalheiros para a festa. As moças lamentaram um número tão grande de damas, mas consolaram-se na véspera do baile ao ouvir que, em vez de doze, ele trouxera apenas seis de Londres – suas cinco irmãs e uma prima. E quando o grupo entrou no salão somava apenas cinco pessoas – o sr. Bingley, suas duas irmãs, o marido da mais velha e outro rapaz.

O sr. Bingley era bonito e tinha ares de cavalheiro, seu rosto era agradável e suas maneiras descontraídas e sem afetação. As irmãs eram mulheres belas, com aparência de indubitável elegância. O cunhado, o sr. Hurst, parecia apenas um cavalheiro comum, mas seu amigo, o sr. Darcy, logo chamou a atenção do salão pela figura alta e elegante, belos traços, ar nobre e pelo rumor, que circulou por toda parte cinco minutos após sua entrada, de que sua renda chegava a dez mil por ano. Os cavalheiros afirmaram ser ele um belo espécime de homem, as senhoras declararam que ele era muito mais bonito do que o sr. Bingley, e assim o sr. Darcy foi observado com muita admiração até a metade da noite, quando suas maneiras provocaram uma decepção que mudou o curso de sua popularidade, pois se descobriu que era orgulhoso, considerava-se superior aos demais e era incapaz de se sentir bem naquele ambiente. Nem mesmo os amplos domínios em Derbyshire poderiam compensar a expressão extremamente antipática e desagradável estampada em seu rosto; não era digno de comparação com o amigo.

O sr. Bingley logo travou relações com as principais pessoas no salão; era cheio de vida e extrovertido, dançou todas as danças, aborreceu-se ao ver o baile terminar tão cedo e falou em dar uma festa em Netherfield. Qualidades tão agradáveis falavam por si mesmas. Que contraste entre ele e o amigo! O sr. Darcy dançou apenas uma vez com a sra. Hurst e outra com a srta. Bingley, dispensou ser apresentado a qualquer outra moça e passou o resto da noite andando pelo salão, vez ou outra falando com alguém de seu próprio grupo. Seu caráter estava definido. Ele era o mais orgulhoso, o mais desagradável homem do mundo, e todos esperavam que nunca mais aparecesse por ali. Entre as opiniões mais violentas a seu respeito estava a da sra. Bennet, cujo desagrado com seu comportamento em geral exacerbou-se a ponto de se transformar em ressentimento pessoal diante da atitude de desrespeito do rapaz para com uma de suas filhas.

Elizabeth Bennet fora obrigada, pela escassez de cavalheiros, a ficar sentada em duas danças, e, durante parte desse tempo, o sr. Darcy estivera de pé perto o suficiente para que ela ouvisse uma conversa entre ele e o sr. Bingley, que parou de dançar por alguns minutos a fim de insistir com o amigo para que participasse do baile.

– Vamos, Darcy – disse ele. – Preciso que dance. Detesto vê-lo parado aí sozinho dessa maneira. Faria muito melhor se dançasse.

– Com certeza não dançarei. Sabe o quanto detesto dançar, a não ser que conheça bem meu par. Numa festa como esta, seria insuportável. Suas irmãs estão comprometidas e não há qualquer outra mulher neste salão cuja companhia não fosse para mim um castigo.

– Eu não seria tão exigente assim – exclamou o sr. Bingley –, caramba! Palavra de honra, nunca conheci tantas moças agradáveis na vida como nesta noite, e você pode ver que há várias excepcionalmente atraentes.

– *Você* está dançando com a única moça bonita do salão – disse o sr. Darcy, olhando para a mais velha das meninas Bennet.

– Ah! Ela é a criatura mais bela que já contemplei! Mas há uma de suas irmãs, sentada bem atrás de você, que é muito bonita e, atrevo-me a dizer, muito agradável. Deixe-me pedir à minha parceira de dança que a apresente a você.

– De quem você está falando? – e dando meia-volta olhou por um instante para Elizabeth, até que, atraindo-lhe o olhar, desviou o seu e disse com frieza: – Ela é aceitável, mas não é bonita o bastante para *me* tentar, não estou com disposição para dar atenção a mocinhas deixadas de lado pelos outros homens. Você faria melhor voltando para sua dama e aproveitando-lhe os sorrisos, porque está perdendo tempo comigo.

O sr. Bingley seguiu o conselho. O sr. Darcy saiu de onde estava, e Elizabeth ficou com sentimentos não muito cordiais em relação a ele. Contou a história, entretanto, com muita graça, para as amigas, pois tinha um temperamento vivo e brincalhão e se deliciava com tudo o que fosse ridículo.

A noite revelou-se agradável para toda a família. A sra. Bennet viu a filha mais velha ser muito admirada pelo grupo de Netherfield. O sr. Bingley dançou com ela duas vezes e as irmãs dele trataram-na com amabilidade. Jane ficou tão satisfeita com isso quanto a mãe, ainda que de um jeito mais reservado. Elizabeth percebeu o prazer de Jane. Mary soube ter sido mencionada para a srta. Bingley como a moça mais prendada das vizinhanças, e Catherine e Lydia tiveram a sorte de nunca ficar sem par, o que, até onde haviam aprendido, era tudo com que se deveriam preocupar num baile. Voltaram, portanto, de bom humor para Longbourn, a aldeia em que viviam e da qual eram os habitantes mais ilustres. Encontraram o sr. Bennet ainda de pé. Com um livro nas mãos ele perdia a noção do tempo e, no presente momento, tinha uma boa cota de curiosidade em relação aos acontecimentos de uma noite que gerara tão esplêndidas expectativas. Chegara a acreditar que sua mulher ficaria decepcionada com o forasteiro, mas logo descobriu que ouviria uma história bem diferente.

– Oh! Meu caro sr. Bennet – dizia ela ao entrar na sala –, tivemos uma noite das mais encantadoras, um baile dos mais excepcionais. Gostaria que o senhor tivesse ido. Jane foi tão admirada, nada poderia ser melhor. Todos comentaram como ela estava bem, e o sr. Bingley achou-a muito bonita e dançou com ela duas vezes! Pense *nisso*, meu caro, ele dançou duas vezes com ela! E ela foi a única criatura no salão que ele convidou para dançar uma segunda vez. A primeira que ele convidou foi a srta. Lucas. Fiquei tão mortificada ao vê-lo diante dela! Mas, de qualquer forma, ele de modo algum a admirou; na verdade, ninguém consegue admirá-la, o senhor sabe, e ele pareceu muito impressionado por Jane quando a viu dançar. Então perguntou quem era ela e foi apresentado e convidou-a para as duas danças seguintes. Depois dançou as duas terceiras com a srta. King e as duas quartas com Maria Lucas e as duas quintas com Jane outra vez e as duas sextas com Lizzy, e o *boulanger**...

– Se ele tivesse tido alguma piedade de *mim* – exclamou o marido, impaciente –, não teria dançado nem a metade! Pelo amor de Deus, não enumere mais seus pares. Ah, se ele tivesse torcido o tornozelo na primeira dança!

– Oh! Meu caro, estou muito satisfeita com ele. É tão absurdamente bonito! E suas irmãs são encantadoras. Nunca em minha vida vi algo mais elegante do que seus vestidos. É bem provável que a renda do traje da sra. Hurst...

Foi outra vez interrompida. O sr. Bennet protestava contra qualquer descrição de enfeites. Viu-se, portanto, obrigada a dar outro rumo à conversa e relatou, com muita amargura e algum exagero, a chocante rudeza do sr. Darcy.

– Mas posso assegurar – acrescentou – que Lizzy não perdeu muito por não cair no gosto *dele*, porque ele é um homem horrível, muito desagradável, a quem não vale a pena contentar. Tão arrogante e tão cheio de si que não há como suportá-lo! Andava para lá, andava para cá, achando-se muito importante! Não era bonita o bastante para dançar com ele! Gostaria que o senhor estivesse lá, meu caro, para lhe dar uma de suas respostas atravessadas. Detesto mesmo esse homem.

---

* Dança de salão em que os pares se movimentavam em círculo, trocando de parceiros até que todos tenham dançado entre si. (N.T.)

Capítulo 4

Quando Jane e Elizabeth se viram sozinhas, a primeira, que havia antes sido cautelosa em seus elogios ao sr. Bingley, expôs à irmã o quanto o admirava.

– Ele é exatamente como um rapaz deve ser – disse ela –, sensato, bem-humorado, jovial. E nunca vi maneiras tão corretas! Tanta naturalidade, com uma educação tão apurada!

– E é também bonito – retrucou Elizabeth –, o que um rapaz também deve ser, sempre que possível. A personalidade dele é, portanto, perfeita.

– Fiquei muito lisonjeada quando ele me convidou para dançar pela segunda vez. Não esperava tanto cavalheirismo.

– Não? Pois eu esperava. Mas essa é uma das grandes diferenças entre nós. Elogios sempre pegam *você* de surpresa, e *a mim* nunca. O que poderia ser mais natural do que ele a convidar de novo? Ele não poderia deixar de ver que você era pelo menos cinco vezes mais bela do que qualquer outra mulher no salão. Não há por que lhe agradecer o galanteio. Bem, ele é sem dúvida muito agradável e eu lhe dou permissão para gostar dele. Você já gostou de criaturas mais estúpidas.

– Lizzy, querida!

– Ora, você sabe que tem grande tendência a gostar das pessoas em geral. Nunca vê defeitos nos outros. O mundo todo é bom e agradável aos seus olhos. Nunca ouvi você falar mal de um ser humano em toda a sua vida.

– Eu não gostaria de ser precipitada ao censurar alguém, mas sempre digo o que penso.

– Eu sei que você é assim, e é *isto* o que torna tudo incrível. Com o *seu* bom-senso, ser tão absolutamente cega às loucuras e absurdos dos outros! Uma sinceridade afetada é comum demais, pode-se encontrá-la em qualquer lugar. Mas ser sincera sem ostentação ou segundas intenções – destacar o lado bom do caráter de todas as pessoas e torná-lo ainda melhor, sem nada dizer a respeito do lado mau – isso é uma exclusividade sua. E você também gostou das irmãs desse homem, não gostou? As maneiras das duas não são iguais às dele.

– Com certeza não são... a princípio. Mas são mulheres muito agradáveis quando se conversa com elas. A srta. Bingley deverá morar com o irmão e cuidar da casa; ou muito me engano ou teremos nela uma vizinha bastante encantadora.

Elizabeth ouvia em silêncio, mas não estava convencida. A intenção daquelas moças na festa não fora de modo algum a de serem agradáveis; e, dotada de um poder de observação mais aguçado e espírito menos maleável do que a irmã e de um senso crítico despojado de qualquer benevolência consigo mesma, estava muito pouco inclinada a aprová-las. Tratava-se de fato de moças muito finas, não desprovidas de bom humor quando satisfeitas, nem do poder de se tornarem agradáveis quando assim desejavam, mas orgulhosas e esnobes. Eram bastante atraentes, haviam sido educadas num dos melhores colégios particulares da cidade, possuíam uma fortuna de vinte mil libras, tinham o hábito de gastar mais do que deveriam e de se ligar a pessoas importantes e, em consequência, tinham todo o direito de pensar muito bem de si mesmas e mal dos outros. Pertenciam a uma respeitável família do norte da Inglaterra, circunstância mais profundamente gravada em sua memória do que o fato de ter sido a fortuna do irmão, como a sua própria, obtida através de transações comerciais.

O sr. Bingley herdara bens no valor de cerca de cem mil libras do pai, que pretendia comprar terras, mas não viveu o suficiente para fazê-lo. As intenções do sr. Bingley eram semelhantes e algumas vezes sua escolha recaía sobre seu condado, mas como ele agora vivia numa boa casa e tinha as regalias de um proprietário rural, a maioria dos que bem conheciam seu temperamento tranquilo acreditava ser provável que ele passasse o resto de seus dias em Netherfield e deixasse tal compra para a geração seguinte.

As irmãs estavam ansiosas para que ele tivesse casa própria, mas, ainda que ele agora fosse apenas um locatário, de modo algum a srta. Bingley se furtava a presidir-lhe a mesa, nem estava a sra. Hurst, que se tinha casado com um homem com mais beleza do que fortuna, menos disposta a considerar a casa do irmão como seu lar, quando assim lhe convinha. O sr. Bingley chegara à maioridade há menos de dois anos quando foi tentado, por uma recomendação acidental, a visitar a mansão de Netherfield. Examinou-a por dentro e por fora durante meia hora, aprovou a localização e os quartos principais, deu-se por satisfeito com os elogios feitos pelo proprietário e assumiu ali mesmo a locação.

Entre ele e Darcy havia uma amizade muito sólida, a despeito da grande diferença de temperamentos. Bingley ganhara a simpatia de Darcy pela simplicidade, transparência e maleabilidade de sua maneira de ser, embora nenhuma natureza pudesse contrastar mais com a sua e ainda que consigo mesmo Darcy nunca parecesse descontente. Na força do olhar do amigo, Bingley tinha a mais absoluta confiança e, a respeito de seu critério, a melhor opinião. Em inteligência, Darcy era o melhor. Bingley de modo algum deixava a desejar, mas Darcy era mais esperto. Era ao mesmo tempo altivo, reservado e perspicaz e, embora bem-educado, não era simpático. Sob esse aspecto, o amigo o superava em muito. Bingley tinha certeza de ser benquisto onde quer que se apresentasse, Darcy era sempre desagradável.

A maneira como falaram a respeito da reunião de Meryton foi bastante característica. Bingley nunca conheceu gente mais encantadora ou moças mais bonitas em sua vida; todos haviam sido extremamente gentis e atenciosos para com ele; não houve qualquer formalidade ou frieza; logo se sentiu à vontade entre todos; e, quanto à srta. Bennet, não poderia conceber anjo mais belo. Darcy, pelo contrário, viu um grupo de pessoas entre as quais havia pouca beleza e nenhum refinamento, por ninguém sentiu o mais leve interesse e de ninguém recebeu qualquer atenção ou prazer. Reconhecia ser bonita a srta. Bennet, mas ela sorria demais.

A sra. Hurst e a irmã concordaram que assim fosse – mas ainda a admiravam e gostavam dela, e afirmaram ser uma moça adorável, a quem não se importariam de conhecer melhor. A srta. Bennet foi, portanto, considerada uma moça adorável, e o sr. Bingley sentiu-se, diante de tal aprovação, autorizado a pensar nela como bem desejasse.

Capítulo 5

Não muito longe de Longbourn vivia uma família com a qual os Bennet mantinham relações de amizade especialmente estreitas. Sir William Lucas havia tido, no passado, negócios em Meryton, onde fez razoável fortuna e foi alçado à dignidade de cavaleiro por petição feita ao rei durante o período em que foi prefeito da cidade. A distinção talvez lhe tenha subido um pouco à cabeça. Passou a sentir-se insatisfeito com sua loja e com sua residência numa pequena cidade comercial e, abandonando ambas, mudou-se com a família para uma casa a uma milha de Meryton, a partir de então denominada Lucas Lodge, onde podia refletir com prazer sobre sua própria importância e, desvinculado dos negócios, ocupar-se apenas em ser cordial com todas as pessoas. Pois, ainda que exultante com sua posição social, não se tornara arrogante; pelo contrário, cumulava todos de atenções. De natureza inofensiva, amigável e prestativa, sua apresentação em St. James* tornara-o também cortês.

Lady Lucas, embora não muito atilada, era o tipo perfeito de mulher para ser uma vizinha de grande valia para a sra. Bennet. O casal tinha vários filhos. A mais velha, moça sensata e inteligente, beirando os 27 anos, era amiga íntima de Elizabeth.

Que as senhoritas Lucas e Bennet se encontrassem para conversar a respeito de um baile era absolutamente necessário; e a manhã seguinte à reunião levou as primeiras a Longbourn para ouvir e opinar.

– *Você* começou bem a noite, Charlotte – disse a sra. Bennet à srta. Lucas, com polido autocontrole. – *Você* foi a primeira escolha do sr. Bingley.

– É, mas ele pareceu preferir a segunda.

– Oh! Você quer dizer Jane, imagino, porque ele dançou com ela duas vezes. Sem dúvida, *pareceu* que ele

* O Palácio de St. James, então sede da corte britânica, onde se realizavam as cerimônias de sagração de damas e cavaleiros do reino e onde os jovens eram formalmente apresentados à sociedade. (N.T.)

a apreciasse... aliás, acredito que *tenha* apreciado... ouvi alguma coisa a respeito... mas não sei ao certo... alguma coisa sobre o sr. Robinson.

– Talvez a senhora se refira à conversa que pude ouvir, entre ele e o sr. Robinson, já não lhe contei? Sobre o sr. Robinson perguntando se ele apreciava nossas festas de Meryton e se não achava que havia muitas moças bonitas no salão e *qual* lhe parecia a mais bela? E ele respondendo no mesmo instante à última pergunta: "Oh! A mais velha das Bennet, sem dúvida; não pode haver mais de uma opinião a respeito."

– Mal posso acreditar! Bem, é sem dúvida muito claro... pelo menos assim parece... Mas, enfim, tudo isso pode dar em nada, você sabe.

– A conversa que *eu* ouvi foi melhor do que a *sua*, Eliza – disse Charlotte. – Escutar o sr. Darcy não vale tanto a pena quanto o amigo, não é mesmo?... Pobre Eliza!... Ser apenas *aceitável*.

– Peço-lhe que não dê a Lizzy ideias de ficar aborrecida com a grosseria daquele homem, porque ele é tão desagradável que seria mesmo horrível ser apreciada por ele. A sra. Long me disse ontem à noite que ele esteve sentado a seu lado por meia hora sem mover os lábios uma única vez.

– A senhora tem certeza?... Não há aí algum engano? – disse Jane. – Tenho certeza de que vi o sr. Darcy falando com ela.

– É... porque ela lhe perguntou afinal o que achava de Netherfield e ele não teve como não responder, mas ela disse que ele pareceu um tanto aborrecido por ter sido interpelado.

– A srta. Bingley me contou – disse Jane – que ele nunca fala muito, a não ser entre amigos íntimos. Com *eles*, é extremamente agradável.

– Não acredito numa só palavra disso, minha cara. Se ele fosse assim tão agradável, teria conversado com a sra. Long. Mas posso imaginar o que houve; todos dizem que esse rapaz é um poço de orgulho, e ouso afirmar que ele de algum modo ouviu dizer que a sra. Long não tem coche e foi ao baile numa carruagem alugada.

– Não me importa se ele não falou com a sra. Long – disse a srta. Lucas – mas eu gostaria que tivesse dançado com Eliza.

– Numa próxima vez, Lizzy – disse a mãe –, eu não dançaria com *ele*, se fosse você.

– Acredito poder tranquilamente prometer-lhe *jamais* dançar com ele.

– O orgulho dele – disse a srta. Lucas – não *me* ofende tanto quanto de costume, porque nesse caso há uma desculpa. É plausível que um rapaz tão atraente, com família, fortuna, tudo a seu favor, tenha a si mesmo em alta conta. Se me perdoam por me expressar desta forma, ele tem o *direito* de ser orgulhoso.

– Isso é bem verdade – retrucou Elizabeth. – E eu poderia com facilidade perdoar o orgulho *dele* se o *meu* não tivesse sido atacado.

– O orgulho – observou Mary, que se envaidecia da solidez de suas reflexões – é uma falha muito comum, acredito. Por tudo o que já li, estou convencida de que, na verdade, é bastante frequente, de que a natureza humana é especialmente propensa a ele e de que há muito poucos entre nós que não acalentam um sentimento de autoadmiração em relação a alguma qualidade, real ou imaginária. Vaidade e orgulho são coisas diferentes, embora as palavras sejam com frequência usadas como sinônimos. Uma pessoa pode ser orgulhosa sem ser vaidosa. O orgulho tem mais a ver com nossa opinião a respeito de nós mesmos, a vaidade, com o que desejamos que os outros pensem de nós.

– Se eu fosse tão rico quanto o sr. Darcy – exclamou um dos meninos Lucas, que tinha acompanhado as irmãs –, eu não me importaria em ser orgulhoso ou não. Eu teria uma parelha de perdigueiros e beberia uma garrafa de vinho por dia.

– Pois então você beberia muito mais do que deveria – disse a sra. Bennet – e, se eu o visse fazendo isso, lhe arrancaria a garrafa das mãos no mesmo instante.

O menino protestou, dizendo que ela não o faria, ela continuou a afirmar que faria. E a discussão só terminou com o fim da visita.

Capítulo 6

As senhoras de Longbourn logo visitaram as de Netherfield. A gentileza foi de pronto retribuída como deve ser. As maneiras agradáveis da srta. Bennet aumentaram a simpatia da sra. Hurst e da srta. Bingley e, embora a mãe fosse considerada intolerável e as irmãs menores indignas de atenção, o desejo de travar relações com *elas* foi expresso em relação às duas mais velhas. Por Jane, tal atenção foi recebida com o maior prazer, mas Elizabeth ainda via arrogância no modo como tratavam todos, mal abrindo exceção para sua irmã, e não conseguia gostar delas, ainda que a gentileza de ambas para com Jane, em si, fosse importante por derivar, com toda probabilidade, da influência da admiração do irmão. Era bastante evidente, onde quer que se encontrassem, que ele *realmente* a admirava e, para *ela*, era também evidente que Jane se curvava à preferência que começara a manifestar por ele desde o início e estava a caminho de se apaixonar de verdade, mas observou com prazer que não era provável que tudo isso fosse descoberto pelo mundo em geral, já que Jane unia, com grande força de caráter, uma atitude reservada e um comportamento sempre alegre que a mantinham a salvo das suspeitas dos mais impertinentes. Assim comentou com a amiga, a srta. Lucas.

– Talvez seja agradável – respondeu Charlotte – ser capaz de se controlar perante o público em casos assim; mas tanta discrição pode ser uma desvantagem. Se uma mulher, com o mesmo cuidado, oculta seu afeto do objeto desse afeto, pode perder a oportunidade de conquistá-lo e de pouco consolo servirá acreditar então que também o mundo tudo ignora. Há tanta gratidão ou vaidade em quase todos os relacionamentos amorosos que não é prudente deixá-los à deriva. Podemos todos *começar* livremente... uma leve preferência é bem natural. Mas são muito poucos os que têm coragem de se apaixonar de verdade sem algum encorajamento. Em nove de cada dez casos, uma mulher fará melhor demonstrando *mais* afeto do que sente. Bingley aprecia sua irmã, sem dúvida, mas pode nunca passar desse sentimento, se ela não o encorajar.

– Mas ela o encoraja, tanto quanto permite a sua natureza. Se eu sou capaz de perceber os sentimentos dela em relação a ele, ele precisaria ser realmente muito tolo para não descobri-los também.

– Lembre-se, Eliza, de que ele não conhece Jane como você.

– Mas se uma mulher estiver interessada num homem e não tentar ocultar tal interesse, ele acabará por descobrir.

– Talvez descubra, estando com ela muitas vezes. Mas, embora Bingley e Jane se encontrem com razoável frequência, nunca passam muitas horas juntos. E como sempre se veem em festas onde há muita gente é impossível que possam dispor de todos os momentos para conversar um com o outro. Jane deveria, portanto, aproveitar ao máximo cada meia hora em que pudesse atrair-lhe a atenção. Quando estiver certa dos sentimentos dele, ela terá tempo suficiente para se apaixonar o quanto quiser.

– Seu plano é bom – respondeu Elizabeth –, quando nada mais está em jogo além do desejo de se casar bem, e, estivesse eu determinada a conseguir um marido rico, ou qualquer marido, seria provável que o adotasse. Mas não são esses os sentimentos de Jane, ela não tem segundas intenções. Por enquanto, ela nem mesmo pode ter certeza da intensidade do seu próprio interesse, nem de sua razão de ser. Ela só o conhece há quinze dias. Dançou quatro músicas com ele em Meryton, viu-o uma vez pela manhã em visita à casa dele e desde então compareceu a quatro jantares em que ele estava presente. Isso não é suficiente para conhecer-lhe o caráter.

– Não como você descreve. Tivesse ela simplesmente *jantado* com ele, poderia ter apenas descoberto se tem um bom apetite, mas você precisa se lembrar de que durante quatro reuniões os dois tiveram a companhia um do outro... e quatro reuniões podem significar muito.

– É, essas quatro reuniões deram a ambos a certeza de que preferem o jogo de vinte-e-um ao *commerce**, mas,

* Jogo de cartas que deu origem ao pôquer. (N.T.)

em relação a qualquer outra característica importante, não acredito que possam ter descoberto muita coisa.

– Bem – disse Charlotte –, desejo sucesso a Jane, de todo o coração. E, se ela se casasse com ele amanhã, acho que teria tanta chance de felicidade quanto se passasse um ano inteiro estudando-lhe o caráter. A felicidade no casamento depende apenas da sorte. Se as inclinações de cada um forem do total conhecimento do outro ou mesmo se forem semelhantes de antemão, sua felicidade não está de modo algum garantida: sempre continuarão a se distanciar o bastante para gerar sua cota de frustração; e é melhor conhecer o mínimo possível os defeitos da pessoa com quem você passará a vida.

– Você me faz rir, Charlotte, mas isso não faz sentido. Você sabe que não faz sentido e que você mesma nunca agiria assim.

Ocupada em observar as atenções do sr. Bingley para com a irmã, Elizabeth nem de longe suspeitava que começava a se tornar objeto de algum interesse aos olhos do amigo de Bingley. A princípio, o sr. Darcy mal quis admitir que ela fosse bonita; no baile, olhara para ela sem qualquer admiração e, quando se encontraram pela segunda vez, olhou-a apenas para criticar. Mas, mal havia declarado, a si mesmo e aos amigos, não haver um só traço de beleza no rosto da moça, começou a achar que a bela expressão dos olhos escuros dava a ela um ar de excepcional inteligência. A essa descoberta sucederam-se algumas outras igualmente embaraçosas. Embora houvesse detectado, com olhar crítico, mais de uma falha na perfeita simetria de suas formas de moça, era forçado a admitir que sua silhueta era graciosa e agradável e, a despeito de ter declarado que suas maneiras não eram as de uma pessoa refinada, sentia-se atraído pela jovialidade de Elizabeth. De tudo isso ela não fazia ideia; para ela, ele era apenas o homem que não fazia questão de ser agradável e que não a considerara atraente o bastante para ser tirada para dançar.

Ele começou a querer saber mais a respeito da moça e, como que se preparando para conversar com ela, passou a ouvir sua conversa com os outros. Tal atitude chamou a atenção de Elizabeth. Aconteceu em casa de Sir William Lucas, onde um grande grupo estava reunido.

– O que pretende o sr. Darcy – disse ela a Charlotte –, ouvindo minha conversa com o coronel Forster?

– Esta é uma pergunta que só o sr. Darcy pode responder.

– Mas, se ele continuar com isso, eu sem dúvida o informarei de que percebo o que anda fazendo. O olhar dele é irônico demais e, se eu não passar a ser também impertinente, logo começarei a ter medo dele.

Quando, logo depois, ele se aproximou das duas, ainda que sem parecer ter qualquer intenção de falar, a srta. Lucas desafiou a amiga a tocar no assunto e, provocada, Elizabeth no mesmo instante virou-se para ele e disse:

– O senhor não acha, sr. Darcy, que me expressei com raro acerto ainda há pouco, quando desafiei o coronel Forster a nos oferecer um baile em Meryton?

– Com muito entusiasmo; mas esse é sempre um assunto que entusiasma as senhoras.

– O senhor é severo conosco.

– Logo será a vez *dela* ser desafiada – disse a srta. Lucas. – Vou abrir o piano, Eliza, e você sabe o que vem a seguir.

– Você é um tipo muito estranho de amiga!... Sempre querendo que eu toque e cante na frente de todos! Se eu tivesse aspirações musicais, você seria inestimável, mas, do modo como sou, na verdade preferiria não me apresentar diante de pessoas com certeza acostumadas a ouvir os melhores intérpretes.

Diante da insistência da srta. Lucas, entretanto, ela acrescentou:

– Muito bem, se assim tem que ser, que assim seja.

E, lançando um olhar sério ao sr. Darcy:

– Diz um antigo ditado, familiar a todos daqui: "Poupe seu fôlego para esfriar o mingau". Pouparei o meu para cantar melhor.

Sua apresentação foi agradável, embora de modo algum extraordinária. Depois de uma ou duas canções e antes que pudesse atender os diversos pedidos para que cantasse mais uma vez, foi logo substituída ao piano por Mary que, por ser a única sem graça da família, se esforçava muito para adquirir conhecimentos e habilidades e estava sempre impaciente para exibi-los.

Mary não tinha talento ou bom gosto e, ainda que a vaidade lhe tivesse dado dedicação, deu-lhe também um ar pedante e modos afetados, que empanariam um grau de excelência superior ao que alcançara. Elizabeth, calma e sem pretensões, havia sido ouvida com muito mais prazer, embora não tocasse tão bem. E Mary, ao final de um longo concerto, teve a sorte de conseguir elogios e agradecimentos por algumas árias escocesas e irlandesas a pedido de suas irmãs mais moças que, com algumas das meninas Lucas e dois ou três oficiais, dançavam com entusiasmo num dos cantos do salão.

O sr. Darcy parou perto deles, em silenciosa indignação perante tal forma de passar a noite, com a exclusão de qualquer possibilidade de conversa, e estava por demais absorto em seus pensamentos para perceber Sir William Lucas a seu lado, até que Sir William começou a falar:

– Que encantadora diversão para os jovens, sr. Darcy! Não há nada melhor do que a dança, afinal. Considero-a um dos maiores requintes da sociedade elegante.

– Por certo, senhor. E com a vantagem de também estar na moda entre as sociedades menos elegantes do mundo. Qualquer selvagem sabe dançar.

Sir William apenas sorriu.

– Seu amigo o faz muito bem – continuou ele depois de uma pausa, ao ver Bingley se juntar ao grupo –, e não duvido de que o senhor também seja perito na matéria, sr. Darcy.

– Acredito que o senhor tenha me visto dançar em Meryton.

– É verdade, e não foi pequeno meu prazer ao observá-lo. Dança com frequência em St. James?

– Nunca, senhor.

– Não acha que seria uma homenagem adequada ao lugar?

– É uma homenagem que nunca presto a lugar algum, se puder evitar.

– O senhor tem uma casa na capital, imagino.

O sr. Darcy concordou com uma inclinação da cabeça.

– Já pensei em me instalar na cidade, porque gosto muito de conviver com a alta sociedade, mas não tenho muita certeza de que o ar de Londres seja adequado para Lady Lucas.

Fez uma pausa na esperança de uma resposta, mas seu interlocutor não estava disposto a comentários e, ao perceber Elizabeth que vinha em sua direção, ocorreu-lhe a ideia de fazer uma galanteria e chamou-a:

– Minha cara srta. Eliza, por que não está dançando? Sr. Darcy, permita-me apresentar-lhe esta jovem como um excelente par. Estou certo de que o senhor não pode se recusar a dançar tendo diante de si tanta beleza.

E, tomando-lhe a mão, a teria entregue ao sr. Darcy que, embora extremamente surpreso, não tencionava recusá-la, quando ela no mesmo instante recuou e disse, um tanto desconcertada, a Sir William:

– Na verdade, senhor, não tenho a menor intenção de dançar. Suplico-lhe que não imagine que me dirigi para este lado com ideias de conseguir um par.

O sr. Darcy, solene e correto, pediu que lhe fosse concedida a honra de uma dança, mas em vão. Elizabeth estava decidida, nem mesmo Sir William abalou sua determinação ao tentar persuadi-la.

– A senhorita dança tão bem que é crueldade negar-me a alegria de admirá-la. E, ainda que este cavalheiro não costume apreciar este entretenimento, estou certo de que não veria inconveniente em nos ser agradável durante meia hora.

– O sr. Darcy é sempre muito gentil – disse Elizabeth, sorrindo.

– É sim, sem dúvida, mas considerando o incentivo, minha cara srta. Eliza, não podemos nos surpreender com a sua concordância... Quem recusaria tal par?

Elizabeth lançou-lhes um olhar malicioso e se afastou. Sua resistência não a indispôs com o cavalheiro e ele pensava nela com alguma complacência quando foi assim abordado pela srta. Bingley:

– Posso adivinhar o motivo de seu devaneio.

– Acho que não.

– Está pensando em como seria insuportável passar muitas noites desta maneira... em tal companhia, e na verdade sou da mesma opinião. Nunca me aborreci tanto! A insipidez, a despeito do barulho... a nulidade, a despeito da presunção de todas estas pessoas! O que eu não daria para ouvir suas críticas a respeito delas!

– Sua conjetura está totalmente equivocada, posso garantir. Minha mente tinha ocupações mais agradáveis. Tenho meditado sobre o enorme prazer que pode proporcionar um par de belos olhos no rosto de uma linda mulher.

A srta. Bingley no mesmo instante fixou seus olhos no rosto dele e desejou que ele lhe dissesse que dama tinha o mérito de lhe inspirar tais reflexões. O sr. Darcy respondeu com grande entusiasmo:

– A srta. Elizabeth Bennet.

– A srta. Elizabeth Bennet! – repetiu a srta. Bingley. – Estou perplexa. Desde quando ela é sua favorita?... E, diga-me, quando poderei lhe desejar felicidades?

– Esta era exatamente a pergunta que eu esperava. A imaginação de uma mulher é muito rápida; ela pula da admiração ao amor e do amor ao matrimônio, num só instante. Eu sabia que me desejaria felicidades.

– Ora, se está falando sério, considerarei o assunto absolutamente decidido. O senhor terá uma sogra encantadora, com certeza. E, é claro, ela estará sempre em Pemberley.

Ele a ouviu com total indiferença enquanto ela quis se divertir daquela maneira e, como sua reserva a convencesse de que não corria perigo, ela deu asas a seu senso de humor.

Capítulo 7

Os bens do sr. Bennet consistiam quase inteiramente numa propriedade que lhe rendia duas mil libras por ano e que, infelizmente para as filhas, seria transferida, na falta de herdeiros do sexo masculino, para um parente distante; e a fortuna da mãe, embora mais do que suficiente para sua sobrevivência, mal poderia suprir a falta dos recursos paternos. O pai da sra. Bennet havia sido advogado em Meryton e lhe deixara quatro mil libras.

A sra. Bennet tinha uma irmã casada com o sr. Phillips, que trabalhara com o sogro e o sucedera nos negócios, e um irmão instalado em Londres, funcionário de uma respeitável empresa comercial.

A aldeia de Longbourn ficava a apenas uma milha de Meryton, uma distância bastante conveniente para as moças, que em geral se sentiam tentadas a ir até lá três ou quatro vezes por semana, a fim de visitar a tia e uma chapelaria que ficava bem no caminho. As duas mais jovens, Catherine e Lydia, eram as visitantes mais assíduas; suas mentes eram mais ociosas do que as das irmãs e, quando nada melhor surgia, uma ida a Meryton era necessária para ocupar as horas matinais e fornecer conversas para a tarde; por mais desprovido de novidades que possa em geral ser o campo, as duas sempre conseguiam obter algo com a tia. No momento, aliás, estavam ambas bem supridas de notícias e alegria com a recente chegada de um regimento militar aos arredores, que ali deveria permanecer por todo o inverno, sendo Meryton o quartel-general.

As visitas à sra. Phillips eram agora fonte das mais interessantes informações. Cada novo dia acrescentava algo a respeito dos nomes e conexões dos oficiais. O alojamento não era mais segredo e aos poucos começaram a conhecer os próprios oficiais. O sr. Phillips frequentava todas as casas, e isso abriu para suas sobrinhas um manancial de felicidade até então desconhecido. Seu único assunto eram os oficiais; e a grande fortuna do sr. Bingley, cuja menção tanto entusiasmava a mãe, nada valia a seus olhos quando comparada ao uniforme de um alferes.

Depois de ouvir, numa manhã, o entusiasmo das filhas a respeito do tema, o sr. Bennet observou com frieza:

– De tudo o que posso deduzir por sua maneira de falar, vocês devem ser as duas moças mais tolas do país. Eu já suspeitava disso há algum tempo, mas agora estou convencido.

Catherine ficou desconcertada e nada respondeu, mas Lydia, com total indiferença, continuou a manifestar admiração pelo capitão Carter e esperança de vê-lo ao longo do dia, pois ele iria para Londres na manhã seguinte.

– Fico pasma, meu caro – disse a sra. Bennet – com sua pronta disposição para considerar tolas as próprias filhas. Se eu quisesse pensar de forma ofensiva a respeito das filhas de alguém, não seria das minhas.

– Se minhas filhas são tolas, espero ter sempre consciência do fato.

– Sim... mas acontece que são todas muito inteligentes.

– Este é o único ponto, felicito-me, a respeito do qual não concordamos. Eu esperava que nossos sentimentos coincidissem em todos os detalhes, mas devo a partir de agora discordar da senhora quanto a considerar nossas duas filhas mais moças extraordinariamente tolas.

– Meu caro sr. Bennet, o senhor não pode esperar que meninas como elas tenham o bom-senso dos pais. Quando chegarem à nossa idade, é provável que não pensem em oficiais mais do que nós dois pensamos. Lembro-me da época em que eu também apreciava muito uma túnica vermelha... e, na verdade, ainda aprecio. E se um esperto jovem coronel, com cinco ou seis mil de renda anual, vier a desejar uma de minhas meninas, eu não lhe direi não. E o coronel Forster pareceu-me muito distinto em seu uniforme, na outra noite, em casa de Sir William.

– Mamãe – exclamou Lydia –, minha tia diz que o coronel Forster e o capitão Carter não visitam tanto a srta.

Watson quanto faziam logo que chegaram; ela agora os vê com frequência na livraria dos Clarke.

A sra. Bennet foi impedida de responder pela entrada do mensageiro com um bilhete para a srta. Bennet; vinha de Netherfield, e o criado esperava a resposta. Os olhos da sra. Bennet brilhavam de prazer e ela exclamava com entusiasmo, enquanto a filha lia:

– Então, Jane, de quem é? Do que se trata? O que diz? Então, Jane, apresse-se e nos conte, rápido, querida.

– É da srta. Bingley – disse Jane, e passou a ler em voz alta.

> Minha caríssima amiga,
>
> Se não tiver bom coração para jantar hoje à noite com Louisa e comigo, correremos o risco de nos odiar pelo resto de nossas vidas, porque um dia inteiro em que duas mulheres se veem a sós uma com a outra nunca pode terminar sem discussão. Venha tão logo possa, depois de receber este bilhete. Meu irmão e os outros senhores deverão jantar com os oficiais.
>
> Saudações,
>
> Caroline Bingley

– Com os oficiais! – exclamou Lydia. – Pergunto-me por que minha tia não nos falou a respeito *disso*.

– Jantando fora – disse a sra. Bennet. – É muita falta de sorte.

– Posso levar a carruagem? – perguntou Jane.

– Não, querida, você fará melhor indo a cavalo, porque é provável que chova, e assim você precisará ficar e passar a noite.

– Este seria um bom esquema – disse Elizabeth –, se a senhora tivesse a certeza de que elas não se ofereceriam para mandá-la de volta.

– Oh! Mas os cavalheiros usarão o coche do sr. Bingley para levá-los a Meryton e os Hurst não possuem cavalos para os seus.

– Eu preferiria ir com a carruagem.

– Mas, querida, seu pai não pode dispor dos cavalos, estou certa. Eles são indispensáveis à fazenda, não é mesmo, sr. Bennet?

– São indispensáveis à fazenda mais vezes do que posso cedê-los.

– Se puder cedê-los hoje – disse Elizabeth –, os desejos de minha mãe serão satisfeitos.

Ela conseguiu afinal obter do pai uma declaração de que os cavalos estavam comprometidos. Jane se viu assim obrigada a ir a cavalo e a mãe acompanhou-a até a porta com muitos e entusiasmados prognósticos de um dia bastante feio. Suas esperanças se concretizaram; Jane não estava muito longe quando começou a chover forte. As irmãs se preocuparam com ela, mas a mãe estava encantada. A chuva continuou a cair por toda a tarde, sem interrupção. Jane certamente não poderia voltar para casa.

– Foi uma boa ideia a minha, ora se foi! – disse a sra. Bennet mais de uma vez, como se o crédito de fazer chover fosse todo dela. Até a manhã seguinte, entretanto, ela não tomou conhecimento de toda a felicidade de seu estratagema. O café da manhã mal havia terminado quando um criado de Netherfield trouxe o seguinte bilhete para Elizabeth:

> Lizzy, minha querida:
>
> Estou muito indisposta esta manhã, o que, suponho, deve ser creditado ao fato de ter me molhado muito ontem. Minhas boas amigas não querem ouvir falar em me deixar voltar para casa até que eu esteja melhor. Insistem também para que eu me consulte com o sr. Jones – portanto, não se alarmem se souberem que ele veio me ver – e, exceto dores de garganta e de cabeça, não há nada sério comigo. Sua... etc.

– Bem, minha cara – disse o sr. Bennet quando Elizabeth terminou de ler o bilhete em voz alta –, se sua filha ficasse seriamente doente, se morresse, seria um consolo saber que tudo foi para conquistar o sr. Bingley e por ordem sua.

– Ora! Não tenho medo que ela morra. As pessoas não morrem de resfriadinhos sem importância. Ela será bem cuidada. Enquanto estiver lá, tudo está muito bem. Eu iria até lá para vê-la, se pudesse usar a carruagem.

Elizabeth, realmente preocupada, estava decidida a ir ver a irmã, embora não houvesse carruagem disponível; e, como não era boa amazona, andar era sua única alternativa. Declarou sua intenção.

– Como pode ser tola – exclamou a mãe – a ponto de pensar em tal coisa, com toda esta lama? Você não estará nada apresentável quando chegar lá.

– Estarei apresentável para ver Jane... que é tudo o que quero.

– Isso é uma indireta, Lizzy? – perguntou o pai. – Para que eu mande buscar os cavalos?

– De modo algum, não pretendo evitar a caminhada. A distância nada importa quando se tem um motivo; são só três milhas. Estarei de volta à hora do jantar.

– Admiro a extensão de sua boa vontade – observou Mary –, mas todo impulso emocional deveria ser guiado pela razão e, na minha opinião, o esforço deveria ser sempre proporcional à necessidade.

– Iremos com você até Meryton – disseram Catherine e Lydia.

Elizabeth aceitou a companhia e as três jovens saíram juntas.

– Se nos apressarmos – disse Lydia enquanto andavam –, talvez possamos ver o capitão Carter antes que se vá.

Em Meryton, separaram-se; as duas mais moças dirigiram-se ao alojamento de uma das esposas dos oficiais e Elizabeth continuou seu caminho sozinha, atravessando campo após campo em passo rápido, pulando cercas e saltando poças com gestos impacientes, até se ver afinal diante da casa, com tornozelos doloridos, meias sujas e o rosto afogueado pelo calor do exercício.

Foi levada à saleta do café da manhã, onde todos, menos Jane, estavam reunidos e onde seu aparecimento provocou muita surpresa. Que ela houvesse caminhado três milhas, tão cedo, com um tempo tão ruim e sozinha, era quase incrível para a sra. Hurst e a srta. Bingley; e Elizabeth tinha certeza que a desprezavam por isso. Foi, de qualquer modo, muito bem recebida por elas, e nas maneiras do irmão havia algo melhor do que polidez; havia bom humor e amabilidade. O sr. Darcy falou muito pouco, e o sr. Hurst, nada. O primeiro estava dividido entre a admiração pelo brilho que o exercício havia dado à pele da moça e a dúvida se a situação justificava sua vinda sozinha de tão longe. O outro pensava apenas em seu café da manhã.

As perguntas de Elizabeth a respeito da irmã não receberam respostas muito favoráveis. A srta. Bennet dormira mal e, embora de pé, estava bastante febril e sem condições de sair do quarto. Elizabeth alegrou-se por ser levada até ela no mesmo instante, e Jane, que só se controlara pelo medo de causar alarme ou ser inconveniente expressando em seu bilhete o quanto ansiava por sua visita, ficou encantada ao vê-la. Não tinha, porém, disposição para muita conversa e, quando a srta. Bingley as deixou a sós, pouco conseguiu dizer além de expressar gratidão pela extraordinária gentileza com que estava sendo tratada. Elizabeth permaneceu a seu lado, em silêncio.

Terminado o café da manhã, as irmãs a elas se reuniram, e Elizabeth começou também a gostar delas, quando viu quanto afeto e solicitude demonstravam em relação a Jane. O farmacêutico chegou e, tendo examinado a paciente, disse, como se poderia esperar, que ela estava com um forte resfriado e que deveriam tudo fazer para curá-la. Aconselhou-a a voltar para a cama e prometeu trazer-lhe alguns xaropes. O conselho foi seguido à risca, pois os sintomas da febre se agravaram e a dor de cabeça aumentou. Elizabeth não saiu do quarto nem por um instante, e as outras moças pouco se ausentaram: estando os cavalheiros fora de casa, elas, na verdade, nada mais tinham a fazer.

Quando o relógio bateu três horas, Elizabeth achou que deveria ir e, muito a contragosto, disse o que pensava. A srta. Bingley ofereceu-lhe a carruagem e ela só precisava de alguma insistência para aceitar quando Jane manifestou tanta determinação em partir com a irmã que a srta. Bingley se viu obrigada a transformar a oferta do coche num convite para que permanecesse por mais tempo em Netherfield. Elizabeth aceitou, agradecida, e um criado foi despachado para Longbourn a fim de informar à família sua decisão e trazer de lá um suprimento de roupas.

Capítulo 8

Às cinco da tarde, as duas moças se retiraram para mudar de traje, e, às seis e meia, Elizabeth foi chamada para o jantar. Às perguntas solícitas que então se multiplicaram, e entre as quais teve o prazer de observar o alto grau de interesse do sr. Bingley, não pôde dar respostas encorajadoras. Jane não estava melhor. As irmãs, ao ouvirem tal afirmativa, repetiram três ou quatro vezes o quanto lamentavam, o quão terrível era sofrer com um resfriado e o quanto detestavam ficar doentes; depois não pensaram mais no assunto: e sua indiferença em relação a Jane quando não estavam diante dela devolveu a Elizabeth o prazer de toda a sua antipatia inicial.

O irmão das moças era, na verdade, o único do grupo para quem ela podia olhar com alguma satisfação. Sua preocupação com Jane era evidente e as atenções para com ela mesma bastante agradáveis, impedindo que se sentisse tão intrusa como acreditava estar sendo considerada pelos outros. Ninguém além dele lhe deu muita atenção. A srta. Bingley concentrava-se no sr. Darcy e sua irmã apenas um pouco menos. Quanto ao sr. Hurst, ao lado de quem Elizabeth estava sentada, era um homem indolente, que vivia apenas para comer, beber e jogar cartas e que, ao descobrir que ela preferia um prato simples a um elaborado ensopado, nada mais encontrou para lhe dizer.

Quando o jantar chegou ao fim, Elizabeth voltou no mesmo instante para perto de Jane, e a srta. Bingley começou a criticá-la tão logo ela saiu da sala. Suas maneiras foram acusadas de ser realmente péssimas, um misto de orgulho e impertinência; ela não tinha assuntos de conversa, nem estilo, nem beleza. A sra. Hurst achava o mesmo e acrescentou:

– Em resumo, não há nada que a recomende, exceto o fato de ser uma excelente andarilha. Nunca me esquecerei de sua aparência hoje pela manhã. Ela sem dúvida parecia quase selvagem.

– Parecia mesmo, Louisa. Mal consegui me conter. Que coisa mais sem sentido ter vindo! Que necessidade tinha *ela* de sair saltitando pelo campo porque a irmã se resfriou? E o cabelo, tão despenteado, tão mal-arrumado!

– É mesmo. E a anágua; espero que tenham visto a anágua, uns quinze centímetros cobertos de lama, tenho certeza absoluta. E a saia do vestido, puxada para baixo para esconder a sujeira, não dava conta do recado.

– Sua descrição pode ser muito exata, Louisa – disse Bingley –, mas tudo isso me passou despercebido. Achei que a srta. Elizabeth Bennet parecia muito bem quando entrou na sala hoje pela manhã. Mal me dei conta da anágua suja.

– *O senhor* observou, sr. Darcy, tenho certeza – disse a srta. Bingley. – E estou inclinada a pensar que não gostaria de ver a *sua* irmã fazer semelhante papel.

– Claro que não.

– Caminhar três milhas, ou quatro, ou cinco, ou quantas forem, com lama pelos tornozelos, e sozinha, completamente sozinha! O que ela pretende com isso? A mim parece demonstrar uma abominável espécie de presunçosa independência, uma indiferença ao decoro bem típica do campo.

– Demonstra um afeto pela irmã que é muito agradável – disse Bingley.

– Receio, sr. Darcy – observou a srta. Bingley num quase sussurro –, que essa aventura tenha afetado bastante sua admiração pelos belos olhos.

– Nem um pouco – foi a resposta. – Eles brilhavam mais devido ao exercício.

Uma curta pausa seguiu-se a essa declaração e a sra. Hurst recomeçou:

– Tenho uma enorme consideração pela srta. Jane Bennet, ela é sem dúvida um amor de moça e eu desejaria de todo coração que tivesse muita sorte. Mas com pais como aqueles e parentes tão mal situados, receio que não tenha muitas oportunidades.

– Acho que ouvi você dizer que o tio delas é advogado em Meryton.

– É. E há outro, que vive em algum lugar perto de Cheapside.

– Isso é essencial – acrescentou a irmã, e ambas riram a mais não poder.

– Se elas tivessem tios em número suficiente para *lotar* Cheapside – exclamou Bingley –, isso não as tornaria de modo algum menos agradáveis.

– Mas com muita lógica reduziria suas chances de se casarem com homens de alguma posição social – retrucou Darcy.

A essa observação Bingley não deu resposta, mas suas irmãs concordaram encantadas e se divertiram por algum tempo às custas dos parentes vulgares de sua caríssima amiga.

Num gesto de renovada ternura, entretanto, ao deixar a sala de refeições voltaram ao quarto onde estava Jane e lhe fizeram companhia até serem chamadas para o café. Ela estava ainda muito fraca, e Elizabeth não quis de maneira alguma deixá-la, até bem mais tarde, quando teve a alegria de vê-la adormecer e quando lhe pareceu mais adequada do que agradável a ideia de que deveria descer. Ao entrar na sala de estar encontrou todo o grupo entretido num jogo de *loo**, e foi imediatamente convidada a se juntar a eles; mas, suspeitando que fizessem apostas altas, recusou e, usando a irmã como desculpa, disse que se distrairia com um livro, no pouco tempo de que dispunha para estar ali. O sr. Hurst olhou-a com perplexidade.

– Prefere ler a jogar? – disse ele. – Isto é um tanto inusitado.

– A srta. Elizabeth Bennet – disse a srta. Bingley – despreza as cartas. Ela é uma grande leitora e nada mais lhe dá prazer.

– Não mereço nem tal elogio nem tal censura – exclamou Elizabeth. – *Não* sou uma grande leitora e muitas coisas me dão prazer.

– Tenho certeza de que cuidar de sua irmã lhe dá prazer – disse Bingley –, que espero seja em breve ainda maior, por vê-la restabelecida.

Elizabeth agradeceu de coração e andou em direção à mesa onde havia alguns livros. Ele de imediato se ofereceu para ir buscar outros... todos os que havia em sua biblioteca.

---

* Jogo de cartas a dinheiro, com número variável de participantes. (N.T.)

– E eu gostaria que minha coleção fosse maior, para seu proveito e meu próprio crédito, mas sou um preguiçoso e penso que, mesmo não tendo muitos, tenho mais do que já abri.

Elizabeth garantiu-lhe que ficaria perfeitamente satisfeita com os que havia na sala.

– Surpreende-me – disse a srta. Bingley – que meu pai nos tenha deixado uma coleção de livros tão pequena. Que encantadora biblioteca o senhor tem em Pemberley, sr. Darcy!

– Tem que ser boa – respondeu ele. – É obra de muitas gerações.

– E o senhor também acrescentou muita coisa, já que está sempre comprando livros.

– É incompreensível que se negligencie uma biblioteca familiar nos dias em que vivemos.

– Negligenciar! Estou certa de que o senhor não negligencia coisa alguma capaz de aprimorar a beleza daquele nobre lugar. Charles, quando você construir a *sua* casa, espero que tenha a metade do encanto de Pemberley.

– Também espero.

– Mas eu, na verdade, o aconselharia a comprar algo naquelas redondezas e tomar Pemberley como modelo. Não há melhor condado na Inglaterra do que Derbyshire.

– Com toda certeza! Comprarei a própria Pemberley se Darcy a vender.

– Estou falando de coisas possíveis, Charles.

– Palavra de honra, Caroline, acho mais possível obter Pemberley pela compra do que pela imitação.

Elizabeth estava tão entretida com o que era dito que muito pouca atenção lhe restava para dar ao livro e logo, deixando-o de lado, dirigiu-se para perto da mesa de jogos e parou entre o sr. Bingley e sua irmã mais velha, para observar o jogo.

– A srta. Darcy cresceu muito desde a primavera? – perguntou a srta. Bingley. – Ficará tão alta quanto eu?

– Acho que sim. Ela tem agora a altura da srta. Elizabeth Bennet, ou talvez um pouco mais.

– Como eu gostaria de vê-la de novo! Nunca encontrei alguém que me encantasse tanto. Que comportamento, que modos! E tão prendada para a idade! Seu desempenho ao piano é sublime!

– Fico impressionado – disse Bingley – com a paciência que têm as jovens para se tornarem tão prendadas como são todas.

– Todas as jovens são prendadas? O que é isso, meu caro Charles?

– É, todas sim, eu acho. Todas elas pintam mesas, forram biombos e tecem bolsas. Não conheço nenhuma que não saiba fazer tudo isso e tenho certeza de que nunca ouvi uma moça ser mencionada pela primeira vez sem ser informado de que era muito prendada.

– Sua lista das habilidades mais comuns – disse Darcy – é bem verdadeira. A palavra prendada tem sido aplicada a mais de uma mulher que só a merece por saber tecer uma bolsa ou forrar um biombo. Mas estou longe de concordar com você quanto à sua opinião sobre as senhoras em geral. Não posso me vangloriar de conhecer mais do que meia dúzia, entre todas as minha relações, que sejam realmente prendadas.

– Nem eu, com certeza – disse a srta. Bingley.

– Sendo assim – observou Elizabeth –, devem ser muitas as suas exigências para que considere uma mulher prendada.

– Sim, são muitas as exigências.

– Oh! Sem dúvida – exclamou sua fiel colaboradora – ninguém pode ser considerado realmente prendado se não superar em muito o que se encontra na maioria. Uma mulher deve ser profunda conhecedora de música, canto, desenho, dança e línguas modernas para merecer tal adjetivo. E, além de tais dotes, deve possuir um algo mais em suas atitudes e modo de andar, no som de sua voz, em seu vocabulário e no modo como se expressa, ou o termo seria apenas parcialmente merecido.

– Tudo isso ela deve possuir – acrescentou Darcy –, e a tudo isso ela deve ainda somar algo mais substancial, com o aperfeiçoamento do intelecto através de muita leitura.

– Já não me surpreende mais que o senhor conheça *apenas* seis mulheres prendadas. Agora me pergunto se realmente conhece *alguma*.

– Será a senhorita tão severa em relação a seu próprio sexo a ponto de duvidar da possibilidade de tudo isso?

– Nunca vi uma mulher assim. Nunca vi tanta habilidade, bom gosto, determinação e elegância juntas, como descreveu.

Tanto a sra. Hurst quanto a srta. Bingley protestaram contra a injustiça de sua dúvida implícita e afirmavam ambas que conheciam muitas mulheres que corresponderiam àquela descrição quando o sr. Hurst chamou-as à ordem, com queixas amargas pela sua desatenção para com o que importava. Cessando então toda a conversa, Elizabeth deixou a sala pouco depois.

– Elizabeth Bennet – disse a srta. Bingley, quando a porta se fechou atrás dela – é uma dessas jovens que tentam se valorizar perante o outro sexo desacreditando o seu próprio. E é bem provável que, com muitos homens, isso funcione. Mas, na minha opinião, esse é um expediente mesquinho, um recurso muito baixo.

– Sem dúvida – retrucou Darcy, a quem a observação era especialmente dirigida – há baixeza em *todos* os artifícios que as senhoras se prestam a usar tendo como meta a sedução. Tudo o que beira a astúcia é desprezível.

A srta. Bingley não ficou assim tão satisfeita com a resposta a ponto de levar adiante o assunto.

Elizabeth voltou à companhia deles apenas para dizer que Jane estava pior e que não poderia deixá-la sozinha. Bingley insistiu para que mandassem buscar imediatamente o sr. Jones, enquanto suas irmãs, convencidas de que nenhuma ajuda profissional do campo poderia ter qualquer utilidade, recomendaram que se despachasse um mensageiro à capital para trazer um dos mais eminentes médicos. Tal sugestão ela não quis aceitar, mas não descartou a ideia do irmão das moças e ficou acertado que iriam buscar o sr. Jones cedo pela manhã, se a srta. Bennet não estivesse francamente melhor. Bingley estava bastante perturbado, suas irmãs declararam-se desoladas. Elas, entretanto, procuraram compensar seu infortúnio com duetos após a ceia, enquanto ele não encontrou melhor consolo para sua inquietação do que dar à governanta instruções para que todos os cuidados fossem prestados à jovem doente e sua irmã.

Capítulo 9

Elizabeth passou a maior parte da noite no quarto da irmã e, pela manhã, teve o prazer de poder dar uma resposta satisfatória às perguntas que recebeu logo cedo do sr. Bennet através de uma criada e, algum tempo depois, às duas elegantes damas que serviam suas irmãs. Apesar da melhora, contudo, ela pediu que levassem um bilhete a Longbourn, manifestando o desejo de que a mãe fosse ver Jane e desse sua própria opinião a respeito de seu estado. O bilhete foi imediatamente despachado e as providências também não tardaram. A sra. Bennet, acompanhada das duas filhas menores, chegou a Netherfield pouco depois do almoço da família.

Tivesse encontrado Jane em perigo aparente, a sra. Bennet teria ficado muito abatida; mas, satisfeita por constatar que a situação não era alarmante, não desejou que a moça se recuperasse de imediato, pois seu restabelecimento com certeza a tiraria de Netherfield. Não deu ouvidos, portanto, à proposta da filha para que fosse levada para casa; também o farmacêutico, que chegou quase ao mesmo tempo, não achou aconselhável. Depois de passar algum tempo ao lado de Jane, a mãe e três das filhas aceitaram o convite da srta. Bingley para se juntarem a ela na sala do café. Bingley foi então ao seu encontro com votos de que a sra. Bennet não tivesse encontrado a filha pior do que imaginava.

– Na verdade, encontrei, senhor – foi a resposta. – Ela está mesmo doente demais para ser transportada. O sr. Jones disse que não podemos pensar em levá-la conosco. Somos obrigadas a abusar um pouco mais da sua gentileza.

– Transportá-la! – exclamou Bingley. – De modo algum se deve pensar nisso. Minha irmã, estou certo, não aceitará a ideia de que ela seja levada daqui.

– Pode ter certeza, minha senhora – disse a srta. Bingley com fria cortesia –, de que a srta. Bennet receberá todos os cuidados possíveis enquanto permanecer conosco.

A sra. Bennet não poupou agradecimentos.

– Tenho certeza – acrescentou – de que, se não fosse por tão bons amigos, não sei o que lhe teria acontecido, porque ela está mesmo muito doente e seu sofrimento é grande, embora o enfrente com a maior paciência do mundo, que é como sempre age, porque seu temperamento é, sem exceções, o mais adorável de que já tive notícia. Sempre digo às minhas outras meninas que elas nada são comparadas a Jane. O senhor tem aqui uma sala muito agradável, sr. Bingley, com uma encantadora vista para a alameda de entrada. Não conheço um só lugar na região que se compare a Netherfield. O senhor não pretende abandoná-la às pressas, espero, ainda que só a tenha alugado por pouco tempo.

– Tudo o que faço é feito às pressas – respondeu ele –, portanto, se eu me decidir a sair de Netherfield, é provável que o faça em cinco minutos. No momento, entretanto, considero-me perfeitamente instalado aqui.

– Esta é exatamente a ideia que eu fazia a seu respeito – disse Elizabeth.

– A senhorita começa a me compreender, não é verdade? – exclamou ele, virando-se para ela.

– Ah, sim, compreendo-o muito bem.

– Eu gostaria de tomar isso como um elogio, mas temo que seja lamentável ser assim tão transparente.

– De fato, quando é o caso. O que não significa que um caráter profundo e intrincado seja mais ou menos respeitável do que os que são como o seu.

– Lizzy! – exclamou a mãe. – Lembre-se de onde está e não comece com esse comportamento selvagem que você se permite ter em casa.

– Eu não sabia – continuou Bingley imediatamente – que a senhorita era uma estudiosa de personalidades. Deve ser um estudo interessante.

– É, mas personalidades intrincadas são as *mais* interessantes. Elas têm pelo menos esta vantagem.

– O campo – disse Darcy – deve, em geral, oferecer poucos objetos para tal estudo. Entre os habitantes do campo, o ambiente em que as pessoas se movem é um tanto confinado e invariável.

– Mas as próprias pessoas mudam tanto que sempre há algo novo a ser observado em cada uma delas.

– É isso mesmo – exclamou a sra. Bennet, ofendida pela maneira com que ele se referiu aos habitantes do campo. – Posso lhe garantir que no campo esse tipo de *coisa* acontece tanto quanto na cidade.

Todos ficaram surpresos e Darcy, depois de olhar para ela por um instante, afastou-se em silêncio. A sra. Bennet, que imaginou ter obtido sobre ele uma vitória esmagadora, levou adiante seu sucesso:

– Eu, pessoalmente, não creio que Londres tenha grandes vantagens sobre o campo, com exceção das lojas e dos lugares públicos. O campo é muitíssimo mais agradável, não é, sr. Bingley?

– Quando estou no campo – respondeu ele – nunca desejo deixá-lo e quando estou na cidade acontece-me mais ou menos o mesmo. Cada local tem suas vantagens, e posso ser tão feliz num quanto no outro.

– Claro, porque o senhor tem boa índole. Mas aquele cavalheiro – olhando para Darcy – pareceu considerar que o campo não tem qualquer valor.

– Na verdade, mamãe, a senhora está enganada – disse Elizabeth, enrubescendo com a atitude da mãe. – A senhora compreendeu muito mal o sr. Darcy. Ele quis apenas dizer que não havia tão grande variedade de pessoas a ser encontrada no campo quanto na cidade, com o que a senhora não pode deixar de concordar.

– Sem dúvida, querida, ninguém disse isso; mas, quanto a não haver muita gente nesta região, acredito que há poucas aldeias maiores do que a nossa. Sei que frequentamos 24 famílias.

Nada além da consideração por Elizabeth poderia fazer com que Bingley mantivesse a compostura. Sua irmã era menos delicada e dirigiu os olhos para o sr. Darcy com um sorriso bem expressivo. Elizabeth, numa tentativa de dizer algo que desviasse os pensamentos da mãe, perguntou então se Charlotte Lucas havia estado em Longbourn desde que *ela* saíra.

– Sim, ela passou ontem, com o pai. Que homem agradável é Sir Willliam, não é mesmo, sr. Bingley? Um homem tão distinto! Tão elegante e amável! Ele sempre tem algo a dizer a todos. *Esta* é minha definição de boas maneiras. Pessoas que se consideram muito importantes e nunca abrem a boca estão totalmente equivocadas.

– Charlotte jantou lá?

– Não, ela preferiu ir para casa. Imagino que precisavam dela para os bolos de carne. Eu, pessoalmente, sr. Bingley, sempre mantenho criados que saibam cuidar do próprio trabalho; as *minhas* filhas são educadas de modo muito diferente. Mas cada um é juiz do que faz, e as meninas Lucas são excelentes moças, posso lhe garantir. É uma pena que não sejam bonitas! Não que eu considere Charlotte assim *tão* feia... mas, enfim, ela é muito nossa amiga.

– Parece-me uma jovem muito agradável.

– Oh, meu caro, é sim! Mas o senhor deve reconhecer que ela é muito feia. A própria Lady Lucas já me disse isso muitas vezes, invejando a beleza da minha Jane. Não gosto de me vangloriar de minha própria filha, mas para ser honesta, Jane... não se vê muita gente mais bonita do que ela. É o que todos dizem. Não confio em minha própria parcialidade. Quando Jane estava com apenas quinze anos, havia um senhor em casa de meu irmão Gardiner na cidade tão apaixonado por ela que minha cunhada estava certa de que ele lhe faria uma proposta antes que viéssemos embora. Mas ele não fez. Talvez por achá-la jovem demais. Ainda assim, escreveu para ela alguns poemas, e eram muito bonitos.

– E assim terminou seu interesse – disse Elizabeth com impaciência. – Muitos foram, imagino eu, os que o superaram da mesma forma. Pergunto-me quem foi o primeiro a descobrir a eficácia da poesia para afastar o amor.

– Acostumei-me a considerar a poesia como o *alimento* do amor – disse Darcy.

– De um grande amor, um amor sincero, sólido, pode ser. Tudo nutre o que já é forte. Mas quando tudo não passa de um leve e tênue interesse, estou convencida de que um bom soneto faria com que morresse à míngua.

Darcy apenas sorriu; e a pausa geral que se seguiu fez com que Elizabeth tremesse de medo que sua mãe se expusesse ao ridículo outra vez. Gostaria de falar, mas não conseguiu pensar em algo para dizer; e, depois de uns instantes de silêncio, a sra. Bennet começou a repetir seus agradecimentos ao sr. Bingley por sua gentileza com Jane, com desculpas por incomodá-lo também com Lizzy. O sr. Bingley foi sinceramente cortês em sua resposta e fez com que sua irmã mais moça também o fosse e dissesse o que a ocasião pedia. Ela cumpriu seu papel sem muita cordialidade, mas a sra. Bennet estava satisfeita e logo depois pediu a carruagem. A esse sinal, sua filha mais moça se adiantou. As duas meninas tinham estado cochichando entre si durante toda a visita e, como resultado, a menor deveria cobrar do sr. Bingley a promessa que fizera, em sua primeira ida ao campo, de dar um baile em Netherfield.

Lydia era uma mocinha decidida e bem desenvolvida para seus quinze anos, de aparência graciosa e atitudes bem-humoradas; a favorita da mãe, que por afeto a havia apresentado à sociedade cedo demais. Era bastante impulsiva e tinha uma espécie de autoconfiança natural que, com a atenção dos oficiais a quem a recomendavam os bons jantares do tio e suas próprias maneiras agradáveis, se transformara em segurança. Era, portanto, a indicada para se dirigir ao sr. Bingley a propósito do baile e sem rodeios cobrar-lhe a promessa, acrescentando que seria a coisa mais vergonhosa do mundo se ele não a cumprisse. A resposta dele a esse súbito ataque foi um deleite para os ouvidos de sua mãe:

– Estou inteiramente disposto, garanto-lhe, a manter meu compromisso, e, quando sua irmã se restabelecer, a senhorita me fará a gentileza de escolher o dia do baile. Mas por certo não terá vontade de dançar estando ela doente.

Lydia declarou-se satisfeita.

– Oh! Claro... será muito melhor esperar até que Jane esteja bem e, então, será bem provável que o capitão Carter esteja de volta a Meryton. E, quando o senhor tiver dado o *seu* baile – ela acrescentou –, insistirei para que eles também deem um. Direi ao coronel Forster que será uma vergonha se ele não o fizer.

A sra. Bennet e filhas partiram então, e Elizabeth voltou no mesmo instante para perto de Jane, deixando seu próprio comportamento e o de sua família como assunto de comentários das duas moças e do sr. Darcy; este último, entretanto, não foi convencido a se juntar às censuras a *ela*, a despeito de todas as ironias da srta. Bingley a respeito de *belos olhos*.

Capítulo 10

O dia transcorreu muito parecido com o anterior. A sra. Hurst e a srta. Bingley passaram algumas horas da manhã com a doente, que continuava, embora aos poucos, a melhorar; à noite, Elizabeth juntou-se ao grupo na sala de estar. A mesa de *loo*, porém, não se repetiu. O sr. Darcy escrevia, e a srta. Bingley, sentada perto, observava o progresso de sua carta interrompendo-o diversas vezes com recados para sua irmã. O sr. Hurst e o sr. Bingley jogavam *piquet** e a sra. Hurst os observava.

Elizabeth dedicou-se a costurar um pouco e tinha diversão suficiente prestando atenção ao que acontecia entre Darcy e sua companheira. Os inúmeros comentários da moça, fossem a respeito de sua caligrafia ou de como eram niveladas as linhas por ele escritas ou sobre o tamanho da carta, somadas à absoluta indiferença com que seus elogios eram recebidos, formavam um curioso diálogo que em tudo confirmava sua opinião a respeito de cada um.

– Como a srta. Darcy ficará satisfeita ao receber esta carta!

Ele não deu resposta.

– O senhor escreve incrivelmente rápido.

– Engano seu. Escrevo até bem devagar.

– Quantas cartas o senhor deve escrever ao longo de um ano! Cartas comerciais, também! Como as considero detestáveis!

– É uma sorte, então, que escrevê-las seja minha incumbência e não sua.

– Diga por favor à sua irmã que anseio por vê-la.

– Já lhe disse uma vez, a seu pedido.

– Receio que a ponta da pena não esteja a seu gosto. Deixe-me consertá-la. Faço pontas em penas admiravelmente bem.

– Obrigado, mas sempre faço eu mesmo as pontas das minhas penas.

---

* Jogo para duas pessoas, em que são usadas 32 cartas do baralho. (N.T.)

– Como é possível que sua escrita seja tão uniforme?

Ele ficou em silêncio.

– Diga à sua irmã que estou encantada por saber de seus progressos na harpa; e por favor lhe diga que estou extasiada com o belo esboço por ela desenhado para uma mesa e que o considero infinitamente superior ao da srta. Grantley.

– Permita-me adiar seus arroubos até a próxima carta. No momento, não tenho espaço para lhes fazer justiça.

– Oh! Não tem importância. Eu a verei em janeiro. Mas o senhor sempre escreve à sua irmã cartas tão longas e encantadoras, sr. Darcy?

– Em geral são longas, mas se são sempre encantadoras não me cabe afirmar.

– Trata-se de uma regra para mim: alguém que tem facilidade para escrever uma longa carta não pode escrever mal.

– Isso não vai funcionar como elogio para Darcy, Caroline – exclamou seu irmão –, porque ele *não* tem facilidade para escrever. Ele faz questão de encontrar palavras com quatro sílabas. Não é verdade, Darcy?

– Meu estilo é muito diferente do seu.

– Oh! – exclamou a srta. Bingley. – Charles escreve do modo mais descuidado que se possa imaginar. Deixa as frases pela metade e rasura o resto.

– Minhas ideias fluem tão depressa que não tenho tempo para exprimi-las... o que faz com que às vezes minhas cartas não transmitam ideia alguma ao destinatário.

– Sua humildade, sr. Bingley – disse Elizabeth –, deve desarmar qualquer censura.

– Nada é mais ilusório – disse Darcy – do que a aparência de humildade. Muitas vezes não passa de pouco caso e, em outras, de uma arrogância indireta.

– E qual dos casos se aplica à *minha* recente demonstração de modéstia?

– A arrogância indireta; pois você na verdade se orgulha de suas falhas ao escrever, porque as considera decorrentes de uma rapidez de pensamento e de um descuido na execução que você reputa, se não elogiáveis, pelo menos bastante interessantes. A capacidade de fazer algo com rapidez é sempre muito apreciada por quem a possui, e com frequência sem qualquer atenção à imperfeição da execução. Quando você disse hoje pela manhã à sra. Bennet que se algum dia resolvesse sair de Netherfield iria embora em cinco minutos, sua intenção era a de que isso fosse uma espécie de panegírico, de elogio a você mesmo... e, no entanto, o que há de tão louvável numa precipitação que pode deixar incompletos assuntos importantes e não oferece qualquer vantagem real para você mesmo ou qualquer outra pessoa?

– Ora! – exclamou Bingley. – Isso é demais, lembrar-se à noite de todas as tolices ditas pela manhã. E além do mais, palavra de honra, acredito que o que eu disse a meu respeito seja verdade e disto estou certo neste momento. Pelo menos, em assim sendo, não assumi a atitude de precipitação inconsequente apenas para me exibir diante das senhoras.

– É provável que você acredite, mas de modo algum estou convencido de que você partiria com tanta afobação. Sua conduta dependeria do acaso tanto quanto a de qualquer homem que eu conheça; e se, quando você estivesse cavalgando, um amigo dissesse, "Bingley, você deveria ficar até a próxima semana", você com certeza ficaria, você com certeza não iria... e, diante de outra frase, poderia ficar mais um mês.

– Suas observações apenas provaram – exclamou Elizabeth – que o sr. Bingley não fez justiça a seu próprio temperamento. O senhor mostrou-o agora sob um ângulo muito melhor do que ele mesmo havia feito.

– Fico-lhe extremamente grato – disse Bingley – por converter as palavras do meu amigo num elogio à mansidão da minha natureza. Mas temo que lhes esteja dando uma interpretação na qual ele sequer pensou; pois a opinião deste cavalheiro a meu respeito seria sem dúvida melhor se eu, em tais circunstâncias, respondesse com um redondo não e partisse o mais rápido possível.

– Consideraria então o sr. Darcy perdoada a inconsequência de sua intenção inicial pela sua insistência em mantê-la?

– Honestamente, não lhe posso dar uma boa explicação; Darcy deve falar por si mesmo.

– Você espera que eu justifique opiniões que decidiu me atribuir, mas que nunca admiti ter. Supondo que assim fosse, entretanto, para nos mantermos coerentes com sua interpretação, srta. Bennet, deve lembrar-se de que o amigo que lhe sugeriria a volta para casa e o adiamento de seus planos apenas sugeriu que assim fosse e pediu-lhe que assim fizesse, sem apresentar argumento algum a favor de seu pedido.

– Ceder com presteza... com facilidade... à *persuasão* de um amigo não tem qualquer mérito a seus olhos.

– Ceder sem convicção não é elogio ao discernimento de ninguém.

– Parece-me, sr. Darcy, que o senhor não dá qualquer importância à influência da amizade e do afeto. A consideração pelo solicitante faria muitas vezes com que alguém cedesse prontamente ao que lhe foi solicitado, sem esperar por argumentos que o justificassem. Não falo apenas de casos como o que imaginou para o sr. Bingley. Talvez possamos até mesmo esperar que tais circunstâncias se apresentem antes de discutir a propriedade de seu comportamento. Mas em casos genéricos e corriqueiros entre dois amigos, quando um deles deseja que o outro altere uma decisão de pouca relevância, pensaria o senhor mal dessa pessoa por aquiescer ao desejo sem esperar ser convencida por argumentos?

– Não seria aconselhável, antes de prosseguir neste assunto, determinar com maior precisão o grau de importância que deve ter tal solicitação, assim como o grau de intimidade existente entre as partes?

– Mas com certeza! – exclamou Bingley. – Vamos ouvir todos os pormenores, não nos esquecendo de comparar alturas e tamanhos; pois isso, srta. Bennet, dará à discussão mais peso do que se pode imaginar. Asseguro-lhe que, se Darcy não fosse um camarada tão alto, em comparação a mim, eu não o trataria com a metade da deferência com que o trato. Declaro não conhecer sujeito mais apavorante do que Darcy, em determinadas ocasiões, e em alguns lugares; sobretudo em sua própria casa e num domingo à tarde, quando ele não tem o que fazer.

O sr. Darcy sorriu, mas Elizabeth imaginou perceber que ele estava um tanto ofendido e, com isso, conteve o riso. A srta. Bingley, bastante irritada com a indignidade de que Darcy fora alvo, apresentou seus calorosos protestos ao irmão por dizer tanta bobagem.

– Percebo sua intenção, Bingley – disse o amigo. – Você não gosta de discussões e quer encerrar esta.

– É possível. Discussões são muito parecidas com brigas. Se você e a srta. Bennet quiserem adiá-la até que eu esteja fora da sala, ficarei muito grato; e você poderá, então, dizer de mim o que quiser.

– Acatar seu pedido – disse Elizabeth – não é para mim qualquer sacrifício; e o sr. Darcy faria melhor terminando sua carta.

O sr. Darcy aceitou o conselho e terminou a carta.

Estando completa a tarefa, ele pediu à srta. Bingley e a Elizabeth a gentileza de um pouco de música. A srta. Bingley encaminhou-se com certa pressa para o piano e, após um polido oferecimento a Elizabeth para que se apresentasse em primeiro lugar, que a outra recusou com a mesma polidez e maior sinceridade, sentou-se.

A sra. Hurst cantou com a irmã e, enquanto estavam ambas assim ocupadas, Elizabeth não pôde deixar de observar, enquanto folheava alguns livros de música que havia sobre o instrumento, que com alguma frequência os olhos do sr. Darcy se fixavam nela. Era-lhe difícil imaginar que pudesse ser objeto de admiração de um homem tão importante; por outro lado, que ele a olhasse por não gostar dela seria ainda mais estranho. Conseguiu entretanto supor que, afinal, lhe chamava a atenção por haver nela algo mais inconveniente e repreensível, diante do que era por ele considerado adequado, do que em qualquer outra pessoa presente. Tal suposição não a magoou. Gostava muito pouco dele para se preocupar com sua aprovação.

Depois de algumas canções italianas, a srta. Bingley mudou o clima executando uma alegre balada escocesa, e logo a seguir o sr. Darcy, aproximando-se de Elizabeth, lhe disse:

– Não se sente bastante tentada, srta. Bennet, a aproveitar esta oportunidade para dançar uma quadrilha?

Ela sorriu, mas não deu resposta. Ele repetiu a pergunta, um tanto surpreso com o silêncio.

– Oh! – disse ela. – Ouvi o que disse, mas não fui capaz de determinar de imediato o que responder. O senhor gostaria, bem sei, que eu respondesse "Sim", para ter o prazer de criticar meu gosto; mas sempre aprecio virar ao contrário esse tipo de jogo e frustrar alguém em seu premeditado desprezo. Decidi, portanto, dizer-lhe que de modo algum desejo dançar qualquer quadrilha – e agora me menospreze, se ousar.

– De fato, não ouso.

Elizabeth, imaginando tê-lo insultado, ficou perplexa com tal galanteria. Mas havia em suas maneiras um misto de doçura e malícia que lhe tornava difícil insultar quem quer que fosse; e Darcy nunca estivera tão enfeitiçado por mulher alguma como estava por ela. Ele realmente acreditava que, não fosse a inferioridade dos parentes da moça, estaria correndo perigo.

A srta. Bingley viu, ou suspeitou, o bastante para sentir ciúmes; e a grande ansiedade pelo restabelecimento de sua caríssima amiga Jane recebeu algum incentivo do desejo de se ver livre de Elizabeth.

Tentava com frequência provocar em Darcy antipatia por sua hóspede, falando a respeito de um suposto casamento entre ambos e planejando a felicidade dele em tal aliança.

– Espero – disse ela enquanto andavam juntos pelas aleias de arbustos no dia seguinte – que você dê à sua sogra, quando esse desejável evento se realizar, algumas sugestões a respeito das vantagens de segurar a língua; e, se conseguir, evite que as meninas mais moças corram atrás de oficiais. E, se posso mencionar assunto tão delicado, faça o possível para refrear aquele pequeno tom, beirando a arrogância e a impertinência, que possui a sua dama.

– Alguma outra proposta para minha felicidade doméstica?

– Ah! Tenho, sim. Deixe que os retratos dos tios Phillips sejam colocados na galeria de Pemberley. Coloque-os ao lado de seu tio-avô juiz. Estão todos na mesma profissão, como sabe, só que em linhas diferentes. Quanto ao retrato da sua Elizabeth, não deve mandar fazê-lo, pois que pintor faria justiça àqueles belos olhos?

– Não seria fácil, realmente, captar-lhes a expressão, mas a cor e o formato, bem como os cílios, tão delicados, poderiam ser copiados.

Nesse momento se viram, no cruzamento com outra aleia, diante da sra. Hurst e da própria Elizabeth.

– Não sabia que vocês pretendiam caminhar – disse a srta. Bingley um tanto confusa, receando terem sido ouvidos.

– Vocês se portaram muito mal conosco – respondeu a sra. Hurst –, desaparecendo sem nos dizer que iam sair.

Então, segurando o braço livre do sr. Darcy, deixou Elizabeth andando sozinha. O caminho só permitia a passagem de três pessoas. O sr. Darcy percebeu a indelicadeza e no mesmo instante disse:

– Esta aleia não é larga o suficiente para nosso grupo. Deveríamos ir para a alameda.

Mas Elizabeth, que não sentia a menor vontade de continuar com eles, respondeu rindo:

– Não, não, fiquem onde estão. Os três formam um grupo encantador e parecem perfeitos assim. Uma quarta pessoa estragaria todo o quadro. Até logo.

Afastou-se feliz, alegrando-se, enquanto caminhava, com a esperança de estar de volta à sua casa dentro de um ou dois dias. Jane já se recuperara o bastante para desejar sair do quarto por algumas horas naquela noite.

Capítulo 11

Quando as senhoras se retiraram após o jantar, Elizabeth subiu correndo ao quarto da irmã e, vendo-a bem agasalhada contra o frio, acompanhou-a à sala de estar, onde foi recebida por suas duas amigas com muitas demonstrações de prazer; e Elizabeth nunca as tinha visto tão gentis como durante a hora que se passou antes da vinda dos cavalheiros. Sua desenvoltura na arte de conversar era considerável. Sabiam descrever um espetáculo em detalhes, contar histórias com graça e zombar dos conhecidos com senso de humor.

Mas, ao entrarem os cavalheiros, Jane deixou de ser o centro das atenções; os olhos da srta. Bingley voltaram-se no mesmo instante para Darcy e ela tinha algo a lhe dizer antes que ele pudesse dar alguns passos à frente. Ele se dirigiu à srta. Bennet, cumprimentando-a com cortesia; o sr. Hurst também lhe fez uma leve reverência e disse estar "muito contente", mas as efusões e o entusiasmo ficaram por conta do cumprimento de Bingley, cheio de alegria e atenções. A primeira meia hora foi gasta em avivar o fogo, a fim de que Jane não sofresse com a mudança da temperatura entre os cômodos; e ele insistiu que a acomodassem do outro lado da lareira, para que ficasse distante da porta. Sentou-se então a seu lado e mal falou com qualquer outra pessoa. Elizabeth, costurando no outro canto da sala, observava tudo aquilo com grande prazer.

Terminado o chá, o sr. Hurst insinuou à cunhada a mesa de jogos... mas em vão. Ela intuíra que o sr. Darcy não estaria interessado em cartas, e o sr. Hurst logo viu rejeitado seu pedido, mesmo quando feito às claras. Ela lhe garantiu que ninguém pretendia jogar, e o silêncio de todo o grupo diante do assunto pareceu lhe dar razão. O sr. Hurst nada pôde fazer além de se esticar num dos sofás e adormecer. Darcy apanhou um livro, a srta. Bingley fez o mesmo, e a sra. Hurst, ocupada sobretudo em brincar com suas pulseiras e anéis, participava de vez em quando da conversa do irmão com a srta. Bennet.

A atenção da srta. Bingley estava tão voltada para a observação dos progressos que o sr. Darcy fazia no livro *dele* quanto para a leitura do que tinha nas mãos; e durante todo o tempo perguntava algo ou olhava a página lida por ele. Não conseguiu, entretanto, envolvê-lo em qualquer conversa; ele apenas respondia às suas perguntas e continuava a ler. Afinal, um tanto exausta pela tentativa de se distrair com seu próprio livro, que só tinha escolhido por ser o segundo volume do dele, ela deu um grande bocejo e disse:

– Como é agradável passar uma noite desta maneira! Declaro que, sem dúvida, não há prazer como a leitura! Como nos cansa depressa qualquer outra coisa que não seja um livro! Quando eu tiver minha própria casa, ficarei desolada se não tiver uma excelente biblioteca.

Ninguém lhe deu qualquer resposta. Ela então bocejou mais uma vez, deixou de lado o livro e passou os olhos pela sala em busca de alguma diversão; ao ouvir o irmão mencionar à srta. Bennet um baile, voltou-se de repente para ele e disse:

– Aliás, Charles, você está mesmo pensando seriamente em dar um baile em Netherfield? Eu o aconselharia, antes de se comprometer, a pedir a opinião dos presentes; ou muito me engano ou há entre nós alguns para quem um baile seria mais um castigo do que um prazer.

– Se você se refere a Darcy – exclamou o irmão –, ele pode ir dormir, se preferir, antes que a festa comece. Mas, quanto ao baile, já é coisa decidida, e, tão logo Nicholls tenha preparado a sopa branca*, distribuirei os convites.

– Eu gostaria muito mais de bailes – retrucou ela – se fossem organizados de outra maneira; mas há algo insuportavelmente entediante no modo como em geral transcorre esse tipo de reunião. Seria sem dúvida muito mais racional se a ordem do dia fosse conversar em vez de dançar.

– Muito mais racional, minha querida Caroline, com certeza, mas não se pareceria muito com um baile.

---

* No original, *white soup*. Antiga receita inglesa, preparada com caldo de vitela ou frango, gemas de ovo, amêndoas moídas e creme; servida com vinho adoçado e quente, era habitualmente oferecida nos bailes como bebida revigorante. (N.T.)

A srta. Bingley não respondeu e, logo depois, levantou-se e andou pela sala. Seu porte era elegante e ela andava bem, mas Darcy, a quem tudo isso se destinava, continuava inabalável em sua leitura. Em desespero de causa, decidiu-se por mais um esforço e, voltando-se para Elizabeth, disse:

– Srta. Eliza Bennet, deixe-me convencê-la a seguir meu exemplo e dê uma volta pelo salão. Garanto-lhe que é muito revigorante depois de se estar tanto tempo sentada na mesma posição.

Elizabeth ficou surpresa, mas concordou de imediato. A srta. Bingley atingiu o real objetivo de sua amabilidade: o sr. Darcy olhou para cima. Ele tinha tanta consciência da novidade daquele tipo de gentileza quanto poderia ter a própria Elizabeth e, sem perceber, fechou o livro. Foi diretamente convidado para se juntar a elas, mas recusou, observando que só conseguia imaginar dois motivos para que ambas decidissem andar juntas de um lado para outro da sala e, qualquer que fosse, sua presença só atrapalharia. "O que estaria ele insinuando?" A srta. Bingley morria de vontade de saber o que ele pretendia dizer com aquilo e perguntou a Elizabeth se ela fazia ideia.

– A menor ideia – foi a resposta –, mas esteja certa de que ele pretende nos criticar, e a melhor maneira de frustrá-lo será nada perguntar a respeito.

A srta. Bingley, contudo, era incapaz de frustrar o sr. Darcy fosse no que fosse e insistiu em pedir uma explicação dos dois motivos.

– Não faço a menor objeção em explicá-los – disse ele, tão logo ela o deixou falar. – Ou as duas escolheram esta maneira de passar a noite porque são confidentes uma da outra e têm assuntos secretos para discutir ou porque têm perfeita noção de que sua silhueta é mais atraente quando andam; no primeiro caso, eu as atrapalharia e, no segundo, posso admirá-las muito mais estando sentado junto à lareira.

– Mas que absurdo! – exclamou a srta. Bingley. – Jamais ouvi algo tão abominável. Como podemos puni-lo por dizer tais coisas?

– Nada mais fácil, se é apenas o que pretende – disse Elizabeth. – Todos podemos atormentar e punir uns aos outros. Irrite-o... ria dele. Sendo tão sua amiga, deve saber como fazê-lo.

– Mas, palavra de honra, eu *não* sei. Asseguro-lhe que minha amizade ainda não me ensinou *isto*. Irritar a atitude tranquila e a presença de espírito! Não, não... Sinto que ele pode nos vencer nesse terreno. E quanto a rir, não vamos nos expor, por favor, tentando rir sem motivos. O sr. Darcy só tem do que se orgulhar.

– Não é possível rir do sr. Darcy! – exclamou Elizabeth. – Este é um raro privilégio e espero que raro continue, pois seria para *mim* uma grande perda conhecer muitas pessoas assim. Adoro rir.

– A srta. Bingley – disse ele – deu-me mais mérito do que é cabível. O melhor e mais sábio homem... não, as melhores e mais sábias ações de um homem... podem ser tornadas ridículas por alguém cujo objetivo primordial na vida é a zombaria.

– Com certeza – retrucou Elizabeth – há pessoas assim, mas espero não ser uma *delas*. Espero jamais ridicularizar o que é sábio e bom. Tolices e bobagens, extravagâncias e inconsistências *sem dúvida* me divertem, confesso, e rio delas sempre que posso. Mas tais atributos, suponho, são exatamente os que não lhe são característicos.

– Talvez isso não seja possível para todos, mas tenho me dedicado a evitar essas fraquezas que com frequência expõem ao ridículo grandes inteligências.

– Tais como vaidade e orgulho.

– É, vaidade é realmente uma fraqueza. Mas o orgulho... Quando há uma genuína superioridade de espírito, o orgulho está sempre sob controle.

Elizabeth virou-se para ocultar um sorriso.

– Sua avaliação do sr. Darcy terminou, suponho – disse a srta. Bingley. – E qual o resultado?

– Estou absolutamente convencida de que o sr. Darcy não tem defeitos. Ele mesmo o confessa sem dissimulações.

– Não – disse Darcy. – Não tive tal pretensão. Tenho defeitos de sobra, mas não são, espero, de discernimento. Ao meu temperamento, não dou grande crédito. Ele é, acredito, muito pouco condescendente... sem dúvida pouco demais... com as convenções sociais. Não consigo esquecer as tolices e fraquezas alheias tão depressa quanto deveria, nem as ofensas que me são feitas. Meus sentimentos não se esvaem diante de qualquer tentativa de demovê-los. Meu temperamento poderia talvez ser chamado de rancoroso. Minha consideração por alguém, uma vez perdida, está perdida para sempre.

– *Esta* é com certeza uma falha! – exclamou Elizabeth. – O ressentimento implacável *é* uma mancha num caráter. Mas o senhor escolheu bem a sua imperfeição. Realmente não posso *rir* disso. De mim, o senhor está salvo.

– Existe, acredito, em todas as naturezas uma tendência para um determinado pecado... um defeito natural, que nem mesmo a melhor educação pode extinguir.

– E o *seu* defeito é odiar todas as pessoas.

– E o seu – respondeu ele com um sorriso – é propositalmente interpretá-las mal.

– Vamos a um pouco de música – exclamou a srta. Bingley, cansada de uma conversa da qual não participava. – Louisa, você não se importa se eu acordar o sr. Hurst?

A irmã não fez a menor objeção, e o piano foi aberto. Darcy, depois de alguns momentos de reflexão, não lamentou o fato. Começava a perceber o perigo de dar demasiada atenção a Elizabeth.

Capítulo 12

Como resultado de um acordo entre as irmãs, Elizabeth escreveu na manhã seguinte à mãe, pedindo que a carruagem lhes fosse mandada no decorrer do dia. Mas a sra. Bennet, que calculara que a estada de suas filhas em Netherfield se estenderia até a quinta-feira seguinte, o que teria dado a Jane uma semana, não se disporia de bom grado a tê-las de volta antes. Sua resposta, portanto, não foi favorável, pelo menos não aos desejos de Elizabeth, que estava impaciente por se ver em casa. A sra. Bennet escreveu-lhes que não seria possível ter a carruagem antes de quinta e, ao final do bilhete, estava dito que, se o sr. Bingley e sua irmã insistissem para que ficassem por mais tempo, poderia dispor das duas sem problemas. Contra a ideia de ficar por mais tempo, entretanto, Elizabeth estava determinada, além de não esperar tal insistência; e, pelo contrário, receando serem consideradas intrusas por lá permanecerem sem necessidade, insistiu com Jane para que pedisse imediatamente emprestada a carruagem do sr. Bingley, e ficou então decidido que sua intenção original de deixar Netherfield naquela manhã seria apresentada e o pedido, feito.

O comunicado gerou diversas demonstrações de interesse e muito foi dito sobre desejarem que ficassem pelo menos até o dia seguinte para que cuidassem mais de Jane; e por um dia sua partida foi adiada. A srta. Bingley lamentou então ter feito tal proposta, pois seu ciúme e antipatia por uma das irmãs em muito excedia o afeto pela outra.

O dono da casa lamentou com sinceridade saber que se iriam tão depressa e por diversas vezes tentou convencer a srta. Bennet que isso não seria prudente, que ela ainda não estava totalmente curada, mas Jane era firme quando sentia que fazia o que era correto.

Para o sr. Darcy, a informação foi bem-vinda. Elizabeth já ficara tempo suficiente em Netherfield. Ela o atraía mais do que gostaria... e a srta. Bingley era descortês com *ela* e, com ele, mais irônica do que de hábito. Decidiu-se, sensatamente, a tomar especial cuidado para que nenhum sinal de admiração lhe escapasse *agora*, nada que pudesse aumentar nela a esperança de influenciar sua felicidade; consciente de que tal ideia havia sido sugerida, seu comportamento durante o último dia seria crucial para confirmá-la ou destruí-la. Firme em seu propósito, mal lhe dirigiu dez palavras durante todo o sábado e, embora tivessem sido uma vez deixados a sós por meia hora, concentrou-se com mais afinco em seu livro e sequer olhou para ela.

No domingo, depois da missa matinal, deu-se a separação, agradável para quase todos. A cortesia da srta. Bingley em relação a Elizabeth aumentou bem depressa, assim como seu afeto por Jane; e, quando as duas partiram, depois de reafirmar à última o prazer que sempre lhe daria estar com ela fosse em Longbourn ou em Netherfield e de abraçá-la com ternura, chegou a apertar a mão da primeira. Elizabeth despediu-se de todo o grupo com o melhor dos humores.

Em casa, não foram recebidas com muita cordialidade pela mãe. A sra. Bennet surpreendeu-se com a sua chegada e achou que tinham feito muito mal em se dar tanto trabalho, além de ter certeza de que Jane se resfriara outra vez. Mas o pai, embora muito lacônico em suas demonstrações de prazer, ficou realmente feliz ao vê-las; ele percebera a importância de ambas no ambiente familiar. As conversas noturnas, quando todos se reuniam, haviam perdido grande parte da animação e quase todo o sentido com a ausência de Jane e Elizabeth.

Encontraram Mary, como sempre, mergulhada no estudo do baixo contínuo e da natureza humana e precisaram apreciar alguns trechos e ouvir novas observações a respeito de antigos conceitos morais. Catherine e Lydia tinham informações de outro tipo. Muito havia sido feito e muito havia sido dito no regimento desde a quarta-feira anterior; diversos oficiais jantaram com seu tio, um soldado fora açoitado e corria o boato de que o coronel Forster ia se casar.

Capítulo 13

– Espero, minha cara – disse o sr. Bennet à sua esposa enquanto tomavam o café da manhã no dia seguinte –, que a senhora tenha mandado preparar um bom jantar para hoje, porque tenho motivos para crer que alguém se juntará ao nosso grupo familiar.

– O que quer dizer com isso, meu caro? Não há convidado algum, tenho certeza, a não ser que Charlotte Lucas apareça de repente... e espero que *minha* comida seja satisfatória para ela. Não acredito que tenha sempre coisa igual em casa.

– A pessoa de quem falo é um cavalheiro. E um estranho.

Os olhos da sra. Bennet soltaram faíscas.

– Um cavalheiro e um estranho! É o sr. Bingley, tenho certeza. Mas Jane... você não disse uma palavra a respeito... que menina sonsa! Bem, tenho certeza de que ficarei muitíssimo feliz recebendo o sr. Bingley. Mas... Santo Deus! Que falta de sorte! Não há como conseguir um pedaço de peixe para hoje. Lydia, meu amor, toque a campainha, preciso falar com Hill agora mesmo.

– *Não* é o sr. Bingley – disse o marido. – É uma pessoa que nunca vi em toda a minha vida.

Isso provocou a perplexidade geral e ele teve o prazer de ser avidamente interrogado pela mulher e pelas cinco filhas ao mesmo tempo.

Depois de se divertir por algum tempo com tanta curiosidade, explicou:

– Há cerca de um mês recebi esta carta e há uns quinze dias respondi, pois considerei o caso um tanto delicado e achei que lhe deveria dar atenção. É carta do meu primo, o sr. Collins, que, com a minha morte, poderá mandar todas vocês saírem desta casa quando bem entender.

– Oh, meu caro! – exclamou a sr. Bennet. – Não aguento ouvi-lo mencionar este assunto. Por favor, não fale nesse homem odioso. Acho a pior coisa do mundo que seus bens sejam tomados de suas próprias filhas; e tenho certeza de que, se estivesse em seu lugar, eu já teria tentado há muito tempo fazer algo a respeito.

Jane e Elizabeth tentaram explicar-lhe o que era um legado inalienável. Já haviam tentado fazê-lo diversas vezes, mas este era um assunto a respeito do qual a sra. Bennet não conseguia raciocinar, e ela continuava a se enfurecer amargamente com a crueldade de se tirar a herança de uma família de cinco filhas em prol de um homem com quem ninguém se importava.

– Não há dúvidas de que se trata de uma enorme injustiça – disse o sr. Bennet –, e nada pode isentar o sr. Collins da culpa por herdar Longbourn. Mas, se ouvir a carta dele, talvez possa se sentir um pouco melhor, pelo modo como ele se expressa.

– Não, estou certa que não e acho que é muito impertinente por parte dele lhe escrever, e também muito hipócrita. Odeio esses falsos amigos. Por que não continuar de relações cortadas com o senhor, como fazia o pai dele?

– Boa pergunta. Ele parece ter tido alguns escrúpulos filiais a respeito, como vão ouvir:

> *Hunsford, perto de Westerham, Kent, 15 de outubro.*
>
> Prezado Senhor,
>
> O desentendimento existente entre o senhor e meu falecido e honrado pai sempre me provocou muito constrangimento e, desde que tive a desventura de perdê-lo, mais de uma vez desejei consertar as coisas. Fui, porém, durante algum tempo refreado por minhas próprias dúvidas, receando que pudesse parecer desrespeitoso à sua memória o fato de eu me relacionar em bons termos com alguém com quem ele sempre preferiu estar em desacordo.

– Aí está, sra. Bennet!

> Decidi-me agora, porém, a respeito, pois, ao ser ordenado padre na Páscoa, tive o privilégio de ser

agraciado com o patronato da Mui Honorável Lady Catherine de Bourgh, viúva de Sir Lewis de Bourgh, cuja generosidade e beneficência me escolheram para a inestimável reitoria desta paróquia, onde todos os meus esforços se concentrarão em servir Sua Senhoria com gratidão e respeito e estar sempre pronto para presidir os ritos e cerimônias instituídos pela Igreja da Inglaterra. Ademais, como clérigo, sinto ser meu dever promover e consolidar a bênção da paz em todas as famílias ao alcance de minha influência, e por isso me parabenizo por serem minhas proposições altamente recomendáveis e por acreditar que o fato de ser eu o próximo na linha de sucessão de Longbourn será gentilmente considerado irrelevante e não o levará a rejeitar este oferecimento do ramo de oliveira. Não posso deixar de estar consternado por ser o instrumento que virá a lesar suas amáveis filhas e rogo-lhe que me permita lamentar o fato, bem como assegurar-lhe minha disposição de fazer quaisquer reparações possíveis... a partir de agora. Se não tiver objeções quanto a me acolher em sua casa, reservo-me o prazer de ser recebido pelo senhor e sua família na segunda-feira, dia 18 de novembro, por volta das quatro horas da tarde, e talvez abuse de sua hospitalidade até a noite do sábado seguinte, o que posso fazer sem qualquer inconveniência, pois Lady Catherine não fará restrições à minha eventual ausência num domingo, desde que outro clérigo se comprometa a realizar o ofício do dia.

Apresento-lhe, caro senhor, meus respeitosos cumprimentos, extensivos à sua esposa e filhas. Seu devotado amigo,

William Collins

– Às quatro horas, portanto, podemos esperar esse cavalheiro apaziguador – disse o sr. Bennet dobrando a carta. – Ele parece ser um jovem bastante consciencioso e educado, palavra de honra, e não tenho dúvidas de que este poderá ser um valioso relacionamento, sobretudo se Lady

Catherine for generosa o bastante para deixar que ele nos visite outras vezes.

– Há algum bom-senso no que ele diz a respeito das meninas, seja como for, e se ele estiver disposto a fazer-lhes reparações, não serei eu quem o desencorajará.

– Mesmo sendo difícil – disse Jane – adivinhar de que modo ele pretende nos conceder o que acredita merecermos, tal desejo sem dúvida fala a seu favor.

Elizabeth estava sobretudo impressionada pela extraordinária deferência com que o rapaz se referia a Lady Catherine e por sua virtuosa intenção de batizar, casar e enterrar seus paroquianos sempre que necessário.

– Ele deve ser um excêntrico, imagino – disse ela. – Não consigo formar uma opinião... Há algo pomposo demais em seu estilo... E o que pretende ao se desculpar por ser o próximo na linha de sucessão?... Não devemos supor que faria algo, se fosse possível... Acredita que ele seja um homem sensato, meu pai?

– Não, meu bem, não acredito. Tenho grandes esperanças de descobrir nele exatamente o oposto. Há em sua carta um misto de servilismo e presunção que promete muito. Estou impaciente para conhecê-lo.

– Quanto à redação – disse Mary –, a carta não parece ter defeitos. A ideia do ramo de oliveira talvez não seja muito nova, mas acho que foi bem colocada.

Para Catherine e Lydia, nem a carta nem seu autor tinham qualquer interesse. Beirava o impossível que seu primo aparecesse num casaco escarlate, e há algumas semanas não se sentiam atraídas pela companhia de um homem cujo traje fosse de qualquer outra cor. Quanto à mãe, a carta do sr. Collins apagara muito de sua má vontade e ela se preparava para recebê-lo com uma calma que deixava atônitos o marido e as filhas.

O sr. Collins foi pontual e recebido com grande cortesia por toda a família. O sr. Bennet pouco disse, na verdade, mas as senhoras estavam bem dispostas a conversar e o sr. Collins também não parecia precisar de encorajamento nem estar inclinado a se calar. Tratava-se de um rapaz alto e robusto, de 25 anos. Seu ar era grave e imponente e suas maneiras muito formais. Não se passou muito tempo após sua chegada sem que ele cumprimentasse a sra. Bennet por ter filhas tão bonitas; disse que ouvira falar muito da beleza das moças, mas que naquele caso a fama não fazia justiça à verdade; e acrescentou que não tinha dúvidas de que as veria todas casadas a seu devido tempo. Tal galanteio não foi muito do agrado de algumas de suas ouvintes, mas a sra. Bennet, que não se aborrecia com elogios, respondeu com presteza:

– O senhor é muito gentil, estou certa. E desejo de todo o coração que assim seja, pois de outro modo elas ficariam bastante desamparadas. As coisas são dispostas de formas estranhas.

– A senhora talvez se refira à sucessão desta propriedade.

– Ah! É verdade, meu senhor. Deve concordar que este é um assunto doloroso para minhas pobres filhas. Não que eu tencione culpar *o senhor*, pois sei que neste mundo tais coisas são questão de sorte. Não há como saber quem se beneficiará de uma herança a partir do momento em que os bens tenham sido vinculados.

– Sou muito sensível, minha senhora, à provação de minhas lindas primas e teria muito a dizer sobre o assunto, mas não gostaria de parecer petulante ou precipitado. Posso, porém, garantir às jovens que vim preparado para admirá-las. No momento nada mais direi; mas, talvez, quando nos conhecermos melhor...

Foi interrompido pelo aviso de que o jantar estava servido; e as moças sorriram entre si. Não foram elas o único objeto de admiração por parte do sr. Collins. O vestíbulo, a sala de refeições e todos os móveis foram examinados e elogiados, e seus comentários teriam tocado o coração da sra. Bennet, não fosse pela mortificante suposição de que ele considerasse tudo aquilo sua futura propriedade. O jantar também foi, a seu tempo, muitíssimo apreciado, e ele pediu que lhe dissessem a qual de suas lindas primas se devia a excelência de seu preparo. Mas foi devidamente posto em seu lugar pela sra. Bennet, que lhe afirmou com alguma aspereza que eram perfeitamente capazes de manter um bom cozinheiro e que as filhas nada tinham a fazer na cozinha. Ele pediu perdão por tê-la desagradado. Num tom mais suave, ela declarou não estar ofendida, mas ele continuou a se desculpar por mais quinze minutos.

Capítulo 14

Durante o jantar, o sr. Bennet praticamente não falou; mas, ao se retirarem os criados, achou que era hora de conversar um pouco com o hóspede e deu início a um assunto no qual esperava que o rapaz brilhasse, observando que ele parecia ter tido muita sorte em termos de benfeitora. A consideração de Lady Catherine de Bourgh pelos desejos do rapaz e o cuidado com seu conforto pareciam notáveis. O sr. Bennet não poderia ter escolhido melhor. O sr. Collins foi eloquente em seus elogios. O assunto levou-o a assumir uma postura ainda mais solene do que de hábito e, dando-se ares mais importantes, declarou que "nunca em toda a sua vida testemunhara tal comportamento numa pessoa de alto nível, ou tanta cordialidade e condescendência, como tinha para com ele Lady Catherine. Ela fora extremamente amável ao aprovar os dois sermões que já tivera a honra de pronunciar diante dela. Convidara-o também duas vezes para jantar em Rosings e só requisitara sua presença, no sábado anterior, para completar sua mesa de quadrilha* daquela noite. Lady Catherine era considerada orgulhosa por muitas pessoas de suas relações, mas *ele* nunca percebera nela algo que não fosse cordialidade. Sempre falara com ele como falaria com qualquer outro cavalheiro; não fizera a menor objeção quanto à sua participação na sociedade dos arredores nem a um eventual afastamento da paróquia por uma ou duas semanas, para visitas à família. Dignara-se até mesmo a aconselhá-lo a se casar o mais depressa possível, desde que fosse discreto em sua escolha; e fora uma vez visitá-lo em sua humilde casa paroquial, onde aprovara totalmente todas as alterações por ele feitas e até condescendera em sugerir algumas, como prateleiras no gabinete do segundo andar".

– Tudo isso é muito adequado e cortês, sem dúvida – disse a sra. Bennet –, e ouso afirmar ser ela uma mulher

* Jogo de cartas popular na Inglaterra do século XVIII, para o qual eram necessários quatro participantes. (N.T.)

muito agradável. É uma pena que as grandes damas em geral não se comportem como ela. Ela mora perto do senhor?

– Apenas uma alameda separa o jardim no qual se situa minha humilde morada de Rosings Park, a residência de Sua Senhoria.

– Creio tê-lo ouvido dizer que ela é viúva. Tem família?

– Uma filha única, a herdeira de Rosings e suas extensíssimas terras.

– Ah! – disse a sra. Bennet, sacudindo a cabeça. – Então sua situação é bem melhor do que a de muitas moças. E que tipo de jovem é ela? Atraente?

– Uma senhorita deveras encantadora. A própria Lady Catherine diz que, no que se refere à verdadeira beleza, a srta. De Bourgh é muito superior às mais atraentes de seu sexo, porque há em seus traços aquele algo mais que distingue as moças de berço nobre. Infelizmente, sua constituição é doentia, o que a impediu de fazer progressos em diversos setores nos quais se sairia muito bem se assim não fosse, conforme fui informado pela senhora que supervisiona sua educação e que ainda mora com elas. Mas é muito amável e muitas vezes se digna a ir até minha humilde morada em seu pequeno coche puxado por pôneis.

– Ela já foi apresentada à sociedade? Não me lembro de seu nome entre as damas da corte.

– A saúde frágil, infelizmente, impede-a de ir à capital e, por este motivo, como eu disse um dia a Lady Catherine, privou a corte britânica de um de seus adornos mais brilhantes. Sua Senhoria pareceu apreciar a ideia; e a senhora deve imaginar que é para mim um prazer aproveitar todas as oportunidades para fazer esses pequenos e delicados cumprimentos sempre apreciados pelas damas. Mais de uma vez observei a Lady Catherine que sua encantadora filha parecia nascida para ser uma duquesa e que o mais alto dos títulos, em vez de lhe conferir importância, seria por ela embelezado. São essas pequenas coisas que agradam Sua Senhoria, e é o tipo de gentileza que me considero especialmente obrigado a ter para com ela.

– Muito correto de sua parte – disse o sr. Bennet –, e é ótimo para o senhor que possua o talento de elogiar com delicadeza. Permita-me perguntar se essas gentis atenções derivam do impulso da ocasião ou são o resultado de um estudo prévio.

– Originam-se em sua maior parte do que esteja acontecendo no momento e, embora algumas vezes eu me divirta criando e ensaiando alguns pequenos cumprimentos elegantes que podem ser adaptados a situações comuns, sempre procuro fazê-los com o ar menos estudado possível.

As esperanças do sr. Bennet se concretizavam. Seu primo era tão absurdo quanto desejara e ele o ouvia com o maior entusiasmo, mantendo ao mesmo tempo a mais firme expressão de compostura; a não ser por um ocasional olhar para Elizabeth, não precisava de cúmplices para se divertir.

Na hora do chá, contudo, a dose já havia sido suficiente, e o sr. Bennet deu-se por satisfeito ao levar seu hóspede mais uma vez até a sala de estar e, terminado o chá, convidá-lo para ler em voz alta para as senhoras. O sr. Collins concordou prontamente, e um livro lhe foi apresentado; mas, ao vê-lo (pois tudo indicava ter vindo de uma biblioteca circulante), ele recuou e, pedindo desculpas, afirmou que jamais lia romances. Kitty o encarou e Lydia deixou escapar uma exclamação. Outros livros foram apresentados e, depois de alguma deliberação, ele escolheu os Sermões de Fordyce. Lydia bocejou quando ele abriu o volume, e antes que, com monótona solenidade, tivessem sido lidas três páginas, ela o interrompeu dizendo:

– Sabe, mamãe, meu tio Phillips pretende despedir Richard e, se ele o fizer, o coronel Forster vai empregá-lo. Minha tia me contou pessoalmente no sábado. Vou até Meryton amanhã saber mais a respeito e perguntar quando o sr. Denny voltará da cidade.

Lydia foi advertida pelas duas irmãs mais velhas para que se calasse, mas o sr. Collins, muito ofendido, pôs de lado o livro e disse:

– Tenho observado com frequência quão pouco as mocinhas se interessam por livros de boa qualidade, apesar de escritos apenas para o seu bem. Isso me surpreende, confesso, pois, sem dúvida, nada pode haver de mais vantajoso para elas do que a instrução. Mas não continuarei a importunar minha jovem prima.

Então, virando-se para o sr. Bennet, ofereceu-se para ser seu adversário numa partida de gamão. O sr. Bennet aceitou o desafio, observando que ele agira com muita sensatez ao deixar as meninas se distraírem com suas próprias frivolidades. A sra. Bennet e as filhas se desculparam com muita cortesia pela interrupção de Lydia e prometeram que aquilo nunca mais aconteceria, caso ele desejasse voltar a seu livro; mas o sr. Collins, depois de assegurar que não guardava rancor da jovem prima e que jamais consideraria sua atitude ofensiva, sentou-se à outra mesa com o sr. Bennet e se preparou para o gamão.

Capítulo 15

O sr. Collins não era um homem inteligente, e tal deficiência de sua natureza recebera muito pouca ajuda da educação ou da vida social; a maior parte de sua existência transcorrera sob a orientação de um pai inculto e mesquinho e, mesmo tendo cursado uma universidade, mal absorvera os termos essenciais, sem com isso ganhar qualquer conhecimento útil. A opressão com que fora educado pelo pai lhe dera, a princípio, uma grande humildade de atitudes, agora um tanto neutralizada pela arrogância derivada de uma mente vazia, da vida em retiro e dos sentimentos decorrentes de uma prosperidade prematura e inesperada. Um acaso providencial o recomendara a Lady Catherine de Bourgh quando o presbiterado de Hunsford estava vago, e o respeito que ele nutria por sua posição social e a veneração por ela como sua benfeitora, somados ao alto conceito de si mesmo e a seus direitos como reitor, faziam dele um misto de orgulho e subserviência, presunção e modéstia.

Possuindo agora uma boa casa e renda suficiente, pretendia se casar e, ao buscar a reconciliação com a família de Longbourn, tinha como objetivo uma esposa, pois sua intenção era escolher uma das filhas, se as considerasse tão atraentes e amáveis como eram descritas por todos. Tal era seu projeto de desculpas – de reparação – por herdar a propriedade do pai delas; plano que considerava excelente, em tudo legítimo e apropriado e excessivamente generoso e desinteressado de sua parte.

Suas intenções não se alteraram ao vê-las. O rosto encantador da srta. Bennet confirmou suas previsões e corroborou todas as suas severas noções do direito de primogenitura. Na primeira noite, *ela* foi sua escolha. Na manhã seguinte, contudo, houve uma alteração: depois de quinze minutos a sós com a sra. Bennet antes do café da manhã, uma conversa que começou com sua casa paroquial e evoluiu naturalmente para a confissão de suas esperanças de encontrar em Longbourn uma senhora para tal casa, provocou nela, entre sorrisos muito complacentes e encorajamento geral, uma restrição contra a própria Jane pela qual ele se havia decidido. "Quanto às filhas *mais novas*, ela não poderia afirmar, não poderia dar uma resposta positiva, mas não tinha *conhecimento* de quaisquer propostas; sua filha *mais velha*, era preciso mencionar, por acreditar ter o dever de avisá-lo, muito provavelmente ficaria noiva em breve."

Ao sr. Collins só restava passar de Jane para Elizabeth, o que foi logo feito, enquanto a sra. Bennet atiçava o fogo. Elizabeth, que se seguia a Jane em idade e beleza, seria sem dúvida a segunda escolha.

A sra. Bennet acatou a insinuação e acalentou a esperança de ter em breve duas filhas casadas; e o homem de quem ela não suportava ouvir falar na noite anterior caía agora em suas graças.

A intenção de Lydia, de ir a pé até Meryton, não foi esquecida; todas as irmãs exceto Mary concordaram em ir com ela, e o sr. Collins deveria acompanhá-las, a pedido do sr. Bennet, que estava um tanto ansioso para se ver livre dele e ter a biblioteca apenas para si; pois para lá o seguira o sr. Collins depois do café da manhã e lá teria continuado, oficialmente interessado num dos maiores in-fólios da coleção, mas na verdade falando com o sr. Bennet, com raros intervalos, de sua casa e seu jardim em Hunsford. Tal comportamento perturbava por demais o sr. Bennet. Na biblioteca ele sempre tivera garantia de lazer e tranquilidade e, embora preparado, como disse a Elizabeth, para lidar com bobagens e vaidades em qualquer outro cômodo da casa, costumava ali estar livre delas; sua cortesia, assim sendo, logo se manifestou para convidar o sr. Collins a acompanhar suas filhas no passeio. E o sr. Collins, na verdade muito mais inclinado a andar do que a ler, teve enorme prazer em fechar aquele grande livro e sair com as moças.

Em falas pomposas e vazias por parte dele e polidas concordâncias das primas passou o tempo até chegarem em Meryton. Deixou então de se voltar para ele, a atenção das mais jovens, cujos olhos passaram no mesmo instante a vagar pela rua em busca dos oficiais e, a não ser um belíssimo chapéu ou um novo tipo de musselina numa vitrine, nada mais as interessava.

Mas a atenção de todas as moças foi logo atraída por um rapaz, que nunca antes haviam visto, de aparência cavalheiresca, caminhando ao lado de outro oficial na calçada oposta. O oficial era o próprio sr. Denny cuja volta de Londres Lydia viera investigar e que acenou à sua passagem. A todas impressionou a aparência do estranho, todas se perguntaram quem poderia ser; e Kitty e Lydia, decididas a descobrir, se possível, adiantaram-se para atravessar a rua sob o pretexto de desejarem algo numa das lojas e, por sorte, acabavam de pisar a calçada quando os dois cavalheiros, dando meia-volta, chegavam ao mesmo ponto. O sr. Denny dirigiu-se diretamente a elas e pediu permissão para lhes apresentar o amigo, o sr. Wickham, que viera com ele da cidade na véspera e, para sua alegria, aceitara um posto comissionado em seu regimento. Era exatamente como devia ser, pois ao rapaz só faltava um uniforme para ser absolutamente encantador. Sua aparência era muito favorável; ele possuía o que de melhor existe em beleza, um bom porte, um belo rosto e maneiras muito agradáveis. Feitas as apresentações, logo se dispôs a conversar, numa atitude ao mesmo tempo correta e despretensiosa; e todo o grupo estava ainda de pé e trocando ideias com muita cordialidade quando o som de cavalos chamou sua atenção e Darcy e Bingley foram vistos descendo a rua. Reconhecendo as moças do grupo, os dois cavalheiros encaminharam-se no mesmo instante até lá e tiveram início as saudações de praxe. Bingley foi o que mais falou e a srta. Bennet a principal interlocutora. Ele estava, como disse, a caminho de Longbourn com o objetivo de ter notícias a seu respeito. O sr. Darcy confirmou com um aceno e começava a se decidir a não deixar seus olhos se prenderem a Elizabeth quando eles foram de repente atraídos pela visão do estranho e, tendo Elizabeth observado a expressão de ambos ao olhar um para o outro, ficou bastante surpresa com o efeito do encontro. Os dois mudaram de cor, um ficou branco, o outro rubro. O sr. Wickham, depois de alguns instantes, tocou o chapéu, numa saudação que o sr. Darcy mal se dignou retribuir. O que poderia significar aquilo? Era impossível imaginar; era impossível não desejar saber.

No minuto seguinte o sr. Bingley, não parecendo ter percebido o que acontecera, despediu-se e se afastou com o amigo.

O sr. Denny e o sr. Wickham caminharam com as jovens até a porta da casa do sr. Phillips e lá apresentaram seus cumprimentos, a despeito da insistência da srta. Lydia para que entrassem e mesmo depois de ter a sra. Phillips aberto a janela do vestíbulo e confirmado em voz alta o convite.

A sra. Phillips sempre se alegrava ao ver suas sobrinhas, e as duas mais velhas, devido à sua recente ausência, eram especialmente bem-vindas. Ela manifestava com ênfase sua surpresa pela repentina volta à casa das duas moças, da qual, uma vez que sua própria carruagem não as tinha ido buscar, nada saberia não fosse por se ter encontrado na rua com o balconista do sr. Jones, que lhe dissera não mais estarem enviando drágeas a Netherfield porque as moças Bennet tinham ido para casa, quando sua atenção se voltou para o sr. Collins, que lhe era apresentado por Jane. Ela o recebeu com a maior cortesia, que ele retribuiu da mesma forma, desculpando-se pela intrusão sem qualquer aviso prévio, fato que não o colocava sob uma luz favorável mas podia, contudo, ser justificado por seu parentesco com as jovens senhoras que a ela o apresentavam. A sra. Phillips ficou impressionada com tamanha demonstração de boa educação, mas suas reflexões a respeito daquele estranho foram logo abafadas pelas exclamações e perguntas a respeito do outro, de quem, entretanto, só podia dizer às sobrinhas o que já sabiam: que o sr. Denny o trouxera de Londres e que ele deveria assumir um posto comissionado de tenente em ...shire. Ela o estivera observando durante a última hora, contou, enquanto ele andava de um lado para o outro pela rua e, tivesse o sr. Wickham reaparecido, Kitty e Lydia sem dúvida teriam ocupado seu lugar, mas infelizmente ninguém olhava vitrines agora exceto alguns oficiais que, em comparação com o estranho, se tornaram "camaradas tolos e desagradáveis". Alguns deles deveriam jantar com os Phillips no dia seguinte, e a tia prometeu fazer o marido entrar em contato com o sr. Wickham e convidá-lo também, se a família de Longbourn viesse à sua casa à noite. Assim foi combinado, e a sra. Phillips afirmou que lhes ofereceria um agradável e barulhento jogo de víspora seguido de uma leve ceia quente. A perspectiva de tais delícias era animadora e todos se despediram de excelente humor. O sr. Collins reapresentou suas desculpas ao deixar a sala, e lhe foi garantido com inesgotável cortesia serem elas absolutamente dispensáveis.

No caminho para casa, Elizabeth contou a Jane o que presenciara entre os dois cavalheiros; teria defendido um dos dois ou ambos, caso aparentassem ter culpa, também ela não foi capaz de explicar tal comportamento.

O sr. Collins, ao voltar, deliciou a sra. Bennet elogiando as maneiras e a amabilidade da sra. Phillips. Afirmou ele que, à exceção de Lady Catherine e sua filha, nunca conhecera mulher mais elegante; pois ela não só o tinha recebido com a maior cortesia como fez questão de incluí-lo pessoalmente em seu convite para a noite seguinte, mesmo sendo ele um total desconhecido. Supunha ele que tal atitude se devesse a seu parentesco, mas ainda assim nunca fora recebido com tanta gentileza em toda a sua vida.

Capítulo 16

Como nenhuma objeção foi feita ao compromisso dos jovens com a tia e todos os escrúpulos do sr. Collins quanto a abandonar o sr. e a sra. Bennet por uma única noite durante sua estadia foram rejeitados com firmeza, na hora adequada a carruagem o conduziu, com suas cinco primas, a Meryton; e as meninas tiveram o prazer de saber, ao entrarem na sala de estar, que o sr. Wickham havia aceito o convite do tio e já estava na casa.

Quando tal informação foi dada e todos ocuparam seus lugares, o sr. Collins ficou à vontade para olhar ao seu redor e apreciar, tendo ficado tão impressionado com o tamanho e mobiliário do apartamento que declarou que poderia se imaginar na saleta do café da manhã de verão em Rosings; uma comparação que a princípio não provocou muito entusiasmo; mas, quando a sra. Phillips soube por ele o que era Rosings e quem era sua proprietária, quando ouviu a descrição de apenas uma das salas de estar de Lady Catherine e tomou conhecimento de que só o mantel da lareira custara oitocentas libras, percebeu toda a intensidade do elogio e não teria se importado com uma comparação com o quarto da governanta.

Descrevendo para ela toda a grandeza de Lady Catherine e sua mansão, com ocasionais digressões a favor de sua própria humilde morada e das melhorias lá sendo realizadas, o sr. Collins passou bons momentos até que os cavalheiros se juntassem a eles e encontrou na sra. Phillips uma ouvinte muito atenta, cuja boa impressão a seu respeito aumentava com o que ouvia e que se dispunha a transmitir tudo aquilo a suas vizinhas assim que possível. Para as meninas, que não suportavam o primo e nada tinham a fazer além de desejar ter nas mãos um instrumento musical e examinar com indiferença suas próprias imitações de porcelana sobre a lareira, o tempo de espera parecia enorme. Afinal, chegou ao fim. Os cavalheiros se aproximaram e, quando o sr. Wickham entrou na sala, Elizabeth sentiu que não o observara antes, nem pensara nele desde então, com suficiente admiração. Os oficiais de ...shire formavam em geral um grupo de cavalheiros muito agradáveis, e os melhores entre eles estavam presentes; mas o sr. Wickham era tão superior a todos em aparência, atitude, postura e modo de andar quanto *eles* superavam o bochechudo e aborrecido tio Phillips, recendendo a vinho do Porto, que os acompanhou ao salão.

O sr. Wickham era o felizardo para quem todos os olhares femininos se voltavam, e Elizabeth foi a afortunada ao lado de quem ele afinal se sentou; e a forma agradável como ele começou no mesmo instante a conversar, embora se limitasse a comentar a noite úmida, fez com que ela sentisse que o mais comum, mais tolo, mais batido assunto do mundo poderia se tornar interessante graças aos dotes do orador.

Diante de concorrentes pela atenção geral como o sr. Wickham e os oficiais, o sr. Collins pareceu mergulhar na insignificância; para as moças, com certeza, ele nada representava, mas ainda encontrava, por momentos, uma gentil ouvinte na sra. Phillips e foi por ela atenciosa e abundantemente servido de café e bolinhos. Ao serem armadas as mesas de jogo, teve a oportunidade de retribuir a gentileza, sentando-se para uma partida de uíste.

– Conheço pouco deste jogo – disse ele –, mas ficarei feliz em me aprimorar, pois na minha posição...

A sra. Phillips ficou muito satisfeita com sua atitude, mas não tinha tempo para esperar os motivos.

O sr. Wickham não jogava uíste e foi recebido com entusiasmo na outra mesa, entre Elizabeth e Lydia. A princípio, parecia haver o risco de que Lydia o absorvesse por completo, pois conversava muito; mas sendo também grande apreciadora de víspora, logo se interessou apenas pelo jogo, ansiosa demais por fazer apostas e declarar seus ganhos para dar atenção a qualquer pessoa.

Exceto pelas exigências naturais do jogo, o sr. Wickham tinha então inteira disponibilidade para conversar com Elizabeth e ela, muito desejo de ouvi-lo, embora não esperasse ouvir o que mais queria saber, a história de suas relações com o sr. Darcy. Ela sequer ousou mencionar tal cavalheiro.

Sua curiosidade foi, contudo, inesperadamente satisfeita. O próprio sr. Wickham tocou no assunto. Perguntou a que distância ficava Meryton de Netherfield e, recebida a resposta, perguntou com alguma hesitação há quanto tempo lá estava o sr. Darcy.

– Cerca de um mês – disse Elizabeth.

E, não querendo mudar de assunto, acrescentou: – Ele possui grande extensão de terras em Derbyshire, pelo que ouvi.

– É verdade – retrucou o sr. Wickham. – Sua propriedade é respeitável e lhe rende dez mil libras líquidas por ano. Não poderia estar diante de alguém mais capacitado a lhe dar informações acuradas a respeito do que eu, pois desde a infância estou de certo modo ligado à família dele.

Elizabeth não pôde evitar parecer surpresa.

– É natural que se surpreenda, srta. Bennet, com tal declaração, depois de ter observado, como provavelmente fez, nossa atitude muito fria no encontro de ontem. Conhece bem o sr. Darcy?

– Mais do que gostaria – exclamou Elizabeth com ênfase. – Passei quatro dias sob o mesmo teto que ele e o considero muito desagradável.

– Não tenho o direito de dar a *minha* opinião – disse Wickham – quanto a ele ser ou não agradável. Não estou qualificado para tanto. Conheço-o há muito tempo e bem demais para ser um bom juiz. É impossível, para *mim*, ser imparcial. Mas acredito que a sua opinião a respeito dele deixaria muita gente perplexa e que talvez não a expressasse com tanta ênfase em outros lugares. Aqui, a senhorita está em família.

– Dou-lhe a minha palavra que não digo *aqui* nada que não pudesse dizer em qualquer casa das redondezas, exceto em Netherfield. Ninguém o estima em Hertfordshire. Todos se ressentem de seu orgulho. O senhor não encontrará quem tenha melhor opinião a respeito dele.

– Não tenho intenção de lamentar – disse Wickham depois de breve pausa – que ele ou qualquer outro homem não seja apreciado mais do que merece, mas acredito que, com *ele*, isso não seja frequente. O mundo se deixa cegar por sua fortuna e importância, ou amedrontar por suas maneiras altivas e imponentes, e só o vê como ele deseja ser visto.

– Eu o tomaria, mesmo com *minha* pouca experiência, por um homem de mau gênio.

Wickham apenas balançou a cabeça.

– Pergunto-me – disse ele na próxima oportunidade de conversa – se ele pretende ficar por muito tempo nesta região.

– Não faço ideia; mas nada *ouvi* sobre sua intenção de partir quando estive em Netherfield. Espero que seus planos relativos a ...shire não sejam afetados pela presença dele nos arredores.

– Oh! Não. Não seria *eu* quem se desviaria do sr. Darcy. Se *ele* desejar evitar a *minha* presença, pode ir embora. Não estamos nos melhores termos, e me é sempre penoso encontrá-lo, mas não tenho qualquer outra razão para me esquivar *dele* além da que posso proclamar perante todo o mundo, um sentimento de imenso desagrado e doloroso pesar por ele ser como é. Seu pai, srta. Bennet, o falecido sr. Darcy, foi um dos melhores homens que já existiram e o mais fiel amigo que jamais tive; e nunca posso estar na companhia desse sr. Darcy sem que me doam na alma centenas de ternas recordações. Seu comportamento em relação a mim foi escandaloso; mas acredito sinceramente que poderia lhe perdoar toda e qualquer atitude, menos que frustrasse as esperanças e desgraçasse a memória do pai.

Elizabeth viu crescer seu interesse pelo assunto e ouviu com a maior atenção, mas sua delicadeza impediu maiores perguntas.

O sr. Wickham começou a falar de temas mais gerais, Meryton, os arredores, a vida social, parecendo muito satisfeito com tudo o que já vira e falando a respeito do último assunto com gentil mas inequívoco cavalheirismo.

– Foi a perspectiva de uma vida social intensa e de boa qualidade – acrescentou ele – o meu principal incentivo para servir em ...shire. Eu sabia tratar-se de uma corporação agradável e de boa reputação, e meu amigo Denny tentou-me ainda mais ao descrever suas atuais acomodações, as grandes atenções por ele recebidas e as excelentes relações que travou em Meryton. A vida social, confesso, me é necessária. Sou um homem que passou por desilusões, e minha mente não suportaria a solidão. Eu *preciso* de ocupação e de companhia. Não esperava entrar para a vida militar, mas as circunstâncias me fizeram escolhê-la. A Igreja *deveria* ter sido minha profissão – fui educado para a Igreja e deveria ter agora um importante vicariato, se assim tivesse desejado o cavalheiro de que falávamos há pouco.

– Não me diga!

– É verdade. O falecido sr. Darcy legou-me a indicação para o melhor vicariato de seus domínios. Ele era meu padrinho e extremamente afeiçoado a mim. Jamais poderei fazer justiça à sua bondade. Pretendia me deixar bastante amparado e pensou tê-lo feito, mas, quando o vicariato ficou vago, foi entregue a outra pessoa.

– Santo Deus! – exclamou Elizabeth. – Mas como algo *assim* pode ter acontecido? Como podem ter desrespeitado o testamento? Por que não buscou amparo legal?

– Os termos do legado eram tão informais que não me permitiram recorrer à justiça. Um homem honrado não teria contestado sua intenção, mas o sr. Darcy preferiu contestá-la, ou tratá-la como uma simples recomendação condicional, e afirmar que eu havia perdido o direito de reclamá-la por extravagância ou imprudência... enfim, por tudo e por nada. O fato é que o vicariato ficou vago há dois anos, exatamente quando eu tinha a idade certa para assumi-lo, e foi dado a outro homem; como é também fato que não posso me acusar de ter feito algo para merecer perdê-lo. Tenho um gênio esquentado e sincero e devo ter dado minha opinião *a respeito* dele e *para* ele com excessiva liberdade. Não me lembro de nada pior que isso. Mas a realidade é que somos tipos diferentes de homem e que ele me odeia.

– Isso é um tanto chocante! Ele merece ser publicamente desacreditado.

– Algum dia *será*, mas não por *mim*. Enquanto eu não puder esquecer seu pai, nunca poderei desafiá-lo ou desmascará-lo.

Elizabeth respeitou-o por tais sentimentos e achou-o mais atraente do que nunca enquanto os expressava.

– Mas quais – disse ela, depois de uma pausa – podem ter sido seus motivos? O que o levaria a se portar com tanta crueldade?

– Uma absoluta e profunda aversão por mim, uma aversão que só posso atribuir, em alguma medida, a ciúmes. Tivesse o falecido sr. Darcy gostado menos de mim, seu filho talvez me aceitasse melhor; mas a invulgar ligação de seu pai comigo o irritou, acredito, desde muito cedo. Seu temperamento não lhe permitia suportar o tipo de competição que tínhamos, o tipo de preferência que muitas vezes me era dado.

– Eu não supunha o sr. Darcy tão mau... embora nunca o tenha apreciado. Não pensava tão mal dele. Supunha que desprezasse as outras pessoas em geral, mas não suspeitei que descesse a uma vingança tão maldosa, a tanta injustiça, a tanta desumanidade assim.

Depois de alguns minutos, entretanto, ela continuou:

– Eu me *lembro* de ouvi-lo se vangloriar, um dia, em Netherfield, da implacabilidade de seus ressentimentos, do fato de ter uma natureza rancorosa. Deve ter péssimo gênio.

– Não me atrevo a dar uma opinião – respondeu Wickham. Não consigo ser justo em relação a ele.

Elizabeth mergulhou mais uma vez em seus pensamentos e, depois de algum tempo, exclamou:

– Tratar dessa maneira o afilhado, o amigo, o favorito do pai!

Poderia ter acrescentado "Um rapaz como *o senhor*, cuja amabilidade pode ser atestada pelo seu próprio rosto ", mas contentou-se em dizer:

– E que talvez tenha sido o companheiro de infância com quem, como acredito tê-lo ouvido dizer, foi criado com toda a intimidade!

– Nascemos na mesma paróquia, dentro da mesma propriedade; passamos juntos a maior parte de nossa juventude; crescemos na mesma casa, compartilhando brincadeiras, sob o mesmo olhar paterno. O *meu* pai começou a vida na mesma profissão que seu tio, o sr. Phillips, parece honrar tanto, mas abandonou tudo para ser útil ao falecido sr. Darcy e dedicou todo o seu tempo aos cuidados da propriedade de Pemberley. Gozava da mais alta estima do sr. Darcy, era seu melhor amigo, íntimo e confidente. O sr. Darcy admitia com frequência dever muito à eficiente administração de meu pai, e quando, pouco antes da morte de meu pai, o sr. Darcy lhe fez a voluntária promessa de prover minha subsistência, estou convencido de que a fez tanto pela dívida de gratidão que tinha para com *ele* quanto pelo afeto que me dedicava.

– Que estranho! – exclamou Elizabeth. – Que coisa abominável! Surpreende-me que o próprio orgulho desse sr. Darcy não o tenha obrigado a ser justo consigo! Que, se não por melhor motivo, seu enorme amor-próprio lhe permitisse ser desonesto. Porque desonestidade é o nome que dou a tal atitude.

– É *mesmo* surpreendente – retrucou Wickham –, pois todas as atitudes dele podem ser creditadas ao orgulho; e o orgulho foi muitas vezes o seu melhor amigo. Ele o colocou mais perto da virtude do que qualquer outro sentimento. Mas nenhum de nós é consistente, e em seu comportamento em relação a mim houve impulsos ainda mais fortes do que o orgulho.

– Pode tão abominável orgulho lhe ter feito algum bem?

– Pode, sim. Muitas vezes o levou a ser liberal e pródigo, a distribuir seu dinheiro com generosidade, a demonstrar hospitalidade, a ajudar seus colonos e socorrer os pobres. Orgulho familiar e orgulho *filial*, pois ele se orgulha muito do que era seu pai, fizeram-no agir desse modo. Não dar a impressão de desonrar seu nome, afastar-se das características familiares ou perder a influência da Mansão Pemberley é uma razão poderosa. Há também o orgulho *fraterno* que, somado a *alguma* afeição fraterna, faz dele um guardião gentil e atento da irmã. E a senhorita ouvirá referências a ele como o mais cuidadoso e melhor dos irmãos.

– Que tipo de menina é a srta. Darcy?

Ele sacudiu a cabeça.

– Gostaria de poder dizer que é amável. É doloroso, para mim, falar mal de um membro dos Darcy. Mas ela se parece demais com o irmão. Orgulhosa, muito orgulhosa. Quando criança, era afetuosa e agradável, e gostava muito de mim. Dediquei-me por horas e horas a diverti-la. Mas, hoje, nada representa para mim. É uma jovem atraente, aos quinze ou dezesseis anos, e, pelo que sei, muitíssimo prendada. Desde a morte do pai, mora em Londres, onde uma dama vive com ela e supervisiona sua educação.

Depois de muitas pausas e diversas tentativas de outros assuntos, Elizabeth não pôde deixar de voltar mais uma vez ao primeiro, dizendo:

– Estou perplexa com a intimidade dele com o sr. Bingley! Como pode o sr. Bingley, que me parece o bom humor em pessoa e é, acredito, realmente amável, ser amigo de tal homem? Como podem se dar bem? O senhor conhece o sr. Bingley?

– Não.

– É um homem encantador, amável, de boa índole. Não deve saber quem é o sr. Darcy.

– Talvez não; mas o sr. Darcy sabe agradar quando quer. Não lhe faltam talentos. Ele pode ser um ótimo interlocutor se achar que vale a pena. Com os do seu próprio nível social, é um homem muito diferente do que em relação aos menos prósperos. O orgulho nunca o abandona, mas com os ricos ele tem ideias liberais, é justo, sincero, racional, honrado e talvez agradável, algum mérito devendo-se a sua fortuna e aparência.

Dissolvendo-se logo depois a mesa de uíste, os jogadores juntaram-se à outra mesa e o sr. Collins acomodou-se entre sua prima Elizabeth e a sra. Phillips. A última lhe fez as perguntas de praxe sobre a sorte no primeiro jogo. Não havia sido muito grande, perdera todas as rodadas; mas, quando a sra. Phillips começou a expressar consternação, ele assegurou-lhe com a mais honesta seriedade que isso não tinha a menor importância, que considerava o dinheiro uma ninharia, e rogou-lhe que não se preocupasse.

– Sei muito bem, minha senhora – disse ele –, que quando as pessoas se sentam a uma mesa de jogos, correm esse tipo de risco. E felizmente não estou na situação de considerar cinco xelins muito importantes. Não há dúvida de que há alguns que não podem dizer o mesmo, mas, graças a Lady Catherine de Bourgh, estou bem longe de precisar me importar com coisas menores.

A atenção do sr. Wickham havia sido atraída e, depois de observar o sr. Collins por alguns momentos, ele perguntou a Elizabeth, em voz baixa, se seu parente era muito íntimo da família dos De Bourgh.

– Lady Catherine de Bourgh – respondeu ela – entregou-lhe há pouco tempo um vicariato. Não sei bem como o sr. Collins foi apresentado a ela, mas com certeza não se trata de um conhecimento de muito tempo.

– A senhorita sem dúvida sabe que Lady Catherine de Bourgh e Lady Anne Darcy eram irmãs e que, em consequência, ela é tia do atual sr. Darcy.

– Não, na verdade eu não sabia. Nada sei a respeito dos parentes de Lady Catherine. Nunca tinha ouvido falar nela até dois dias atrás.

– A filha, a srta. De Bourgh, terá grande fortuna, e acredita-se que ela e o primo unirão as duas propriedades.

Essa informação fez Elizabeth sorrir, pois pensou na pobre srta. Bingley. Inúteis então eram todas as suas atenções, inútil e vão seu afeto pela irmã do sr. Darcy e seus elogios ao próprio, se ele já se tinha destinado a outra.

– O sr. Collins – disse ela – tem em alta conta tanto Lady Catherine quanto a filha; mas, por alguns detalhes por ele revelados a respeito de Sua Senhoria, suspeito que sua gratidão o iluda e que, apesar de ser sua protetora, ela seja uma mulher arrogante e vaidosa.

– Acredito que seja as duas coisas, em alto grau – retrucou Wickham. – Não a vejo há muitos anos, mas lembro-me bem de que jamais gostei dela e que suas maneiras eram ditatoriais e insolentes. Ela tem a reputação de ser notavelmente sensível e esperta; mas na verdade acredito que parte de suas qualidades derivam de sua posição e fortuna, parte de sua atitude autoritária e o resto do orgulho que tem do sobrinho, que acha que todos os que se relacionam com ele devam ter uma inteligência de primeira linha.

Elizabeth confessou que ele dera uma explicação bastante racional e continuaram conversando, com mútua satisfação, até que a ceia pôs fim aos jogos e deu ao resto das senhoras sua cota das atenções do sr. Wickham. Não podia haver conversas com o vozerio da reunião da sra. Phillips, mas seus modos o recomendavam diante de todos. Tudo o que ele dizia era dito corretamente; tudo o que fazia era feito com graça. Elizabeth foi para casa com os pensamentos tomados por ele. Durante todo o caminho de volta, não conseguiu desviá-los do sr. Wickham e do que ele lhe contara; mas não houve tempo para que chegasse a mencionar seu nome, pois nem Lydia nem o sr. Collins se calaram por um instante. Lydia falava sem cessar dos cartões de víspora, da ficha que perdera e da ficha que ganhara; e o sr. Collins, descrevendo a cortesia do sr. e da sra. Phillips, afirmando que de modo algum lamentava suas perdas no uíste, enumerando todos os pratos da ceia e repetidas vezes reafirmando seu receio de incomodar os primos, tinha mais a dizer do que conseguiu até que a carruagem parasse diante da Mansão Longbourn.

Capítulo 17

Elizabeth contou a Jane no dia seguinte o que se passara entre o sr. Wickham e ela. Jane ouviu com perplexidade e preocupação; não sabia como acreditar que o sr. Darcy pudesse ser tão indigno da consideração do sr. Bingley e, ainda assim, não era de sua natureza questionar a veracidade de um jovem de aparência tão amável como Wickham. A possibilidade de ele ter sofrido tal crueldade era o bastante para despertar todos os seus ternos sentimentos; assim, nada mais havia a ser feito além de pensar bem de ambos, defender a conduta de cada um deles e colocar na conta de acidente ou erro tudo o que não pudesse ser de outro modo explicado.

– É bem provável – disse ela – que ambos tenham sido enganados, de algum modo, por alguma razão da qual não podemos fazer ideia. Pessoas interesseiras talvez os tenham intrigado. Em resumo, é impossível para nós conjeturarmos as causas ou circunstâncias que os podem ter afastado, sem que haja culpa real de qualquer dos lados.

– É bem verdade, com certeza; e agora, minha cara Jane, o que você tem a dizer a favor das pessoas interesseiras que talvez se tenham envolvido no assunto? Inocente-as também, ou seremos obrigadas a pensar mal de alguém.

– Zombe o quanto quiser, mas sua zombaria não me fará mudar de opinião. Lizzy, querida, por favor considere sob que luz desonrosa isso coloca o sr. Darcy, ter tratado desse modo o favorito do pai, alguém de quem o pai havia prometido cuidar. É impossível. Ninguém com alguma humanidade, ninguém que tivesse algum apreço por seu caráter, seria capaz disso. Poderiam seus amigos mais íntimos estar a tal ponto enganados? Ah! Não.

– É muito mais fácil para mim acreditar que o sr. Bingley esteja iludido do que pensar que o sr. Wickham inventaria uma história como a que me contou ontem à noite; nomes, fatos, tudo mencionado de modo tão direto. Se não for assim, deixemos que o sr. Darcy o contradiga. Ademais, havia verdade em seu rosto.

– É mesmo muito difícil... é lamentável. Não se sabe o que pensar.

– Ora, por favor; sabe-se exatamente o que pensar.

Mas Jane só conseguia pensar com clareza num único ponto. Que o sr. Bingley, acaso *tivesse* sido iludido, sofreria muito quando o caso se tornasse público.

As duas moças foram chamadas no arvoredo, onde se passava essa conversa, para receber as próprias pessoas das quais falavam; o sr. Bingley e irmãs chegavam para entregar seu convite pessoal para o tão esperado baile em Netherfield, que havia sido marcado para a quinta-feira seguinte. As senhoras ficaram encantadas por ver outra vez a amiga, afirmaram que um século parecia ter passado sem que se encontrassem e por diversas vezes perguntaram o que tinha feito desde sua separação. Ao resto da família deram pouca atenção, evitando a sra. Bennet tanto quanto possível, pouco falando com Elizabeth e nada com os outros. Logo se foram, levantando-se das cadeiras com uma presteza que pegou o irmão desprevenido e apressando-se em sair como se quisessem fugir das cortesias da sra. Bennet.

A perspectiva do baile de Netherfield foi extremamente agradável para todas as mulheres da família. A sra. Bennet preferiu considerar que a festa era dada em honra de sua filha mais velha e sentia-se especialmente lisonjeada por ter recebido o convite das mãos do próprio sr. Bingley e não apenas acompanhado de um formal cartão de visitas. Jane imaginou para si mesma uma noite feliz na companhia das duas amigas e com as atenções do irmão de ambas; Elizabeth pensou com prazer em dançar mais de uma vez com o sr. Wickham e em buscar uma confirmação de tudo no olhar e no comportamento do sr. Darcy. A felicidade antecipada por Catherine e Lydia dependia menos de qualquer fato ou qualquer pessoa em especial pois, embora cada uma delas, como Elizabeth, pretendesse dançar metade da noite com o sr. Wickham, ele não era de modo algum o único parceiro que as satisfaria e um baile era, de qualquer maneira, um baile. Até mesmo Mary chegou a garantir à família que não era avessa à ideia de ir.

– Desde que eu possa ter as manhãs para mim mesma – disse ela –, isso me basta... Acho que não é um sacrifício comparecer às vezes a compromissos noturnos. A vida social nos faz exigências, e admito estar entre os que consideram intervalos de recreação e diversão desejáveis para todos.

O humor de Elizabeth era tão bom nessa ocasião que, embora quase não falasse com o sr. Collins sem necessidade, não pôde deixar de perguntar se ele pretendia aceitar o convite do sr. Bingley e, caso o fizesse, se consideraria adequado participar da festa. E ficou um tanto surpresa ao descobrir que ele não nutria quaisquer escrúpulos naquele sentido e estava bem longe de temer uma repreensão, fosse do arcebispo ou de Lady Catherine de Bourgh, por se atrever a dançar.

– De modo algum considero, garanto-lhe – disse ele –, que um baile deste tipo, oferecido por um jovem responsável a pessoas respeitáveis, possa ter qualquer tendência perniciosa; e estou tão longe de me recusar a dançar que espero ter a honra de bailar com todas as minhas belas primas no decorrer da noite. E aproveito a oportunidade para lhe pedir, srta. Elizabeth, que me conceda em especial as duas primeiras danças, uma preferência que acredito será atribuída por minha prima Jane a uma causa justa e não a qualquer desrespeito por ela.

Elizabeth sentiu-se completamente frustrada. Imaginara comprometer-se com o sr. Wickham para aquelas mesmas danças; e ter, em vez dele, o sr. Collins! Nunca escolhera pior momento para demonstrar alegria. Não havia o que fazer, entretanto. A felicidade do sr. Wickham e a sua própria foi assim adiada um pouco mais, e a proposta do sr. Collins aceita com tanta graça quanto conseguiu. Não lhe agradou também sua galanteria, pela impressão deixada de que havia algo mais. Pela primeira vez assaltou-lhe a ideia de que *ela* havia sido escolhida entre suas irmãs como digna de ser a senhora do Presbitério Hunsford e requisitada para compor uma mesa de quadrilha em Rosings, na ausência de visitantes mais ilustres. A ideia logo se transformou em convicção, à medida que observava as crescentes cortesias para com ela e ouvia as frequentes tentativas de elogio por seu senso de humor e vivacidade; e, embora mais perplexa do que grata por tal efeito de seus encantos, não se passou muito tempo até que a mãe insinuasse que a probabilidade de tal casamento era muitíssimo atraente para *ela*. Elizabeth, contudo, preferiu se fazer de desentendida, bastante consciente de que uma séria discussão poderia resultar de qualquer resposta. O sr. Collins poderia nunca fazer o pedido e, até que fizesse, era inútil discutir a respeito.

Não houvesse um baile em Netherfield para o qual se preparar e a respeito do qual falar, as meninas Bennet passariam por momentos muito difíceis, pois, desde o dia do convite até o do baile, houve tal sucessão de chuvas que as impediu de ir a Meryton por uma vez que fosse. Nem tia nem oficiais ou novidades puderam ser procuradas, e mesmo os laços dos sapatos a serem usados em Netherfield precisaram ser encomendados às lojas. Até Elizabeth teve sua paciência posta à prova num clima que interrompeu por completo os progressos de sua amizade com o sr. Wickham; e apenas uma dança na quinta-feira poderia tornar suportáveis para Kitty e Lydia uma sexta, um sábado, um domingo e uma segunda como aqueles.

Capítulo 18

Até que Elizabeth entrasse na sala de estar de Netherfield e buscasse em vão pelo sr. Wickham entre todas as túnicas vermelhas ali reunidas, não lhe tinha ocorrido qualquer dúvida quanto à sua presença. A certeza de encontrá-lo não fora questionada por aquelas recordações que poderiam não sem razão tê-la alertado. Vestira-se com cuidado maior do que o habitual e se preparara com o melhor dos ânimos para a conquista de tudo o que ainda houvesse a conquistar no coração do rapaz, acreditando que não seria impossível fazê-lo naquela noite. Mas num instante surgiu a terrível suspeita de que ele tivesse sido excluído do convite dos Bingley aos oficiais com o intuito de agradar ao sr. Darcy e, embora não fosse esse o caso, o motivo real de sua ausência foi revelado por seu amigo Denny, que Lydia interrogou com ansiedade e que lhes disse que Wickham fora obrigado a ir à cidade a negócios no dia anterior e ainda não voltara, acrescentando com um sorriso expressivo:

– Não imagino que negócios o teriam feito se afastar exatamente agora, se ele não quisesse evitar certo cavalheiro.

Esta parte de seu comentário, apesar de não ouvida por Lydia, foi registrada por Elizabeth e, certificando-se de que Darcy não era menos responsável pela ausência de Wickham do que seria devido à sua primeira suspeita, todos os sentimentos de desprazer em relação ao primeiro foram tão aguçados por seu imediato desapontamento que mal conseguiu responder com um mínimo de civilidade às cordiais perguntas que ele logo depois se aproximou para fazer. Qualquer atenção, tolerância ou paciência em relação a Darcy seria injuriosa a Wickham. Decidiu-se contra todo tipo de conversa com ele e afastou-se com um grau de mau humor que não conseguiu superar por completo nem mesmo ao falar com o sr. Bingley, cuja parcialidade cega a irritava.

Mas Elizabeth não era de natureza a ficar mal-humorada e, mesmo destruídos todos os seus projetos pessoais para a noite, depressa se recuperou e, tendo contado todas as mágoas a Charlotte Lucas, que não via há uma semana, logo foi capaz de, por conta própria, levar o assunto para as esquisitices do primo e mostrá-lo à amiga. As primeiras duas danças, contudo, trouxeram de volta a angústia; foram danças de penitência. O sr. Collins, desajeitado e solene, desculpando-se em vez de prestar atenção e com frequência errando o passo sem se dar conta, proporcionou-lhe toda a vergonha e desespero que podem ser proporcionados por um parceiro desagradável em duas danças seguidas. O momento em que se viu livre dele foi de êxtase.

Dançou a seguir com um oficial, e foi um alívio falar de Wickham e ouvir que todos o estimavam. Ao fim dessas danças, voltou para Charlotte Lucas e conversava com ela quando se viu subitamente abordada pelo sr. Darcy, que a apanhou tão desprevenida ao pedir que aceitasse ser seu par numa próxima música que, sem saber o que fazia, aceitou. Ele afastou-se no mesmo instante, e ela pôde lamentar sua própria falta de presença de espírito; Charlotte tentou consolá-la:

– É bem provável que você o ache muito agradável.

– Pelos céus! *Isso* seria o pior de tudo! Achar agradável um homem que se decidiu odiar! Não me deseje tanto mal.

Quando, entretanto, a música recomeçou e Darcy se aproximou para tomar-lhe a mão, Charlotte não conseguiu deixar de lhe recomendar num sussurro que não fosse tola e não permitisse que seu capricho por Wickham a tornasse desagradável aos olhos de um homem dez vezes mais importante que ele. Elizabeth não deu resposta e foi ocupar sua posição no salão, atônita com a honra de ter sido escolhida para fazer par com o sr. Darcy e lendo igual perplexidade no olhar das pessoas próximas. Passaram algum tempo sem falar, e ela começou a imaginar se aquele silêncio se estenderia pelas duas danças, a princípio decidida a não quebrá-lo, até que, imaginando de repente que o maior castigo para seu parceiro seria obrigá-lo a falar, fez ligeiras observações a respeito da música. Ele respondeu e de novo silenciou. Depois de uma pausa de alguns minutos, ela se dirigiu a ele pela segunda vez:

– É a *sua* vez de dizer algo, sr. Darcy. Falei sobre a música, e *o senhor* deve fazer algum comentário a respeito do tamanho do salão, ou do número de pares.

Ele sorriu e assegurou-lhe que diria tudo o que ela desejasse.

– Muito bem. Tal resposta é suficiente por enquanto. Talvez mais adiante eu observe que os bailes particulares são muito mais agradáveis do que os públicos. Mas *agora* devemos ficar em silêncio.

– Então a senhorita fala por obrigação, quando dança?

– Às vezes. É preciso falar um pouco, o senhor sabe. Pareceria estranho passar meia hora em silêncio ao lado de alguém, ainda que, em prol de *alguns*, a conversa deva ser conduzida de modo a que possam dizer o mínimo possível.

– Está expressando seus próprios sentimentos no caso presente, ou imagina estar beneficiando os meus?

– Ambos – retrucou Elizabeth, maliciosa –, pois sempre percebi grande afinidade em nosso modo de pensar. Somos os dois de natureza antissocial e taciturna e não gostamos de falar, a não ser que esperemos dizer algo que surpreenderá todo o salão e ficará para a posteridade com todo o brilho de um provérbio.

– Isso não tem qualquer semelhança com seu próprio temperamento, tenho certeza – disse ele. – O quanto se aproxima do *meu*, não posso dizer. Sem dúvida, na *sua* opinião, trata-se de um retrato fiel.

– Não devo julgar meu próprio desempenho.

Ele não deu resposta e ficaram outra vez em silêncio até o final da dança, quando ele perguntou se ela e as irmãs iam com frequência passear em Meryton. Ela respondeu com uma afirmativa e, incapaz de resistir à tentação, acrescentou:

– Quando nos encontrou outro dia, acabávamos de travar mais uma relação.

O efeito foi imediato. Uma intensa sombra de altivez cobriu seus traços, mas ele não disse uma palavra e Elizabeth, mesmo se censurando por sua própria fraqueza, não pôde ir adiante. Afinal, Darcy, com ar constrangido, disse:

– O sr. Wickham é dotado de tantas bênçãos que pode *fazer* amigos com facilidade... Que seja também capaz de *conservá-los*, não se pode garantir.

– Ele teve a infelicidade de perder a *sua* amizade – retrucou Elizabeth com ênfase –, e de uma forma cujas consequências sofrerá por toda a vida.

Darcy não deu resposta e pareceu ansioso para mudar de assunto. Nesse momento, Sir William Lucas surgiu a seu lado com a intenção de atravessar o salão, mas, ao perceber o sr. Darcy, parou e, com toda cortesia, cumprimentou-o por sua maneira de dançar e por sua parceira.

– Estou muitíssimo encantado, meu caro senhor. Não se vê com frequência alguém dançar tão bem. Fica evidente que o senhor pertence aos mais altos círculos. Permita-me observar, contudo, que sua bela parceira não fica atrás e que devo esperar ver este prazer se repetir, sobretudo quando se realizar um evento esperado, minha cara Eliza – disse ele voltando os olhos para Jane e o sr. Bingley. – Inúmeras serão as congratulações! Apelo para o sr. Darcy. Mas não me permita interrompê-lo, senhor. Não me agradecerá por privá-lo da sedutora conversa dessa jovem, cujos olhos brilhantes também me censuram.

A última parte da frase mal foi ouvida por Darcy, mas a alusão de Sir William a seu amigo pareceu chocá-lo bastante e seus olhos se dirigiram com expressão um tanto séria para Bingley e Jane, que dançavam juntos. Controlando-se, porém, logo a seguir, voltou-se para sua parceira e disse:

– A interrupção de Sir William me fez esquecer do que falávamos.

– Não acredito que falássemos de alguma coisa. Sir William não poderia ter interrompido duas pessoas no salão que menos tivessem a se dizer. Já tentamos dois ou três assuntos sem sucesso e não imagino sobre o que possamos falar a seguir.

– O que acharia de livros? – disse ele sorrindo.

– Livros... Oh! Não! Estou certa de que nunca lemos a mesma coisa, ou pelo menos não com os mesmos sentimentos.

– Lamento que pense assim, mas se for esse o caso, ao menos não nos faltará assunto. Podemos comparar nossas diferentes opiniões.

– Não. Não posso falar de livros num salão de baile, tenho a cabeça sempre ocupada com outras coisas.

– O *presente* sempre a mantém ocupada em tais situações, não é mesmo? – disse ele com olhar de dúvida.

– Sempre – ela respondeu sem saber o que dizia, pois seus pensamentos estavam longe dali e logo depois se revelaram através de uma repentina exclamação: – Lembro-me de ouvi-lo dizer uma vez, sr. Darcy, que o senhor raramente perdoava, que seu ressentimento, uma vez despertado, não podia ser aplacado. O senhor toma muito cuidado, suponho, para que não *seja despertado*.

– Sem dúvida – disse ele com voz firme.

– E nunca se permite ser ofuscado pelo preconceito?

– Espero que não.

– É especialmente importante, para os que nunca mudam de opinião, estar seguro de fazer um julgamento acertado da primeira vez.

– Posso lhe perguntar qual a intenção dessas perguntas?

– Apenas ilustrar o *seu* temperamento – disse ela, esforçando-se para afastar qualquer seriedade. – Estou tentando decifrá-lo.

– E até onde foi?

Ela balançou a cabeça.

– Não cheguei a lugar algum. Ouço tantas descrições diferentes a seu respeito que acabo confusa.

– Posso muito bem acreditar – respondeu ele, sério – que as informações a meu respeito variem bastante. E permito-me desejar, srta. Bennet, que não delineie meu caráter neste momento, pois há motivos que me fazem recear que tal representação não me seria favorável.

– Mas se eu não traçar o esboço agora, posso nunca mais ter outra oportunidade.

– De modo algum eu a privaria de qualquer prazer – retrucou ele com frieza.

Ela nada mais disse, e eles terminaram a dança seguinte e se separaram em silêncio e ambos insatisfeitos, embora não no mesmo grau, pois no peito de Darcy havia, em relação a ela, um sentimento bastante intenso que logo a perdoou e dirigiu sua raiva contra outra pessoa.

Mal se tinham separado quando a srta. Bingley veio na direção dela e, com expressão de polido desdém, a interpelou:

– Então, srta. Eliza, ouvi dizer que está muito encantada por George Wickham! Sua irmã esteve falando comigo a respeito dele e me fazendo mil perguntas, e descobri que o rapaz se esqueceu de lhe dizer, entre outros comunicados, que era o filho do velho Wickham, administrador do falecido sr. Darcy. Deixe-me recomendar, entretanto, como amiga, que não confie por completo em tudo o que ele diz pois, quanto ao sr. Darcy tê-lo tratado mal, isso é completamente falso e, pelo contrário, sempre foi admiravelmente gentil com ele, embora George Wickham tenha tratado o sr. Darcy de um modo infame. Não conheço os detalhes, mas sei muito bem que o sr. Darcy não tem qualquer culpa nesse caso, que não suporta ouvir o nome de George Wickham e que, embora meu irmão achasse que não poderia deixar de incluí-lo em seu convite aos oficiais, ficou por demais satisfeito ao descobrir que o outro se afastara. Sua vinda para o campo já é em si uma insolência, e me pergunto como ele foi capaz. Lamento muito, srta. Eliza, por esta revelação da culpa de seu favorito, mas na verdade, considerando suas origens, não se poderia esperar muito mais.

– Sua culpa e suas origens parecem ser a mesma coisa, na sua opinião – disse Elizabeth zangada. – Pois eu a ouvi acusá-lo apenas de ser o filho do administrador do sr. Darcy e *isso*, posso lhe garantir, ele mesmo me informou.

– Queira me desculpar – retrucou a srta. Bingley afastando-se com um risinho zombeteiro. – Perdão pela interferência... Foi com boas intenções.

“Garota insolente!”, disse Elizabeth consigo mesma. “Você está muito enganada se pensa me influenciar com um ataque tão mesquinho. Tudo o que vejo nele é sua própria ignorância teimosa e a malícia do sr. Darcy.”

Foi então em busca da irmã mais velha, que se ocupara em investigar o mesmo assunto junto a Bingley. Jane veio ao seu encontro com um sorriso tão doce de boa vontade e o brilho de uma expressão tão feliz que foi o bastante para mostrar o quanto estava satisfeita com os acontecimentos da noite. Elizabeth leu no mesmo instante seus sentimentos, e naquele momento a solicitude para com Wickham, o ressentimento contra seus inimigos como tudo o mais desapareceram diante da esperança de estar Jane no melhor caminho para a felicidade.

– Quero saber – disse ela com ar não menos sorridente que a irmã – o que você ouviu a respeito do sr. Wickham. Mas talvez você tenha estado muito agradavelmente ocupada para pensar em qualquer outra pessoa, nesse caso pode contar com o meu perdão.

– Não – respondeu Jane –, eu não o esqueci; mas não tenho nada agradável para lhe contar. O sr. Bingley não conhece toda a história e ignora as circunstâncias que tanto ofenderam o sr. Darcy; mas ele atesta a boa conduta, a probidade e a honra do amigo e está absolutamente convencido de que o sr. Wickham merece muito menos atenção do sr. Darcy do que tem recebido; e lamento dizer que, na sua opinião como também na de sua irmã, o sr. Wickham não é de modo algum um rapaz respeitável. Receio que ele tenha sido muito imprudente e tenha merecido perder a consideração do sr. Darcy.

– O sr. Bingley não conhece o sr. Wickham?

– Não, nunca o tinha visto até aquela manhã em Meryton.

– Então tudo o que diz resulta do que lhe contou o sr. Darcy. Estou satisfeita. Mas o que ele disse a respeito do vicariato?

– Ele não se lembra das circunstâncias exatas, embora mais de uma vez as tenha ouvido do sr. Darcy, mas acredita que lhe tenha sido deixado apenas *condicionalmente*.

– Não tenho qualquer dúvida quanto à sinceridade do sr. Bingley – disse Elizabeth com ênfase –, mas você precisa me desculpar por não me deixar convencer apenas por convicções. A defesa do amigo feita pelo sr. Bingley foi muito hábil, acredito; mas, como ele não tem conhecimento de diversas partes da história e soube do resto por esse mesmo amigo, corro o risco de continuar a pensar do mesmo modo a respeito dos dois cavalheiros.

Mudou então de assunto para um mais agradável para ambas e no qual não poderia haver discrepância de sentimentos. Elizabeth ouviu deliciada as esperanças felizes, embora modestas, que Jane alimentava em relação ao sr. Bingley e fez tudo o que pôde para aumentar sua confiança nas mesmas. Juntando-se a elas o próprio sr. Bingley, Elizabeth foi ao encontro da srta. Lucas, a cujas perguntas sobre a amabilidade de seu último par mal conseguiu responder antes que o sr. Collins se aproximasse e lhe dissesse com grande júbilo que acabara de ter a enorme sorte de fazer uma importante descoberta.

– Descobri – disse ele –, por um curioso acaso, que há neste salão um parente próximo da minha benfeitora. Pude ouvir o próprio cavalheiro mencionar à jovem senhora que faz as honras da casa os nomes de sua prima a srta. De Bourgh e sua mãe, Lady Catherine. Como é maravilhoso que possam ocorrer tais coisas! Quem poderia imaginar que eu me encontraria, nesta festa, com um provável sobrinho de Lady Catherine de Bourgh! Estou tão grato que tal descoberta tenha sido feita a tempo de apresentar meus respeitos ao mesmo, o que vou fazer agora, e acredito que ele irá me desculpar por não tê-lo feito antes. Minha total ignorância do parentesco pode corroborar minhas desculpas.

– O senhor não vai se apresentar sozinho ao sr. Darcy!

– Na verdade, vou. Pedirei perdão por não tê-lo feito mais cedo. Acredito que ele seja *sobrinho* de Lady Catherine. Terei a possibilidade de lhe assegurar que Sua Senhoria passava muito bem quando com ela estive pela última vez.

Elizabeth tentou com insistência dissuadi-lo de tal atitude, garantindo-lhe que o sr. Darcy consideraria sua atitude de se dirigir a ele sem prévia apresentação um atrevimento e uma impertinência, muito mais do que um cumprimento à sua tia, que não era minimamente necessário que tomassem conhecimento de sua mútua presença e que, se assim fosse, caberia ao sr. Darcy, de nível social superior, tomar a iniciativa. O sr. Collins a ouviu com a expressão determinada de quem seguiria seus próprios impulsos e, quando ela parou de falar, retrucou:

– Minha cara srta. Elizabeth, tenho a mais alta opinião do mundo quanto a seu excelente julgamento a respeito de todos os assuntos dentro do escopo de seu conhecimento; mas permita-me dizer que há uma enorme diferença entre as fórmulas de etiqueta entre leigos e as que regulam o clero; pois, permita-me observar que considero o ofício clerical no mesmo nível de dignidade da mais alta posição no reino... desde que uma adequada humildade de comportamento seja simultaneamente mantida. A senhorita deve me permitir, assim, seguir os ditames de minha consciência na presente ocasião, que me levam a um comportamento que avalio ser uma questão de dever. Perdoe-me negligenciar os benefícios de seus conselhos, que em qualquer outro assunto serão meu constante guia, visto que na situação com que nos deparamos me considero, por educação e estudos costumeiros, mais capacitado a opinar sobre o que é adequado do que uma moça como a senhorita.

E, com profunda reverência, ele a deixou para abordar o sr. Darcy, cuja recepção a seus avanços ela observou com avidez e cujo sobressalto ao ser interpelado daquela maneira foi bastante evidente. O primo iniciou sua fala com uma solene mesura e, embora não pudesse ouvir uma palavra do que era dito, sentiu como se tudo escutasse e leu no movimento de seus lábios as palavras "desculpas", "Hunsford" e "Lady Catherine de Bourgh". Envergonhou-se por vê-lo se expor a tal homem. O sr. Darcy o olhava com indisfarçado assombro e quando, afinal, o sr. Collins lhe permitiu falar, respondeu com ar de distante civilidade. O sr. Collins, entretanto, não se deixando desencorajar, falou novamente, e o desprezo do sr. Darcy parecia crescer cada vez mais diante da extensão de seu segundo discurso; e, quando o outro terminou, ele apenas fez uma leve inclinação e se afastou. O sr. Collins voltou então para Elizabeth.

– Não tenho motivos, posso lhe assegurar – disse ele –, para me queixar da recepção. O sr. Darcy pareceu muito satisfeito com minha atenção. Respondeu-me com a maior cortesia e até me fez um cumprimento dizendo que tinha tanta confiança no discernimento de Lady Catherine que tinha a certeza de que ela jamais concederia seus favores a quem não fosse digno dos mesmos. Foi sem dúvida de um belo pensamento. De modo geral, estou bastante satisfeito com ele.

Como Elizabeth não tinha mais qualquer interesse pessoal a que se dedicar, voltou sua atenção quase total para a irmã e o sr. Bingley, e a sequência de agradáveis reflexões nascidas de sua observação deixou-a talvez tão feliz quanto Jane. Viu-a, em pensamento, instalada naquela mesma casa, com toda a felicidade que um casamento de verdadeiro afeto pode proporcionar; e sentiu-se capaz de, em tais circunstâncias, chegar até mesmo a gostar das duas irmãs de Bingley. Percebeu que os pensamentos da mãe seguiam a mesma direção e decidiu não se arriscar a ficar por perto, receando que ela pudesse falar demais. Ao se sentarem para a ceia, entretanto, considerou uma cruel falta de sorte terem sido colocadas uma ao lado da outra e ainda mais constrangida ficou ao descobrir que a mãe falava com outra pessoa (Lady Lucas), livre e abertamente, de nada menos do que sua esperança de ver Jane em breve casada com o sr. Bingley. O assunto era fascinante, e a sra. Bennet parecia incapaz de se cansar de enumerar as vantagens de tal união. O fato de ele ser um rapaz tão encantador e tão rico e morar a três milhas de distância de sua casa eram os primeiros motivos para se congratular; e depois era tão tranquilizador pensar no quanto as duas irmãs gostavam de Jane e ter certeza de que deveriam desejar o enlace tanto quanto ela mesma. Ademais, era muito promissor para suas outras filhas, pois, casando-se Jane tão bem, isso as colocaria diante de outros homens ricos; e finalmente, era muito agradável, na sua idade, a ideia de poder confiar as filhas solteiras aos cuidados da irmã e não precisar acompanhá-las mais do que gostaria. Era preciso considerar tal circunstância uma fonte de prazer, pois em tais ocasiões é preciso obedecer à etiqueta, mas ninguém apreciava mais do que a sra. Bennet o conforto de ficar em casa em qualquer momento da vida. Concluiu fazendo os melhores votos de que Lady Lucas pudesse ter em breve a mesma sorte, embora acreditando, clara e triunfantemente, que isso não seria possível.

Em vão tentou Elizabeth reprimir o fluxo das palavras da mãe ou convencê-la a descrever sua felicidade num sussurro menos audível; pois, para seu inexprimível constrangimento, podia observar que a maior parte do que era dito podia ser ouvido pelo sr. Darcy, que se sentava em frente a elas. A mãe apenas a repreendeu por ser tão absurda.

– Ora por favor, quem é o sr. Darcy para que eu deva ter medo dele? Estou certa de que não lhe devemos qualquer favor especial para que não possamos dizer nada que *ele* talvez não goste de ouvir.

– Pelo amor de Deus, senhora, fale mais baixo. Que vantagens lhe poderia trazer uma ofensa ao sr. Darcy? Ele nunca irá recomendá-la ao amigo, se assim for!

Nada do que ela dissesse, porém, teria qualquer influência. Sua mãe continuaria a expor suas opiniões no mesmo tom audível. Elizabeth enrubesceu e voltou a enrubescer de vergonha e constrangimento. Não podia evitar lançar com frequência um olhar para o sr. Darcy, embora cada vez que o fizesse se convencesse do que temia; pois, apesar de ele não estar sempre olhando para a sra. Bennet, ela estava convencida de que sua atenção era invariavelmente atraída para lá. A expressão do rosto dele mudou, aos poucos, de um desdém indignado para uma seriedade controlada e imperturbável.

Finalmente, entretanto, a sr. Bennet não teve mais o que dizer e Lady Lucas, que há muito bocejava diante da repetição de maravilhas das quais não via possibilidade de compartilhar, foi deixada às compensações do frango e do pernil frio. Elizabeth começou então a respirar. Mas não foi longo seu intervalo de tranquilidade pois, finda a ceia, o canto foi mencionado e ela ficou mortificada ao ver Mary, depois de pouquíssimos pedidos, preparar-se para entreter o grupo. Por meio de olhares veementes e rogos silenciosos, tentou impedir tal demonstração de falta de recato, mas em vão; Mary não compreendeu; sentia-se lisonjeada por aquela oportunidade de exibição e começou a cantar. Os olhos de Elizabeth fixaram-se nela com os mais dolorosos sentimentos e observaram seus progressos através das várias árias com uma impaciência que foi ao final mal recompensada; pois Mary, ao receber, entre os agradecimentos da plateia, a insinuação de uma esperança de que pudesse ser convencida a brindá-los mais uma vez, recomeçou após uma pausa de meio minuto. As aptidões de Mary não estavam de modo algum à altura de tal exibição; sua voz era fraca e seus modos, afetados. Elizabeth vivia uma agonia. Olhou para Jane, para ver como reagia, mas Jane estava muito entretida em sua conversa com Bingley. Olhou para as duas irmãs e as viu trocando gestos sarcásticos. E olhou para Darcy, que continuava, porém, sério e imperturbável. Olhou para o pai, para pedir sua interferência, ou Mary continuaria a cantar durante toda a noite. Ele compreendeu sua intenção e, quando Mary terminou a segunda apresentação, disse em voz alta:

– Isso é o bastante, minha filha. Você já nos encantou por tempo suficiente. Permita que as outras moças tenham tempo para se apresentar.

Mary, mesmo fingindo não ter ouvido, ficou um tanto desconcertada, e Elizabeth, com pena dela e lamentando a fala de seu pai, receou que sua ansiedade tivesse sido inútil. Outras jovens foram requisitadas.

– Se eu – disse o sr. Collins – fosse afortunado a ponto de saber cantar, teria tido grande prazer, estou certo, em obsequiar os presentes com uma canção, pois considero a música uma diversão bastante inocente e perfeitamente compatível com a profissão de clérigo. Não pretendo, contudo, afirmar que podemos nos justificar por devotar tempo demais à música, pois há sem dúvida outras coisas às quais se dedicar. O reitor de uma paróquia tem muitos afazeres. Em primeiro lugar, precisa fazer um ajuste dos dízimos que lhe seja favorável sem ser ofensivo ao seu benfeitor. Precisa escrever seus próprios sermões, e o tempo que sobra nunca será suficiente para cumprir as obrigações paroquiais e se ocupar do trato e aprimoramento de sua morada, que não pode descuidar de tornar o mais confortável possível. E não acredito ter pouca importância o fato de que precise ter atitudes atentas e conciliatórias em relação a todos, sobretudo para com aqueles a quem deve seu encargo. Não posso isentá-lo desse dever, nem poderia ter em bom conceito um homem que deixasse passar uma ocasião de apresentar seus respeitos a alguém ligado àquela família.

E, com uma reverência ao sr. Darcy, concluiu sua fala, que havia sido feita em voz alta a ponto de ser ouvida por metade do salão. Muitos o olharam fixo, muitos sorriram; mas ninguém pareceu mais divertido do que o próprio sr. Bennet, enquanto sua mulher cumprimentava seriamente o sr. Collins por ter falado com tanta sensatez e observava num semissussurro para Lady Lucas que se tratava de um rapaz excepcionalmente inteligente e bom.

A Elizabeth parecia que, tivesse sua família feito um acordo para se expor o máximo possível no decorrer da noite, teria sido impossível para cada um representar seu papel com mais desenvoltura ou maior sucesso; e pensou que, felizmente para Bingley e Jane, parte dessa exibição não havia sido percebida por ele e que seus sentimentos não pareciam propensos a ser muito perturbados por quaisquer bobagens que ele pudesse ter presenciado. De qualquer modo, que as irmãs Bingley e o sr. Darcy tivessem tal oportunidade para ridicularizar seus parentes já era ruim o bastante. E ela não conseguia definir o que era mais insuportável, se o desdém silencioso do cavalheiro ou os insolentes sorrisos das damas.

O resto da noite pouca distração lhe trouxe. Foi perseguida pelo sr. Collins, que insistiu em continuar a seu lado e, mesmo não conseguindo convencê-la a dançar com ele mais uma vez, não a deixou livre para dançar com outros. Em vão ela o incentivou a se colocar ao lado de outra pessoa e se ofereceu para apresentá-lo a qualquer moça no salão. Ele assegurou-lhe que de modo algum tinha interesse pelas danças; que seu objetivo principal era, por meio de delicadas atenções, fazer-se agradável a seus olhos e que tencionava marcar pontos ficando perto dela durante toda a noite. Não havia argumentos contra tal proposta. Seu único alívio foi trazido pela amiga Charlotte Lucas, que por diversas vezes se juntou a eles e de boa vontade entreteve o sr. Collins com sua conversa.

Isso ao menos a livrou da afronta de receber novas atenções do sr. Darcy; mesmo ficando com frequência a pouca distância dela, sem interlocutores, nunca se aproximou o bastante para falar. Ela considerou tal atitude uma provável consequência de suas alusões ao sr. Wickham e alegrou-se com isso.

A família de Longbourn foi a última a sair e, por uma manobra da sra. Bennet, precisou esperar a carruagem por quinze minutos depois que todos os outros se haviam retirado, o que lhes deu tempo de ver com que intensidade sua partida era desejada por alguns dos anfitriões. A sra. Hurst e sua irmã mal abriram a boca, exceto para se queixar de cansaço, e estavam evidentemente impacientes para ter a casa para si mesmas. Repeliram todas as tentativas de conversa da sra. Bennet e, com isso, baixou sobre todo o grupo uma melancolia, que pouco conseguiram afastar os longos discursos do sr. Collins ao cumprimentar o sr. Bingley e suas irmãs pela elegância da festa e pela hospitalidade e cortesia que haviam marcado seu comportamento para com os convidados. Darcy não disse uma só palavra. O sr. Bennet, em igual silêncio, divertia-se com a cena. O sr. Bingley e Jane estavam juntos, um pouco longe dos outros, e conversavam apenas entre si. Elizabeth manteve um silêncio tão obstinado quanto o da sra. Hurst ou da srta. Bingley, e mesmo Lydia estava cansada demais para pronunciar mais do que a eventual exclamação de “Céus, como estou cansada!” acompanhada de um violento bocejo.

Quando afinal se levantaram para sair, a sra. Bennet insistiu em demonstrar com excessiva cortesia sua esperança de receber em breve toda a família em Longbourn e dirigiu-se em especial ao sr. Bingley para lhe afirmar o quanto ele os deixaria felizes participando de um jantar familiar em sua casa a qualquer momento, dispensando-se as cerimônias de um convite formal. Bingley agradeceu encantado e no mesmo instante se comprometeu a visitá-la na primeira oportunidade ao voltar de Londres, para onde era obrigado a ir, por pouco tempo, no dia seguinte.

A sra. Bennet deu-se por satisfeita e deixou a casa com a sedutora convicção de que, considerando o tempo necessário para a elaboração do acordo, a compra de novas carruagens e o preparo do enxoval, veria sua filha instalada em Netherfield ao final de três ou quatro meses. Ter outra filha casada com o sr. Collins era algo em que pensava com igual certeza e considerável, embora não igual, prazer. Elizabeth era a filha de quem menos gostava e, mesmo sendo o homem e o enlace bem aceitáveis para *ela*, seu valor era eclipsado pelo sr. Bingley e Netherfield.

Capítulo 19

O dia seguinte inaugurou um novo cenário em Longbourn. O sr. Collins fez sua declaração formal. Decidido a fazê-la sem perda de tempo, já que sua licença se estendia apenas até o sábado seguinte, e não tendo sentimentos de timidez que o inibissem nem mesmo naquele momento, começou sua tarefa com absoluta organização, obedecendo a todas as formalidades que supunha serem de praxe. Ao encontrar a sra. Bennet, Elizabeth e uma das irmãs mais moças juntas, logo após o café da manhã, dirigiu-se à mãe nestes termos:

– Posso contar, minha senhora, com seu interesse por sua bela filha Elizabeth, quando solicito a honra de uma audiência privada com ela no decorrer desta manhã?

Antes que Elizabeth tivesse tempo de reagir, a não ser enrubescendo de surpresa, a sra. Bennet respondeu de imediato:

– Oh! Sem dúvida, meu caro. Estou certa de que Lizzy ficará muito feliz... E estou certa de que ela não fará objeções. Vamos, Kitty, preciso de você lá em cima.

E, juntando suas coisas, apressava-se a sair quando Elizabeth a chamou:

– Minha cara senhora, não saia. Imploro que não saia. O sr. Collins deve me desculpar. Ele nada tem a me dizer que os outros não possam ouvir. Sairei eu.

– Não, não, que bobagem, Lizzy. Desejo que fique onde está.

E, vendo que Elizabeth parecia realmente, com ar constrangido e embaraçado, a ponto de fugir, acrescentou:

– Lizzy, eu *insisto* que fique e ouça o sr. Collins.

Elizabeth não se oporia a tal imposição e, tendo um momento de reflexão feito com que considerasse ser mais inteligente acabar com aquilo o mais depressa e calmamente possível, voltou a sentar-se e tentou ocultar, mantendo-se ocupada, os sentimentos que se dividiam entre angústia e diversão. A sra. Bennet e Kitty saíram e, tão logo se foram, o sr. Collins começou:

– Acredite, minha cara srta. Elizabeth, que sua modéstia, longe de prestar-lhe algum desserviço, só faz somar-se às suas outras perfeições. A senhorita teria sido menos agradável a meus olhos caso *não* houvesse essa pequena relutância; mas permita-me assegurar-lhe que tenho permissão de sua respeitável mãe para esta entrevista. É difícil que não imagine a intenção de minhas palavras, embora sua natural delicadeza possa levá-la a não aparentar; minhas atenções têm sido muito insistentes para serem mal compreendidas. Praticamente no momento em que entrei nesta casa, eu a escolhi como a companheira de minha vida futura. Mas antes que continue a expor meus sentimentos a respeito, talvez seja mais aconselhável declarar as razões pelas quais devo me casar e, ademais, pelas quais vim a Hertfordshire com a intenção de escolher uma esposa, como sem dúvida fiz.

A ideia do sr. Collins, com toda a sua pose solene, sendo arrastado pelos sentimentos, deu a Elizabeth tanta vontade de rir que ela não conseguiu aproveitar aquela pequena pausa com qualquer tentativa de interrompê-lo, e ele continuou:

– Minhas razões para casar são, primeiro, que penso ser a coisa certa, para qualquer clérigo em circunstâncias favoráveis (como é meu caso) dar o exemplo do casamento a seus paroquianos; segundo, porque estou convencido de que isso contribuirá em muito para minha felicidade; e terceiro, que talvez eu devesse ter mencionado antes, porque tal é o conselho e a recomendação da mui nobre dama a quem tenho a honra de chamar de benfeitora. Por duas vezes ela condescendeu em me dar sua opinião (não solicitada!) em relação ao assunto e, no próprio sábado à noite antes que eu saísse de Hunsford, durante o jogo de quadrilha e enquanto a sra. Jenkinson posicionava melhor o tamborete sob os pés da srta. De Bourgh, ela disse: "Sr. Collins, o senhor precisa se casar. Um clérigo como o senhor precisa se casar. Escolha com acerto, escolha uma moça que atenda às *minhas* exigências; e, para o *seu* próprio bem, permita-lhe ser uma pessoa ativa e útil, que não tenha sido criada com muitos mimos e sim que saiba fazer bom uso de pequenos ganhos. Este é o meu conselho. Encontre uma mulher assim o mais depressa possível, traga-a a Hunsford e irei visitá-la". Permita-me, aliás, observar, minha bela prima, que não considero a atenção e a bondade de Lady Catherine de Bourgh a menor das vantagens que me cabem oferecer. A senhorita verá que sua maneira de ser está acima de qualquer descrição que eu possa fazer e, acredito, sua própria agudeza de espírito e vivacidade serão por ela bem aceitas, sobretudo quando temperadas com o silêncio e o respeito que inevitavelmente serão impostos pelo alto nível de Sua Senhoria. Assim é quanto à minha intenção geral a favor do matrimônio; resta ser dito por que meu olhar se dirigiu para Longbourn e não a meus próprios arredores, onde posso lhe assegurar existirem muitas jovens admiráveis. Mas o fato é que, devendo eu herdar esta propriedade após a morte de seu honorável pai (que ele possa, porém, viver ainda por muitos anos), eu não ficaria tranquilo se deixasse de escolher uma esposa entre suas filhas, para que a perda das mesmas seja a menor possível quando o melancólico evento vier a ocorrer... e que, porém, como eu já disse, possa não acontecer ainda por muitos anos. Esse foi o meu motivo, minha bela prima, e congratulo-me por achar que ele não me tornará menos merecedor de sua estima. E agora nada me resta senão afirmar-lhe, com palavras enfáticas, toda a intensidade de meu afeto. À fortuna sou absolutamente indiferente e não farei qualquer pedido desta natureza a seu pai, já que tenho plena consciência de que não poderia ser atendido; e aquelas mil libras a quatro por cento, que só serão suas quando do falecimento de sua mãe, são tudo a que a senhorita tem direito. Quanto a este assunto, entretanto, manterei absoluto silêncio e pode ter certeza de que nenhuma recriminação pouco generosa jamais escapará de meus lábios quando estivermos casados.

Era absolutamente necessário interrompê-lo agora.

– O senhor se precipita demais – exclamou ela. – Esquece-se de que não lhe dei resposta. Deixe-me fazê-lo sem maior perda de tempo. Aceite meus agradecimentos pela honra que me concede. Fico muito lisonjeada com o privilégio de sua proposta, mas é impossível para mim qualquer outra atitude senão recusá-la.

– Tenho pleno conhecimento – retrucou o sr. Collins com um gesto formal – de que é comum que as moças rejeitem o pedido do homem que em segredo desejam aceitar, quando de sua primeira tentativa; e que por vezes tal recusa se repete uma segunda ou até uma terceira vez. Não me sinto, portanto, de modo algum desencorajado pelo que acaba de dizer e espero em breve conduzi-la ao altar.

– Palavra de honra, meu senhor – exclamou Elizabeth –, sua esperança é um tanto excepcional depois de minha declaração. Garanto-lhe que não sou uma dessas moças (se é que existem tais moças) que são tão ousadas a ponto de pôr em risco sua felicidade pelo desejo de serem pedidas em casamento uma segunda vez. Minha recusa é feita com seriedade. O senhor não poderia *me* fazer feliz e estou convencida de que sou a última mulher do mundo que faria o mesmo pelo senhor. E mais, quando sua amiga Lady Catherine me conhecer, tenho certeza de que me considerará desqualificada, sob todos os sentidos, para a situação.

– Se assim pudesse pensar Lady Catherine... – disse o sr. Collins, muito circunspecto. – Mas não consigo imaginar como Sua Senhoria a desaprovaria. E pode estar certa de que, quando eu tiver a honra de estar com ela mais uma vez, descreverei com os melhores termos sua modéstia, senso de economia e outras admiráveis qualidades.

– Na verdade, sr. Collins, qualquer elogio a meu respeito será desnecessário. O senhor precisa me deixar julgar por mim mesma e me fazer a gentileza de acreditar no que digo. Desejo-lhe muita felicidade e muita riqueza e, ao recusar a sua mão, faço tudo o que posso para que não se dê o oposto. Ao me fazer tal oferta, o senhor deve considerar satisfeita a delicadeza de seus sentimentos em relação à minha família e pode tomar posse do espólio de Longbourn tão logo venha a ser possível, sem qualquer escrúpulo. Este assunto pode, portanto, ser considerado encerrado.

E, levantando-se enquanto falava, ela teria saído da sala, não tivesse o sr. Collins se dirigido a ela:

– Quando eu me der a honra de voltar a este assunto consigo, espero receber uma resposta mais favorável do que agora; embora eu esteja longe de acusá-la de crueldade no momento presente, porque sei ser hábito estabelecido entre seu sexo recusar um homem no primeiro pedido e que talvez a senhorita tenha dito o que disse até mesmo para encorajar minha insistência, como seria consistente com a verdadeira delicadeza do caráter feminino.

– Realmente, sr. Collins! – exclamou Elizabeth com certa veemência. – O senhor me deixa por demais perplexa. Se o que eu disse até agora pode lhe parecer um encorajamento, não sei como expressar minha recusa de modo a convencê-lo de que é real.

– Deve me permitir a presunção, minha cara prima, de que sua recusa a meu pedido não passa de uma questão de princípios. Minhas razões para acreditar nisso são, em resumo, as que seguem: não me parece que minha mão seja indigna de ser aceita, ou que a situação que lhe posso oferecer seja menos do que altamente desejável. Minha posição na vida, minhas relações com a família De Bourgh e meu parentesco com a sua são circunstâncias que pesam muito a meu favor. E a senhorita deveria levar em consideração que, a despeito de seus inúmeros atrativos, não é de modo algum garantido que outra oferta de casamento lhe venha a ser feita. Seu dote é infelizmente tão pequeno que com toda probabilidade anulará os efeitos de seu encanto e suas admiráveis qualidades. Como devo, a partir daí, concluir que não fala sério ao me rejeitar, escolho atribuí-la ao seu desejo de aumentar meu amor através da expectativa, conforme a prática usual entre mulheres elegantes.

– Asseguro-lhe, meu senhor, que não tenho quaisquer pretensões a esse tipo de elegância que consiste em atormentar um homem respeitável. Prefiro que me dê a honra de acreditar na minha sinceridade. Reitero uma vez mais meus agradecimentos pela honra que me concede com sua proposta, mas de modo algum posso aceitá-la. Meus sentimentos me impedem, sob todos os aspectos. Posso ser mais clara? Não me considere agora como uma mulher elegante com intenções de torturá-lo, e sim como uma criatura racional, exprimindo a verdade de seu coração.

– Seu encanto é inabalável! – exclamou ele com ar de constrangida galanteria. – E estou convencido de que, quando sancionada pela expressa autoridade de seus excelentes pais, minha proposta não deixará de ser aceita.

A tal perseverança numa teimosa ilusão Elizabeth não daria resposta e, em silêncio, retirou-se no mesmo instante, decidida, caso ele insistisse em considerar suas repetidas recusas como encorajamentos aduladores, a apelar para o pai, cuja negativa deveria ser dada de modo a ser definitiva e cujo comportamento não poderia, afinal, ser tomado por afetação e capricho de mulher elegante.

Capítulo 20

O sr. Collins não foi deixado por muito tempo na silenciosa contemplação de amor bem-sucedido, pois a sra. Bennet, que se deixara ficar no vestíbulo para aguardar o final da entrevista, tão logo viu Elizabeth abrir a porta e se dirigir a passos rápidos para a escada, entrou na saleta do café da manhã e parabenizou a ele e a si mesma em termos calorosos pela feliz perspectiva do estreitamento de seu parentesco. O sr. Collins recebeu e retribuiu tais felicitações com igual prazer e passou então a relatar os detalhes de sua conversa, cujo resultado acreditava poder considerar muito satisfatório, desde que a recusa que a prima sistematicamente lhe dera originava-se, como era natural, de sua tímida modéstia e da genuína delicadeza de seu temperamento.

Essa informação, entretanto, sobressaltou a sra. Bennet; ela gostaria de estar também satisfeita com o fato de que sua filha pretendera encorajá-lo ao rejeitar sua proposta, mas não podia acreditar naquilo e foi incapaz de se calar.

– Mas, confie nisto, sr. Collins – acrescentou –, que Lizzy será chamada à razão. Falarei pessoalmente com ela. Ela é uma menina tola e teimosa e não sabe o que lhe convém, mas eu *farei* com que saiba.

– Perdoe-me interrompê-la, minha senhora – exclamou o sr. Collins –, mas se ela é realmente teimosa e tola, não sei se seria afinal uma esposa muito desejável para um homem na minha posição, que naturalmente busca a felicidade no matrimônio. Se ela, portanto, insistir em rejeitar meu pedido, talvez seja melhor não forçá-la a me aceitar, porque, dada a tais falhas de caráter, não contribuirá muito para minha felicidade.

– O senhor me compreendeu mal – disse a sra. Bennet, alarmada. – Lizzy só é teimosa em assuntos como esse. Em tudo o mais ela é mais dócil do que qualquer outra moça. Falarei diretamente com o sr. Bennet e muito em breve teremos acertado tudo com ela, tenho certeza.

Ela não lhe deu tempo para responder e, correndo na mesma hora até o marido, convocou-o tão logo entrou na biblioteca:

– Oh! Sr. Bennet! Preciso imediatamente do senhor; temos um grande problema. O senhor deve intervir e fazer com que Lizzy se case com o sr. Collins, pois ela jura que não se casará com ele e, se o senhor não se apressar, ele mudará de ideia e não se casará com *ela*.

O sr. Bennet ergueu os olhos do livro quando ela entrou e os fixou em seu rosto com um desinteresse tranquilo que em nada se alterou com seu comunicado.

– Não tenho o prazer de entendê-la – disse, quando ela terminou. – De que está falando?

– Do sr. Collins e de Lizzy. Lizzy declara que não se casará com o sr. Collins e o sr. Collins começa a dizer que não se casará com Lizzy.

– E o que devo fazer diante disso? Parece-me um caso perdido.

– Converse com Lizzy. Diga-lhe que insiste para que ela se case com ele.

– Vamos chamá-la. Ela ouvirá minha opinião.

A sra. Bennet tocou a campainha e a srta. Elizabeth foi convidada a ir à biblioteca.

– Venha cá, menina – exclamou o pai quando ela apareceu. – Mandei chamá-la por um motivo importante. Eu soube que o sr. Collins lhe fez uma proposta de casamento. É verdade?

Elizabeth respondeu que sim.

– Muito bem. E essa proposta de casamento foi recusada?

– Foi, sim, senhor.

– Muito bem. Chegamos agora ao ponto. Sua mãe insiste em que o aceite. Não é assim, sra. Bennet?

– É, ou nunca mais a verei.

– Uma triste alternativa está à sua frente, Elizabeth. Deste dia em diante será uma estranha para um de seus pais. Sua mãe nunca mais a verá se *não* se casar com o sr. Collins e eu nunca mais a verei *caso* se case.

Elizabeth não pôde deixar de sorrir diante de tal conclusão para aquela introdução, mas a sra. Bennet, que se tinha convencido de que o marido trataria do assunto como ela desejava, ficou muitíssimo desapontada.

– O que pretende, sr. Bennet, falando dessa maneira? O senhor me prometeu *insistir* para que ela se casasse com ele.

– Minha cara – respondeu o marido –, tenho dois pequenos favores a pedir. Primeiro, que me permita o livre uso de meus critérios na situação que se apresenta; e, segundo, de meus aposentos. Ficarei feliz por ter a biblioteca apenas para mim assim que possível.

Apesar de desapontada com o marido, porém, não desistiria ainda a sra. Bennet de seu ponto de vista. Continuou a insistir com Elizabeth, alternando lisonjas e ameaças. Tentou aliciar Jane a seu favor, mas Jane, com toda a brandura possível, recusou-se a interferir; e Elizabeth, às vezes com real honestidade e às vezes com divertida alegria, respondia a seus ataques. Ainda que sua reação se alternasse, sua decisão não se alterou.

O sr. Collins, enquanto isso, meditava solitário sobre o que acontecera. Pensava bem demais de si mesmo para compreender que motivos levariam a prima a recusá-lo e, mesmo com o orgulho ferido, não sofria. Seu afeto por ela era um tanto imaginário e a possibilidade de ela merecer a censura da mãe impedia que sentisse qualquer culpa.

Enquanto a família vivia tal confusão, Charlotte Lucas chegou para passar o dia. Foi recebida no vestíbulo por Lydia que, voando até ela, exclamou quase num sussurro:

– Estou contente que tenha vindo, porque está tudo muito divertido por aqui! Você não imagina o que aconteceu hoje de manhã! O sr. Collins pediu a mão de Lizzy e ela não aceitou.

Charlotte mal teve tempo de responder antes que surgisse Kitty, que vinha contar a mesma novidade, e mal acabavam de entrar na saleta, onde estava sozinha a sra. Bennet, quando ela começou o mesmo assunto, invocando a compaixão da srta. Lucas e implorando para que convencesse Lizzy a ceder aos desejos de toda a família.

– Por favor, interceda, minha cara srta. Lucas – acrescentou ela em tom melancólico –, pois ninguém está do meu lado, ninguém concorda comigo. Sou cruelmente explorada, ninguém se compadece de meus pobres nervos.

Charlotte foi poupada de uma resposta pela entrada de Jane e Elizabeth.

– Ai, aí vem ela – continuou a sra. Bennet –, com esse ar despreocupado e não nos dando maior atenção do que se estivéssemos em York, desde que ela possa seguir seu próprio caminho. Mas vou lhe dizer, srta. Lizzy, se puser na cabeça essa ideia de recusar desta maneira todas as propostas de casamento, nunca chegará a ter um marido... e sem dúvida não sei quem irá mantê-la quando seu pai morrer. Eu não poderei sustentá-la... estou avisando. A senhorita não existe mais para mim a partir de hoje. Eu lhe disse na biblioteca, como sabe, que nunca mais lhe dirigirei a palavra e manterei minha promessa. Não sinto prazer algum em falar com filhas desobedientes. Não que eu, na verdade, sinta prazer em falar com alguém. Pessoas que, como eu, sofrem de problemas nervosos não são muito inclinadas a falar. Ninguém sabe o quanto sofro! Mas é sempre assim. Os que não se queixam não recebem compaixão.

Suas filhas ouviram em silêncio aquela explosão, conscientes de que qualquer tentativa de argumentar ou acalmá-la só lhe aumentaria a irritação. Ela continuou, então, sem ser interrompida por qualquer das moças, até a chegada do sr. Collins, que entrou na sala com um ar mais imponente do que o habitual e, vendo de quem se tratava, disse às filhas:

– Agora, faço questão que me ouçam, quero que todas vocês, todas mesmo, se calem e deixem que o sr. Collins e eu tenhamos uma pequena conversa a sós.

Elizabeth saiu em silêncio da sala, Jane e Kitty a seguiram, mas Lydia ficou onde estava, decidida a ouvir tudo o que pudesse; e Charlotte, retida a princípio pelo sr. Collins, cujas perguntas a respeito dela mesma e de toda a sua família foram muito minuciosas, e depois por alguma curiosidade, optou por andar até a janela e fazer de conta que não ouvia. Com voz desconsolada, a sra. Bennet começou a esperada conversa:

– Oh! Sr. Collins!

– Minha cara senhora – respondeu ele –, silenciemos para sempre quanto a este assunto. – Que longe de mim esteja – continuou então, numa voz que acentuava seu desagrado – ressentir-me com o comportamento de sua filha. A resignação perante males inevitáveis é o inevitável dever de todos nós, intrigante dever de um jovem que tão afortunado foi, como eu, no início da carreira, e acredito estar resignado. Talvez, contudo, assim me sinta por perceber uma dúvida em relação à minha conclusiva felicidade caso minha prima me tivesse honrado com seu aceite; pois tenho com frequência observado que a resignação nunca é tão perfeita quanto quando as bênçãos negadas começam a perder parte de seu valor em nossa apreciação. A senhora não me considerará, espero, de modo algum desrespeitoso em relação à sua família, minha cara senhora, por retirar assim minha pretensão à mão de sua filha, sem ter solicitado a si e ao sr. Bennet a gentileza de colocar sua autoridade a meu favor. Minha conduta pode, receio, ser questionada por ter eu aceito a recusa dos lábios de sua filha e não dos seus. Mas somos todos sujeitos a erros. Minha intenção foi a melhor possível durante todo o ocorrido. Meu objetivo foi assegurar para mim mesmo uma companhia agradável, com a devida consideração pelas vantagens para toda a sua família e, se minhas *atitudes* foram de algum modo repreensíveis, rogo-lhe que aceite minhas desculpas.

Capítulo 21

As discussões quanto à proposta do sr. Collins chegavam quase ao final, e a Elizabeth só restou ter que lidar com os sentimentos de desconforto inevitáveis desse tipo de situação e, ocasionalmente, com algumas alusões irritadas da mãe. Quanto ao próprio cavalheiro, *seus* sentimentos foram demonstrados com clareza, não por embaraço ou rejeição, ou por tentar evitá-la, mas pela atitude distante e por um silêncio ressentido. Mal voltou a falar com ela e as assíduas atenções que considerava tão importantes foram transferidas durante o resto do dia para a srta. Lucas, cuja cortesia ao ouvi-lo foi um oportuno alívio para todos, sobretudo para sua amiga.

A manhã seguinte não trouxe melhoras para o mau humor ou a saúde da sra. Bennet. O sr. Collins também continuava a sofrer do mesmo mal de orgulho ferido. Elizabeth tivera esperanças de que seu ressentimento abreviasse a visita, mas os planos do jovem não pareceram afetados. Ele deveria partir no sábado e até sábado pretendia ficar.

Depois do café da manhã, as moças foram a Meryton descobrir se o sr. Wickham estava de volta e lamentar sua ausência no baile de Netherfield. Encontraram-no à entrada da cidade e foram por ele acompanhadas até a casa da tia, onde foram longamente expostas suas desculpas e motivos, bem como o desapontamento geral. Para Elizabeth, entretanto, ele confessou ser o *único* responsável por seu afastamento.

– Percebi – disse ele –, à medida que se aproximava o dia do baile, que seria melhor para mim não me encontrar com o sr. Darcy; que estar no mesmo salão, na mesma festa que ele por tantas horas, poderia ser mais do que eu conseguiria suportar e que cenas desagradáveis não só para mim poderiam ser provocadas.

Ela aprovou com ênfase seu autocontrole, e tiveram a oportunidade de discutir a respeito desse tema e de trocar tantas amabilidades quanto lhes permitiu sua cortesia quando Wickham e outro oficial as acompanharam de volta até Longbourn e, durante o trajeto, ele lhe deu especial atenção. Sua companhia teve uma dupla vantagem; ela percebeu o elogio que aquilo significava e aquela foi uma ocasião mais do que adequada para apresentá-lo aos pais.

Logo depois de sua volta, uma carta foi entregue à srta. Bennet. Vinha de Netherfield. O envelope continha uma folha de papel elegante, pequena e acetinada, coberta por bela e fluente letra feminina; e Elizabeth viu a expressão de sua irmã mudar enquanto lia e a viu deter-se intencionalmente em determinados trechos. Jane logo se recompôs e, guardando a carta, tentou participar com sua habitual jovialidade da conversa geral; mas Elizabeth percebeu na irmã uma ansiedade que lhe desviou a atenção até de Wickham e, nem bem tinham ele e seu companheiro partido, um olhar de Jane convidou-a a segui-la ao andar de cima. Ao chegarem ao próprio quarto, Jane, mostrando a carta, disse:

– É de Caroline Bingley e seu conteúdo me surpreendeu muitíssimo. Todo o grupo deixou Netherfield e estão todos a caminho da cidade... sem intenções de voltar. Ouça o que ela diz.

Leu então em voz alta a primeira frase, que continha a informação de que acabavam de decidir acompanhar o irmão à cidade e sua intenção de jantar em Grosvenor Street, onde o sr. Hurst tinha uma casa. O que vinha a seguir era assim exposto:

"Não vou fingir que lamento ter deixado algo em Hertfordshire, exceto o seu convívio, minha caríssima amiga; mas esperemos, num futuro não muito distante, poder repetir várias vezes os deliciosos momentos que passamos juntas e, nesse meio-tempo, podemos mitigar a dor da separação através de uma correspondência frequente e sem reservas. Conto consigo para tanto."

A tais expressões pomposas Elizabeth reagiu com toda a insensibilidade do descrédito e, apesar de surpresa pela precipitação daquela partida, nada via naquilo para realmente lamentar. Não se devia supor que sua ausência em Netherfield impedisse a vinda do sr. Bingley e, quanto à perda de seu convívio, estava convencida de que Jane logo deixaria de se preocupar, diante da presença do irmão.

– É uma falta de sorte – disse ela depois de uma ligeira pausa – que você não tenha podido estar com suas amigas antes que deixassem o campo. Mas não devemos esperar que o período de felicidade futura que tanto deseja a srta. Bingley chegue mais cedo do que ela imagina e que os deliciosos momentos que tiveram como amigas sejam retomados com ainda maior satisfação como irmãs? O sr. Bingley não será retido em Londres por elas.

– Caroline diz claramente que ninguém do grupo voltará a Hertfordshire neste inverno. Vou ler para você: "Quando meu irmão nos deixou ontem, imaginava que os negócios que o levavam a Londres estariam concluídos em três ou quatro dias; mas, como estamos certos de que isso não acontecerá e, ao mesmo tempo, convencidos de que quando Charles chegasse à cidade não teria pressa de deixá-la, decidimos segui-lo, para que ele não seja obrigado a passar o tempo livre num desconfortável hotel. Muitas de minhas amizades já lá estão para o inverno; gostaria de saber que você, minha caríssima amiga, teria qualquer intenção de se juntar a elas... mas nisso não creio. Espero sinceramente que seu Natal em Hertfordshire seja repleto das alegrias em geral trazidas por essa época do ano e que seus admiradores sejam tão numerosos a ponto de impedi-la de sentir a perda dos três dos quais a privamos."

– Fica evidente com isso – acrescentou Jane – que ele não volta neste inverno.

– Só fica evidente que a srta. Bingley não acredita que ele *deva*.

– Por que pensa assim? Isso deve ser coisa dele. Ele não deve satisfações a ninguém. Mas você não ouviu *tudo*. Eu *vou* ler o trecho que me magoou em especial. Com *você*, não terei segredos.

"O sr. Darcy está impaciente para ver a irmã e, para confessar a verdade, *nós* não estamos menos ansiosos por encontrá-la mais uma vez. Realmente não acho que Georgiana Darcy tenha rivais em beleza, elegância e dotes; e o afeto que ela inspira em Louisa e em mim converte-se em algo ainda mais interessante, com a esperança que ousamos acalentar de que ela venha a se tornar nossa irmã. Não sei se cheguei a mencionar meus sentimentos em relação a este assunto, mas não deixarei o campo sem lhe fazer tais confidências, confiando em que não as achará insensatas. Meu irmão já a admira muito e terá agora oportunidades frequentes de conviver com ela com mais intimidade; toda a família dela deseja essa união tanto quanto a dele, e não é deslumbrada pela parcialidade que considero Charles capaz de conquistar o coração de qualquer mulher. Com todas essas circunstâncias a favor de uma ligação e nada para impedi-la, estaria eu errada, minha caríssima Jane, ao me entregar à esperança de um acontecimento que fará a felicidade de tantos?"

– O que você acha *deste* trecho, Lizzy querida? – disse Jane ao terminar. – Não é bastante óbvio? Não deixa bem claro que Caroline não espera nem deseja me ter como irmã, que ela está totalmente convencida da indiferença do irmão em relação a mim e que, se suspeita da natureza dos meus sentimentos por ele, quer (com a maior gentileza!) me pôr em guarda? Pode haver qualquer outra opinião a respeito?

– Pode, pode sim, pois a minha é completamente diferente. Quer ouvi-la?

– Com o maior prazer.

– Você a terá em poucas palavras. A srta. Bingley percebe que o irmão está apaixonado por você e quer casá-lo com a srta. Darcy. Ela o segue à capital na esperança de prendê-lo por lá e tenta convencê-la de que ele nada sente por você.

Jane sacudiu a cabeça.

– É verdade, Jane, você precisa acreditar em mim. Ninguém que os tenha visto juntos pode duvidar do carinho dele por você. A srta. Bingley, com certeza, não pode. Não é assim tão tola. Tivesse ela visto metade desse amor por parte do sr. Darcy por ela mesma e teria mandado fazer o enxoval. Mas o caso é o seguinte: não somos ricos o bastante ou importantes o bastante para eles; e ela está ainda mais ansiosa para unir a srta. Darcy ao irmão pela ideia de que, depois de realizado *um* casamento entre as famílias, será menos difícil para ela conseguir um segundo; pensamento esse sem dúvida um tanto ingênuo, mas que talvez pudesse dar frutos caso não houvesse a srta. De Bourgh em seu caminho. Mas, Jane querida, você não pode imaginar seriamente que, porque a srta. Bingley lhe diz que o irmão admira muito a srta. Darcy, ele esteja agora de algum modo menos interessado nos *seus* encantos do que quando se despediu de você na quinta-feira, ou que ela tenha o poder de convencê-lo de que, em vez de estar apaixonado por você, ele esteja caindo de amores pela amiga dela.

– Se nossa opinião a respeito da srta. Bingley fosse a mesma – respondeu Jane –, o quadro que você traçou de tudo isso me deixaria mais tranquila. Mas sei que o embasamento é injusto. Caroline é incapaz de enganar alguém de propósito; e tudo o que posso acreditar é que, neste caso, esteja enganando a si mesma.

– Está bem. Você não poderia ter chegado a uma conclusão mais feliz, já que a minha não lhe serve. Acredite que ela está enganada, por favor. Assim você fica de bem com ela e não precisa mais se preocupar com o resto.

– Mas, minha querida irmã, como posso ser feliz, mesmo se acreditar no melhor, aceitando um homem cujas irmãs e todos os amigos desejam ver casado com outra?

– Você deve decidir sozinha – disse Elizabeth. – E se, depois de maduras reflexões, descobrir que a tristeza de desagradar as duas irmãs é maior do que a felicidade de ser mulher dele, meu conselho é que o recuse sem rodeios.

– Como pode falar assim? – disse Jane, com um meio sorriso. – Você deve saber que, mesmo me arriscando a ser bastante magoada pela desaprovação delas, eu não poderia hesitar.

– Não imaginei que pudesse. E, sendo este o caso, não posso considerar sua situação digna de piedade.

– Mas se ele não voltar neste inverno, minha escolha jamais será necessária. Milhares de coisas podem acontecer em seis meses.

A ideia de que ele não voltasse foi tratada por Elizabeth com o máximo desprezo. Parecia-lhe não passar de sugestão dos desejos interesseiros de Caroline, e ela não podia supor por um só momento que tais desejos, mesmo que declarados ou dissimulados, pudessem influenciar um rapaz tão independente.

Explicou à irmã da maneira mais convincente possível o que sentia a respeito e logo teve o prazer de comprovar o bom efeito de suas palavras. Não era feitio de Jane se entregar à melancolia, e ela foi aos poucos tomada pela esperança, embora a dúvida quanto ao seu afeto sobrepujasse às vezes tal esperança, de que Bingley voltasse a Netherfield e correspondesse a todos os anseios de seu coração.

Concordaram quanto à sra. Bennet ser informada apenas da partida da família, sem qualquer alarme em relação à conduta do cavalheiro; mas mesmo tal comunicação parcial lhe deu muita preocupação e ela considerou excessiva má sorte que as damas partissem logo agora que se tornavam tão íntimas. Entretanto, depois de lamentar por algum tempo, consolou-se com a ideia de que o sr. Bingley logo estaria de volta e logo jantaria em Longbourn. E o fim de tudo aquilo foi a satisfatória declaração de que, mesmo tendo sido ele convidado apenas para um jantar familiar, ela trataria de ter dois pratos principais.

Capítulo 22

Os Bennet foram convidados a jantar com os Lucas e, uma vez mais, durante a maior parte do tempo, a srta. Lucas teve a bondade de dar atenção ao sr. Collins. Elizabeth aproveitou uma oportunidade para lhe agradecer por isso.

– Isso o deixa de bom humor – disse ela – e você nem imagina o quanto lhe sou grata.

Charlotte garantiu à amiga que ficava feliz por ser útil e que isso a compensava amplamente pelo pequeno sacrifício de seu tempo. Tal atitude era muito amável, mas a gentileza de Charlotte ia muito além do que Elizabeth poderia conceber; seu objetivo não era outro senão evitar que o sr. Collins voltasse a importuná-la com suas atenções, atraindo-as para si mesma. Tal era o plano da srta. Lucas, e os frutos foram tão bons que, quando todos se foram à noite ela quase teria certeza do sucesso não tivesse ele que deixar Hertfordshire tão em breve. Mas julgou mal seu temperamento fogoso e independente, que o levou a, na manhã seguinte, sair às escondidas da mansão de Longbourn com admirável destreza e correr a Lucas Lodge para se atirar a seus pés. Ele quis a todo custo evitar que os primos percebessem sua saída, com a convicção de que, se o vissem partir, não poderiam deixar de imaginar suas intenções e não desejava que sua tentativa fosse conhecida até que seu sucesso também o fosse; pois, apesar de se sentir quase seguro, e com razão, pois Charlotte havia sido um tanto encorajadora, ressentia-se de alguma insegurança desde a aventura de quarta-feira. A recepção, porém, foi das mais lisonjeiras. A srta. Lucas, de uma janela do andar de cima, avistou-o andando na direção da casa e no mesmo instante tratou de descer para encontrá-lo casualmente na alameda. Mas não teria ousado esperar que tanto amor e eloquência a aguardassem ali.

Num prazo tão curto quanto permitiram as longas falas do sr. Collins, tudo foi acertado entre ambos para mútua satisfação e, ao entrarem na casa, ele lhe pediu solenemente que escolhesse o dia em que faria dele o mais feliz dos homens. Ainda que tal solicitação devesse ser por enquanto posta de lado, a dama não se sentiu inclinada a zombar de sua felicidade. A estupidez com que a natureza o favorecera tirava de sua corte qualquer encanto que poderia fazer uma mulher desejar que a mesma se prolongasse; e a srta. Lucas, que só o aceitara pelo puro e desinteressado desejo de um comprometimento, não se preocupava com o prazo em que tal compromisso se efetivaria.

Sir William e Lady Lucas foram logo consultados quanto ao seu consentimento, que lhes foi concedido com toda presteza e alegria. A atual situação do sr. Collins tornava-o um excelente partido para sua filha, a quem pouca fortuna poderiam deixar; e as perspectivas de futura prosperidade eram mais do que consideráveis. Lady Lucas começou a calcular diretamente, com mais interesse do que o assunto jamais despertara, quantos anos mais deveria viver o sr. Bennet. E Sir William deu sua firme opinião de que, quando o sr. Collins estivesse de posse da propriedade de Longbourn, seria muitíssimo conveniente que ambos, ele e a esposa, se apresentassem em St. James. Toda a família, enfim, ficou satisfeitíssima com o acontecido. As meninas mais jovens tiveram esperanças de *ser apresentadas* um ano ou dois antes do que poderiam até então esperar; e os rapazes ficaram livres de sua preocupação de que Charlotte morresse solteirona. Charlotte, pessoalmente, estava bem tranquila. Alcançara seu objetivo, com tempo para avaliá-lo. Suas reflexões foram, de modo geral, satisfatórias. O sr. Collins, a bem dizer, não era sensato nem agradável; sua companhia era maçante e a paixão por ela devia ser imaginária. Mas ainda assim seria seu marido. Sem esperar muito dos homens ou do matrimônio, o casamento sempre fora seu objetivo; era a única solução para moças bem-educadas de pouca fortuna e, embora incerta garantia de felicidade, era o mais atraente arrimo contra a necessidade. Tal arrimo ela agora possuía. E aos 27 anos, sem jamais ter sido bonita, considerava-o uma grande sorte. O menos agradável em tudo aquilo seria a surpresa que o fato provocaria em Elizabeth Bennet, cuja amizade ela valorizava mais do que qualquer outra. Elizabeth se surpreenderia e talvez a censurasse; e, embora sua decisão não viesse a ser abalada, seus sentimentos poderiam sofrer com tal desaprovação. Resolveu dar a notícia pessoalmente e, para tanto, encarregou o sr. Collins, quando ele voltou a Longbourn para o jantar, de não deixar escapar perante membro algum da família qualquer informação sobre o que se passara. Uma promessa de segredo foi, é claro, feita com devoção, mas não pôde ser mantida sem alguma dificuldade, pois a curiosidade despertada por sua longa ausência explodiu, quando de sua volta, em perguntas tão diretas que muita astúcia foi necessária para conseguir escapar. E aquilo foi também para ele um penoso exercício de abnegação, pois ansiava por tornar público seu sucesso amoroso.

Como ele deveria começar sua viagem na manhã seguinte, cedo demais para estar com qualquer membro da família, a cerimônia de despedida foi realizada quando as senhoras se recolheram para a noite; e a sra. Bennet, com grande cortesia e amabilidade, disse o quão felizes se sentiriam recebendo-o mais uma vez em Longbourn, sempre que suas obrigações lhe permitissem visitá-los.

– Minha cara senhora – respondeu ele –, este convite é particularmente agradável, porque é o que eu desejava receber; e a senhora pode ter certeza de que dele me valerei tão logo me seja possível.

Ficaram todos perplexos e o sr. Bennet, que de modo algum gostaria de uma volta tão rápida, disse no mesmo instante:

– Mas não há o perigo da desaprovação de Lady Catherine, meu senhor? Talvez seja melhor negligenciar seus parentes do que se arriscar a ofender sua benfeitora.

– Meu caro senhor – retrucou o sr. Collins –, fico-lhe especialmente grato por este amável cuidado, e pode confiar que não darei passo tão arriscado sem a anuência de Sua Senhoria.

– Não deve de modo algum baixar a guarda. Arrisque-se a qualquer coisa menos a incorrer em seu desagrado; e, se sentir que há probabilidades de despertá-lo com uma vinda à nossa casa, o que considero até bastante provável, fique tranquilo em casa e esteja certo de que *nós* não nos sentiremos ofendidos.

– Acredite, meu caro senhor, minha gratidão é muito grande por tão afetuosa atenção e confie nisso, o senhor receberá em pouco tempo uma carta de agradecimento por esta e por todas as outras demonstrações de sua consideração durante minha estada em Hertfordshire. Quanto a minhas belas primas, embora minha ausência possa não ser tão demorada a ponto de tornar tais votos necessários, devo agora tomar a liberdade de desejar-lhes saúde e felicidade, não excetuando minha prima Elizabeth.

Com as devidas saudações as senhoras então se retiraram; todas igualmente surpresas com aquela intenção de breve retorno. A sra. Bennet quis acreditar que com isso ele pensava em se interessar por uma de suas meninas mais moças, e Mary deveria ser instruída a aceitá-lo. Ela estimava suas qualificações superiores às de qualquer outro; havia em suas ponderações uma solidez que muitas vezes a assombrava e, embora de modo algum tão inteligente quanto ela, considerava que, se encorajado a ler e se aperfeiçoar seguindo exemplos como o dela, ele poderia vir a se tornar um companheiro muito agradável. Mas na manhã seguinte, todas as esperanças desse tipo foram postas abaixo. A srta. Lucas chegou logo após o café da manhã e, numa conversa privada com Elizabeth, relatou os acontecimentos da véspera.

A possibilidade do sr. Collins se imaginar apaixonado por sua amiga já ocorrera a Elizabeth nos últimos dois dias, mas que Charlotte pudesse encorajá-lo parecia uma possibilidade tão longínqua quanto a de que ela própria o encorajasse e, em consequência, sua perplexidade foi grande a ponto de ultrapassar, a princípio, os limites do decoro, e ela não conseguiu deixar de exclamar:

– Noiva do sr. Collins! Minha querida Charlotte... Impossível!

A seriedade adotada pela srta. Lucas ao contar a história deu lugar a uma momentânea confusão, ao receber recriminação tão direta; ainda assim, como não esperava outra coisa, logo recuperou a calma e respondeu com tranquilidade:

– Por que se surpreende, Eliza querida? Acha impossível que o sr. Collins seja capaz de despertar o interesse de uma mulher porque não foi bem-sucedido ao tentar fazê-lo com você?

Mas Elizabeth já se tinha controlado e, fazendo um grande esforço, foi capaz de garantir com razoável firmeza que as perspectivas de sua união lhe eram muito agradáveis e que lhe desejava toda a felicidade com que pudesse sonhar.

– Imagino o que esteja sentindo – retrucou Charlotte. – Você deve estar surpresa, muito surpresa mesmo... há bem pouco tempo o sr. Collins queria se casar com você. Mas quando tiver tempo de pensar a respeito, espero que fique satisfeita com o que fiz. Não sou romântica, você bem sabe; nunca fui. Só peço uma casa confortável e, considerando o caráter, as relações e a posição do sr. Collins, estou convencida de que minha chance de ser feliz com ele é tão boa quanto a da maioria das pessoas ao começar a vida matrimonial.

Elizabeth respondeu "Sem dúvida" em voz baixa e, depois de uma pausa constrangida, as duas voltaram para onde estava o resto da família. Charlotte não se demorou por muito tempo, e Elizabeth foi então deixada a refletir sobre o que tinha ouvido. Muito tempo se passou antes que ela se reconciliasse com a ideia de um casal tão incompatível. A estranheza do fato de ter o sr. Collins feito duas propostas de casamento em três dias nada era em comparação com o fato de ter sido aceito. Ela sempre percebera que a opinião de Charlotte em relação ao casamento não era exatamente como a sua, mas não imaginava ser possível que, no momento de agir, ela sacrificasse todos os seus melhores sentimentos em favor das convenções sociais. Charlotte como esposa do sr. Collins era uma imagem por demais humilhante! E à agonia de ver uma amiga se degradar e cair no seu conceito somava-se a angustiante convicção de que seria impossível para essa amiga ser razoavelmente feliz com o futuro que escolhera.

Capítulo 23

Elizabeth estava sentada com a mãe e as irmãs, refletindo sobre o que ouvira e sem saber se estava autorizada a comentar, quando o próprio Sir William Lucas apareceu, mandado pela filha, para anunciar seu noivado à família. Com muitos cumprimentos aos amigos e muitas demonstrações de alegria pela perspectiva de um parentesco entre as famílias, ele revelou o fato... perante uma plateia não apenas atônita, mas incrédula, pois a sra. Bennet, mais teimosa do que cortês, protestou que ele deveria estar completamente enganado; e Lydia, sempre indiscreta e muitas vezes rude, exclamou com ímpeto:

– Santo Deus! Sir William, como pode dizer tal coisa? O senhor não sabe que o sr. Collins quer se casar com Lizzy?

Só mesmo a benevolência de um fidalgo poderia ter suportado sem raiva tal tratamento, mas a boa educação de Sir William lhe serviu de escudo contra tudo aquilo e, embora reafirmando seu pedido para que acreditassem na verdade de suas informações, ouviu toda aquela impertinência com imperturbável cortesia.

Elizabeth, sentindo que era seu dever livrá-lo de tão desagradável situação, adiantou-se então para confirmar seu relato, mencionando seu prévio conhecimento de tudo através da própria Charlotte; e conseguiu colocar um ponto final nas exclamações de sua mãe e irmãs com a seriedade de seus parabéns a Sir William, no que foi prontamente seguida por Jane, e com a série de observações que fez quanto à felicidade que deveria decorrer daquela união, o excelente caráter do sr. Collins e a conveniente distância de Hunsford a Londres.

A sra. Bennet ficou de fato por demais acabrunhada para dizer muita coisa enquanto Sir William ali permaneceu; mas, tão logo ele se retirou, seus sentimentos transbordaram. Em primeiro lugar, insistia em não acreditar em toda aquela história; segundo, tinha toda a certeza de que o sr. Collins caíra numa armadilha; terceiro, acreditava que aqueles dois nunca seriam felizes juntos; e quarto, que o compromisso poderia ser rompido. A duas conclusões, porém, se podia chegar com facilidade: uma, que Elizabeth era a causa real da desgraça, e outra, que ela própria fora tratada de forma indigna por todos eles; e esses dois pontos ela repisou pelo resto do dia. Nada poderia consolá-la e nada foi capaz de acalmá-la. Nem aquele dia foi o bastante para apagar seu ressentimento. Uma semana se passou antes que ela pudesse ver Elizabeth sem censurá-la, um mês se passou antes que pudesse falar com Sir William ou Lady Lucas sem ser rude e muitos meses transcorreram antes que conseguisse perdoar de todo a filha de ambos.

A reação do sr. Bennet foi muito mais tranquila diante dos fatos e, tão logo deles se inteirou, considerou-os bastante agradáveis; pois era gratificante, disse ele, descobrir que Charlotte Lucas, que ele costumava considerar razoavelmente sensata, era tão tola quanto sua esposa e ainda mais tola do que sua filha!

Jane confessou-se um pouco surpresa com o noivado, mas falou menos de sua perplexidade do que de seus sinceros votos de felicidade, sem que Elizabeth conseguisse convencê-la de que isso seria improvável. Kitty e Lydia estavam longe de invejar a srta. Lucas, pois o sr. Collins era apenas um clérigo e aquilo só as interessava como uma novidade a espalhar em Meryton.

Lady Lucas não conseguiu ficar insensível à vitória de poder responder à altura à sra. Bennet sobre o conforto de ter uma filha bem casada; e foi a Longbourn com mais frequência do que de costume para dizer o quanto estava feliz, embora os olhares atravessados e comentários desagradáveis da sra. Bennet pudessem acabar com sua felicidade.

Entre Elizabeth e Charlotte havia um constrangimento que as mantinha silenciosas quanto ao assunto; e Elizabeth se convenceu de que nenhuma verdadeira confiança poderia continuar a existir entre ambas. Seu desapontamento com Charlotte fez com que se aproximasse ainda mais da irmã, com a certeza de que, quanto à sua retidão e delicadeza, nunca veria ser abalada sua opinião, e cuja felicidade desejava cada vez com mais ansiedade, pois fazia já uma semana que Bingley se fora e nada mais se ouvira sobre sua volta.

Jane mandara a Caroline uma imediata resposta à sua carta e contava os dias até que fosse razoável esperar por mais notícias. A prometida carta de agradecimento do sr. Collins chegou na quinta-feira, dirigida a seu pai e escrita com toda a solene gratidão que se justificaria por um ano de hospitalidade no seio da família. Depois de assim tranquilizar sua consciência, ele passava a discorrer, nos mais enlevados termos, sobre sua felicidade por ter conquistado o afeto de sua amável vizinha, a srta. Lucas, e explicava então que apenas ao propósito de gozar de sua companhia se devia o fato de aceder com tanta presteza a seu gentil convite de tê-lo novamente em Longbourn, para onde esperava poder retornar em duas semanas, na segunda-feira; pois Lady Catherine, acrescentava ele, aprovara tão cordialmente seu casamento que desejava que se realizasse o quanto antes, o que ele acreditava ser um irrefutável argumento para que sua adorável Charlotte definisse uma data próxima para fazer dele o mais feliz dos homens.

A volta do sr. Collins a Hertfordshire não era mais motivo de prazer para a sra. Bennet. Pelo contrário, ela estava mais do que disposta a se queixar disso com o marido. Era muito estranho que ele fosse para Longbourn e não para Lucas Lodge; era também muito inconveniente e terrivelmente perturbador. Ela detestava ter visitas em casa quando sua saúde estava tão deficiente, e enamorados eram de longe os seres mais desagradáveis. Tais eram os gentis resmungos da sra. Bennet, que só cediam lugar à angústia cada vez maior com a persistente ausência do sr. Bingley.

Nem Jane nem Elizabeth estavam confortáveis com aquele assunto. Dia após dia se passava sem que dele chegassem quaisquer notícias além dos boatos que logo correram em Meryton de que ele não voltaria a Netherfield durante todo o inverno; boatos que muito exasperavam a sra. Bennet e que ela nunca deixava de contradizer, afirmando serem uma escandalosa falsidade.

Até Elizabeth começou a recear não que Bingley fosse indiferente, mas que suas irmãs tivessem sucesso em mantê-lo longe. Por mais que relutasse em admitir uma ideia tão destrutiva para a felicidade de Jane e tão desonrosa da estabilidade de seu amado, não podia evitar que lhe ocorresse com frequência. Os esforços conjuntos das duas insensíveis irmãs e de seu todo-poderoso amigo, secundados pelos atrativos da srta. Darcy e pelas diversões de Londres, poderiam ser, receava ela, fortes inimigos de sua fidelidade.

Quanto a Jane, *sua* ansiedade diante desse suspense era, é claro, mais dolorosa do que a de Elizabeth, mas, sentisse o que sentisse, desejava guardar só para si e, assim sendo, o assunto nunca era mencionado entre ela e a irmã. Mas, como tais delicadezas não refreassem sua mãe, dificilmente se passava uma hora sem que ela falasse de Bingley, expressasse impaciência por sua chegada ou mesmo quisesse que Jane confessasse que, se ele não voltasse, ela se sentiria muito explorada. Toda a firme suavidade de Jane era necessária para enfrentar aqueles ataques com razoável serenidade.

O sr. Collins chegou pontualmente na segunda-feira marcada, mas sua recepção em Longbourn não foi nem de perto tão gentil quanto a de sua primeira visita. Ele estava feliz demais, contudo, para requerer muita atenção e, felizmente para os outros, os assuntos do coração os pouparam de grande parte de sua companhia. A maior parte dos dias foi passada em Lucas Lodge, e ele às vezes só voltava para Longbourn a tempo de se desculpar pela ausência, pouco antes de a família se retirar para dormir.

A sra. Bennet estava realmente em estado lastimável. Qualquer menção de algo relativo ao noivado lançava-a nas agonias do mau humor e, fosse onde fosse, podia ter certeza de ouvir falar do assunto. A visão da srta. Lucas lhe era odiosa. Como sua sucessora naquela casa, encarava-a com ciumenta ojeriza. Se Charlotte ia visitá-los, concluía que a moça antecipava a hora da posse e, quando falava em voz baixa com o sr. Collins, convencia-se de que falavam do espólio de Longbourn e decidiam expulsá-la com as filhas da casa tão logo morresse o sr. Bennet. De tudo isso queixava-se amargamente com o marido.

– Na verdade, sr. Bennet – dizia ela –, é muito duro pensar que Charlotte Lucas virá a ser dona desta casa, que eu serei obrigada a ceder lugar a *ela* e a viver para vê-la ocupar seu posto aqui!

– Minha cara, não se permita pensamentos tão sombrios. Esperemos coisas melhores. Alegremo-nos com a ideia de que posso ser eu o sobrevivente.

Isso não servia de muito consolo para a sra. Bennet e assim, em vez de fazer qualquer pergunta, ela continuou como antes.

– Não consigo suportar a ideia de que eles devam ficar com toda esta propriedade. Não fossem as cláusulas sucessórias, eu não me importaria.

– Não se importaria com quê?

– Não me importaria com coisa alguma.

– Sejamos gratos à sucessão por poupá-la de tal insensibilidade.

– Nunca poderei ser grata, sr. Bennet, a qualquer coisa relativa à sucessão. Como pode alguém ter a coragem de tirar a posse dos bens das próprias filhas do proprietário, não consigo compreender; e ainda por cima tudo em prol do sr. Collins! Por que deverá ser *ele*, mais do que qualquer outro, o dono de tudo isso?

– Deixo essa resposta a seu cargo – disse o sr. Bennet.

Capítulo 24

A carta da srta. Bingley chegou e pôs fim a uma dúvida. A primeira frase comunicava a certeza de que estavam todos instalados em Londres para o inverno e concluía com as desculpas de seu irmão por não ter tido tempo de apresentar seus respeitos aos amigos em Hertfordshire antes de deixar o campo.

As esperanças estavam perdidas, por completo. E quando Jane conseguiu ler o resto da carta, pouco encontrou, além do alegado afeto da autora, que lhe pudesse servir de algum consolo. Os elogios à srta. Darcy ocupavam sua maior parte. Seus muitos atrativos eram mais uma vez descritos, e Caroline se vangloriava feliz de sua crescente intimidade e se aventurava a prever a realização dos desejos que haviam sido declarados em sua carta anterior. Escrevia também com grande prazer sobre seu irmão estar hospedado na casa do sr. Darcy e mencionava com enlevo alguns planos desse último em relação a novos móveis.

Elizabeth, a quem Jane logo comunicou a maior parte de tudo isso, ouviu em silenciosa indignação. Seu coração se dividia entre os cuidados com sua irmã e o ressentimento por todos os outros. À afirmativa de Caroline sobre o irmão estar interessado na srta. Darcy, não deu crédito. Que ele estivesse realmente apaixonado por Jane ela continuava a não duvidar e, por mais que sempre tivesse estado disposta a gostar dele, não podia pensar sem raiva, ou mesmo sem desprezo, naquela fraqueza de caráter, naquela falta de determinação que agora o tornava escravo de amigos manipuladores e o levava a sacrificar sua própria felicidade aos caprichos de seus desejos. Fosse sua própria felicidade, entretanto, o único sacrifício, ele poderia ser autorizado a brincar com ela como melhor lhe aprouvesse, mas sua irmã estava envolvida e ela acreditava que ele deveria levá-la também em consideração. Esse era um assunto, em resumo, ao qual se poderia dedicar muita reflexão, que talvez fosse inútil. Não conseguia pensar em outra coisa; e tivesse o interesse de Bingley realmente desaparecido ou sido suprimido pela interferência dos amigos, tivesse ele consciência dos sentimentos de Jane ou pudessem eles ter escapado à sua observação, fosse qual fosse o caso, embora sua opinião a respeito dele pudesse ser bastante afetada pela diferença, a situação de Jane permanecia a mesma e sua paz igualmente perturbada.

Um dia ou dois se passaram antes que Jane tivesse a coragem de falar de seus sentimentos com Elizabeth; mas afinal, tendo a sra. Bennet as deixado a sós depois de uma irritação mais longa do que o normal a respeito de Netherfield e seu proprietário, ela não se conteve:

– Ah! Se minha cara mãe tivesse mais controle sobre si mesma! Ela não faz ideia da dor que me provocam suas contínuas observações a respeito dele. Mas não vou me queixar. Isso não pode durar muito. Ele será esquecido e voltaremos todos a ser como éramos antes.

Elizabeth olhou para a irmã com incrédula solicitude, mas nada disse.

– Você não acredita em mim – exclamou Jane enrubescendo um pouco –, mas não tem razão. Ele pode viver nas minhas lembranças como o homem mais amável que já conheci, mas é tudo. Não tenho qualquer esperança ou temor e dele não tenho queixas. Graças a Deus! Não sofro com *essa* dor. Um pouco de tempo, portanto, e sem dúvida tentarei melhorar.

Com voz mais forte, logo acrescentou:

– Tenho o conforto imediato de saber que tudo não passou de uma fantasia da minha imaginação, que não magoou senão a mim mesma.

– Minha querida Jane! – exclamou Elizabeth. – Você é boa demais. Sua doçura e desinteresse são realmente angelicais; não sei o que dizer. Sinto-me como se nunca lhe tivesse feito justiça, ou a amado como merece.

A srta. Bennet protestou com veemência contra qualquer mérito extraordinário e atribuiu os elogios da irmã a seu caloroso afeto.

– Não – disse Elizabeth –, isso não é justo. *Você* prefere achar que o mundo todo é respeitável e magoa-se se falo mal de alguém. Basta que eu queira achar que *você* é perfeita e você é contra. Não tenha medo de que eu me exceda ou abuse dos privilégios de sua boa vontade universal. Não precisa temer. São poucas as pessoas de quem realmente gosto, e menos ainda as que tenho em bom conceito. Quanto mais observo do mundo, mais me decepciono; e cada dia que passa confirma minha crença na inconsistência do caráter humano e na pouca confiança que se deve ter nas aparências de mérito ou sensatez. Deparei-me ultimamente com duas situações; uma não vou mencionar, a outra é o casamento de Charlotte. É inexplicável! Sob qualquer ponto de vista, é inexplicável!

– Minha querida Lizzy, não se entregue a sentimentos desse tipo. Eles arruinarão sua felicidade. Você não dá qualquer margem às diferenças de situação ou de temperamento. Considere a respeitabilidade do sr. Collins e o caráter firme e prudente de Charlotte. Lembre-se de que ela vem de uma família grande; que ele, em relação à fortuna, é um partido muito desejável; e disponha-se a acreditar, para o bem de todos, que ela pode sentir algo como consideração e estima pelo nosso primo.

– Para agradá-la, tentarei acreditar em quase tudo, mas ninguém mais pode se beneficiar com uma crença desse tipo; pois estivesse eu convencida de que Charlotte sentisse qualquer consideração por ele, só poderia pensar pior de sua inteligência do que penso hoje de seu coração. Minha querida Jane, o sr. Collins é um homem vaidoso, pomposo, obtuso e idiota; você sabe que ele é assim, tanto quanto eu; e você deve sentir, como eu, que a mulher que se casar com ele não pode estar em seu juízo perfeito. Você não vai defendê-la só porque se trata de Charlotte Lucas. Você não vai, em prol de uma única pessoa, alterar o significado de princípios e integridade nem tentar se convencer, ou a mim, de que egoísmo é prudência ou que insensibilidade perante o perigo é garantia de felicidade.

– Você há de convir que usa palavras fortes demais ao se referir aos dois – retrucou Jane –, e espero que se convença disso vendo-os felizes juntos. Mas chega deste assunto. Você falou de algo mais. Mencionou *duas* situações. Sei a que se refere, mas suplico, Lizzy querida, que não me amargure achando que *aquela pessoa* é culpada e dizendo que ele caiu no seu conceito. Não devemos nos precipitar ao imaginar que fomos intencionalmente magoadas. Não devemos esperar que um rapaz jovial seja sempre reservado e circunspecto. Com muita frequência somos enganadas apenas por nossa própria vaidade. As mulheres idealizam a admiração mais do que deveriam.

– E os homens cuidam bem para que assim seja.

– Se isso é feito de propósito, eles não têm justificativas; mas não tenho certeza de que exista tanta premeditação no mundo como acreditam algumas pessoas.

– Longe de mim atribuir alguma parcela da conduta do sr. Bingley à premeditação – disse Elizabeth –, mas sem intenção de cometer erros, ou de fazer os outros infelizes, erros podem ser cometidos e sofrimentos, provocados. Inconsciência, descaso em relação aos sentimentos alheios e falta de determinação podem ter os mesmos resultados.

– E você atribui a atitude dele a alguns desses motivos?

– Atribuo ao último. Mas, se continuar insistindo, acabarei por aborrecê-la dizendo o que penso de pessoas que você estima. Interrompa-me enquanto pode.

– Você insiste, então, em acreditar que as irmãs o influenciam?

– Insisto, junto com o amigo dele.

– Não posso acreditar. Por que tentariam influenciá-lo? Só podem querer a felicidade dele; e, se ele se afeiçoou a mim, nenhuma outra mulher pode proporcioná-la.

– Sua primeira colocação é falsa. Eles podem querer muitas coisas além da felicidade dele; podem querer que aumente sua fortuna e importância; podem querer casá-lo com uma moça que traz consigo toda a importância decorrente de se ter dinheiro, bons relacionamentos e orgulho.

– Sem dúvida, elas *querem* que ele escolha a srta. Darcy – retrucou Jane –, mas pode ser por motivos melhores do que você supõe. Elas a conhecem há muito mais tempo do que a mim; não é de estranhar que gostem mais dela. Mas, sejam quais foram seus próprios desejos, é muito pouco provável que se oponham aos do irmão. Que irmã se sentiria à vontade para fazer isso, a menos que haja algo muito indesejável? Se elas o imaginassem interessado por mim, não tentariam nos separar; se ele realmente se importasse, elas não teriam sucesso. Supondo tais intenções, você coloca todos agindo errado e de modo antinatural. E me deixa mais infeliz. Não me angustie com tal ideia. Não tenho vergonha de ter sido enganada... ou, pelo menos, muito pouco, nada em comparação ao que sentiria pensando mal dele ou de suas irmãs. Deixe-me encarar os fatos da melhor maneira, da maneira como devem ser compreendidos.

Elizabeth não podia se opor a tal desejo. E, desse momento em diante, o nome do sr. Bingley pouco foi mencionado entre elas.

A sra. Bennet continuava a estranhar e a resmungar sobre ele não voltar e, embora não se passasse um dia no qual Elizabeth não expusesse os fatos com clareza, pouca chance havia de que ela os encarasse com menos perplexidade. A filha tentava convencê-la do que ela mesma não acreditava, de que as atenções dele para com Jane eram resultado apenas de um interesse comum e passageiro, que deixou de existir quando ele não mais a viu; mas, embora a probabilidade de tal afirmação tivesse sido admitida, ela continuaria a repetir a mesma história todos os dias. O maior consolo da sra. Bennet era a volta do sr. Bingley no verão.

O sr. Bennet lidava com o assunto de outra maneira.

– Então, Lizzy – disse ele um dia –, sua irmã teve uma decepção amorosa, acho eu. Dou-lhe os parabéns. Exceto casar-se, o que uma moça mais gosta é de sofrer um pouco por amor de vez em quando. É algo em que pensar e lhe dá uma espécie de distinção entre suas companheiras. Quando será a sua vez? Você não pode passar muito tempo sendo suplantada por Jane. Aproveite a oportunidade. Há oficiais suficientes em Meryton para desapontar todas as jovens do condado. Deixe Wickham ser o *seu* homem. Ele é um camarada agradável e lhe daria um passa-fora honroso.

– Obrigada, meu pai, mas eu me satisfaria com um homem menos atraente. Nem todas podem querer a sorte de Jane.

– É verdade – disse o sr. Bennet –, mas é um consolo pensar que, aconteça o que acontecer nesse sentido, você tem uma mãe extremosa que tirará o maior proveito da situação.

A companhia do sr. Wickham foi bastante útil para dissipar a nuvem negra que os últimos funestos episódios haviam atirado sobre muitos habitantes de Longbourn. Eles o viam com frequência, e às suas outras recomendações acrescentava-se agora a de uma absoluta franqueza. Tudo o que Elizabeth já ouvira, as queixas a respeito do sr. Darcy e de todo o sofrimento que ele lhe causara era agora de conhecimento público e tema de discussões abertas. E todos se compraziam ao observar o quanto já desgostavam do sr. Darcy antes de tomar conhecimento do assunto.

Jane Bennet era a única criatura que poderia imaginar existirem quaisquer circunstâncias atenuantes no caso, desconhecidas da sociedade de Hertfordshire; sua honestidade suave e firme sempre advogou a favor da tolerância e apontava a possibilidade de enganos, mas por todos os demais o sr. Darcy foi condenado como o pior dos homens.

Capítulo 25

Depois de uma semana vivida entre declarações de amor e planos de felicidade, o sr. Collins foi alertado por sua adorável Charlotte para a proximidade do sábado. A dor da separação, entretanto, seria minorada para ele pelos preparativos para a recepção de sua noiva; pois ele estivera certo ao esperar que, pouco depois de sua volta a Hertfordshire, seria marcado o dia que faria dele o mais feliz dos homens. Ele se despediu dos parentes em Longbourn com tanta solenidade quanto antes; desejou mais uma vez a suas belas primas saúde e felicidade e prometeu ao sr. Bennet outra carta de agradecimento.

Na segunda-feira seguinte, a sra. Bennet teve o prazer de receber seu irmão e a mulher, que vinham em geral passar o Natal em Longbourn. O sr. Gardiner era um homem sensato e cavalheiresco, muito superior à irmã, tanto em índole quanto em maneiras. As senhoras de Netherfield achariam difícil acreditar que um homem que vivia do comércio e só se ocupava de seus próprios armazéns pudesse ser tão bem educado e agradável. A sra. Gardiner, muitos anos mais moça do que a sra. Bennet e a sra. Phillips, era uma mulher amável, inteligente e elegante, muito querida por todas as sobrinhas de Longbourn. Entre as duas mais velhas e ela, sobretudo, havia especial afeição. As moças haviam se hospedado diversas vezes em sua casa na cidade.

A primeira parte dos afazeres da sra. Gardiner ao chegar foi distribuir presentes e descrever a última moda. Isso feito, seu papel diminuiu. Era sua vez de ouvir. A sra. Bennet tinha muitas reclamações a fazer e muito do que se queixar. Todas tinham passado por maus pedaços desde seu último encontro. Duas de suas filhas estiveram a ponto de se casar e, afinal, nada acontecera.

– Não censuro Jane – continuou ela –, pois Jane teria segurado o sr. Bingley se tivesse tido chance. Mas Lizzy! Ah, minha irmã! É muito difícil admitir que ela poderia agora ser a esposa do sr. Collins, não fosse por sua própria crueldade. Ele lhe propôs casamento nesta mesma sala e ela o recusou. A consequência é que Lady Lucas terá uma filha casada antes de mim e o espólio de Longbourn está mais gravado do que nunca. Os Lucas são mesmo muito ardilosos, irmã. Só pensam em tirar vantagem de tudo. Lamento dizer isso deles, mas assim são os fatos. Fico muito nervosa e desapontada por ser frustrada desse modo por minha própria família e por ter vizinhos que pensam em si mesmos antes de qualquer outra coisa. Enfim, sua vinda exatamente agora é o maior dos consolos, e estou muito satisfeita com o que nos contou sobre as mangas compridas.

A sra. Gardiner, a quem os fatos principais já haviam sido relatados nas cartas de Jane e Elizabeth, deu à irmã uma resposta evasiva e, em consideração às sobrinhas, mudou de assunto.

Ao ficar a sós com Elizabeth, mais tarde, falou mais a respeito:

– Parece que se tratava de um partido bem desejável para Jane – disse ela. – Lamento que não tenha dado certo. Mas essas coisas acontecem tanto! Um rapaz como o sr. Bingley, pela sua descrição, apaixona-se com muita facilidade por uma moça bonita por algumas semanas e, quando acidentes os separam, esquece-a com a mesma facilidade. Esse tipo de inconsistência é muito frequente.

– De certo modo isso é um bom consolo – disse Elizabeth –, mas não funcionará para *nós*. Não estamos sofrendo devido a um *acidente*. Não acontece com tanta frequência que a interferência de amigos convença um jovem rico e independente a deixar de pensar numa moça pela qual estava violentamente apaixonado poucos dias antes.

– Mas essa expressão "violentamente apaixonado" é tão antiquada, tão duvidosa, tão indefinida, que não me esclarece muito. Aplica-se tanto a sentimentos nascidos de um contato de meia hora quanto a um afeto real e profundo. Por favor, explique-me que tipo de *violência* havia no amor do sr. Bingley?

– Nunca vi preferência mais promissora; ele se tornava cada vez mais desatento em relação às outras pessoas e totalmente absorto por ela. A cada vez que se encontravam, isso era mais acentuado e visível. Em seu próprio baile ele ofendeu duas ou três moças, não dançando com elas; e eu mesma falei com ele duas vezes, sem receber resposta. Poderia haver sintomas mais claros? Não é a desatenção geral a própria essência do amor?

– Ah, é sim! Desse tipo de amor que imagino ter sido o dele. Pobre Jane! Sinto por ela, porque, com seu temperamento, ela não deve superar logo tudo isso. Seria melhor que tivesse acontecido com *você*, Lizzy; você teria rido de si mesma bem mais depressa. Mas acha que ela se deixaria convencer a voltar conosco? Uma mudança de cenário seria benéfica... e talvez um pequeno descanso de casa possa ser útil.

Elizabeth ficou satisfeitíssima com aquele convite e estava convencida da pronta concordância da irmã.

– Espero – acrescentou a sra. Gardiner – que nenhuma ideia a respeito desse rapaz a influencie. Vivemos numa parte tão diferente da cidade, todas as nossas relações são tão diferentes e, como você bem sabe, saímos tão pouco, que é muito improvável que se encontrem, a não ser que ele realmente vá visitá-la.

– E *isso* é um tanto impossível; pois ele agora está sob a custódia do amigo, e o sr. Darcy não lhe permitiria visitar Jane naquela parte de Londres! Minha cara tia, como pode pensar nisso? O sr. Darcy talvez tenha *ouvido falar* de um lugar como Gracechurch Street, mas dificilmente consideraria um mês de abluções suficiente para limpá-lo de suas impurezas caso devesse um dia pisar lá; e, tenha certeza, o sr. Bingley nunca dá um passo sem ele.

– Tanto melhor. Espero que não se encontrem de modo algum. Mas Jane não se corresponde com a irmã do rapaz? *Ela* não terá como não visitá-la.

– Ela romperá quaisquer laços.

Mas, apesar da certeza que Elizabeth pretendia ter a respeito, e a despeito da ideia ainda mais interessante de que Bingley tivesse sido impedido de ver Jane, ela sentia por todo aquele assunto um carinho que a convenceu, após examiná-lo, de que nada deveria ser considerado irremediável. Era possível, e chegou a considerar provável, que o afeto do rapaz pudesse ser reavivado e a influência dos amigos derrotada pela influência mais natural dos atrativos de Jane.

A srta. Bennet aceitou com prazer o convite da tia; e, não deixando os Bingley de estar em seus pensamentos, esperou que, considerando que Caroline não morava com o irmão, talvez pudessem passar uma manhã juntas sem correr qualquer risco de vê-lo.

Os Gardiner passaram uma semana em Longbourn e, entre os Phillips, os Lucas e os oficiais, não houve um dia sem compromissos. A sra. Bennet providenciara com tanto cuidado diversões para o irmão e a irmã que nem uma vez jantaram em família. Quando as reuniões eram em sua casa, alguns oficiais faziam parte do grupo e, entre tais oficiais a presença do sr. Wickham era garantida. Nessas ocasiões, a sra. Gardiner, de espírito prevenido pela calorosa recomendação de Elizabeth, observou ambos de perto. Sem acreditá-los, pelo que percebia, seriamente apaixonados, sua mútua preferência foi clara o bastante para deixá-la um pouco desconfortável e ela resolveu falar com Elizabeth a respeito antes de deixar Hertfordshire e fazê-la considerar a imprudência que seria encorajar tal ligação.

Para a sra. Gardiner, Wickham tinha um atrativo especial, independente de seus poderes de sedução. Há cerca de dez ou doze anos, antes de se casar, ela passara um período considerável naquela mesma região de Derbyshire à qual ele pertencia. Tinham, portanto, várias relações comuns e, embora Wickham pouco tenha estado lá desde a morte do pai de Darcy, ainda era capaz de lhe dar mais notícias de seus antigos amigos do que ela poderia obter por outras fontes.

A sra. Gardiner estivera em Pemberley e conhecera muito bem a fama do falecido sr. Darcy. Aí estava, então, um assunto inesgotável de conversa. Comparando suas recordações de Pemberley com as minuciosas descrições que Wickham podia dar e prestando seu tributo de admiração ao caráter de seu antigo proprietário, ela encantava a si mesma e a seu interlocutor. Ao ser informada do tratamento a ele dispensado pelo atual sr. Darcy, tentou recordar-se de algumas informações a respeito do cavalheiro quando menino que pudessem levá-la a concordar com o que ouvia e por fim teve certeza de se lembrar ter ouvido dizer que o sr. Fitzwilliam Darcy era já apontado como um menino muito orgulhoso e de má índole.

Capítulo 26

As recomendações da sra. Gardiner a Elizabeth foram pontual e gentilmente feitas na primeira ocasião favorável em que conversaram a sós; depois de dizer com honestidade o que pensava, ela foi adiante:

– Você é uma menina sensata demais, Lizzy, para se apaixonar apenas porque foi avisada contra isso, portanto não tenho medo de falar sem rodeios. Sinceramente, você deveria se precaver. Não se deixe envolver nem tente envolvê-lo numa relação que a falta de dinheiro tornaria por demais imprudente. Nada tenho a dizer contra *ele*; é um rapaz muito interessante e, se tivesse a fortuna que merece, eu acharia que você não poderia escolher melhor. Mas diante dos fatos, você não pode se deixar dominar por fantasias. Você tem juízo e todos nós esperamos que dele faça bom uso. Seu pai confia em *sua* firmeza e boa conduta, tenho certeza. Não desaponte seu pai.

– Querida tia, isto está ficando muito sério.

– É verdade, e espero convencê-la a levar o assunto também muito a sério.

– Bem, então, a senhora não tem com que se preocupar. Tomarei conta de mim mesma e do sr. Wickham também. Ele não se apaixonará por mim, se eu puder impedir.

– Elizabeth, você não está falando sério agora.

– Peço-lhe perdão, tentarei novamente. No momento presente, não estou apaixonada pelo sr. Wickham; não, com certeza não estou. Mas ele é, sem comparação, o homem mais agradável que já conheci e, se ele realmente se afeiçoar a mim, acredito que seria melhor se não o fizesse. Vejo a imprudência de tudo isso. Ah! *Aquele* abominável sr. Darcy! A opinião do meu pai me honra muitíssimo e eu ficaria desolada se a desmerecesse. Meu pai, entretanto, é favorável ao sr. Wickham. Em resumo, querida tia, eu lamentaria muito ser fonte de sofrimento para qualquer um dos dois; mas, se vemos todos os dias que raras são as vezes em que a imediata falta de dinheiro desencoraja os jovens a criar laços recíprocos, como posso prometer ser mais sensata do que tantas outras criaturas se me vier tal tentação, ou até mesmo como poderei saber se seria mais sábio resistir-lhe? Tudo o que posso prometer, agora, é não ter pressa. Não me apressarei a acreditar que sou o objeto principal das atenções desse rapaz. Quando estiver com ele, não alimentarei fantasias. Enfim, farei o possível.

– Talvez também fosse melhor se o desencorajasse a vir aqui com tanta frequência. Pelo menos, você poderia não *lembrar* sua mãe de convidá-lo.

– Como fiz um dia desses – disse Elizabeth com um sorriso sem graça. – É verdade, será adequado controlar-me *nesse* ponto. Mas não imagine que ele vem aqui tanto assim. Foi por sua causa que ele foi convidado tantas vezes esta semana. A senhora conhece as ideias de minha mãe quanto à necessidade de companhia constante para seus amigos. Mas na verdade, e lhe dou a minha palavra, tentarei fazer o que considerar mais sensato; e agora espero que esteja satisfeita.

A tia garantiu-lhe que estava e, tendo Elizabeth agradecido a gentileza dos conselhos dela, separaram-se, num admirável exemplo de como opinar sem criar ressentimentos.

O sr. Collins voltou para Hertfordshire logo após a partida dos Gardiner e de Jane; mas tendo ele se hospedado com os Lucas, sua chegada não representou grande inconveniência para a sra. Bennet. O casamento se aproximava depressa e ela, àquela altura, já chegava a considerá-lo inevitável e até mesmo a repetir muitas vezes, num tom mal-humorado, que "*esperava* que pudessem ser felizes". Quinta-feira seria o dia das bodas e, na quarta, a srta. Lucas fez sua visita de despedida; e, quando ela se levantou para sair, Elizabeth, envergonhada pelos votos indelicados e relutantes de sua mãe e sinceramente emocionada, acompanhou-a até a porta. Enquanto desciam juntas as escadas, Charlotte disse:

– Espero ter notícias suas com bastante frequência, Eliza.

– Com *isso* você pode contar.

– E tenho outro favor a lhe pedir. Você irá me visitar?

– Nos encontraremos bastante, espero, em Hertfordshire.

– Não devo sair de Kent por algum tempo. Prometa-me, portanto, ir a Hunsford.

Elizabeth não poderia recusar, embora pouco prazer antevisse em tal visita.

– Meu pai e Maria irão me ver em março – acrescentou Charlotte –, e espero que você concorde em se juntar a eles. Na verdade, Eliza, você será tão bem-vinda quanto qualquer um dos dois.

A cerimônia de casamento foi realizada; a noiva e o noivo viajaram para Kent diretamente da porta da igreja e todos tiveram muito a dizer, ou a ouvir, sobre o assunto, como de hábito. Elizabeth logo recebeu notícias da amiga, e sua correspondência foi tão regular e frequente como sempre havia sido; que fosse igualmente sem reservas era impossível. Elizabeth nunca foi capaz de se dirigir a ela sem o sentimento de que todo o bem-estar e a intimidade não mais existiam e, mesmo decidida a não ser uma correspondente relapsa, assim agia em consideração ao passado, e não ao presente. As primeiras cartas de Charlotte foram recebidas com grande dose de ansiedade; não podia deixar de estar curiosa para saber o que ela diria de sua nova casa, o que achara de Lady Catherine e até que ponto ousaria se declarar feliz; quando, porém, as cartas foram lidas, Elizabeth sentiu que Charlotte se expressava, a respeito de cada ponto, exatamente como se esperaria que fizesse. Escrevia com animação, parecia cercada de conforto e nada mencionava que não pudesse elogiar. Casa, mobília, arredores e estradas, tudo a agradava, e o comportamento de Lady Catherine era muito amistoso e cortês. Era o mesmo retrato que o sr. Collins fizera de Hunsford e Rosings, racionalmente esmaecido; e Elizabeth sentiu que precisaria esperar por sua própria visita para saber o resto.

Jane já havia escrito umas poucas linhas à irmã para anunciar sua chegada sã e salva a Londres e, quando escrevesse outra vez, Elizabeth esperava que pudesse dizer algo sobre os Bingley.

A impaciência pela segunda carta foi tão bem recompensada como em geral o é a impaciência. Jane estava já há uma semana na cidade sem ver ou ter notícias de Caroline. Ela, porém, explicava o acontecido com a suposição de que sua última carta à amiga, enviada de Longbourn, de algum modo se perdera.

"Minha tia", continuava ela, "irá amanhã àquele lado da cidade e terei então a oportunidade de me apresentar em Grosvenor Street."

Ela escreveu mais uma vez depois da visita feita, e tinha estado com a srta. Bingley.

"Não achei Caroline bem-humorada", foram suas palavras, "mas ela ficou muito contente ao me ver e me censurou por não lhe ter avisado sobre minha vinda a Londres. Eu estava certa, portanto, minha última carta nunca chegou às suas mãos. Perguntei-lhe sobre o irmão, é claro. Ele vai bem, mas tão ocupado com o sr. Darcy que elas mal o viam. Eu soube que a srta. Darcy era esperada para o jantar. Gostaria de poder vê-la. Minha visita não foi demorada, pois Caroline e a sra. Hurst iam sair. Acredito que em breve as receberei aqui."

Elizabeth sacudiu a cabeça diante dessa carta. Estava convencida de que só um acaso poderia fazer com que o sr. Bingley soubesse que Jane estava na cidade.

Quatro semanas se passaram e Jane nada soube a respeito do rapaz. Tentou se convencer de que não lamentava, mas não podia mais continuar cega à desatenção da srta. Bingley. Depois de esperar em casa, todas as manhãs, durante uma quinzena e inventar a cada tarde uma nova desculpa para ela, a visitante afinal apareceu; mas o pouco tempo que lá ficou e, ainda mais, sua mudança de atitude, não permitiram que Jane continuasse a se iludir. A carta que escreveu então para a irmã demonstraria o que sentiu.

> A minha querida Lizzy, estou certa, será incapaz de se vangloriar de seu melhor julgamento, às minhas custas, quando eu confessar ter estado totalmente iludida quanto ao afeto da srta. Bingley para comigo. Mas,

querida irmã, mesmo tendo os acontecimentos provado que você estava certa, não me considere teimosa se ainda afirmo que, considerando o comportamento dela, minha confiança era tão natural quanto suas suspeitas. De modo algum compreendo suas razões para me querer como amiga, mas, caso se repetissem as mesmas circunstâncias, estou certa de que me enganaria outra vez. Caroline só retribuiu minha visita ontem e nenhum bilhete, nenhuma linha, me foi enviada nesse meio-tempo. Quando veio, era bem evidente que não o fazia por prazer; deu uma ligeira e formal desculpa por não ter aparecido antes, não disse uma só palavra sobre querer me ver novamente e demonstrou ser, sob todos os aspectos, uma pessoa tão diferente que, quando se foi, eu estava absolutamente decidida a não mais manter essa amizade. Lamento, embora não possa deixar de censurá-la. Ela fez muito mal me dando atenção como fez; posso dizer com segurança que todos os avanços de amizade partiram dela. Mas tenho pena dela, porque deve sentir que agiu mal e porque estou certa de que a preocupação com o irmão foi a causa de tudo. Não preciso me explicar mais, e, embora *nós* saibamos ser desnecessária tal preocupação, se ela a alimentava temos aí uma boa explicação para seu comportamento; e sendo ele tão merecedor do amor da irmã, qualquer preocupação por parte dela em relação a ele é natural e louvável. Não posso, porém, deixar de me perguntar a razão de tais medos agora, porque, se ele se importasse um pouco comigo, deveríamos ter nos encontrado já há muito tempo. Ele sabe que estou na cidade, tenho certeza, por algo que ela mesma disse; e mesmo assim parecia, pela sua maneira de falar, que ela se quisesse convencer de que ele está realmente interessado na srta. Darcy. Não consigo compreender. Se não receasse fazer um julgamento duro demais, quase ficaria tentada a dizer que há uma forte aparência de duplicidade em tudo isso. Mas tentarei afastar todos os pensamentos dolorosos e me concentrar apenas no que me fará feliz: o seu afeto e a invariável bondade de meus queridos tios. Dê-me notícias suas sem tardar. A srta. Bingley disse algo relacionado a ele nunca mais voltar a Netherfield, a desistir da casa, mas não havia ali qualquer certeza. Melhor não mencionarmos isso. Fico extremamente contente que você tenha recebido tão boas notícias de seus amigos em Hunsford. Rogo-lhe que vá visitá-los, com Sir William e Maria. Tenho certeza de que se sentirá muito bem lá. Sua... etc.

Esta carta entristeceu Elizabeth um pouco; mas seu ânimo voltou quando ela avaliou que Jane não seria mais enganada pelos Bingley, não por Caroline, ao menos. Quaisquer expectativas em relação ao rapaz estavam agora perdidas. Elizabeth sequer desejava que ele voltasse a procurar a irmã. Sua opinião quanto ao caráter do rapaz diminuía a cada vez que pensava no assunto; e como um bom castigo para ele, assim como uma possível vantagem para Jane, desejou seriamente que ele se casasse em breve com a irmã do sr. Darcy, já que, pelos relatos de Wickham, ela o faria lamentar bastante o que havia jogado fora.

A sra. Gardiner, mais ou menos na mesma ocasião, lembrou a Elizabeth sua promessa em relação a esse cavalheiro e pediu notícias; e o que Elizabeth tinha a contar talvez fosse mais agradável para a tia do que para si mesma. Seu aparente interesse se desvanecera, as atenções desapareceram, ele era o admirador de outra pessoa. Elizabeth era observadora o bastante para perceber tudo isso, mas conseguia perceber e escrever a respeito sem se entristecer. Seu coração só fora tocado de leve e sua vaidade se satisfazia com a crença de que *ela* seria a única escolha do rapaz, se assim permitisse sua fortuna. Uma súbita herança de dez mil libras era o encanto mais apreciável da jovem a quem ele agora tratava de ser agradável; mas Elizabeth, talvez menos perspicaz neste caso do que no de Charlotte, não discutiu com ele seu desejo de independência. Pelo contrário, nada parecia mais natural e, mesmo supondo que lhe custaram algumas lutas internas para desistir dela, estava pronta a considerar aquela uma atitude sensata e desejável para ambos e era capaz de sinceridade ao lhe desejar felicidades.

Tudo isso foi comunicado à sra. Gardiner e, depois de expor a situação, ela continuou:

"Estou convencida, querida tia, de que nunca estive apaixonada; pois, tivesse eu realmente sentido essa pura e nobre paixão, detestaria agora qualquer menção a seu nome e lhe desejaria toda sorte de desgraças. Mas meus sentimentos não são apenas cordiais em relação a *ele*; são até mesmo imparciais para com a srta. King. Não percebo em mim qualquer ódio por ela e de modo algum deixo de pensar nela como uma boa moça. Não pode haver amor nisso tudo. Meus cuidados têm sido eficazes e, embora sem dúvida eu me tornasse um assunto muito mais interessante para todos os conhecidos caso estivesse loucamente apaixonada por ele, não posso dizer que lamento minha relativa insignificância. A importância pode, às vezes, sair muito cara. Kitty e Lydia levam tal afastamento muito mais a sério do que eu. Elas são novatas em assuntos mundanos e ainda não despertaram para a humilhante certeza de que belos rapazes precisam, tanto quanto os feios, ter do que viver."

Capítulo 27

Sem maiores acontecimentos na família de Longbourn e sem diversões outras além de caminhadas até Meryton, às vezes enlameadas e às vezes frias, passaram-se janeiro e fevereiro. Março deveria levar Elizabeth a Hunsford. Ela, a princípio, não pensara seriamente em viajar, mas logo descobriu que Charlotte contava com ela e aos poucos aprendeu a pensar em sua ida com maior prazer e também com maior certeza. A ausência aumentara seu desejo de rever Charlotte e diminuiu sua repulsa pelo sr. Collins. Seria uma novidade a planejar, e como, com aquela mãe e aquelas irmãs nada companheiras, não sentiria falta de casa, uma pequena mudança não deixava de ser bem-vinda. Ademais, seria uma oportunidade de dar uma olhada em Jane e, em resumo, à medida que o tempo passava, sentia que lamentaria caso fosse preciso adiá-la. Mas tudo correu bem e a viagem foi acertada de acordo com os primeiros planos de Charlotte. Ela acompanharia Sir William e sua segunda filha. A vantagem adicional de passarem uma noite em Londres foi acrescentada a tempo, e os planos se tornaram os mais perfeitos que se poderia desejar.

A única tristeza seria deixar o pai, que sem dúvida sentiria falta dela e que, quando chegou a hora, gostou tão pouco de vê-la partir que lhe pediu que escrevesse e quase prometeu responder-lhe.

A despedida entre ela e o sr. Wickham foi perfeitamente amistosa; ainda mais por parte dele. Seu interesse atual não era suficiente para fazê-lo esquecer que Elizabeth havia sido a primeira a despertar e merecer sua atenção, a primeira a ouvir e se apiedar, a primeira a ser admirada; e, na forma como lhe disse adeus, desejando que se divertisse, recordando o que deveria esperar de Lady Catherine de Bourgh e confiando em que suas opiniões a respeito dela, suas opiniões a respeito de tudo, sempre coincidiriam, havia tal solicitude, tal interesse, que ela se sentiu ainda mais ligada a ele por um afeto sincero. E partiu convencida de que, casado ou solteiro, sempre o consideraria um exemplo de pessoa cordial e agradável.

Os companheiros de viagem de Elizabeth, no dia seguinte, não eram os mais indicados para tornar sua lembrança menos atraente. Sir William Lucas e sua filha Maria, moça bem-humorada mas tão cabeça de vento quanto o pai, nada tinham a dizer que valesse a pena ouvir com mais prazer do que o rangido da carruagem. Elizabeth adorava disparates, mas conhecia Sir William há tempo demais. Nada havia de novo que ele pudesse lhe contar sobre as maravilhas de sua apresentação à corte e sua elevação à dignidade de *Sir*, e suas amabilidades eram tão ultrapassadas quanto o que tinha a dizer.

Era uma viagem de apenas 24 milhas e começou tão cedo que ao meio-dia já estavam em Gracechurch Street. Quando se aproximaram da porta da casa do sr. Gardiner, Jane os observava da janela da sala de estar; ao atravessarem a alameda, lá estava ela para recebê-los, e Elizabeth, examinando-lhe cuidadosamente o rosto, teve o prazer de encontrá-lo saudável e encantador como sempre. No alto da escadaria havia uma tropa de meninos e meninas cuja animação com o aparecimento da prima não lhes permitiu esperar na sala de estar e cuja timidez, pois não a viam há doze meses, impediu-os de descer. Tudo era alegria e gentileza. O dia transcorreu da maneira mais agradável possível, a tarde cheia de correrias e compras e a noite num dos teatros.

Elizabeth conseguiu então sentar-se perto da tia. O primeiro assunto da conversa foi a irmã, e ela ficou mais triste do que surpresa ao ouvir, em resposta às suas minuciosas indagações, que embora Jane continuasse a se esforçar para manter o ânimo, havia períodos de depressão. Era razoável, entretanto, esperar que isso não durasse por muito tempo. A sra. Gardiner deu também suas impressões quanto à visita da srta. Bingley a Gracechurch Street e a várias conversas, em diversas ocasiões, entre Jane e ela, que provaram que a primeira havia, em seu coração, desistido daquela amizade.

A sra. Gardiner brincou então com a sobrinha sobre a deserção de Wickham e cumprimentou-a por lidar tão bem com o caso.

– Mas, minha querida Elizabeth – acrescentou ela –, que tipo de moça é a srta. King? Eu lamentaria imaginar que nosso amigo é um interesseiro.

– Por favor, querida tia, qual a diferença, em assuntos matrimoniais, entre interesse e prudência? Onde termina a cautela e onde começa a avareza? No último Natal, a senhora temia que ele se casasse comigo, porque isso seria imprudente; e agora, porque ele tenta se aproximar de uma moça com apenas dez mil libras, quer descobrir se é interesseiro.

– Se você me disser que tipo de moça é a srta. King, saberei o que pensar.

– Uma boa moça, acredito. Nada sei que deponha contra ela.

– Mas ele não lhe deu a menor atenção, até que a morte do avô da jovem a deixou senhora de sua fortuna.

– Não... Por que deveria? Se não lhe era permitido merecer o *meu* afeto porque eu não tinha dinheiro, que razões poderia haver para que ele fizesse a corte a uma moça por quem não se interessava e que era também pobre?

– Mas parece uma indelicadeza que ele tenha dirigido para elas suas atenções tão pouco tempo depois do ocorrido.

– Um homem em situação desesperadora não tem tempo para esses elegantes decoros que outras pessoas podem observar. Se *ela* não faz objeções, por que faríamos *nós*?

– O fato de que *ela* não faça objeções não justifica o comportamento *dele*. Só demonstra que a ela falta algo... bom-senso ou sensibilidade.

– Bem – exclamou Elizabeth –, a escolha é sua. Que seja *ele* interesseiro e *ela* tola.

– Não, Lizzy, isso é o que *não* escolho. Eu lamentaria, você bem sabe, pensar mal de um rapaz que viveu tanto tempo em Derbyshire.

– Oh! Se é só por isso, tenho péssima opinião de rapazes que viveram em Derbyshire; e seus amigos íntimos que vivem em Hertfordshire não são muito melhores. Estou cansada de todos eles. Graças a Deus! Vou amanhã para um lugar onde encontrarei um homem que não tem uma só qualidade agradável, a quem não recomendam nem as atitudes nem o bom-senso. Os homens estúpidos são os únicos que valem a pena, afinal.

– Cuidado, Lizzy, essa frase cheira demais a decepção.

Antes que se separassem ao final da peça, ela teve o inesperado prazer de um convite para acompanhar os tios numa viagem de recreio que se propunham fazer no verão.

– Não decidimos ainda até onde ela nos levará – disse a sra. Gardiner –, mas talvez até os Lagos.

Nenhum plano poderia ser mais atraente para Elizabeth, e ela aceitou o convite com presteza e gratidão.

– Ah! Minha tia tão querida – exclamou num arroubo –, que maravilha! Que felicidade! Seu convite me dá vida nova e novo ânimo. Adeus decepções e melancolia. O que são rapazes comparados a rochas e montanhas? Oh! Que horas maravilhosas passaremos! E quando *voltarmos*, não faremos como outros viajantes, incapazes de dar uma ideia precisa de coisa alguma. Nós *saberemos* onde estivemos, nós *recordaremos* o que vimos. Lagos, montanhas e rios não se embaralharão em nossas lembranças, nem, ao tentar descrever determinado cenário, começaremos a discutir sua localização relativa. Possam *nossas* primeiras impressões ser menos insuportáveis do que as da maioria dos viajantes.

Capítulo 28

Tudo, na viagem do dia seguinte, era novo e interessante para Elizabeth, e sua animação era das melhores, pois vira a irmã bem disposta a ponto de afastar qualquer receio por sua saúde, e a perspectiva de uma viagem ao norte do país era constante fonte de alegria.

Quando saíram da estrada principal para entrar na via que levava a Hunsford, todos os olhares buscavam a casa paroquial e cada volta do caminho era uma expectativa de vê-la. As estacas da cerca de Rosings Park limitavam um dos lados. Elizabeth sorriu com a lembrança de tudo o que ouvira a respeito de seus habitantes.

Enfim podia-se divisar a casa paroquial. O jardim descendo até a rua, a casa mais acima, a cerca verde e a sebe de loureiros, tudo anunciava que haviam chegado. O sr. Collins e Charlotte surgiram à porta e a carruagem parou no pequeno portão do qual partia uma pequena aleia de cascalho, entre os acenos e sorrisos de todos. Logo desceram todos do veículo, alegrando-se com o encontro. A sra. Collins recebeu a amiga com imenso prazer, e Elizabeth ficava cada vez mais satisfeita por ter vindo ao se ver recebida com tanto carinho. Percebeu de imediato que as maneiras do primo não se haviam alterado com o casamento; a cortesia formal era a mesma de antes, e ele a deteve por alguns minutos no portão para ouvir e responder suas perguntas a respeito de toda a família. Foram então, sem mais atrasos exceto por ele chamar a atenção para a limpeza da entrada, levados para o interior da casa e, tão logo chegaram ao vestíbulo, ele lhes deu pela segunda vez as boas-vindas, com grandiosa formalidade, à sua humilde morada e diligentemente repetiu todos os oferecimentos de sua esposa para que se pusessem à vontade.

Elizabeth estava preparada para vê-lo em sua glória; e não podia deixar de imaginar que, ao mencionar as boas proporções da sala, seu aspecto e sua mobília, ele se dirigia sobretudo a ela, como desejando fazê-la perceber o que perdera ao recusá-lo. Mas, ainda que tudo parecesse limpo e confortável, ela não foi capaz de presenteá-lo com qualquer sinal de arrependimento e olhava para a amiga perguntando-se como ela podia ter um ar tão animado com aquele tipo de companheiro. Quando o sr. Collins dizia algo de que a mulher poderia, com razão, se envergonhar, o que sem dúvida não era raro, ela involuntariamente dirigia o olhar para Charlotte. Uma ou duas vezes, percebeu um leve rubor; mas em geral Charlotte, sensata, nada ouvia. Depois de estarem sentados por tempo suficiente para apreciar todas as peças de mobília da sala, do aparador ao guarda-fogo, fazer um relatório da viagem e de tudo o que acontecera em Londres, o sr. Collins convidou-os para uma volta pelo jardim, que era grande e bem traçado e do qual ele se encarregava pessoalmente de cuidar. Trabalhar no jardim era um de seus prazeres mais respeitáveis; e Elizabeth admirou o ar sério com que Charlotte observou como era saudável aquele exercício e confessou encorajá-lo ao máximo. Ali, conduzindo-os através de todas as aleias e atalhos, pouco lhes permitindo um intervalo para que lhe fizessem os elogios que pedia, ressaltava cada detalhe com minúcias capazes de suplantar qualquer beleza. Ele podia enumerar os campos em todas as direções e dizer quantas árvores havia no trecho mais distante. Mas, de todas as paisagens de que se podia orgulhar seu jardim, a região, ou o reino, nada se comparava à visão de Rosings, descortinada por uma abertura entre as árvores que margeavam o parque, quase defronte à sua casa. Era uma bela e moderna edificação, bem situada numa elevação do terreno.

Do jardim, o sr. Collins os teria levado a percorrer seus dois pastos; mas as senhoras, sem os sapatos adequados para enfrentar os restos de uma geada, deram meia-volta; e, enquanto Sir William o acompanhava, Charlotte levou a irmã e a amiga até a casa, muitíssimo contente, era provável, por ter a oportunidade de mostrá-la sem a ajuda do marido. Era um tanto pequena, mas bem construída e adequada, e tudo estava disposto e arrumado com uma ordem e limpeza que Elizabeth creditou inteiramente a Charlotte. Quando era possível esquecer o sr. Collins, havia em tudo um ar de grande conforto e, pela evidente satisfação de Charlotte,

Elizabeth imaginou que ele deveria ser esquecido com alguma frequência.

Já lhe tinham dito que Lady Catherine ainda estava no campo. O assunto voltou enquanto jantavam, quando o sr. Collins, juntando-se aos outros, observou:

– Pois então, a srta. Elizabeth terá a honra de ver Lady Catherine de Bourgh no próximo domingo, na igreja, e não preciso dizer que ficará encantada. Tudo nela é amabilidade e condescendência, e não duvido que a senhorita seja honrada com alguma atenção por parte dela depois de terminado o ofício. Praticamente não hesito em dizer que ela a incluirá, com minha irmã Maria, em todos os convites com que nos honrará durante sua estada conosco. Seu comportamento para com minha cara Charlotte é encantador. Jantamos duas vezes por semana em Rosings e nunca temos permissão para voltar a pé. A carruagem de Sua Senhoria é regularmente posta a nosso serviço. *Melhor* seria dizer, *uma* das carruagens de Sua Senhoria, pois ela possui diversas.

– Lady Catherine é mesmo uma mulher muito respeitável e cordata – acrescentou Charlotte – e uma vizinha muito solícita.

– Muito acertado, minha cara, é isso exatamente o que digo. Ela é o tipo de mulher em relação à qual nunca se pode ter suficiente deferência.

A maior parte da noite se passou em comentários sobre as novidades de Hertfordshire e na repetição do que já havia sido escrito. Quando findou, Elizabeth, na solidão de seu quarto, precisou meditar sobre o grau de contentamento de Charlotte para compreender sua habilidade em orientar o marido e sua serenidade para lidar com ele, reconhecendo que fazia tudo muito bem. Previu também como transcorreria sua visita, o calmo teor das ocupações que teriam, as aborrecidas interrupções do sr. Collins e as alegrias das idas a Rosings. Sua fértil imaginação logo planejou tudo.

Pela metade do dia seguinte, quando estava no quarto aprontando-se para um passeio, um ruído repentino pareceu colocar toda a casa em confusão; e, depois de prestar atenção por alguns instantes, ouviu alguém subindo os degraus com muita pressa e chamando-a em voz alta. Abriu a porta e no patamar da escada viu Maria que, sem fôlego e agitada, exclamou:

– Oh! Minha querida Eliza! Por favor se apresse e venha à sala de refeições, porque há algo que precisa ser visto! Não vou lhe dizer o que é. Corra e desça agora mesmo.

Elizabeth fez perguntas em vão; Maria nada mais lhe diria. E correram as duas para a sala de refeições, que dava para a alameda, à procura daquela maravilha: eram duas senhoras num pequeno coche parado ao portão do jardim.

– E é só isto? – exclamou Elizabeth. – Eu esperava pelo menos que os porcos tivessem invadido o jardim e vejo apenas Lady Catherine e a filha.

– Ei, querida! – disse Maria, um tanto chocada com o engano. – Não é Lady Catherine. A velha senhora é a sra. Jenkinson, que vive com elas, a outra é a srta. De Bourgh. Olhe bem para ela. É uma criaturinha muito pequena. Quem poderia imaginar que ela fosse assim tão magra e frágil?

– Ela é terrivelmente rude mantendo Charlotte do lado de fora com essa ventania. Por que não entra?

– Oh! Charlotte disse que ela nunca faz isso. É a maior honraria, quando a srta. De Bourgh entra numa casa.

– Gosto da aparência dela – disse Elizabeth, absorta em outros pensamentos: "Parece doente e deprimida. É, ela servirá muito bem para ele. Dará uma esposa muito adequada."

O sr. Collins e Charlotte estavam de pé junto ao portão, conversando com as senhoras; e Sir William, para diversão de Elizabeth, estava parado à soleira da porta, em solene contemplação da nobreza à sua frente, curvando-se a cada vez que a srta. De Bourgh olhava naquela direção.

Afinal nada mais havia a ser dito; as damas se afastaram e os outros voltaram para a casa. Mal o sr. Collins viu as duas moças começou a felicitá-las por sua boa sorte, o que Charlotte explicou dizendo terem sido todos convidados para jantar em Rosings no dia seguinte.

Capítulo 29

O triunfo do sr. Collins, resultante de tal convite, era completo. Poder exibir a grandeza de sua benfeitora aos seus maravilhados visitantes e permitir que vissem sua cortesia para com ele e sua esposa era exatamente o que sonhara. E que a oportunidade de fazê-lo lhe fosse dada tão depressa era tamanho exemplo da benevolência de Lady Catherine que sua admiração não tinha limites.

– Confesso – disse ele – que não teria ficado de modo algum surpreso se Sua Senhoria nos convidasse para tomar chá e passar a tarde de domingo em Rosings. Até mesmo esperava, conhecedor que sou de sua amabilidade, que isso acontecesse. Mas quem poderia prever uma gentileza como esta? Quem poderia imaginar que receberíamos um convite para jantar lá (e além do mais um convite que incluísse todo o grupo) tão imediatamente depois de sua chegada!

– Sou quem menos se surpreende com o que houve – retrucou Sir William –, devido ao conhecimento de como são as atitudes dos realmente grandes que minha posição na vida me permitiu adquirir. Entre os da corte, tais exemplos de elegância de maneiras não são incomuns.

Durante todo o dia ou na manhã seguinte, quase nenhum outro assunto surgiu além da visita a Rosings. O sr. Collins os instruía com muito cuidado a respeito do que deveriam esperar, a fim de que a visão de tantos quartos, tantos servos e de tão esplêndido jantar não os deixasse boquiabertos.

Quando as damas se retiraram para se preparar, ele disse a Elizabeth:

– Não fique constrangida, minha cara prima, quanto a seus trajes. Lady Catherine nem de longe requer de nós a elegância no vestir com que ela e a filha se apresentam. Eu a aconselharia a simplesmente usar o que houver de melhor entre suas roupas – não é ocasião para algo mais. Lady Catherine não pensará o pior a seu respeito por estar vestida com simplicidade. Ela gosta de preservar as diferenças de nível.

Enquanto se vestiam, ele foi duas ou três vezes bater às diversas portas para recomendar-lhes que se apressassem, pois Lady Catherine tinha sérias objeções a que a fizessem esperar pelo jantar. Tão formidáveis observações relativas a Sua Senhoria e seu estilo de vida apavoraram bastante Maria Lucas, que pouco frequentara a sociedade, e a moça aguardava sua entrada em Rosings com a mesma apreensão que sentira seu pai quando de sua apresentação à corte em St. James.

Como fazia bom tempo, fizeram uma agradável caminhada pelo parque, de quase meia milha. Cada parque tem sua beleza e suas paisagens, e Elizabeth teve muito a apreciar, embora não compartilhasse do deslumbramento que o sr. Collins esperava que o cenário inspirasse e pouco tenha sido afetada por sua enumeração das janelas na fachada da casa e sua narrativa de quanto todo aquele espetáculo custara a Sir Lewis de Bourgh.

Ao subirem os degraus para o vestíbulo, o alarme de Maria crescia a cada instante e mesmo Sir William não parecia de todo calmo. A coragem de Elizabeth não a abandonou. Ela nada ouvira a respeito de Lady Catherine que lhe atribuísse extraordinários talentos ou virtudes miraculosas e acreditava poder testemunhar sem qualquer nervosismo uma simples ostentação de dinheiro ou nível social.

Do saguão de entrada, cujas belas proporções e bem acabados ornamentos o sr. Collins ressaltou com ar enlevado, o grupo seguiu os criados, através de uma antecâmara, até a sala onde se encontravam Lady Catherine, a filha e a sra. Jenkinson. Sua Senhoria, com grande condescendência, ergueu-se para recebê-los e, como a sra. Collins combinara com o marido que as formalidades da apresentação lhe caberiam, tudo foi feito da maneira adequada, sem quaisquer desculpas e agradecimentos que ele consideraria necessários.

Apesar de ter estado em St. James, Sir William estava tão absolutamente aterrado com a suntuosidade que o circundava que mal teve coragem para fazer uma grande reverência e sentou-se sem dizer uma palavra; sua filha, apavorada a ponto de quase perder os sentidos, sentou-se na ponta da cadeira, não sabendo para onde olhar. Elizabeth pouco se abalou com a cena e foi capaz de observar com calma as três damas à sua frente. Lady Catherine era uma mulher grande e alta, de traços muito marcantes, que devia ter sido bela. Seu ar não era conciliatório, nem a forma com que os recebia permitia aos visitantes esquecer pertencerem a um nível inferior. Não eram os silêncios que a tornavam terrível, mas o que quer que dissesse era proferido num tom tão autoritário que sublinhava sua arrogância, o que, no mesmo instante, trouxe o sr. Wickham à lembrança de Elizabeth; e, pela observação do dia, ela acreditou que Lady Catherine era exatamente como ele havia descrito.

Quando, depois de examinar a mãe, em cujas atitudes e comportamento logo descobriu alguma semelhança com o sr. Darcy, voltou os olhos para a filha, quase partilhou da mesma perplexidade de Maria ao vê-la tão magra e tão pequena. Não havia, fosse no corpo ou no rosto, qualquer semelhança entre as duas damas. A srta. De Bourgh era pálida e doentia; seus traços, embora não feios, eram insignificantes; e ela falava muito pouco, a não ser, em voz baixa, com a sra. Jenkinson, cuja aparência nada tinha de notável e que estava totalmente absorta ouvindo o que ela dizia e arrumando a posição de um biombo para lhe proteger os olhos.

Depois de alguns minutos sentados, foram todos levados a uma das janelas para apreciar a vista, com o sr. Collins se encarregando de salientar seus encantos e Lady Catherine gentilmente informando-os de que o verão tornava tudo aquilo muito mais atraente.

O jantar foi ainda melhor do que o previsto, com a presença de todos os criados e todos os objetos de prata prometidos pelo sr. Collins; e, como também previra, ele se sentou à cabeceira da mesa, a pedido de Sua Senhoria, e parecia sentir-se como se a vida nada pudesse lhe oferecer de melhor. Trinchou, comeu e elogiou com maravilhado entusiasmo; e cada prato era aplaudido, primeiro por ele e a seguir por Sir William, então recomposto o suficiente para fazer eco a tudo o que dizia o genro, de uma forma que Elizabeth se perguntou se Lady Catherine seria capaz de suportar. Mas Lady Catherine parecia satisfeita com a excessiva admiração e deu vários sorrisos graciosos, sobretudo quando qualquer prato à mesa representava para eles uma novidade. Os temas de conversa não eram muitos. Elizabeth dispunha-se a falar sempre que havia uma abertura, mas estava sentada entre Charlotte e a srta. De Bourgh, a primeira dedicando-se a ouvir Lady Catherine e a segunda sem dizer uma palavra durante toda a refeição. A sra. Jenkinson ocupava-se sobretudo em observar o pouco que comia a srta. De Bourgh, insistindo para que provasse mais um prato e receando que a moça estivesse indisposta. Para Maria, falar estava fora de cogitação, e os cavalheiros nada fizeram além de comer e admirar.

Quando as damas voltaram à sala de estar, pouco havia a ser feito além de ouvir Lady Catherine falar, o que ela fez sem qualquer interrupção até que veio o café, dando sua opinião a respeito de todos os assuntos de uma forma tão definitiva que deixava claro não estar acostumada a ter seu julgamento contestado. Interrogou Charlotte quanto a seus afazeres domésticos com familiaridade e em detalhes, deu-lhe um sem-número de conselhos sobre como lidar com todos eles, disse-lhe como tudo deveria ser tratado numa família pequena como a dela e instruiu-a quanto aos cuidados com as vacas e as aves. Elizabeth percebeu que não escapava à atenção daquela grande dama qualquer tema que lhe desse a oportunidade de ditar ordens. Nos intervalos de sua conversa com a sra. Collins, ela fez uma série de perguntas a Maria e Elizabeth, mas sobretudo à última, cuja família não conhecia e que observou à sra. Collins ser uma moça muito gentil e bonita. Perguntou-lhe, em momentos diversos, quantas irmãs tinha, se eram mais velhas ou mais moças, se alguma deveria se casar em breve, se eram belas, onde haviam sido educadas, que tipo de carruagem tinha seu pai e qual o sobrenome de solteira de sua mãe. Elizabeth sentiu toda a impertinência contida naquelas perguntas, mas respondeu com muita serenidade. Lady Catherine observou então:

– Os bens de seu pai serão herdados pelo sr. Collins, creio. No que lhe concerne – disse voltando-se para Charlotte –, fico feliz por isso; mas de outro modo não vejo razão para que se deserde a descendência feminina. Isso não foi considerado necessário na família de Sir Lewis de Bourgh. Sabe tocar e cantar, srta. Bennet?

– Um pouco.

– Oh! Então... um dia desses teremos prazer em ouvi-la. Nosso instrumento é excelente, provavelmente superior ao... Terá oportunidade de experimentá-lo em breve. Suas irmãs tocam e cantam?

– Uma delas.

– Por que todas não aprenderam? Deveriam ter todas aprendido. Todas as moças Webb tocam e o pai delas não tem uma renda tão boa quanto o seu. Sabem desenhar?

– Não, de modo algum.

– Como? Nenhuma de vocês?

– Nenhuma.

– Isso é muito estranho. Mas imagino que não tiveram oportunidade. Sua mãe deveria tê-las levado à cidade em todas as primaveras, para que se aperfeiçoassem.

– Minha mãe não teria objeções, mas meu pai detesta Londres.

– Sua preceptora as abandonou?

– Nunca tivemos preceptora.

– Sem preceptora! Como foi possível? Cinco filhas criadas em casa sem uma preceptora! Nunca ouvi tal coisa. Sua mãe deve ter sido uma verdadeira escrava de sua educação.

Elizabeth mal conseguiu deixar de sorrir ao afirmar que não havia sido o caso.

– Então, quem as educou? Quem cuidou de vocês? Sem uma preceptora, vocês devem ter sido negligenciadas.

– Em comparação a algumas famílias, acredito que fomos; mas, entre nós, às que quiseram aprender nunca faltaram os meios. Sempre fomos encorajadas a ler e tivemos todos os professores necessários. As que preferiram o ócio foram deixadas por conta própria.

– Sim, sem dúvida; mas é isso o que uma preceptora pode evitar e, se eu tivesse conhecido sua mãe, teria insistido muitíssimo para que contratasse uma. Eu sempre disse que nada pode ser feito em termos de educação sem um direcionamento constante e regular; e somente uma preceptora é capaz disso. É maravilhoso saber quantas famílias pude ajudar dessa forma. Sempre fico contente vendo uma jovem bem colocada. Quatro sobrinhas da sra. Jenkinson estão extremamente bem empregadas por meu intermédio; e não faz muito tempo que recomendei outra jovem, que me tinha sido mencionada por mero acaso e com quem a família está encantada. Sra. Collins, já lhe contei que Lady Metcalf me visitou ontem para agradecer? Ela achou a srta. Pope um tesouro. "Lady Catherine", disse ela, "a senhora me deu um tesouro." Alguma de suas irmãs foi apresentada à sociedade, srta. Bennet?

– Sim, senhora. Todas.

– Todas! Como, as cinco de uma vez? Muito estranho! E a senhorita é apenas a segunda. As mais moças apresentadas antes de se casarem as mais velhas! Suas irmãs menores devem ser muito jovens.

– Sim, a mais moça ainda não completou dezesseis. Talvez *ela* seja jovem demais para frequentar a sociedade. Mas, na verdade, senhora, acredito ser muito cruel para com as irmãs menores não lhes permitir sua cota de vida social e diversões, caso as mais velhas não tenham meios ou inclinação para se casarem cedo. A caçula tem tanto direito aos prazeres da juventude quanto a primogênita. E ser mantida em casa por *esse* motivo! Acredito que não seria uma boa maneira de incentivar a amizade fraterna ou a delicadeza de sentimentos.

– Ora, palavra de honra – disse Sua Senhoria –, para alguém tão jovem, suas opiniões são dadas com muita firmeza. Diga, que idade tem?

– Com três irmãs menores já crescidas – retrucou Elizabeth, sorrindo –, Vossa Senhoria não deve esperar que eu a declare.

Lady Catherine pareceu um tanto perplexa por não receber uma resposta direta e Elizabeth suspeitou ter sido a primeira criatura capaz de ousar não levar a sério tão majestosa impertinência.

– Não pode ter mais de vinte anos, estou certa, portanto não precisa esconder a idade.

– Ainda não fiz 21.

Quando os cavalheiros se juntaram a elas e terminou o chá, armaram-se as mesas de jogo. Lady Catherine, Sir William e o casal Collins sentaram-se à de quadrilha e, como a srta. De Bourgh preferiu jogar cassino, as duas moças tiveram a honra de ajudar a sra. Jenkinson a compor as duplas. A mesa foi superlativamente aborrecida. Raríssimas sílabas foram pronunciadas que não se relacionassem com o jogo, salvo quando a sra. Jenkinson expressava seus temores por estar a srta. De Bourgh com muito calor ou muito frio, ou ser a luz excessiva ou insuficiente. Muito mais aconteceu na outra mesa. Lady Catherine falou a maior parte do tempo, apontando os erros dos três outros ou contando alguma história sobre si mesma. O sr. Collins ocupava-se concordando com tudo o que dizia Sua Senhoria, agradecendo-lhe por qualquer ficha que ganhasse e desculpando-se quando acreditava ter ganho demais. Sir William não disse muito, armazenando na memória casos e nomes nobres.

Quando Lady Catherine e a filha consideraram ter jogado o quanto queriam, as mesas foram desfeitas e a carruagem oferecida à sra. Collins, aceita com gratidão e mandada preparar no mesmo instante. Agruparam-se então todos junto à lareira para ouvir Lady Catherine determinar que tempo faria no dia seguinte. Dessas informações foram arrancados pela chegada do coche e, com muitos discursos de agradecimento por parte do sr. Collins e outras tantas reverências de Sir William, partiram todos. Tão logo chegaram à porta de casa, Elizabeth foi chamada pelo primo para dar uma opinião a respeito de tudo o que vira em Rosings e, pelo bem de Charlotte, tornou-a mais favorável do que na verdade considerava. Mas seus comentários, mesmo lhe tendo custado algum esforço, de modo algum satisfizeram o sr. Collins, que logo se sentiu obrigado a tomar a seu cargo os louvores a Sua Senhoria.

Capítulo 30

Sir William passou apenas uma semana em Hunsford, mas a visita foi longa o bastante para convencê-lo de que a filha estava instalada com muito conforto e possuía um marido e uma vizinhança como não se veem muitas. Enquanto Sir William esteve com eles, o sr. Collins dedicou as manhãs a levá-lo a passear em seu cabriolé e mostrar-lhe a região; mas, quando ele se foi, toda a família voltou a seus afazeres habituais, e Elizabeth ficou grata ao descobrir que, com essa mudança, não veriam muito o primo, pois a maior parte do tempo entre o café da manhã e o jantar ele passava agora ocupando-se do jardim, lendo e escrevendo, ou olhando pela janela de sua própria biblioteca, que dava para a estrada. A sala na qual ficavam as senhoras dava para os fundos. Elizabeth se perguntara a princípio se Charlotte não deveria preferir para uso comum a saleta de almoço, maior e de aspecto mais agradável, mas logo compreendeu que a amiga tinha uma excelente razão para o que fazia, pois o sr. Collins teria sem dúvida passado muito menos tempo em seus próprios aposentos caso ela escolhesse um cômodo igualmente interessante; e aprovou Charlotte por aquele arranjo.

Da sala de estar elas nada viam da alameda e deviam ao sr. Collins a informação de quantas carruagens haviam saído e sobretudo quantas vezes a srta. De Bourgh passara por lá em seu coche, o que ele nunca deixava de ir lhes contar, mesmo que isso acontecesse quase todos os dias. Não era raro que parasse defronte à casa paroquial e conversasse por alguns minutos com Charlotte, mas praticamente nunca foi convencida a apear.

Muito poucos eram os dias em que o sr. Collins não ia a pé até Rosings e não eram muito menos aqueles em que sua esposa não considerasse necessário fazer o mesmo; e, até conjecturar que deveria haver outros assuntos familiares a serem discutidos, Elizabeth não conseguia compreender o sacrifício de tantas horas. De vez em quando, eram honrados com uma visita de Sua Senhoria e nada do que se passava na sala durante tais visitas escapava à sua observação. Ela examinava o que faziam, fiscalizava o trabalho e aconselhava-os a fazer de outro modo; descobria erros na arrumação dos móveis ou detectava negligências da criada e, se aceitava algum prato, parecia fazê-lo apenas pelo prazer de descobrir que os pesos de carne da sra. Collins eram grandes demais para sua família.

Elizabeth logo percebeu que embora aquela grande dama não ocupasse o cargo de juiz de paz do condado, exercia ativamente as funções de magistrado em sua própria paróquia, cujas minúcias lhe eram transmitidas pelo sr. Collins; e, sempre que algum paroquiano se mostrava belicoso, descontente ou pobre demais, ela corria à aldeia para acalmar os ânimos, silenciar as queixas e restabelecer a harmonia e a fartura.

Os convites para jantar em Rosings repetiam-se cerca de duas vezes por semana e, excetuando-se a ausência de Sir William e o fato de haver apenas uma mesa de jogos, cada uma dessas noites foi idêntica à primeira. Seus outros compromissos eram poucos, pois o estilo de vida nas vizinhanças estava em geral além das possibilidades do sr. Collins. Isso, entretanto, não representava qualquer problema para Elizabeth que, de modo geral, passava seus dias bastante bem; havia momentos de agradáveis conversas com Charlotte e o tempo estava tão bom para a época do ano que era muito aprazível passear ao ar livre. Seu lugar favorito, para onde ia com frequência enquanto os outros visitavam Lady Catherine, era um arvoredo que margeava aquele lado do parque, onde havia uma simpática aleia coberta que ninguém mais parecia apreciar e onde ela se sentia fora do alcance da curiosidade de Lady Catherine.

Dessa maneira tranquila, logo transcorreu a primeira quinzena de sua visita. Aproximava-se a Páscoa, e a semana que a precedeu traria um acréscimo à família de Rosings, o que, em tão pequeno círculo, seria importante. Elizabeth soube, pouco depois de sua chegada, que a vinda do sr. Darcy era esperada no decorrer de algumas semanas e, embora houvesse muitos outros conhecidos cuja presença preferisse, sua presença traria alguma novidade às reuniões em Rosings e ela se divertiria vendo o quão inúteis eram as esperanças da srta. Bingley em relação a ele, por seu comportamento diante da prima, para quem sem dúvida fora destinado por Lady Catherine, que falava de sua vinda com imensa satisfação, referia-se a ele com a maior admiração e pareceu quase zangada ao descobrir que a srta. Lucas e ela já o tinham visto várias vezes.

A notícia de sua chegada logo alcançou a casa paroquial, pois o sr. Collins, a fim de ser o primeiro a saber, passou toda a manhã inspecionando as cabanas que davam para Hunsford Lane e, ao ver a carruagem entrar no parque, fez sua reverência e disparou para casa com a grande notícia. Na manhã seguinte, correu a Rosings para apresentar seus respeitos. Havia dois sobrinhos de Lady Catherine a quem cumprimentar, pois o sr. Darcy trouxera com ele um coronel Fitzwilliam, o filho mais moço de seu tio, o Lorde de ..., e, para grande surpresa de todos, quando o sr. Collins voltou, os cavalheiros o acompanharam. Charlotte, pela janela do quarto do marido, os viu atravessando a estrada e no mesmo instante correu à sala e contou às moças a honra que deveriam esperar, acrescentando:

– Devo a você, Eliza, essa mostra de cortesia. O sr. Darcy nunca teria vindo aqui tão cedo apenas para me cumprimentar.

Elizabeth mal teve tempo de negar qualquer merecimento antes que sua chegada fosse anunciada pela campainha da porta, e pouco depois os três cavalheiros entravam na sala. O coronel Fitzwilliam, que vinha na frente, tinha cerca de trinta anos, não era bonito, mas em aspecto e maneiras se evidenciava um cavalheiro. O sr. Darcy era exatamente o mesmo que sempre fora em Hunsford; apresentou seus cumprimentos, com a habitual reserva, à sra. Collins e, quaisquer que pudessem ser seus sentimentos em relação à sua amiga, aparentou ao vê-la total impassibilidade. Elizabeth apenas se inclinou diante dele, sem uma palavra.

O coronel Fitzwilliam, com a presteza e a naturalidade de um homem bem-educado, começou a conversar sem rodeios e falou de modo agradável; mas o primo, depois de dirigir à sra. Collins uma rápida observação a respeito do jardim e da casa, sentou-se por algum tempo sem falar com ninguém. Aos poucos, entretanto, sua cortesia acabou despertando a ponto de interrogar Elizabeth sobre a saúde de sua família. Ela respondeu da forma habitual e, depois de um momento de pausa, acrescentou:

– Minha irmã mais velha está na cidade há três meses. O senhor não chegou a vê-la?

Ela sabia perfeitamente que a resposta era negativa; mas quis ver se ele deixaria escapar algo do que se passara entre os Bingley e Jane, achando que ele pareceu um pouco confuso ao responder que nunca tivera o prazer de encontrar a srta. Bennet. O assunto não se prolongou e logo depois os cavalheiros se retiraram.

Capítulo 31

O modo de ser do coronel Fitzwilliam foi muito admirado na casa paroquial, e todas as moças sentiram que ele seria um acréscimo considerável aos prazeres de seus compromissos em Rosings. Passaram-se alguns dias, contudo, antes que recebessem um convite para se apresentarem, pois, enquanto houvesse visitas na casa, elas não seriam necessárias, e somente no domingo de Páscoa, quase uma semana após a chegada dos cavalheiros, foram honradas com tal cortesia e, ainda assim, apenas lhes foi dito, ao saírem da igreja, que lá estivessem no final da tarde. Durante a última semana, pouco tinham visto Lady Catherine ou a filha. O coronel Fitzwilliam fora mais de uma vez à casa paroquial, mas o sr. Darcy só foi avistado na igreja.

O convite foi obviamente aceito e, na hora adequada, todos se juntaram ao grupo já na sala de estar de Lady Catherine. Sua Senhoria recebeu-os com polidez, mas estava claro que sua companhia não era de modo algum tão grata quanto quando não havia ninguém mais, e ela, na verdade, ocupou-se quase todo o tempo dos sobrinhos, conversando com ambos, sobretudo com Darcy, muito mais do que com qualquer outra pessoa na sala.

O coronel Fitzwilliam pareceu realmente alegre por vê-los; em Rosings, tudo era para ele um alívio e a linda amiga da sra. Collins muito o interessara. Sentava-se agora ao lado dela, e foi tão simpático ao falar de Kent e Hertfordshire, de viajar e de estar em casa, de novos livros e música, que o tempo de Elizabeth nunca antes havia transcorrido de modo tão agradável naquele salão; e conversavam os dois com humor e animação capazes de chamar a atenção da própria Lady Catherine, bem como do sr. Darcy. Os olhos *dele* já se tinham voltado mais de uma vez para ambos com um toque de curiosidade, e que Sua Senhoria, depois de algum tempo, compartilhasse de tal sentimento foi reconhecido de forma mais óbvia, pois ela não teve escrúpulos de perguntar:

– O que você está dizendo, Fitzwilliam? De que estão falando? O que está contando à srta. Bennet? Deixe-me ouvir também.

– Falamos sobre música, minha senhora – disse ele quando não foi mais possível evitar uma resposta.

– De música! Então por favor fale alto. De todos os assuntos este é o meu preferido. Preciso ter minha cota de conversa, se estão falando de música. Há poucas pessoas na Inglaterra, suponho, que mais apreciem a música do que eu, ou que tenham gosto mais apurado. Tivesse eu estudado, seria muito talentosa. E da mesma forma Anne, se sua saúde permitisse. Estou certa de que ela seria uma excelente intérprete. Como tem se saído Georgiana, Darcy?

O sr. Darcy falou com admiração e afeto dos progressos da irmã.

– Fico muito contente ao ouvir tantos elogios a ela – disse Lady Catherine – e, por favor, diga-lhe de minha parte que ela não se superará se não praticar muito.

– Asseguro-lhe, minha senhora – respondeu ele –, que ela não precisa de tais conselhos. Ela pratica com muita constância.

– Tanto melhor. Nunca será demais. E, da próxima vez que eu lhe escrever, insistirei para que não negligencie sua prática por motivo algum. Muitas vezes digo às mocinhas que a excelência em música jamais é adquirida sem a prática constante. Já disse diversas vezes à srta. Bennet que ela nunca tocará realmente bem se não praticar mais; e, como a sra. Collins não possui um instrumento, ela é muito bem-vinda, como eu já disse a ela várias vezes, se quiser vir a Rosings todos os dias para tocar piano nos aposentos da sra. Jenkinson. Ela não incomodaria ninguém, você sabe, naquela parte da casa.

O sr. Darcy pareceu um pouco envergonhado com a falta de educação da tia e não lhe deu resposta.

Quando o café foi servido, o coronel Fitzwilliam lembrou Elizabeth de ter prometido tocar para ele, e ela sentou-se então ao piano. Ele levou uma cadeira para perto dela. Lady Catherine ouviu meia canção e então recomeçou a falar, como antes, com seu outro sobrinho, até que Darcy se afastou dela e, dirigindo-se com sua habitual premeditação para o piano, posicionou-se de modo a ter uma perfeita visão do rosto da bela intérprete. Elizabeth viu o que ele fazia e, na primeira pausa possível, virou-se para ele com um sorriso maroto e disse:

– O senhor pretende me intimidar, sr. Darcy, vindo me ouvir com tanta pompa? Não me deixarei alarmar, embora sua irmã *saiba* tocar tão bem. Há em mim uma obstinação que nunca me permite ser assustada pela vontade alheia. Minha coragem sempre emerge diante de tentativas para me acovardar.

– Não vou dizer que está enganada – respondeu ele –, porque a senhorita não pode acreditar realmente que eu alimente qualquer desejo de assustá-la, e tenho o prazer de conhecê-la há tempo bastante para saber que tem muito prazer em às vezes emitir opiniões que de fato não são suas.

Elizabeth riu de boa vontade diante desse retrato dela mesma e disse ao coronel Fitzwilliam:

– Seu primo lhe dará uma boa noção a meu respeito e lhe ensinará a não acreditar numa palavra do que digo. É muita falta de sorte encontrar uma pessoa tão capacitada a expor meu real caráter, numa parte do mundo da qual eu esperava sair com algum crédito. Realmente, sr. Darcy, é muito pouco generoso de sua parte mencionar tudo o que descobriu de desabonador a meu respeito em Hertfordshire... e, permita-me dizer, muito pouco político também... pois isso me provoca a retaliar, e podem vir à tona coisas que escandalizariam seus parentes.

– Não tenho medo da senhorita – disse ele, sorridente.

– Por favor, deixe-me saber o que tem contra ele – exclamou o coronel Fitzwilliam. – Eu gostaria de saber como ele se comporta entre estranhos.

– Saberá, então... mas prepare-se para algo muito horrível. Na primeira vez que o vi em Hertfordshire, como deve imaginar, foi num baile... e nesse baile, o que pensa que ele fez? Dançou apenas quatro vezes, mesmo sendo poucos os cavalheiros; e, tenho certeza absoluta, mais de uma jovem estava sentada por falta de par. Não poderá negar isso, sr. Darcy.

– Eu não tinha a honra, naquela época, de conhecer moça alguma daquela festa, a não ser as de meu próprio grupo de amigos.

– É verdade; e ninguém jamais pode ser apresentado a alguém num salão de baile. Bem, coronel Fitzwilliam, o que devo tocar agora? Meus dedos aguardam suas ordens.

– Talvez – disse Darcy – eu devesse ter pensado melhor e pedido para ser apresentado, mas não tenho facilidade para me dar a conhecer a estranhos.

– Devemos perguntar a seu primo a razão? – disse Elizabeth, ainda se dirigindo ao coronel Fitzwilliam. – Devemos perguntar-lhe por que um homem de bom-senso e boa educação, que vive em sociedade, não tem facilidade para se dar a conhecer a estranhos?

– Posso responder à sua pergunta – disse Fitzwilliam – sem recorrer a ele. É porque ele não se daria ao trabalho de fazê-lo.

– Com certeza não tenho o talento que alguns possuem – disse Darcy – de conversar livremente com pessoas que nunca vi antes. Não consigo acertar o tom da conversa, ou parecer interessado em seus assuntos, como vejo tantas vezes ser feito.

– Meus dedos – disse Elizabeth – não se movem sobre este instrumento da maneira primorosa como já vi acontecer com muitas mulheres. Eles não têm a mesma força ou rapidez e não produzem a mesma impressão. Mas sempre supus que isso fosse por minha própria culpa... porque não me dou ao trabalho de praticar. Não porque eu não acredite serem *meus* dedos tão capazes quanto os de qualquer outra mulher mais habilidosa.

Darcy sorriu e disse:

– Tem toda razão. Seu tempo foi muito melhor empregado. Ninguém que tenha o privilégio de ouvi-la pode pensar que lhe falta algo. Nenhum de nós toca diante de estranhos.

Nesse ponto, foram interrompidos por Lady Catherine, que os chamou para perguntar sobre o que falavam. Elizabeth no mesmo instante recomeçou a tocar. Lady Catherine se aproximou e, depois de ouvir por alguns minutos, disse a Darcy:

– A srta. Bennet não tocaria de todo mal se praticasse mais e poderia se beneficiar de um professor de Londres. Ela tem uma excelente noção de como dedilhar, ainda que suas preferências não sejam iguais às de Anne. Anne teria sido uma pianista encantadora caso sua saúde lhe tivesse permitido estudar.

Elizabeth olhou para Darcy para ver o quanto ele concordava com o elogio à prima; mas nem nesse momento nem em qualquer outro foi capaz de perceber algum sinal de amor, e, de todas as atitudes dele para com a srta. De Bourgh, fez uma dedução que consolaria a srta. Bingley: a de que ele consideraria do mesmo modo um casamento com *ela*, fosse ela de sua família.

Lady Catherine continuou a comentar a interpretação de Elizabeth, acrescentando diversas instruções sobre execução e repertório. Elizabeth recebeu-as com toda paciência e cortesia e, a pedido dos cavalheiros, continuou a tocar até que a carruagem de Sua Senhoria estivesse pronta para levá-los para casa.

Capítulo 32

Elizabeth estava sozinha na manhã seguinte e escrevia para Jane enquanto Maria e a sra. Collins faziam compras na aldeia, quando foi perturbada pela campainha da porta, sinal certo de visita. Como não ouvira barulho de carruagem, achou que não seria impossível ser Lady Catherine e, com essa apreensão, guardava sua carta não-terminada a fim de escapar a todas as perguntas impertinentes quando a porta se abriu e, para sua maior surpresa, o sr. Darcy, e apenas o sr. Darcy, entrou na sala.

Ele pareceu também surpreso por encontrá-la sozinha e se desculpou pela intrusão, explicando ter compreendido que todas as damas estariam ali.

Sentaram-se então e, feitas as perguntas sobre Rosings, pareceram correr o risco de mergulhar em total silêncio. Era absolutamente necessário, portanto, pensar em alguma coisa e, curiosa para saber o que ele teria a dizer sobre sua repentina partida, ela observou:

– Como foi repentina a partida de todos de Netherfield em novembro último, sr. Darcy! Deve ter sido uma agradável surpresa para o sr. Bingley ver todos a seu lado tão cedo; pois, se bem me recordo, ele viajara na véspera. Ele e as irmãs estavam bem, espero, quando o senhor saiu de Londres?

– Muito bem, obrigado.

Ela achou que não iria receber outra resposta e, depois de uma curta pausa, acrescentou:

– Acredito ter compreendido que o sr. Bingley não tem intenções de voltar a Netherfield, nunca mais.

– Nunca o ouvi dizer isso; mas é provável que ele passe muito pouco tempo lá, no futuro. Ele tem muitos amigos e esta é uma fase da vida em que amigos e compromissos aumentam sem parar.

– Se ele pretende ir muito pouco a Netherfield, seria melhor para a vizinhança que desistisse por completo do lugar, pois então talvez pudéssemos ter uma família instalada ali. Mas é provável que o sr. Bingley não tenha ocupado a casa tanto para a conveniência da vizinhança quanto para a sua própria, e devemos esperar que ele a mantenha ou a deixe de acordo com os mesmos princípios.

– Eu não ficaria surpreso – disse Darcy – se ele desistisse tão logo recebesse uma proposta de compra adequada.

Elizabeth não deu resposta. Estava com medo de falar demais de seu amigo e, nada tendo a dizer, estava agora determinada a deixar para ele o trabalho de encontrar um assunto.

Ele percebeu a manobra e logo começou com:

– Esta parece ser uma casa muito confortável. Lady Catherine, acredito, fez muito por ela quando o sr. Collins veio para Hunsford.

– Acredito que sim... E estou certa de que ela não teria encontrado alguém mais grato a quem dar provas de sua bondade.

– O sr. Collins parece ter tido muita sorte na escolha de uma esposa.

– Teve, realmente, seus amigos podem se regozijar por ele ter encontrado uma das poucas mulheres sensatas que o teriam aceito, ou que o fizessem feliz caso assim fosse. Minha amiga tem excepcional bom-senso, embora eu não tenha certeza de que considero o seu casamento com o sr. Collins como a coisa mais inteligente que ela já tenha feito. Ela parece, porém, perfeitamente feliz e, sob uma luz prudente, esta é sem dúvida uma boa situação para ela.

– Deve ser muito agradável para ela estar instalada a tão pouca distância de sua própria família e amigos.

– Pouca distância, o senhor diz? São quase cinquenta milhas.

– E o que são cinquenta milhas numa boa estrada? Pouco mais de meio dia de viagem. Sim, considero isso uma distância *muito* pequena.

– Eu nunca teria considerado a distância como uma das *vantagens* da situação – exclamou Elizabeth. – Eu nunca teria dito que a sra. Collins está instalada *perto* de sua família.

– O que é uma prova de sua própria ligação com Hertfordshire. Qualquer coisa além dos próprios arredores de Longbourn, imagino, seria considerada distante.

Quando ele disse isso, havia uma espécie de sorriso que Elizabeth acreditou ter compreendido; ele devia supor que ela estava pensando em Jane e Netherfield e ela enrubesceu ao responder:

– Não pretendo dizer que uma mulher não possa viver sem estar perto da família. Perto e longe são conceitos relativos e dependem de diversas circunstâncias. Quando há fortuna suficiente para que não se dê importância às despesas de viagem, as distâncias não são problema. Mas não é *este* o caso. O sr. e a sra. Collins têm uma renda confortável, mas não o suficiente para lhes permitir viagens frequentes... e estou convencida de que minha amiga não se consideraria *perto* da família se a distância não fosse inferior à *metade* da atual.

O sr. Darcy aproximou um pouco sua cadeira da dela e disse:

– *A senhorita* não pode ter direito a tão intensa ligação local. Não é possível que tenha vivido sempre em Longbourn.

Elizabeth olhou-o surpresa. As emoções do cavalheiro se alteraram, ele recuou a cadeira, apanhou um jornal da mesa e, passando os olhos por ele, disse numa voz mais fria:

– Está gostando de Kent?

Seguiu-se um curto diálogo a respeito da região, calmo e conciso de ambas as partes, logo encerrado com a entrada de Charlotte e sua irmã, que acabavam de voltar do passeio. A conversa dos dois a sós surpreendeu-as. O sr. Darcy relatou o engano que ocasionara sua intrusão e, depois de se sentar por mais alguns minutos sem muito a dizer, se foi.

– O que isso pode significar? – disse Charlotte tão logo ele partiu. – Eliza, minha querida, ele deve estar apaixonado por você, ou nunca teria vindo nos visitar dessa maneira tão informal.

Mas quando Elizabeth falou de seu silêncio, não pareceu ser esse o caso, mesmo para as esperanças de Charlotte; e, depois de diversas conjecturas, só puderam afinal supor que a visita se devia à dificuldade de encontrar algo para fazer, o que era o mais provável para aquela época do ano.

Todos os esportes campestres estavam encerrados. Dentro de casa havia Lady Catherine, livros e uma mesa de bilhar, mas cavalheiros não podem passar todo o tempo em casa e, fosse pela proximidade da casa paroquial, pelo prazer de caminhar até lá, ou pelas pessoas que ali viviam, os dois primos se sentiram tentados, a partir de então, a ir lá quase todos os dias. Apareciam nas mais diversas horas da manhã, às vezes um de cada vez, às vezes juntos e de quando em quando acompanhados da tia. Era claro para eles que o coronel Fitzwilliam os visitava porque tinha prazer na sua companhia, uma impressão que o recomendava ainda mais; e Elizabeth, devido à sua própria satisfação por estar com ele, bem como a evidente admiração dele por ela, lembrou-se de seu antigo favorito George Wickham e embora, ao compará-los, percebesse nas maneiras do coronel Fitzwilliam menos delicadezas que a cativavam, acreditava ver nele um espírito mais culto.

Mas por que o sr. Darcy ia com tanta frequência à casa paroquial era mais difícil de entender. Não poderia ser pela companhia, pois ele muitas vezes passava dez minutos sentado sem mover os lábios; e, quando falava, parecia ser mais por necessidade do que por escolha, um sacrifício à correção, não um prazer pessoal. Raramente parecia animado. A sra. Collins não sabia o que fazer dele. O fato de que o coronel Fitzwilliam zombasse às vezes do seu ar de tolo era a prova de que ele agia, em geral, de outra maneira. Seu próprio conhecimento a respeito dele não lhe permitia saber mais e, por querer acreditar ser tal mudança originada pelo amor e ser o objeto desse amor sua amiga Eliza, dedicou-se com afinco a fazer o possível para descobrir. Observava-o sempre que estavam em Rosings e sempre que ele ia a Hunsford; mas sem muito sucesso. Ele sem dúvida olhava muito para Eliza, mas a expressão de seus olhos era ambígua. Era um olhar intenso e persistente, mas ela muitas vezes se perguntou se havia ali muita admiração, e às vezes parecia nada haver além de pensamentos distantes.

Sugerira uma ou duas vezes a Elizabeth a possibilidade de ele estar interessado nela, mas Elizabeth sempre ria da ideia, e a sra. Collins não considerava correto forçar o assunto, pelo risco de despertar expectativas que só poderiam terminar em decepção, pois era de opinião que não poderia haver sombra de dúvida de que toda a antipatia da amiga se dissiparia se ela viesse a imaginar tê-lo em seu poder.

Em seus gentis projetos para Elizabeth, às vezes planejava um casamento com o coronel Fitzwilliam. Ele era, sem comparação, o mais agradável dos homens, com certeza a admirava e sua posição na vida era mais do que adequada; mas, para contrabalançar essas vantagens, o sr. Darcy tinha um considerável apoio da Igreja, e o primo poderia não ter nenhum.

Capítulo 33

Mais de uma vez Elizabeth, em sua perambulação pelo parque, encontrou inesperadamente o sr. Darcy. Ela sentiu todo o absurdo da falta de sorte que o levava onde ninguém mais era levado e, para evitar que acontecesse de novo, tomou o cuidado de informá-lo antes de tudo que aquele era seu recanto favorito. Que acontecesse uma segunda vez, porém, era muito estranho. Mas aconteceu, e até uma terceira. Parecia uma crueldade proposital, ou uma penitência voluntária, pois tais ocasiões não se limitavam a poucas perguntas formais e uma terrível pausa e então adeus, mas ele achava necessário dar meia-volta e caminhar a seu lado. Nunca ele disse muita coisa, nem ela se deu ao trabalho de falar ou ouvir muito, mas surpreendeu-a que, durante o terceiro encontro, ele fizesse algumas estranhas perguntas desconexas... sobre o prazer de estar em Hunsford, seu amor por caminhadas solitárias e sua opinião a respeito da felicidade do casal Collins; e que, ao falar de Rosings e de ela não conhecer totalmente a casa, ele parecia esperar que, quando ela voltasse a Kent, ele também estivesse *ali*. Suas palavras pareciam deixar isso implícito. Poderia ele estar pensando no coronel Fitzwilliam? Ela imaginou que, se ele queria dizer algo, que pudesse querer fazer uma alusão ao que poderia acontecer naquele sentido. Isso a perturbou um pouco, e ela ficou bem contente ao se ver diante do portão da cerca em frente à casa paroquial.

Dedicava-se um dia, enquanto andava, a examinar a última carta de Jane, detendo-se em algumas passagens que revelavam estar Jane deprimida ao escrever, quando, em vez de ser mais uma vez surpreendida pelo sr. Darcy, viu, ao levantar os olhos, que o coronel Fitzwilliam vinha ao seu encontro. Guardando imediatamente a carta e forçando um sorriso, disse:

– Não sabia que o senhor costumava andar por este lado.

– Estive dando a volta ao parque – respondeu ele –, como em geral faço todos os anos, e tenciono terminá-la com uma visita à casa paroquial. Pretende seguir adiante?

– Não, eu daria meia-volta daqui a pouco.

E assim dizendo deu meia-volta e eles caminharam juntos em direção à casa paroquial.

– O senhor deve deixar Kent no sábado? – perguntou ela.

– Sim... se Darcy não adiar outra vez. Mas estou à disposição dele. Ele decide as coisas como bem entende.

– E, se não consegue ficar satisfeito com o que decidiu, ele tem pelo menos o prazer do grande poder de escolha. Não conheço ninguém que pareça apreciar mais o poder de fazer o que bem entende do que o sr. Darcy.

– Ele gosta bastante de fazer o que quer – retrucou o coronel Fitzwilliam. – Mas todos nós gostamos. Acontece apenas que ele tem mais oportunidades de fazê-lo do que muitos outros, porque é rico e muitos outros são pobres. Falo por experiência. Um filho mais moço, como sabe, deve se habituar ao desprendimento e à dependência.

– Na minha opinião, o filho mais moço de um conde pode muito bem dispensar tais atributos. Agora, a sério, o que o senhor sabe a respeito de desprendimento e dependência? Quando foi impedido, por falta de dinheiro, de ir onde quisesse ou de comprar algo que gostasse?

– Estas são perguntas pessoais... e talvez eu não possa dizer que enfrentei muitas dificuldades desta natureza. Mas em questões de maior peso, posso me ressentir da falta de dinheiro. Filhos mais moços não podem se casar com quem gostariam.

– A não ser que gostem de mulheres ricas, o que, imagino, façam com muita frequência.

– Nossos hábitos dispendiosos nos tornam dependentes demais, e não há muitos do meu nível social que possam se permitir casar-se sem dar alguma atenção ao dinheiro.

"Será isso", pensou Elizabeth, "uma indireta para mim?" E ruborizou-se diante da ideia, mas, recompondo-se, disse num tom animado:

– E, por favor, qual é o preço habitual para o filho mais moço de um conde? A não ser que o irmão mais velho seja muito doente, imagino que não peçam mais de cinquenta mil libras.

Ele respondeu no mesmo tom, e o assunto morreu. Para interromper um silêncio que poderia fazê-lo pensar ter sido ela afetada pelo que havia sido dito, logo depois ela disse:

– Acredito que seu primo o trouxe com ele sobretudo pelo desejo de ter alguém à disposição. Pergunto-me por que ele não se casa, para garantir a permanência desse tipo de situação. Mas talvez a irmã lhe baste no momento e, estando ela exclusivamente aos seus cuidados, ele pode fazer com ela o que quiser.

– Não – disse o coronel Fitzwilliam –, esta é uma vantagem que ele é obrigado a dividir comigo. Somos ambos tutores da srta. Darcy.

– É mesmo? E, por favor me diga, que tipo de tutores são? Sua responsabilidade lhes dá muito trabalho? Mocinhas da idade dela às vezes são difíceis de controlar e, se ela tiver o verdadeiro espírito Darcy, talvez goste de seguir o próprio caminho.

Enquanto falava, percebia que ele a olhava com intensidade e, pelo modo como imediatamente perguntou por que imaginava que a srta. Darcy lhe pudesse dar algum trabalho, convenceu-se de que de algum modo chegara bem perto da verdade. Respondeu sem rodeios:

– Não precisa ficar alarmado. Nunca ouvi nada que a desabonasse e acredito que seja uma das criaturas mais afáveis do mundo. Ela é a grande favorita de algumas senhoras de minhas relações, a sra. Hurst e a srta. Bingley. Acho que já o ouvi dizer que as conhece.

– Conheço pouco. O irmão dela é um cavalheiro muito agradável... é um grande amigo de Darcy.

– Ah! É sim – disse Elizabeth secamente. – O sr. Darcy é extraordinariamente gentil com o sr. Bingley e cuida dele com extrema dedicação.

– Cuida dele! É, acredito que Darcy cuide *mesmo* dele, nos assuntos que requerem cuidados. De algo que ele me contou em nossa estada aqui, tenho razões para acreditar que Bingley lhe seja muito devedor. Mas talvez eu deva me desculpar, pois não tenho o direito de supor que fosse Bingley a pessoa a quem ele se referia. São apenas conjeturas.

– O que quer dizer?

– É uma situação que Darcy poderia não querer que se soubesse, porque seria muito desagradável se algo chegasse aos ouvidos da família da moça.

– Pode ter certeza de que nada direi a respeito.

– E lembre-se de que não tenho razões para supor que se trate de Bingley. O que ele me disse foi apenas isto: que ele se congratulava por ter, nos últimos tempos, salvo um amigo da inconveniência de um casamento bastante imprudente, mas sem mencionar nomes ou qualquer outro detalhe, e só suspeitei tratar-se de Bingley por acreditar ser ele o tipo de rapaz capaz de entrar nesse tipo de enrascada e por saber que os dois estiveram juntos durante todo o verão passado.

– O sr. Darcy lhe deu razões para sua interferência?

– Compreendi que havia algumas sérias objeções em relação à moça.

– E que artes ele usou para separá-los?

– Ele não me falou de suas próprias artes – disse Fitzwilliam sorrindo. – Só me contou o que eu agora lhe contei.

Elizabeth não fez perguntas e continuou a andar, o coração cheio de indignação. Depois de observá-la um pouco, Fitzwilliam perguntou por que estava tão pensativa.

– Estou pensando no que acaba de me dizer – respondeu ela. – A conduta de seu primo não me parece adequada. Por que deveria ser ele o juiz?

– Está inclinada a considerar sua interferência uma intromissão?

– Não vejo com que direito decidiria o sr. Darcy quanto à propriedade da inclinação de seu amigo ou por que, baseado apenas em seu próprio julgamento, deveria ele determinar e decidir de que modo o amigo deve ser feliz. Mas – continuou ela, controlando-se –, como não sabemos quaisquer detalhes, não é justo condená-lo. Não se deve supor que houvesse muito afeto em jogo.

– Sua dedução não é improvável – disse Fitzwilliam –, mas reduz de um modo muito triste as honras da vitória do meu primo.

Isso foi dito como um gracejo, mas pareceu a Elizabeth um retrato tão fiel do sr. Darcy que ela achou melhor não insistir numa resposta e, assim, mudou de repente de assunto e abordou coisas desinteressantes até chegarem à casa paroquial. Lá, fechada em seu próprio quarto tão logo o visitante os deixou, pôde pensar sem interrupções sobre tudo o que ouvira. Não se devia supor tratar-se de quaisquer outras pessoas senão aquelas às quais estava ligada. Não poderiam existir no mundo *dois* homens sobre os quais o sr. Darcy tivesse tão ilimitada influência. Que ele estivesse envolvido nas medidas tomadas para separar Bingley e Jane ela nunca duvidara; mas sempre atribuíra à srta. Bingley o planejamento e o papel principal na execução das mesmas. Ainda que sua própria vaidade o estivesse iludindo, de qualquer modo era ele a causa, seu orgulho e capricho eram a causa de tudo o que Jane sofrera e continuava a sofrer. Ele destruíra, por algum tempo, qualquer esperança de felicidade para o mais afetuoso e generoso coração do mundo. E ninguém poderia dizer por quanto tempo perduraria o mal por ele causado.

"Havia algumas sérias objeções em relação à moça", foram as palavras do coronel Fitzwilliam; e era provável que essas sérias objeções fossem o fato de ter ela um tio advogado no interior e outro comerciante em Londres.

"Contra a própria Jane", exclamou consigo mesma, "não poderia haver qualquer possibilidade de objeção; toda beleza e bondade como ela é... extrema inteligência, espírito cultivado e maneiras cativantes. Nem algo poderia ser atribuído a meu pai, que, mesmo com algumas peculiaridades, tem atributos que o próprio sr. Darcy não desdenharia e uma respeitabilidade que ele provavelmente jamais conseguiria." Quando pensou na mãe, sua confiança cedeu um pouco; mas ela não acreditava que quaisquer objeções *nesse* sentido tivessem peso para o sr. Darcy, cujo orgulho, ela estava convencida, sairia mais ferido pela falta de importância dos parentes do amigo do que pela sua falta de bom-senso; e afinal quase se convenceu de que ele fora em parte movido por esse terrível tipo de orgulho e em parte pelo desejo de reservar o sr. Bingley para sua própria irmã.

A agitação e as lágrimas provocadas pelo assunto resultaram numa dor de cabeça, e o mal-estar piorou tanto até a tarde que, somado à pouca vontade de encontrar o sr. Darcy, levou-a a decidir não acompanhar os primos a Rosings, onde deveriam tomar chá. A sra. Collins, vendo que ela não estava mesmo bem, não insistiu para que fosse e evitou ao máximo que o marido a pressionasse, mas o sr. Collins não conseguiu ocultar o receio de cair no desagrado de Lady Catherine o fato de ela ter ficado em casa.

Capítulo 34

Quando todos saíram, Elizabeth, como se pretendesse se irritar o máximo possível com o sr. Darcy, decidiu ocupar o tempo com o exame de todas as cartas que recebera da irmã durante sua estada em Kent. Não havia nelas qualquer queixa, nem qualquer rememoração dos acontecimentos passados ou qualquer alusão a um sofrimento presente. Mas em todas, e em cada linha de cada uma delas, havia a falta daquele entusiasmo que sempre fora característico do estilo de Jane e que, vindo da serenidade de uma mente em paz consigo mesma e benevolente em relação a todos, poucas vezes fora ofuscado. Elizabeth avaliou cada frase que transmitia alguma sensação de desconforto com uma atenção que não tivera na primeira leitura. A vergonhosa arrogância do sr. Darcy ao divulgar quanto sofrimento havia sido capaz de infligir deu-lhe uma compreensão mais profunda do sofrimento da irmã. Servia de algum consolo pensar que sua visita a Rosings deveria terminar em dois dias e, mais ainda, que em menos de quinze dias ela própria estaria outra vez com Jane, disposta a contribuir para que recobrasse os ânimos, com todo o afeto de que era capaz.

Não podia pensar em Darcy deixando Kent sem se lembrar de que o primo partiria com ele; mas o coronel Fitzwilliam deixara claro que não tinha quaisquer intenções em relação a ela, e, por mais agradável que ele fosse, ela não pretendia ficar infeliz por causa dele.

Enquanto definia esse ponto, foi de repente alertada pelo som da campainha da porta e seu humor melhorou um pouco com a ideia de ser o próprio coronel Fitzwilliam, que aparecera uma vez no final da tarde e poderia estar vindo saber dela. Mas tal ideia foi logo abandonada e sua reação foi bem diversa quando, com a maior perplexidade, viu o sr. Darcy entrar na sala. De modo apressado ele começou no mesmo instante a perguntar por sua saúde, atribuindo a visita a um desejo de saber se estava melhor. Ela respondeu com fria civilidade. Ele se sentou por alguns momentos e, levantando-se, andou pela sala. Elizabeth estava surpresa, mas nada disse. Depois de um silêncio de vários minutos, ele foi na sua direção com gestos agitados e começou a falar:

– Tenho lutado em vão. Não adianta. Meus sentimentos não serão reprimidos. Precisa me permitir dizer-lhe com que intensidade eu a admiro e amo.

A perplexidade de Elizabeth era indescritível. Ela o olhou, enrubesceu, duvidou e silenciou. Tal atitude foi por ele considerada suficiente encorajamento e logo produziu a confissão de tudo o que ele sentia, e sentia há muito tempo, por ela. Ele falava bem; mas havia sentimentos outros que não os do coração a serem descritos, e ele não foi mais eloquente ao falar de ternura do que ao falar de orgulho. A percepção da inferioridade dela, de tal fato representar para ele uma degradação, dos obstáculos familiares que ele sempre opusera a seus sentimentos, foram expostos com uma ênfase que parecia resultante de seu sofrimento, mas que não parecia adequada para referenciar a corte que lhe fazia.

A despeito de sua tão arraigada antipatia, ela não podia ficar insensível à demonstração de afeto vinda de um homem como aquele e, embora seus sentimentos não se alterassem nem por um instante, lamentou a princípio o sofrimento que lhe causaria; então, levada ao ressentimento pelas palavras que se seguiram, viu toda a sua compaixão se transformar em raiva. Tentou, porém, controlar-se para responder com paciência, quando ele terminasse. Ele concluiu descrevendo a força de um afeto que, a despeito de todos os esforços, descobrira ser impossível superar. E manifestando a esperança de ser agora recompensado quando ela aceitasse sua mão. Enquanto ele falava, ela podia perceber com facilidade que ele não tinha dúvidas quanto a uma resposta favorável. Ele *falava* em apreensão e ansiedade, mas sua expressão traduzia segurança. Tal atitude apenas conseguiu exasperá-la ainda mais, e, quando ele se calou, o rubor coloriu suas faces, e ela disse:

– Em casos como este, acredito ser adequada a expressão de um sentimento de reconhecimento pelos sentimentos confessados, mesmo que não possam ser correspondidos. É natural que exista tal reconhecimento e, se eu pudesse *sentir* gratidão, eu agora lhe agradeceria. Mas não posso... nunca desejei sua consideração e o senhor sem dúvida a concedeu com bastante má vontade. Lamento ter causado sofrimento a alguém. Foi, porém, provocado de forma inconsciente e, espero, será de curta duração. Os sentimentos que, como o senhor me disse, por muito tempo impediram a admissão de seu interesse, não terão grande dificuldade para apagar qualquer dor depois desta explicação.

O sr. Darcy, que se apoiava na lareira com os olhos fixos no rosto da moça, parecia receber aquelas palavras com não menos ressentimento do que surpresa. Seu rosto ficou pálido de raiva, e a perturbação de sua mente era visível em todos os seus traços. Ele se debatia em busca de uma aparência de tranquilidade e não abriria a boca até que acreditasse tê-la conseguido. A pausa foi terrível para os sentimentos de Elizabeth. Finalmente, tendo na voz uma calma forçada, ele disse:

– E esta é toda a resposta que terei a honra de receber! Devo, talvez, esperar ser informado da razão pela qual, com tão pouca *consideração* dada à cortesia, sou assim rejeitado. Mas isso é de somenos importância.

– Devo do mesmo modo questionar – retrucou ela – por que, com tão evidente desejo de me ofender e insultar, o senhor resolveu me dizer que gostou de mim contra a sua vontade, contra o seu bom-senso e até contra o seu caráter? Não seria esta uma desculpa para a descortesia, caso eu *fosse* descortês? Mas tenho outras provocações. O senhor sabe que tenho. Não tivessem meus sentimentos se decidido contra o senhor... tivessem sido indiferentes, ou mesmo tivessem alguma vez sido favoráveis, o senhor acredita que alguma consideração me tentaria a aceitar o homem que foi a causa da ruína, talvez para sempre, da felicidade da mais amada das irmãs?

Ao ouvi-la pronunciar tais palavras, o sr. Darcy mudou de cor; mas a emoção durou pouco, e ele ouviu sem tentar interrompê-la quando ela continuou:

– Tenho todas as razões do mundo para pensar mal do senhor. Nenhum motivo pode desculpar o injusto e mesquinho papel que o senhor representou *nesse caso*. Não ousará negar, não pode fazê-lo, ter sido o principal, se não o único, causador da separação dos dois, da exposição do sr. Bingley à censura de todos por seu capricho e instabilidade e da exposição de Jane à angústia de verem frustradas suas esperanças, atirando ambos à pior das misérias.

Ela fez uma pausa e percebeu, não com pouca indignação, que ele a ouvia com um ar que demonstrava não haver qualquer sentimento de remorso. Chegava mesmo a olhar para ela com um sorriso de falsa incredulidade.

– Pode negar que tenha feito isso? – repetiu.

Com implícita tranquilidade, ele então respondeu:

– Não tenho qualquer intenção de negar que fiz tudo o que estava em meu poder para separar meu amigo de sua irmã, nem que me alegre com meu sucesso. Em relação a *ele*, fui muito mais generoso do que em relação a mim mesmo.

Elizabeth não se permitiu transparecer ter compreendido essa cortês reflexão, mas seu significado não lhe escapou, nem foi suficiente para apaziguá-la.

– Mas esse não é o único caso – continuou – em que se baseia minha antipatia. Muito antes de acontecer, minha opinião a seu respeito estava formada. Seu caráter me foi desvendado por um relato que ouvi muitos meses atrás do sr. Wickham. Sobre este assunto, o que tem a dizer? Que imaginário ato de amizade apresenta em sua defesa? Ou sob que falsa alegação pode, neste caso, impor sua vontade sobre os outros?

– É enorme o seu interesse pelos assuntos desse cavalheiro – disse Darcy, num tom menos tranquilo e com mais cor no rosto.

– Quem, conhecendo os infortúnios do sr. Wickham, pode deixar de se interessar por ele?

– Infortúnios! – repetiu Darcy com desprezo. – É, os infortúnios foram realmente muitos.

– E o senhor os causou – exclamou Elizabeth com energia. – O senhor o reduziu ao seu atual estado de pobreza...

de relativa pobreza. O senhor negou-lhe os benefícios que, deve saber, a ele haviam sido destinados. Nos melhores anos de sua vida, o senhor o privou da independência à qual tinha não só direito como merecimento. O senhor fez tudo isso! E ainda assim reage à menção de infortúnio com desprezo e zombaria.

– E esta – exclamou Darcy, andando pela sala a passos rápidos – é sua opinião a meu respeito! É esta a avaliação que faz de mim! Agradeço-lhe por me explicar com tanta clareza. Meus erros, de acordo com tal julgamento, são realmente graves! Mas talvez – acrescentou, parando de andar e se virando para ela – tais delitos pudessem ter sido tolerados, não tivesse o seu orgulho sido ferido pela minha honesta confissão dos escrúpulos que por tanto tempo me impediram de tomar qualquer decisão. Essas amargas acusações poderiam ter sido suprimidas tivesse eu, com mais habilidade, ocultado meus conflitos e a levado a acreditar que havia sido impelido por um interesse irrestrito e imoderado, pela razão, pela reflexão, por qualquer coisa. Mas abomino disfarces de qualquer tipo. E não me envergonho dos sentimentos que confessei. Eram naturais e justos. Pode esperar que eu me alegre com a inferioridade de seus parentes? Que me parabenize com a esperança de relações com pessoas cujo nível de vida é tão absolutamente inferior ao meu?

Elizabeth sentia a raiva aumentar a cada instante; ainda assim tentou ao máximo falar com calma quando disse:

– Engana-se, sr. Darcy, se supõe que os termos de sua declaração me afetaram desta ou daquela maneira, ou que me teria sido poupado o mal-estar que eu pudesse sentir ao recusá-lo caso se tivesse comportado de forma mais cavalheiresca.

Ela percebeu seu sobressalto, mas ele nada disse e ela continuou:

– Não haveria maneira alguma de me oferecer sua mão que me deixasse tentada a aceitá-la.

Mais uma vez era óbvia a perplexidade do rapaz, que a olhava com um misto de incredulidade e mortificação. Ela continuou:

– Desde o início, quase posso dizer desde o primeiro momento em que travamos conhecimento, suas maneiras, incutindo-me a forte noção de sua arrogância, sua presunção e seu desdém egoísta pelos sentimentos alheios, foram suficientes para lançar os alicerces de desaprovação sobre os quais posteriores acontecimentos construíram tão irremovível antipatia; e não havia um mês que nos conhecíamos quando percebi que o senhor seria o último homem do mundo com quem eu poderia ser convencida a me casar.

– Já disse o suficiente, minha senhora. Compreendo perfeitamente seus sentimentos e só devo agora me envergonhar do que foram os meus. Perdoe-me por ter tomado tanto do seu tempo e aceite meus melhores votos de saúde e felicidade.

E, com essas palavras, saiu apressado da sala e Elizabeth ouviu-o, no momento seguinte, abrir a porta da frente e deixar a casa.

O tumulto dentro dela era agora dolorosamente grande. Ela não sabia como se acalmar e, de pura fraqueza, sentou-se e chorou durante meia hora. Sua perplexidade, ao pensar sobre o que acontecera, aumentava a cada reflexão feita. Que ela pudesse receber uma proposta de casamento do sr. Darcy! Que ele pudesse estar apaixonado por ela há tantos meses! Apaixonado a ponto de querer se casar com ela a despeito de todas as objeções que o haviam levado a impedir o casamento de seu amigo com Jane, e que deveriam surgir com igual intensidade em seu próprio caso!... Era quase inacreditável! Era gratificante ter inspirado inconscientemente um afeto tão intenso. Mas o orgulho dele, aquele abominável orgulho... a despudorada confissão do que fizera a Jane... sua imperdoável altivez ao admiti-lo, mesmo não podendo justificar, e a maneira insensível com que se referira ao sr. Wickham, para com quem não tentara negar sua crueldade, logo sobrepujaram a compaixão por um momento despertada pela ideia de seu afeto. Continuou em conturbadas reflexões até que o som da carruagem de Lady Catherine mostrou-lhe não estar em condições de enfrentar as observações de Charlotte e levou-a às pressas para o quarto.

Capítulo 35

Elizabeth despertou na manhã seguinte para os mesmos pensamentos e meditações com os quais, afinal, fechara os olhos. Ainda não conseguia se recuperar da surpresa do que acontecera; era impossível pensar em qualquer outra coisa e, incapaz de se dedicar a qualquer atividade, resolveu, logo após o café da manhã, permitir-se um pouco de ar livre e exercício. Encaminhava-se diretamente para seu recanto favorito quando a lembrança do sr. Darcy ter às vezes estado lá a deteve e, em vez de entrar no parque, subiu o atalho que seguia em direção contrária à estrada principal. A cerca do parque limitava um dos lados, e ela logo atravessou um dos portões de acesso à propriedade.

Depois de dar uma ou duas voltas por aquele atalho, ficou tentada, pela beleza da manhã, a parar diante dos portões e olhar para o parque. As cinco semanas que até agora passara em Kent fizeram grande diferença na paisagem, e cada dia acrescentava mais verde às árvores prematuras. Estava a ponto de continuar o passeio quando divisou o vulto de um cavalheiro no arvoredo que margeava o parque; ele se movia em sua direção e, receosa de que fosse o sr. Darcy, retrocedeu no mesmo instante. Mas a pessoa que avançava estava agora perto o bastante para vê-la e, adiantando-se com decisão, pronunciou seu nome. Ela dera meia-volta mas, ao se ouvir chamar, mesmo numa voz que provava ser do sr. Darcy, caminhou de volta até o portão. Ele também já o alcançara e, entregando-lhe uma carta, que ela instintivamente tomou nas mãos, disse com ar de altiva desenvoltura:

– Estou há algum tempo andando pelo arvoredo na esperança de encontrá-la. A senhorita me daria a honra de ler esta carta?

E, com uma leve inclinação, voltou a andar na direção da fazenda e logo desapareceu.

Sem qualquer expectativa de prazer, mas com a maior curiosidade, Elizabeth abriu a carta e, para sua crescente surpresa, encontrou um envelope contendo duas folhas de papel de carta, quase completamente cobertas por uma letra bem pequena. O próprio envelope estava todo escrito. Continuando seu caminho pelo atalho, começou então a ler. A data era Rosings, oito horas da manhã, e o texto era:

> Não se deixe intimidar, minha senhora, ao receber esta carta, pela apreensão de que ela contenha qualquer repetição daqueles sentimentos ou renovação daquelas propostas que ontem à noite lhe causaram tanta repugnância. Escrevo sem qualquer intenção de perturbá-la, ou de me humilhar, alongando-me em desejos que, para o bem de ambos, não podem ser tão logo esquecidos; e o esforço a que a confecção e a cuidadosa leitura desta carta nos obriga poderia ser poupado não tivesse meu caráter exigido que ela fosse escrita e lida. A senhorita deve, assim, perdoar a liberdade com que peço sua atenção; seus sentimentos, bem sei, a concederão com relutância, mas eu a peço em nome da justiça.
>
> Dois delitos de natureza bem diversa, e de modo algum de igual magnitude, atribuiu-me a senhorita ontem à noite. O primeiro a ser mencionado foi que, indiferente aos sentimentos de ambos, eu havia separado o sr. Bingley de sua irmã Jane. E o outro de que eu havia, desafiando diversos direitos legais, desafiando a honra e a humanidade, arruinado a imediata prosperidade e destruído os planos de futuro do sr. Wickham. Ter repudiado de forma intencional e torpe o companheiro de minha juventude e o favorito declarado de meu pai, um rapaz que dificilmente teria qualquer outro meio de vida além de nosso patronato e que fora criado na expectativa de recebê-lo, seria uma perversão com a qual a separação de dois jovens, cujo afeto só brotara há poucas semanas, não se poderia comparar. Mas da severidade das censuras que me foram tão irrestritamente feitas ontem à noite em relação às duas situações espero estar a salvo no futuro, quando o relato de minhas atitudes e seus motivos tiverem sido lidos. Caso, na exposição dos mesmos, que me obrigo a dar, tiver

eu a necessidade de expressar sentimentos que possam ser ofensivos aos seus, só posso dizer que lamento. Tal necessidade deve ser obedecida e pedidos adicionais de desculpas seriam absurdos.

Não estava eu há muito tempo em Hertfordshire quando observei, como outros, que Bingley preferia sua irmã mais velha a qualquer outra jovem da região. Mas, até a noite do baile em Netherfield, nenhuma apreensão houve de que existisse qualquer seriedade em seu interesse. Já o vira apaixonado muitas vezes antes. Naquele baile, enquanto eu tinha a honra de dançar consigo, tomei conhecimento pela primeira vez, por uma acidental informação de Sir William Lucas, de que as atenções de Bingley à sua irmã haviam dado origem à expectativa geral de um casamento entre ambos. Ele se referiu ao fato como uma certeza, da qual apenas a data era ignorada. Daquele momento em diante observei atentamente o comportamento do meu amigo e pude então perceber que sua preferência pela srta. Bennet estava além do que eu jamais testemunhara nele. Observei também sua irmã. Sua aparência e atitude eram francas, alegres e atraentes como sempre, mas sem qualquer sintoma de interesse especial, e assim me convenci, a partir das análises daquela noite, de que, embora ela recebesse as atenções dele com prazer, não as estimulava com qualquer demonstração de sentimentos. Se *a senhorita* não se enganou a respeito, *eu* devo ter incorrido em erro. Seu maior conhecimento de sua irmã torna provável a última hipótese. Se assim for, se fui por tal erro levado a magoá-la, seu ressentimento não é indevido. Mas não terei escrúpulos em afirmar que a serenidade das expressões e do comportamento de sua irmã era tal que teria dado ao mais arguto observador a convicção de que, por mais afetuoso que fosse o seu temperamento, seu coração não parecia de fácil conquista. Que eu estivesse desejoso de acreditar na indiferença da srta. Bennet é verdade, mas ousarei dizer que minha investigação e decisões não são em geral influenciadas por minhas esperanças ou temores. Não a acreditei indiferente porque assim desejei; acreditei por imparcial convicção, tanto quanto racionalmente desejei que assim fosse. Minhas objeções ao casamento não eram apenas as que reconheci ontem à noite como só superáveis pela força maior da paixão, como no meu próprio caso; a falta de boas relações não poderia ser mais prejudicial a meu amigo do que a mim. Mas havia outros motivos para minha oposição; motivos que, embora ainda existentes, e existindo com a mesma intensidade nas duas situações, me propus a esquecer, porque não me afetariam de imediato. Tais causas devem ser relatadas, mesmo em resumo. A situação da família de sua mãe, embora questionável, nada era em comparação à absoluta falta de decoro com tanta frequência e em quase todas as situações demonstrada por ela própria, pelas suas três irmãs mais moças e, ocasionalmente, até por seu pai. Perdoe-me. Magoa-me ofendê-la. Mas que, em meio ao constrangimento provocado pelos defeitos de seus parentes mais próximos e seu desprazer por esta descrição dos mesmos, lhe sirva de consolo pensar que, por se terem ambas conduzido de modo a evitar qualquer parcela de semelhante censura, elogios proporcionais são feitos por todos a si e à sua irmã mais velha, meritórios ao bom-senso e ao comportamento de ambas. Acrescentarei apenas que os acontecimentos daquela noite confirmaram minha opinião a respeito de todos e intensificaram qualquer impulso que já poderia me motivar a preservar meu amigo do que eu considerava uma aliança bastante infeliz. Ele partiu de Netherfield para Londres na manhã seguinte, como a senhorita sem dúvida se recorda, com a intenção de voltar em breve.

O papel que representei será agora apresentado. O desconforto das irmãs Bingley era tão grande quanto o meu; nossos sentimentos coincidentes logo vieram à tona e, considerando todos que não havia tempo a perder para afastar seu irmão, em pouco tempo decidimos nos juntar a ele em Londres. Assim fizemos... e aqui eu me dediquei prontamente ao ofício de enumerar para meu amigo os indubitáveis perigos de sua escolha. Descrevi-os e reforcei-os com sinceridade. Mas, por mais que tal exposição possa ter abalado ou adiado sua decisão, não suponho que tivesse impedido o casamento, não fosse secundada pela declaração, que não hesitei em fazer, da indiferença de sua irmã. Acreditava ele até então ser seu afeto retribuído com sincero, se não igual, interesse. Mas Bingley é por demais modesto e tem mais confiança no meu julgamento do que no seu próprio. Convencê-lo, portanto, de que se iludira, não foi difícil. Persuadi-lo a não voltar a Hertfordshire, uma vez assumida tal convicção, não foi trabalhoso. Não posso me censurar por ter feito o que fiz. Há apenas um ponto em minha conduta, durante todo esse caso, que não me satisfaz; é que eu tenha condescendido em usar de artifícios para ocultar dele o fato de sua irmã estar na cidade. Eu sabia, bem como a srta. Bingley, mas seu irmão até hoje o ignora. Que eles pudessem ter se encontrado sem maiores consequências talvez fosse provável, mas seu interesse não me parece suficientemente extinto para que ele a possa ver sem correr riscos. Talvez tal artifício, tal dissimulação, seja indigno de mim; mas está feito, e foi feito com a melhor das intenções. Em relação a este assunto nada mais tenho a dizer, nem outras desculpas a apresentar. Se ofendi os sentimentos de sua irmã, foi por desconhecimento, e, ainda que as razões que me motivaram possam naturalmente lhe parecer insuficientes, ainda não as posso condenar.

Em relação àquela outra acusação, mais grave, de ter prejudicado o sr. Wickham, só posso refutá-la descortinando a seus olhos toda a relação dele com a minha família. Do que ele *especialmente* me acusa não tenho conhecimento, mas da verdade do que irei relatar posso apresentar mais de uma testemunha fidedigna.

O sr. Wickham é filho de um homem muito respeitável, que por muitos anos administrou todos os bens de

Pemberley e cuja boa conduta no desempenho de suas funções levou meu pai a naturalmente lhe ser grato. E, por essa razão, sua consideração com George Wickham, que era seu afilhado, foi ilimitada. Meu pai custeou seus primeiros estudos e mais tarde colocou-o em Cambridge, contribuição ainda mais importante, pois seu próprio pai, sempre pobre devido às extravagâncias da esposa, teria sido incapaz de lhe dar uma educação digna de um cavalheiro. Meu pai não apenas gostava da companhia desse rapaz, cujas maneiras sempre foram cativantes; tinha também a melhor opinião a seu respeito e, desejando que seguisse carreira na Igreja, tencionava encaminhá-lo nessa direção. Quanto a mim, muitos, muitos anos se passaram sem que eu começasse a encará-lo com outros olhos. As tendências corruptas e a falta de princípios, que ele cuidadosamente mantinha longe do conhecimento de seu melhor amigo, não poderiam escapar à observação de um jovem quase da sua idade e que tinha chances de vê-lo em momentos descontraídos, o que não acontecia com o sr. Darcy. Mais uma vez lhe causarei sofrimento – em que grau só a senhorita poderá dizer. Mas sejam quais forem os sentimentos despertados pelo sr. Wickham, uma suspeita quanto à natureza dos mesmos não me deve impedir de expor-lhe seu verdadeiro caráter, até lhe acrescenta mais um motivo.

Meu excelente pai morreu há cerca de cinco anos, e seu sentimento de amizade para com o sr. Wickham foi até o final tão intenso que, em seu testamento, ele me recomendou explicitamente que eu encorajasse ao máximo seus progressos na carreira escolhida; e, caso ele se ordenasse, recomendou que um importante vicariato familiar lhe fosse entregue tão logo estivesse vago. Havia também um legado de mil libras. Seu próprio pai não sobreviveu ao meu por muito tempo e, meio ano após esses acontecimentos, o sr. Wickham me escreveu para informar que, tendo afinal se decidido contra a ordenação, esperava que eu não considerasse exorbitante que ele esperasse alguma vantagem pecuniária mais imediata, em lugar da nomeação da qual não se poderia beneficiar. Tinha alguma intenção, acrescentava ele, de estudar Direito, e eu deveria ser sabedor que os juros de mil libras seriam então uma ajuda bastante insuficiente. Eu mais desejei do que acreditei que ele fosse sincero; mas, de qualquer forma, estava mais que disposto a concordar com sua proposta. Eu sabia que o sr. Wickham não seria um clérigo; logo foi então firmado o acordo. Ele renunciou a qualquer reivindicação de ajuda por parte da Igreja, ainda que algum dia viesse a estar em posição de recebê-la, e aceitou em troca três mil libras. Qualquer ligação entre nós parecia então desfeita. Minha opinião a seu respeito era muito má para que o recebesse em Pemberley ou aceitasse sua companhia na cidade. Acredito que tenha vivido a maior parte do tempo na capital, mas estudar Direito era mera desculpa e, estando então livre de qualquer freio, levava uma vida de ócio e dissipação. Por três anos mal ouvi falar dele; mas, com o falecimento do titular do vicariato que lhe havia sido destinado, ele me escreveu nova carta apresentando-se para a indicação. Sua situação, afirmou ele, e não me foi difícil acreditar, era incrivelmente ruim. Ele descobrira ser o Direito um estudo muito pouco lucrativo e estava agora absolutamente decidido a se ordenar sacerdote, caso eu lhe desse o vicariato em questão, não acreditando poder haver dúvidas quanto a isso, pois estava bem informado de que eu não tinha outra pessoa para indicar e sabia que eu não poderia ter esquecido as intenções de meu honrado pai. A senhorita não poderá me censurar por me recusar a ceder a esse pedido, ou a resistir a todas as insistências no mesmo sentido. Seu ressentimento foi proporcional à precariedade de sua situação... e ele foi sem dúvida tão violento em suas denúncias a terceiros quanto nas acusações que me fez pessoalmente. Depois dessa ocasião, todas as relações foram cortadas. Como ele viveu, não sei. Mas no verão passado sua existência se fez notar de forma muito dolorosa para mim.

Devo agora mencionar uma circunstância da qual eu mesmo gostaria de esquecer e que nenhuma outra situação que não a presente me levaria a revelar a qualquer ser humano. Tendo dito isso, não duvido que mantenha secretas estas palavras. Minha irmã, que é mais de dez anos mais moça do que eu, foi deixada sob minha tutela e a do sobrinho de minha mãe, o coronel Fitzwilliam. Há cerca de um ano, terminado o colégio, foi levada a se aprimorar numa instituição em Londres e seguiu, no último verão, na companhia da diretora dessa escola, para Ramsgate; e para lá foi também o sr. Wickham, sem dúvida com segundas intenções, pois ficou provado ter havido um acordo anterior entre ele e a sra. Younge, cujo caráter infelizmente nos decepcionou muitíssimo; e com sua conivência e ajuda, ele tão bem se apresentou perante Georgiana, cujo coração afetuoso guardava uma forte impressão de sua gentileza para com ela quando criança, que a convenceu a se acreditar apaixonada e a concordar em fugir para se casar. Ela tinha apenas quinze anos, o que lhe pode servir de desculpa, e, depois de mencionar sua imprudência, fico feliz por acrescentar que devo o conhecimento desses fatos a ela mesma. Fui ao seu encontro, inesperadamente, um ou dois dias antes da planejada fuga, e então Georgiana, incapaz de suportar a ideia de magoar e ofender um irmão que quase considerava um pai, confessou-me tudo. Pode imaginar o que senti e como agi. O respeito à honra e aos sentimentos de minha irmã impediram qualquer exposição pública; mas escrevi ao sr. Wickham, que deixou no mesmo dia o local, e a sra. Younge foi evidentemente destituída de suas funções. O objetivo principal do sr. Wickham era sem sombra de dúvida a fortuna de minha irmã, que é de trinta mil libras; mas não posso deixar de supor que a esperança de se vingar de mim lhe tenha servido de incentivo. Sua vingança teria sido realmente completa.

Esta, minha senhora, é uma narrativa fiel de todos os eventos nos quais estivemos ambos envolvidos; e, se não a rejeitar como absolutamente falsa, irá, espero, me isentar daqui por diante da acusação de crueldade em relação ao sr. Wickham. Não sei de que maneira, sob que forma de falsidade ele conquistou sua atenção, mas seu sucesso talvez não deva ser questionado. Ignorante como estava a senhorita de todos os fatos, a detecção da verdade não lhe seria possível e certamente a suspeita não é uma de suas características.

Talvez possa a senhorita se perguntar por que tudo isso não lhe foi dito ontem à noite; mas eu não tinha então suficiente controle de mim mesmo para saber o que poderia ou deveria ser revelado. A favor da verdade do que foi aqui relatado, posso apelar para o testemunho do coronel Fitzwilliam, que, por parentesco próximo e constante intimidade e, ainda mais, como um dos executores do testamento de meu pai, tem sido inevitavelmente mantido a par de todos os detalhes dessas transações. Se sua antipatia por *mim* é capaz de tornar sem valor *minhas* declarações, não pode pelo mesmo motivo deixar de confiar em meu primo; e, para que lhe seja possível consultá-lo, tratarei de encontrar uma oportunidade de colocar esta carta entre suas mãos ainda durante a manhã. Acrescentarei apenas que Deus a abençoe.

Fitzwilliam Darcy

Capítulo 36

Se Elizabeth, quando o sr. Darcy lhe entregou a carta, não esperava que ela contivesse uma reiteração de sua proposta, não criara qualquer expectativa quanto a seu conteúdo. Mas, diante dele, pode-se compreender com que avidez a percorreu e quantas emoções contraditórias foram por ela despertadas. Seus sentimentos durante a leitura dificilmente poderiam ser definidos. Com perplexidade, ela a princípio deduziu que ele acreditava ser possível apresentar alguma desculpa; e com inabalável certeza considerou que ele não poderia dar qualquer explicação que não fosse encoberta por um justificado sentimento de vergonha. Com grande predisposição contra tudo o que ele pudesse dizer, começou a ler o relato do que acontecera em Netherfield. Leu com uma ansiedade que mal lhe permitia compreender e, pela impaciência de saber o que traria a próxima frase, era incapaz de apreender o sentido da que tinha sob os olhos. No mesmo instante considerou falsa a crença de Darcy na insensibilidade de Jane e sua exposição das reais e piores objeções à união deixaram-na furiosa demais para ter qualquer desejo de lhe fazer justiça. Nenhum arrependimento por ele expresso a satisfazia; seu estilo não era penitente, e sim arrogante. Tudo era orgulho e insolência.

Mas quando a esse assunto seguiu-se a narrativa a respeito do sr. Wickham, quando ela leu com um pouco mais de clareza e atenção a sequência de fatos que, se verdadeiros, derrubariam qualquer opinião acalentada em relação a ele e que tinham tão alarmante afinidade com a história que ele próprio contara, seus sentimentos foram ainda mais intensamente dolorosos e de mais difícil definição. Perplexidade, apreensão e até mesmo horror a oprimiram. Desejou não acreditar em coisa alguma, exclamando várias vezes, "Isto deve ser falso! Isto não pode ser verdade! Isto deve ser uma enorme calúnia!" E, quando chegou ao final da carta, embora quase nada retendo da última página, ou das duas últimas, guardou-a depressa, afirmando que não pensaria mais a respeito, que nunca mais olharia para aquilo.

Em seu estado de perturbação mental, com pensamentos que não encontravam descanso, continuou a andar; mas não adiantaria; em meio minuto a carta foi mais uma vez desdobrada e, controlando-se como podia, recomeçou a mortificante leitura de tudo o que se relacionava a Wickham e obrigou-se agora a examinar o significado de cada frase. O relato de sua ligação com a família de Pemberley era exatamente como ele próprio contara; e a bondade do falecido sr. Darcy, embora ela ainda não conhecesse sua extensão, também se igualava às palavras do rapaz. Até aí as narrativas se confirmavam mas, quando ela chegou ao testamento, a diferença era grande. O que Wickham dissera a respeito do vicariato estava fresco em sua memória e, à medida que recordava seus comentários, era impossível não sentir que havia uma enorme duplicidade em ambos os lados. E, por alguns momentos, ela se regozijou por não se ter enganado. Mas quando leu e releu com maior cuidado, os detalhes que se seguiam, sobre a renúncia de Wickham a qualquer pretensão ao vicariato, sobre ele ter recebido em troca a vultosa soma de três mil libras, foi mais uma vez obrigada a hesitar. Deixou de lado a carta, sopesou cada circunstância com o que pretendia ser imparcialidade, considerou a probabilidade de cada declaração, mas com pouco sucesso. Dos dois lados havia apenas afirmações. Mais uma vez releu; mas cada linha provava com mais clareza que o assunto, que acreditava impossível ter sido desfigurado por alguma artimanha que tornaria a conduta do sr. Darcy no mínimo infame, fosse passível de uma reviravolta que o eximiria de qualquer culpa.

A extravagância e a licenciosidade geral que ele não tinha escrúpulos de atribuir ao sr. Wickham chocaram-na em excesso; ainda mais por não poder apresentar qualquer prova de injustiça. Nunca ouvira falar dele antes de seu ingresso na milícia de ...shire, na qual fora levado a se engajar pelo jovem que, ao encontrá-lo por acaso na cidade, reatara uma relação superficial. De seu modo de vida anterior nada se soube em Hertfordshire além do que ele mesmo contou. Quanto a seu verdadeiro caráter, caso pudesse ter tido acesso a informações, nunca sentira vontade de investigar.

Sua aparência, voz e maneiras haviam-no feito de imediato possuidor de todas as virtudes. Ela tentou recordar algum exemplo de bondade, algum evidente traço de integridade ou benevolência que pudesse salvá-lo dos ataques do sr. Darcy ou, ao menos, pela predominância da virtude, compensar aqueles erros fortuitos, como ela gostaria de considerar o que o sr. Darcy descrevera como anos de contínua ociosidade e devassidão. Mas nenhuma recordação veio a seu favor. Ela o podia ver diante dela, encantador em seu ar e seu jeito, mas não conseguia lembrar qualquer sinal expressivo de bondade além da aprovação geral da vizinhança e da consideração que seu trato social gerara no regimento. Depois de se deter nesse ponto por um tempo considerável, ela mais uma vez continuou a ler. Mas que pena! A história que se seguia, de suas intenções em relação à srta. Darcy, era de certa forma confirmada pelo que se passara entre o coronel Fitzwilliam e ela mesma na manhã do dia anterior e, no final, havia a menção de poderem ser todos os detalhes da verdade referendados pelo próprio coronel Fitzwilliam, de quem ela recebera antes a informação de seu envolvimento em todos os negócios do primo e cujo caráter não tinha motivos para questionar. Por um momento, quase se decidiu a recorrer a ele, mas a ideia foi afastada pelo absurdo da situação e completamente abandonada pela convicção de que o sr. Darcy nunca se arriscaria a fazer tal proposta sem a absoluta certeza da ratificação por parte do primo.

Lembrava-se muito bem de tudo o que houvera de conversa entre Wickham e ela, na primeira noite, em casa do sr. Phillips. Muitas frases ainda estavam frescas em sua memória. Chamava-lhe *agora* a atenção a impropriedade de tais comunicados feitos a uma estranha e perguntou-se como isso lhe escapara antes. Percebeu a indelicadeza de se autopromover como ele havia feito e a inconsistência entre suas declarações e sua conduta. Lembrou-se de que ele se vangloriara de não ter medo de enfrentar o sr. Darcy, que o sr. Darcy poderia se afastar do campo, mas que *ele* não fugiria do confronto; contudo, evitara o baile em Netherfield logo na semana seguinte. Lembrou-se também que, até que a família de Netherfield deixasse o campo, ninguém além dela conhecera sua história, mas que, depois que se foram, o caso foi discutido em toda parte; que ele não tivera reservas, nem escrúpulos, para denegrir o caráter do sr. Darcy, mesmo lhe tendo afirmado que o respeito pelo pai sempre o impediria de expor o filho.

Como tudo o que se relacionava com ele parecia agora diferente! As atenções para com a srta. King eram agora consequência de objetivos exclusiva e odiosamente mercenários; e a mediocridade da fortuna da moça não mais provava a moderação de seus desejos, e sim sua ânsia de agarrar o que pudesse. Seu comportamento em relação a ela não poderia agora ter qualquer motivo tolerável; ou ele se iludira a respeito de sua fortuna ou estivera alimentando sua vaidade ao encorajar a preferência que ela acreditava ter cometido a imprudência de demonstrar. Qualquer remanescente argumento a favor dele empalidecia cada vez mais; e, para maior defesa do sr. Darcy, ela não podia deixar de reconhecer que o sr. Bingley, quando interrogado por Jane, havia há muito tempo afirmado sua inocência no caso; que, por mais orgulhosas e repulsivas que fossem suas maneiras, ela nunca vira, em todo o decorrer de sua convivência, uma convivência que nos últimos tempos os aproximara bastante e lhe permitira uma espécie de intimidade com sua maneira de ser, na qual nada vira que o acusasse de falta de princípios ou injustiça, nada que indicasse ter ele hábitos heréticos ou imorais; que entre suas próprias amizades ele era estimado e apreciado, que até Wickham lhe reconhecera mérito como irmão, e que ela o ouvira diversas vezes falar com tanto afeto da irmã, prova de que era capaz de *algum* sentimento de amor; que, fossem suas ações como as havia pintado o sr. Wickham, tão grande violação de tudo o que era correto dificilmente poderia permanecer oculto aos olhos do mundo; e que a amizade entre uma pessoa capaz disso e um homem tão agradável como o sr. Bingley seria incompreensível.

Envergonhava-se cada vez mais de si mesma. Era incapaz de pensar em Darcy ou em Wickham sem sentir que havia sido cega, parcial, preconceituosa, absurda.

– De que modo desprezível agi! – exclamou. – Eu, que me orgulhava de meu discernimento! Eu, que me congratulava por minhas habilidades! Que tantas vezes desdenhei a generosa candura de minha irmã e gratifiquei minha vaidade com desconfianças inúteis ou censuráveis! Como é humilhante esta descoberta! Mas como é merecida esta humilhação! Estivesse eu apaixonada e não poderia estar mais desgraçadamente cega! Mas foi a vaidade, e não o amor, a minha insensatez. Lisonjeada com a preferência de um e ofendida com o desprezo do outro, pouco depois de nos conhecermos, alimentei em relação a ambos o fascínio e a ignorância e abandonei a razão. Até este momento, eu não me conhecia.

Dela mesma para Jane, de Jane para Bingley, seus pensamentos seguiram uma linha que logo lhe trouxe à lembrança que a justificativa do sr. Darcy para *aquilo* lhe parecera muito insuficiente, e ela releu o trecho. Muitíssimo diferente foi o efeito de uma segunda leitura. Como poderia negar crédito às suas declarações num caso, quando havia sido obrigada a acreditar no outro? Ele se declarava não suspeitar em absoluto do interesse de sua irmã, e ela não poderia deixar de se lembrar da opinião de Charlotte. Nem seria possível negar a justiça de sua descrição de Jane. Sentiu que os sentimentos de Jane, embora ardentes, eram pouco demonstrados e que havia em sua expressão e maneiras uma constante benevolência nem sempre associados a uma grande sensibilidade.

Quando chegou à parte da carta na qual sua família era mencionada e censurada em termos tão humilhantes, ainda que merecidos, seu sentimento de vergonha foi grande. A justiça do ataque chocou-a demais para ser negada, e as circunstâncias às quais ele em especial se referia como tendo ocorrido no baile de Netherfield e confirmado toda a sua desaprovação inicial não poderiam tê-lo impressionado mais do que a ela.

O elogio feito a ela mesma e à irmã não passou despercebido. Aplacou, mas não a consolou pelo desprezo nele contido ao resto de sua família; e, ao considerar que a decepção de Jane fora de fato causada por seus parentes mais próximos e ao refletir a que ponto poderia a reputação de ambas ser afetada por conduta tão imprópria, sentiu-se deprimida como nunca antes na vida.

Depois de duas horas andando a esmo pelo atalho, permitindo-se todo tipo de pensamentos, reconsiderando eventos, definindo probabilidades e recuperando-se, da melhor maneira possível, de uma mudança tão repentina e tão importante, o cansaço e a conscientização de estar há muito tempo ausente fizeram com que afinal voltasse para a casa; e entrou com a esperança de parecer animada como de costume e decidida a reprimir quaisquer reflexões que a tornariam incapaz de conversar.

Disseram-lhe no mesmo instante que os dois cavalheiros de Rosings tinham estado lá durante sua ausência; o sr. Darcy apenas por alguns minutos, para se despedir, mas que o coronel Fitzwilliam se demorara pelo menos uma hora, esperando sua volta e quase se decidindo a sair à sua procura até encontrá-la. Elizabeth só conseguiu *fingir* lamentar não tê-lo visto; na verdade alegrou-se por isso. O coronel Fitzwilliam não mais a interessava; só conseguia pensar na carta.

Capítulo 37

Os dois cavalheiros deixaram Rosings na manhã seguinte e, estando o sr. Collins à espera de ambos junto às cabanas, para lhes fazer a mesura de despedida, pôde levar para casa a agradável informação de que pareciam ambos em boa saúde e em estado de espírito bastante tolerável depois da melancólica cena dos últimos instantes em Rosings. Para Rosings, então, apressou-se em ir, a fim de consolar Lady Catherine e a filha, e de lá trouxe, com grande satisfação, um recado de Sua Senhoria, informando que estava tão entediada que desejava muito receber todos para o jantar.

Elizabeth não pôde ver Lady Catherine sem lembrar que, caso tivesse aceito, já teria sido àquela altura apresentada a ela como sua futura sobrinha; nem pôde deixar de pensar, sem sorrir, na indignação de Sua Senhoria. "O que teria dito? Como teria se comportado?", foram perguntas que a divertiram.

O primeiro assunto foi a redução do grupo de Rosings.

– Asseguro-lhes que lamento muitíssimo – disse Lady Catherine –, acredito que ninguém sente a perda de amigos tanto quanto eu. Mas sou especialmente afeiçoada a esses dois rapazes e sei que eles também me estimam muito! Estavam desolados por partir! Mas sempre ficam. Nosso querido coronel controlou-se bem até o fim, mas Darcy pareceu sofrer muito com a partida, ainda mais, creio eu, do que no ano passado. É sem dúvida maior o seu apego a Rosings.

O sr. Collins fez um elogio e com ele uma alusão, recebida com um sorriso gentil por mãe e filha.

Lady Catherine observou, após o jantar, que a srta. Bennet parecia desanimada e, imediatamente concluindo do que se tratava, ao supor que ela não gostaria de voltar para casa tão cedo, acrescentou:

– Mas sendo esse o caso, deve escrever para sua mãe e pedir para ficar um pouco mais. Estou certa de que a sra. Collins terá muito prazer na sua companhia.

– Fico muito grata a Vossa Senhoria pelo gentil convite – respondeu Elizabeth –, mas não me é possível aceitar. Preciso estar na capital no próximo sábado.

– Mas, sendo assim, a senhorita só terá passado seis semanas aqui. Eu esperava que ficasse dois meses. Disse isso à sra. Collins antes de sua vinda. Não pode haver razão para que parta tão cedo. A sra. Bennet pode sem dúvida dispensá-la por mais uma quinzena.

– Mas meu pai não pode. Ele me escreveu na semana passada, pedindo-me que apressasse meu retorno.

– Oh! Seu pai com certeza pode dispensá-la, se sua mãe pode. Filhas nunca são tão importantes para um pai. E, se ficar aqui outro *mês* inteiro, terei possibilidade de levá-la até Londres, pois estarei indo para lá no início de junho, por uma semana; e como Dawson não se importa em ocupar o assento do cocheiro, haverá bastante lugar para uma de vocês, e até mesmo, se fizer frio, eu não teria objeções quanto a levar ambas, já que nenhuma das duas é gorda.

– É muito gentil, minha senhora; mas acredito que precisaremos nos ater ao plano original.

Lady Catherine pareceu resignar-se.

– Sra. Collins, a senhora deve mandar um criado com elas. A senhora sabe que sempre digo o que penso e não suporto a ideia de duas jovens viajando sozinhas numa diligência. É altamente impróprio. A senhora precisa providenciar alguém. Esta é uma das coisas que mais me desagradam. Mulheres jovens devem ser adequadamente acompanhadas e protegidas, de acordo com sua posição na vida. Quando minha sobrinha Georgiana foi para Ramsgate no último verão, fiz questão absoluta de que dois criados homens a acompanhassem. Seria muito impróprio que a srta. Darcy, a filha do sr. Darcy, de Pemberley, e de Lady Anne, fosse vista de outra maneira. Sou muitíssimo atenta a todas essas coisas. Deve mandar John com as moças, sra. Collins. Estou satisfeita por me ter ocorrido mencionar isto, pois seria realmente muito pouco recomendável para *a senhora* deixá-las ir sozinhas.

– Meu tio deverá nos mandar um criado.

– Oh! Seu tio! Pois não é que ele mantém um criado? Alegro-me que a senhorita tenha alguém que pense nessas coisas. Onde deverão trocar os cavalos? Oh!, em Bromley, é claro! Serão bem servidas, se mencionarem meu nome no The Bell.

Lady Catherine tinha muitas outras perguntas a respeito da viagem e, como nem sempre dava ela mesma todas as respostas, era preciso prestar atenção, o que Elizabeth considerou uma sorte, pois, absorta em tantos pensamentos, poderia se esquecer de onde estava. Reflexões deviam ser reservadas para momentos de solidão; sempre que estava sozinha, entregava-se a elas com alívio; e não se passou um dia sem um passeio solitário, no qual podia se dedicar ao prazer de desagradáveis recordações.

Estava quase a ponto de saber de cor a carta do sr. Darcy. Estudava cada frase, e seus sentimentos em relação ao autor variavam muito. Quando se lembrava do modo como lhe fizera a proposta ainda ficava cheia de indignação; mas, quando considerava quão injusta fora sua condenação e censura, sua raiva voltava-se contra ela mesma e o desapontamento do rapaz tornava-se objeto de compaixão. Seu interesse despertava gratidão e seu caráter, respeito, mas ela não o aprovava; nem por um momento arrependeu-se de sua recusa ou sentiu alguma vez qualquer desejo de vê-lo de novo. Em seu próprio comportamento passado havia uma constante fonte de constrangimento e remorso e, nos desastrosos defeitos de sua família, um motivo de tristeza ainda maior. Não havia remédio. O pai, limitando-se à zombaria, nunca se esforçaria para coibir a leviandade selvagem das filhas menores; e a mãe, ela própria com maneiras tão pouco satisfatórias, era totalmente insensível a tais erros. Elizabeth inúmeras vezes se juntava a Jane num esforço para refrear a imprudência de Catherine e Lydia; mas, enquanto encontrassem apoio na indulgência materna, que chances de melhora poderia haver? Catherine, de caráter fraco, irritadiça e totalmente dominada por Lydia, ofendia-se sempre com seus conselhos; e Lydia, voluntariosa e negligente, mal lhes dava ouvidos. Eram ambas ignorantes, preguiçosas e fúteis. Enquanto houvesse um oficial em Meryton, flertariam com ele, e enquanto fosse possível ir a pé de Longbourn a Meryton, continuariam a andar até lá.

A ansiedade em relação a Jane era outra preocupação constante; e a explicação do sr. Darcy, ao devolver a Bingley o bom conceito no qual o tinha antes, aumentava sua consciência do que Jane perdera. Ficou provado que os sentimentos do rapaz eram sinceros e sua conduta isenta de qualquer culpa, a não ser que alguma pudesse ser imputada à sua tácita confiança no amigo. Como era doloroso o pensamento de que, de uma situação tão desejável sob todos os aspectos, tão cheia de vantagens, tão promissora em termos de felicidade, Jane fora privada pela insensatez e falta de decoro de sua própria família!

Quando a tais recordações somava-se a revelação do caráter de Wickham, pode-se compreender com facilidade que o bom humor que poucas vezes a abandonara estivesse agora abalado a ponto de tornar quase impossível qualquer aparência de alegria.

Os compromissos em Rosings foram tão frequentes na última semana de sua estada quanto haviam sido no início. A última noite foi passada lá, e Sua Senhoria mais uma vez questionou minuciosamente os detalhes da viagem, deu-lhes instruções quanto ao melhor método de acondicionar seus pertences e insistiu tanto na necessidade de arrumar os vestidos da única maneira correta possível que Maria se sentiu obrigada, ao voltar, a desfazer o trabalho da manhã e refazer todo o seu baú.

Quando se despediram, Lady Catherine, com grande condescendência, desejou-lhes boa viagem e convidou-as a voltar a Hunsford no ano seguinte; e a srta. De Bourgh conseguiu reunir forças para fazer uma mesura e estender a mão a ambas.

Capítulo 38

Na manhã de sábado Elizabeth e o sr. Collins encontraram-se para o café da manhã poucos minutos antes dos outros aparecerem, e ele aproveitou a oportunidade para lhe apresentar as cordiais despedidas que considerava absolutamente indispensáveis.

– Não sei, srta. Elizabeth – disse ele –, se a sra. Collins já lhe expressou gratidão pela sua gentileza em ter ficado conosco; mas tenho a certeza de que a senhorita não deixará a casa sem que ela lhe agradeça. O privilégio de sua companhia foi muito apreciado, asseguro-lhe. Sabemos quão poucos atrativos há em nossa humilde morada. Nossa maneira simples de viver, nossos pequenos quartos e poucos criados, além da pouca vida social que temos, deve tornar Hunsford extremamente tediosa para uma jovem como a senhorita; mas espero que acredite que somos gratos por sua condescendência e que fizemos tudo o que estava em nosso poder para evitar que passasse seu tempo de forma desagradável.

Elizabeth foi enfática em seus agradecimentos e ao afirmar ter sido feliz ali. Passara seis semanas com a maior satisfação; e o prazer de estar com Charlotte, somado às gentilezas que recebera, fazia com que *ela* se sentisse grata. O sr. Collins ficou lisonjeado e, com uma solenidade mais sorridente, retrucou:

– É um grande prazer para mim ouvi-la dizer que não passou o seu tempo de maneira desagradável. Fizemos sem dúvida o melhor que pudemos; e, ainda mais afortunados por poder apresentá-la a pessoas da mais alta sociedade e, em virtude de nossas relações com Rosings, ter meios de variar com frequência nosso humilde cenário doméstico, acredito podermos nos parabenizar por sua visita a Hunsford não ter sido totalmente maçante. Nossa posição perante a família de Lady Catherine representa na verdade extraordinárias vantagens e bênçãos que poucos podem alardear. A senhorita viu o tipo de relações que temos. Viu com que frequência somos convidados. Devo na verdade reconhecer que, com todas as desvantagens desta humilde casa paroquial, não creio que quem quer que nela habite seja digno de compaixão, quando compartilha de nossa intimidade em Rosings.

Palavras eram insuficientes para a grandeza de seus sentimentos; e ele foi obrigado a andar pela sala, enquanto Elizabeth tentava combinar cortesia e verdade em algumas frases curtas.

– Minha cara prima poderá, de fato, levar a Hertfordshire um relato muito favorável. Lisonjeia-me, ao menos, saber que poderá fazê-lo. Das grandes atenções de Lady Catherine para com a sra. Collins, a senhorita foi testemunha diária; e de modo geral acredito que não pareça que sua amiga tenha atraído um desventurado... mas sobre este ponto será melhor silenciar. Permita-me apenas assegurar-lhe, minha cara srta. Elizabeth, que posso de todo o coração desejar-lhe igual felicidade no casamento. Minha cara Charlotte e eu temos uma só opinião e uma única maneira de pensar. Há entre nós, sob todos os aspectos, uma extraordinária semelhança de caráter e ideias. Parecemos ter sido feitos um para o outro.

Elizabeth não encontrou problemas para dizer que isso, quando acontecia, era uma grande felicidade e com a mesma sinceridade acrescentou que acreditava firmemente e se alegrava com sua paz doméstica. Não lamentou, entretanto, ter seu diálogo interrompido pela senhora que a proporcionava. Pobre Charlotte! Era melancólico deixá-la naquela companhia! Mas ela a escolhera de olhos abertos e, mesmo lamentando claramente a partida de suas hóspedes, não parecia pedir sua compaixão. Seu lar e os cuidados domésticos, a paróquia, sua criação de aves e todos os afazeres deles decorrentes ainda não haviam perdido o encanto.

Chegou afinal a diligência, os baús foram amarrados, os pacotes, arrumados e veio o aviso de que tudo estava pronto. Depois de uma afetuosa despedida entre as amigas, Elizabeth foi levada à carruagem pelo sr. Collins e, enquanto desciam o jardim, ele a incumbia de apresentar seus melhores respeitos a toda a família, sem esquecer seus agradecimentos pela gentileza que recebera em Longbourn no inverno e seus cumprimentos ao sr. e sra. Gardiner, mesmo não os conhecendo. Ajudou-a então a subir, Maria entrou depois e a porta estava a ponto de ser fechada quando ele de repente lembrou a ambas, com alguma consternação, que se haviam esquecido de deixar qualquer mensagem para as senhoras de Rosings.

– Mas – acrescentou – sem dúvida desejarão ter seus humildes respeitos transmitidos a ambas, com seu cordial agradecimento pela gentileza com que foram tratadas enquanto aqui estiveram.

Elizabeth não fez objeção; a porta pôde então ser fechada e o veículo partiu.

– Valha-me Deus! – exclamou Maria, após alguns minutos de silêncio. – Parece que chegamos há um ou dois dias! E, no entanto, quanta coisa aconteceu!

– Muitas, sem dúvida – disse sua companheira com um suspiro.

– Jantamos nove vezes em Rosings e duas vezes fomos tomar chá! Quanta coisa terei para contar!

Elizabeth acrescentou para si mesma: "E quanto terei eu a ocultar!"

A viagem transcorreu sem muita conversa e sem incidentes; quatro horas depois de terem deixado Hunsford chegaram à casa do sr. Gardiner, onde deveriam permanecer alguns dias.

Jane parecia bem e Elizabeth teve poucas oportunidades de observar seu estado de espírito em meio aos diversos compromissos que a gentileza de sua tia lhes reservara. Mas Jane deveria ir para casa com ela e, em Longbourn, haveria tempo bastante para observações.

Não foi sem algum esforço, entretanto, que conseguiu esperar chegarem a Longbourn para contar à irmã a proposta do sr. Darcy. Saber que tinha o poder de revelar algo que deixaria Jane tão absurdamente perplexa e, ao mesmo tempo, alimentaria por demais o que ainda lhe restava de vaidade era uma tentação tão grande de desabafo que nada poderia ter refreado senão o estado de indecisão em que permanecia quanto até onde deveria contar e o medo de que, uma vez abordado o assunto, fosse levada a repetir algo a respeito de Bingley capaz de magoar ainda mais a irmã.

Capítulo 39

Era a segunda semana de maio, quando as três jovens partiram juntas de Gracechurch Street para a cidade de ..., em Hertfordshire; e, à medida que se aproximavam da estalagem na qual a carruagem do sr. Bennet iria ao seu encontro, logo avistaram, como prova da pontualidade do cocheiro, Kitty e Lydia observando-as de uma janela da sala de refeições no segundo andar. As meninas lá estavam há mais de uma hora, alegremente entretidas em visitar a chapeleira da loja em frente, observar o sentinela de plantão e preparar o molho para uma salada de alface e pepino.

Depois de dar as boas-vindas às irmãs, as duas exibiram, triunfantes, uma mesa posta com todos os tipos de frios em geral existentes na despensa das estalagens, exclamando:

– Não está bonito? Não é uma agradável surpresa?

– E pretendemos convidar todas vocês – acrescentou Lydia –, mas vocês precisam nos emprestar dinheiro, pois acabamos de gastar o nosso na loja ali do outro lado.

E, mostrando as compras:

– Vejam só, comprei este chapéu. Não acho que seja muito bonito, mas achei que tanto fazia comprar como não comprar. Vou desmanchá-lo assim que chegar em casa e ver se consigo deixá-lo melhor.

Quando as irmãs declararam que era feio, ela continuou, com total indiferença:

– Ah! Mas havia dois ou três muito mais feios na loja; e quando eu tiver comprado um pedaço de cetim numa cor mais bonita para enfeitá-lo acho que vai ficar bem tolerável. Além disso, não vai ter muita importância o que usar no verão, depois que a guarnição de ...shire sair de Meryton, e eles vão embora daqui a quinze dias.

– É mesmo? – exclamou Elizabeth com a maior satisfação.

– Vão acampar perto de Brighton; e quero que papai nos leve todas para lá no verão! Seria um arranjo delicioso;

e acredito que não custaria nada. Mamãe também adoraria ir! Se não, pensem só no verão horroroso que teremos!

"É," pensou Elizabeth, "*este* seria mesmo um delicioso arranjo, e acabaria de nos destruir. Santo Deus! Brighton e um acampamento cheio de soldados, para nós, que já ficamos transtornadas com um pobre regimento de milícia e com os bailes mensais de Meryton!"

– Agora tenho algumas novidades para contar – disse Lydia quando se sentaram à mesa. – O que estão pensando? São excelentes notícias, notícias fundamentais, e sobre uma determinada pessoa de quem todas gostamos!

Jane e Elizabeth se entreolharam, e o garçom foi dispensado. Lydia riu e disse:

– Ai, vocês e sua formalidade e discrição. Vocês acham que o garçom não deve ouvir, como se ele se importasse! Garanto que ele ouve muitas vezes coisas bem piores do que o que vou dizer. Mas ele era muito feio! Fico contente que tenha saído. Eu nunca tinha visto um queixo tão grande na minha vida. Bem, vamos à minha novidade: é sobre o querido Wickham, bom demais para o garçom, não é? Não há perigo de Wickham se casar com Mary King. O caminho está livre! Ela foi para a casa do tio em Liverpool: foi para ficar. Wickham está salvo.

– E Mary King está salva! – acrescentou Elizabeth. – Salva de uma união insensata que só aconteceria por interesse.

– Ela é uma grande idiota indo embora, se gostava dele.

– Mas espero que não houvesse laços fortes de nenhum dos lados – disse Jane.

– Tenho certeza de que, do lado *dele*, não havia. Posso garantir, ele nunca deu dois tostões por ela... e quem daria, por uma coisinha horrorosa e sardenta daquelas?

Elizabeth escandalizou-se ao pensar que, mesmo incapaz de empregar uma *expressão* tão grosseira, a grosseria do *sentimento* diferia muito pouco do que seu próprio coração abrigara, acreditando ser liberal!

Tão logo todas terminaram de comer e as mais velhas pagaram, a carruagem foi chamada e, depois de algumas arrumações, todo o grupo, com suas caixas, cestas de costura e embrulhos, além do importuno acréscimo das compras de Kitty e Lydia, nela se instalou.

– Como é bom estarmos assim atulhadas de coisas – exclamou Lydia. – Estou contente por ter comprado meu chapéu, nem que seja pelo prazer de ter mais uma chapeleira! Bem, agora vamos ficar bastante confortáveis e aconchegadas, falando e rindo por todo o caminho de volta. E, em primeiro lugar, vamos ouvir o que aconteceu com vocês todas desde que partiram. Conheceram algum homem agradável? Flertaram com alguém? Eu tive grandes esperanças de que uma de vocês arranjasse um marido antes de voltar. Jane logo, logo vai virar uma solteirona, ouçam o que eu digo. Ela já tem quase 23! Céus, como eu teria vergonha de não estar casada antes dos 23! Minha tia Phillips diz que, para arrumar maridos, não se deve pensar. Ela diz que Lizzy deveria ter ficado com o sr. Collins; mas *eu* acho que isso não teria a menor graça. Céus! Como eu gostaria de me casar antes de vocês; então eu seria sua acompanhante em todos os bailes. Valha-me Deus! Nós nos divertimos tanto dia desses na casa do coronel Forster. Kitty e eu devíamos passar o dia lá, e a sra. Forster tinha prometido um pouquinho de dança à noite (aliás, diga-se de passagem, a sra. Forster e eu somos *tão* amigas!), e daí ela pediu às duas Harrington que também fossem, mas Harriet estava doente e daí Pen foi obrigada a ir sozinha; e então, o que vocês pensam que fizemos? Vestimos o Chamberlayne com roupas de mulher para que ele passasse por uma moça, pensem só que divertido! Ninguém sabia, só o coronel e a sra. Forster e Kitty e eu, além de minha tia, porque fomos obrigadas a pegar emprestado um de seus vestidos; e vocês não podem imaginar como ele ficou bem! Quando Denny, Wickham e Pratt, mais uns dois ou três homens chegaram, não o reconheceram de jeito nenhum. Oh, céus! Como eu ri! E a sra. Forster também. Pensei que eu fosse morrer. E *isso* fez os homens suspeitarem de alguma coisa, daí eles logo descobriram o que havia.

Com esse tipo de histórias de suas festas e brincadeiras, Lydia, ajudada pelos palpites e acréscimos de Kitty, tentou divertir as companheiras durante todo o trajeto até Longbourn. Elizabeth ouvia o mínimo possível, mas não havia como escapar das frequentes menções ao nome de Wickham.

Sua recepção em casa foi das mais gentis. A sra. Bennet alegrou-se por ver Jane bonita como sempre e, durante o jantar, mais de uma vez o sr. Bennet disse espontaneamente a Elizabeth:

– Estou contente por você estar de volta, Lizzy.

O grupo que se reuniu na sala de refeições era grande, pois quase todos os Lucas foram encontrar Maria e ouvir as novidades. E muitos foram os assuntos de que se ocuparam: Lady Lucas interrogava Maria quanto ao bem-estar e as aves do galinheiro de sua filha mais velha; a sra. Bennet estava duplamente ocupada, de um lado ouvindo de Jane, sentada numa cadeira mais baixa, informações sobre a última moda e, do outro, repassando-as para as meninas Lucas; e Lydia, em voz bem mais alta do que a de todos, enumerava os vários prazeres daquela manhã para quem quer que a ouvisse.

– Ah, Mary! – disse ela. – Eu queria que você tivesse ido conosco, porque nos divertimos tanto! Na ida, Kitty e eu fechamos as cortinas e fingimos que a carruagem estava vazia; e eu teria ido assim até o fim, se Kitty não tivesse ficado enjoada; e quando chegamos ao George, acho que nos comportamos muito bem, porque oferecemos às outras três o mais lindo almoço frio do mundo e, se você tivesse ido, teríamos oferecido a você também. E então, na volta, foi tão divertido! Achei que nunca caberíamos na carruagem. Eu quase morria de rir. E depois estávamos todas tão alegres a caminho de casa! Falamos e rimos tão alto que qualquer um poderia nos ouvir a dez milhas de distância!

A isso Mary respondeu muito séria:

– Longe de mim, querida irmã, depreciar tais prazeres! São, sem dúvida, adequados à maioria das mentes femininas. Mas confesso que não teriam para *mim* quaisquer encantos, eu preferiria mil vezes um livro.

Mas dessa resposta Lydia não ouviu uma só palavra. Mal ouvia alguém por mais do que meio minuto e nunca dava atenção alguma a Mary.

À tarde, Lydia insistiu com o resto das moças para que andassem até Meryton e vissem como estavam todos; mas Elizabeth opôs-se firmemente ao plano. Não seria comentado que as senhoritas Bennet não podiam passar meio dia em casa sem que saíssem em busca dos oficiais. Havia outra razão para sua oposição. Tinha pavor da ideia de reencontrar o sr. Wickham e estava decidida a evitá-lo ao máximo. O conforto que representava para *ela* a próxima transferência do regimento era indescritível. Dentro de uma quinzena todos teriam partido e, uma vez longe, ela esperava que nada mais a respeito dele pudesse afetá-la.

Não estava há muitas horas em casa quando descobriu que os planos para a ida a Brighton, aos quais Lydia se referira na estalagem, eram motivo de frequente discussão entre seus pais. Elizabeth percebeu que seu pai não tinha qualquer intenção de ceder, mas as respostas por ele dadas eram ao mesmo tempo tão vagas e ambíguas que a mãe, embora às vezes desanimada, ainda não perdera as esperanças.

Capítulo 40

A impaciência de Elizabeth para contar a Jane o que acontecera não podia mais esperar; e afinal, decidida a suprimir qualquer detalhe que se referisse à irmã e preparando-a para a surpresa, expôs na manhã seguinte os principais pontos da cena entre o sr. Darcy e ela.

A perplexidade da srta. Bennet logo cedeu ao grande afeto fraterno, que fazia com que qualquer admiração por Elizabeth parecesse perfeitamente natural; e toda a surpresa logo se perdeu em meio a outras emoções. Ela lamentou que o sr. Darcy tivesse demonstrado seus sentimentos de forma tão pouco adequada; mas ficou ainda mais triste com a provável infelicidade dele diante da recusa da irmã.

– Ele fez mal em estar tão certo do sucesso – disse ela –, e sem dúvida não o deveria ter demonstrado; mas imagine o quanto isso aumentou seu desapontamento.

– É verdade – retrucou Elizabeth –, lamento muitíssimo por ele; mas ele tem outros sentimentos, que provavelmente logo desviarão de mim sua atenção. Você não me censura, então, por tê-lo recusado?

– Censurá-la? Oh! Não.

– Mas me censura por ter falado de Wickham com tanto ardor?

– Não. Não sei por que você estaria errada dizendo o que disse.

– Mas você *vai* saber, quando eu contar o que aconteceu no dia seguinte.

Falou então a respeito da carta, repetindo todo o seu conteúdo no que dizia respeito a George Wickham. Que golpe foi para a pobre Jane! Ela que com prazer teria passado pelo mundo sem acreditar na existência, entre todos os seres humanos, de tanta maldade como agora via concentrada num só indivíduo. Nem a argumentação de Darcy, embora a tranquilizasse, foi capaz de consolá-la de tal descoberta. Com todas as forças esforçou-se para encontrar uma probabilidade de engano, tentando inocentar um sem incriminar o outro.

– Isso não vai funcionar – disse Elizabeth –, você nunca vai conseguir dar razão a ambos. Faça uma escolha, mas terá que se satisfazer com um só. Entre os dois, só há mérito suficiente para um único homem de bem; e ultimamente ele tem mudado de mãos vezes demais. Quanto a mim, estou inclinada a acreditar que pertence a Darcy; mas você escolhe como achar que deve.

Algum tempo se passaria, entretanto, antes que um sorriso pudesse ser arrancado de Jane.

– Não sei o que mais me choca – disse ela. – Wickham ser tão cruel! É quase impossível de acreditar. E coitado do sr. Darcy! Lizzy, querida, pense só no que ele deve ter sofrido. Que desapontamento! E ficar sabendo da péssima opinião que você tem dele! E ter que contar uma coisa dessas a respeito da própria irmã! É realmente muito triste. Tenho certeza de que você sente o mesmo.

– Ah, não! Meu remorso e minha compaixão desaparecem ao ver você tão cheia deles. Sei que você vai lhe fazer tanta justiça que ficarei a cada momento mais despreocupada e indiferente. A abundância dos seus sentimentos poupa os meus; e, se você continuar a lamentá-lo por muito tempo, meu coração ficará leve como uma pluma.

– Pobre Wickham! Há tanta expressão de bondade em seu rosto! Tanta franqueza e gentileza em suas maneiras!

– Com certeza houve uma má distribuição na educação desses dois rapazes. Um deles ficou com toda a bondade e o outro com toda a aparência de bondade.

– Nunca achei o sr. Darcy tão deficiente em *aparência* de bondade quanto você costumava achar.

– E ainda por cima eu me achava tão absurdamente esperta resolvendo ter tanta antipatia por ele, sem qualquer razão. É tão estimulante para o intelecto, tão provocante para o senso de humor sentir uma antipatia desse tipo. Pode-se ofender alguém todo o tempo sem dizer coisas justas; mas não se pode zombar de um homem sem esbarrar de vez em quando numa frase espirituosa.

– Lizzy, tenho certeza de que, quando leu aquela carta pela primeira vez, você não foi capaz de lidar com o assunto como faz agora.

– É verdade, não fui. Eu estava desconfortável demais; deveria dizer infeliz demais. E, sem alguém para conversar sobre o que eu sentia, sem Jane para me confortar e me dizer que eu não tinha sido tão patética e vaidosa e irracional como eu achava! Ah! Como eu quis você por perto!

– Foi uma pena você ter usado expressões tão fortes ao falar de Wickham com o sr. Darcy, porque agora elas parecem *mesmo* completamente indevidas.

– Com certeza. Mas essa desgraça de ter falado com amargura foi a consequência natural dos preconceitos que eu alimentei. Há um ponto no qual quero seu conselho. Quero que me diga se devo, ou não devo, alertar nossos conhecidos quanto ao caráter de Wickham.

A srta. Bennet silenciou por um instante e depois respondeu:

– Pode não haver motivos para expô-lo tanto. O que você acha?

– Que não deveria. O sr. Darcy não me autorizou a tornar público o que me contou. Pelo contrário, eu deveria, na medida do possível, guardar só para mim todos os detalhes relativos a Georgiana. E se eu tentar desacreditar o resto de sua conduta junto às pessoas, quem acreditará em mim? O preconceito geral contra o sr. Darcy é tão violento que, para a metade das pessoas de bem em Meryton, seria mortal tentar colocá-lo sob uma luz favorável. Isso não está ao meu alcance. Wickham logo irá embora, portanto interessará a ninguém daqui quem ele realmente é. Daqui a algum tempo tudo virá à tona e então poderemos rir da estupidez de todos por não terem descoberto antes. No momento, nada direi.

– Você está certa. Tornar públicos seus erros poderá arruiná-lo para sempre. Talvez ele agora esteja arrependido do que fez e ansioso para se emendar. Não podemos fazer com que se desespere.

O tumulto dos pensamentos de Elizabeth foi aplacado por essa conversa. Livrara-se de dois dos segredos que há uma quinzena lhe pesavam e tinha a certeza de encontrar em Jane uma ouvinte de boa vontade sempre que quisesse voltar a falar neles. Mas ainda havia algo oculto, cuja revelação era impedida pela prudência. Ela não ousava falar da outra metade da carta do sr. Darcy, nem explicar à irmã a sinceridade dos sentimentos de seu amigo. Eram informações que ninguém poderia partilhar; e ela tinha consciência de que nada menos do que um perfeito entendimento entre as partes poderia justificar que ela se libertasse daquele último ônus de mistério. "E então", pensou, "caso venha a acontecer esse fato tão improvável, repetirei apenas o que o próprio Bingley poderá dizer de forma muito mais agradável. O privilégio desse comunicado não pode ser meu até que tenha perdido todo o seu valor!"

Estava agora, instalada em casa, à vontade para observar o real estado de espírito da irmã. Jane não era feliz. Ainda sentia muita ternura por Bingley. Nunca antes se tendo sequer imaginado apaixonada, seu olhar tinha todo o calor do primeiro amor e, por sua idade e temperamento, mais firmeza do que em geral possuem as primeiras paixões; e com tanta intensidade valorizava a lembrança do rapaz e o preferia a qualquer outro homem que todo o seu bom-senso e todo o cuidado com os sentimentos dos amigos eram necessários para que não se entregasse àquela dor que poderia ser prejudicial à sua própria saúde e à tranquilidade alheia.

– Bem, Lizzy – disse a sra. Bennet um dia – qual é a sua opinião *atual* a respeito do triste caso de Jane? Por mim, estou decidida a nunca mais falar nisso com alguém. Foi o que eu disse à minha irmã Phillips outro dia. Mas não consigo descobrir se Jane o viu em Londres. Bem, ele é um rapaz muito pouco digno e não acredito que haja a menor chance no mundo de ela voltar a se encontrar com ele. Não há notícias de que ele venha a Netherfield no verão, e isso já perguntei a todos os que poderiam saber.

– Não acredito que ele volte a viver em Netherfield algum dia.

– Muito bem! Que seja como ele bem entender. Ninguém quer que ele venha. Mesmo assim, continuarei a dizer que ele tratou minha filha muitíssimo mal; e, se eu fosse ela, não fecharia os olhos. Bem, meu consolo é que tenho certeza de que Jane vai morrer de coração partido, e então ele se arrependerá do que fez.

Mas Elizabeth, como não via consolo em tal expectativa, não deu resposta.

– Bem, Lizzy – continuou a mãe, pouco depois –, então os Collins vivem com muito conforto, não vivem? Bem, bem, só espero que dure. E que tipo de comida servem? Não duvido de que Charlotte seja uma excelente administradora. Se ela tiver a metade da habilidade da mãe, está economizando bastante. Não há extravagância alguma no modo de vida *deles*, imagino.

– Não, absolutamente nada.

– Boa parte de uma boa administração depende disso. É, é. *Eles* tomarão cuidado para não gastar mais do que devem. *Eles* nunca terão problemas de dinheiro. Bem, que façam bom proveito! E, acredito, falam muito sobre tomarem posse de Longbourn quando seu pai morrer. Já a consideram sua propriedade, acho eu, aconteça o que acontecer.

– Eles nunca abordariam este assunto na minha frente.

– Não, seria estranho se abordassem; mas não tenho dúvidas de que falam sempre nisso entre eles. Bem, se eles se sentem bem com uma propriedade que não é oficialmente sua, tanto melhor. Eu me envergonharia de herdar algo que só fosse meu por uma cláusula testamentária.

Capítulo 41

Passou depressa a primeira semana depois da volta. Começou a segunda. Era a última da permanência do regimento em Meryton, e todas as moças das vizinhanças estavam desoladas. A tristeza era quase geral. Apenas as duas senhoritas Bennet mais velhas eram ainda capazes de comer, beber, dormir e manter o ritmo normal de seus afazeres. Inúmeras vezes foram censuradas por sua insensibilidade por Kitty e Lydia, cujo sofrimento era extremo e que não eram capazes de compreender que membros da família tivessem o coração tão duro.

– Santo Deus! O que vai ser de nós? O que faremos? – exclamavam ambas com frequência, na amargura da desgraça. – Como você pode estar sorrindo, Lizzy?

Sua mãe extremosa compartilhava de toda aquela dor; lembrava-se do quanto sofrera em ocasião semelhante, 25 anos antes.

– Tenho certeza – disse ela –, chorei dois dias inteiros quando o regimento do coronel Miller partiu. Achei que meu coração estava despedaçado.

– Tenho certeza de que o *meu* está – disse Lydia.

– Se ao menos pudéssemos ir a Brighton!

– Ah, é! Se ao menos pudéssemos ir a Brighton! Mas papai é tão desagradável!

– Alguns banhos de mar me curariam para sempre.

– E minha tia Phillips tem certeza de que a *mim* fariam muito bem – acrescentou Kitty.

Assim eram as reclamações ecoando todo o tempo na Mansão Longbourn. Elizabeth tentou se divertir com elas, mas qualquer sentimento de prazer perdia-se diante da vergonha. Percebia uma vez mais a justiça das objeções do sr. Darcy; e nunca esteve tão disposta a perdoar sua interferência nos planos do amigo.

Mas as nuvens negras sobre os planos de Lydia foram logo dissipadas pelo convite que recebeu da sra. Forster, a esposa do coronel do regimento, para acompanhá-la a

Brighton. Essa inestimável amiga era uma mulher muito jovem e casada há pouquíssimo tempo. A semelhança de seu temperamento alegre e bem-humorado as atraíra e, *dois* meses depois de se terem conhecido há *três*, eram amigas íntimas.

O deslumbramento de Lydia nessa ocasião, sua adoração pela sra. Forster, a alegria da sra. Bennet e a mortificação de Kitty eram quase indescritíveis. Absolutamente indiferente aos sentimentos da irmã, Lydia andava pela casa em agitado êxtase, pedindo parabéns a todos e rindo e falando ainda mais alto do que de hábito, enquanto a desventurada Kitty continuava na saleta, queixando-se da sorte em termos tão irracionais quanto o mau humor que a consumia.

– Não sei por que a sra. Forster não *me* convidou junto com Lydia – dizia ela –, mesmo que eu *não* seja sua amiga íntima. Tenho tanto direito quanto ela de ser convidada, ainda mais porque sou dois anos mais velha.

Em vão tentou Elizabeth incutir-lhe um pouco de sensatez, e Jane alguma resignação. Na própria Elizabeth, aquele convite estava longe de despertar os mesmos sentimentos que na mãe e em Lydia, pois o considerava a sentença de morte para qualquer possibilidade de bom-senso para a irmã. E, por mais detestável que tal passo, se descoberto, pudesse torná-la, não pôde deixar de em segredo aconselhar o pai a não deixá-la ir. Expôs a ele toda a impropriedade do comportamento habitual de Lydia, a pouca vantagem que ela poderia obter daquela amizade com uma mulher como a sra. Forster e a probabilidade de que ela fosse ainda mais imprudente com aquele tipo de companhia em Brighton, onde as tentações seriam maiores do que em casa. Ele a ouviu atentamente e disse então:

– Lydia nunca ficará bem até que faça algum papel triste em público, e não podemos esperar que isso aconteça com menor dano ou inconveniência para a família como nas atuais circunstâncias.

– Se o senhor soubesse – disse Elizabeth – das enormes desvantagens para todos nós que podem resultar da opinião pública quanto aos modos imprudentes e indiscretos de

Lydia... que já resultaram, tenho certeza de que o senhor pensaria de outro modo.

– Já resultaram? – repetiu o sr. Bennet. – O quê? Ela já afugentou alguns dos seus namorados? Pobre Lizzy! Mas não se deixe abater. Esses rapazes delicados a ponto de não suportarem a proximidade de algumas bobagens não valem a pena. Venha, deixe-me ver a lista dos pobres coitados que foram afastados pela insensatez de Lydia.

– O senhor me entendeu mal. Não sofri esse tipo de perda. Não me queixo de um prejuízo específico, e sim de um dano geral. Nossa reputação, nossa respeitabilidade perante a sociedade pode ser afetada por essa volubilidade selvagem, pela arrogância e pelo desprezo a quaisquer limites que são a marca do caráter de Lydia. Desculpe-me, mas preciso falar claro. Se o senhor, meu caro pai, não se der ao trabalho de refrear os modos exuberantes de minha irmã e ensiná-la que seus interesses atuais não são o objetivo de sua vida, ela logo estará fora de controle. Seu caráter estará formado e ela será, aos dezesseis anos, a mais incorrigível namoradeira que já cobriu de ridículo ela mesma e toda a família; uma namoradeira também no pior e mais baixo sentido do termo, sem qualquer outro atrativo além de juventude e razoável aparência; e, pela ignorância e futilidade de seus pensamentos, totalmente incapaz de evitar o desrespeito geral provocado por sua ânsia de admiração. E Kitty corre o mesmo risco. Ela seguirá o caminho ditado por Lydia. Inútil, ignorante, vazia e absolutamente descontrolada! Ah!, meu querido pai, o senhor acha possível que não sejam censuradas e desprezadas onde quer que seja, e que suas irmãs também não sejam, na maioria das vezes, atingidas por essa desgraça?

O sr. Bennet viu que ela falava de todo o coração e, segurando-lhe a mão com carinho, respondeu:

– Não se preocupe, meu bem. Onde quer que você e Jane se apresentem, serão respeitadas e apreciadas; e não parecerão ter menos valor por ter duas, ou talvez eu deva dizer três, irmãs muito tolas. Não teremos paz em Longbourn se Lydia não for a Brighton. Deixe-a ir. O coronel Forster é um homem sensato e irá mantê-la afastada de qualquer perigo real; e ela é, felizmente, pobre demais para ser objeto de cobiça de alguém. Em Brighton, ela terá menos importância, mesmo com fama de namoradeira, do que aqui. Os oficiais encontrarão mulheres bem mais dignas de atenção. Esperemos, portanto, que sua estada lá possa lhe mostrar sua própria insignificância. De qualquer maneira, ela não pode fazer coisas muito piores sem nos autorizar a trancá-la em casa pelo resto da vida.

Diante dessa resposta, Elizabeth foi obrigada a se conformar; mas sua opinião continuou a mesma e ela se afastou do pai, desapontada e triste. Não era do seu feitio, entretanto, remoer sofrimentos e com isso aumentá-los. Tinha a certeza de ter cumprido seu dever e angustiar-se diante de males inevitáveis ou aumentá-los pela ansiedade não eram características suas.

Tivessem Lydia e a mãe conhecimento do teor de sua conversa com o pai, a inconstância de ambas não seria bastante para expressar sua indignação. Na imaginação de Lydia, uma ida a Brighton representava toda a possibilidade de felicidade terrena. Ela via, com o olhar criativo da fantasia, as ruas daquele alegre balneário cobertas de oficiais. Via a si mesma como objeto da atenção de dez ou vinte deles, até então desconhecidos. Via todas as glórias do acampamento, as barracas armadas em belas e regulares fileiras, repletas de rapazes alegres, num resplandecente escarlate; e, para completar a imagem, via-se sentada numa das barracas, flertando ternamente com pelo menos seis oficiais de uma só vez.

Tivesse ela sabido que sua irmã pretendia arrancá-la de tais visões e de tais realidades, como teria se sentido? A única capaz de compreendê-la seria a mãe, que teria quase a mesma reação. A ida de Lydia a Brighton era só o que a consolava da melancólica convicção de que o marido nunca pretendera ir.

Mas não tinham qualquer conhecimento do que se passara, e ambas continuaram em êxtase, com pequenas interrupções, até o dia marcado para a viagem de Lydia.

Elizabeth deveria então ver o sr. Wickham pela última vez. Tendo-o encontrado diversas vezes desde que voltara, suas emoções estavam sob controle, e qualquer agitação devida a antigas preferências totalmente superada. Aprendera até mesmo a detectar, nas mesmas gentilezas que antes a deliciavam, uma afetação e uma mesmice repugnantes e tediosas. Em seu comportamento atual em relação a ela, ademais, havia uma nova fonte de desagrado, pois o interesse, logo manifestado, em renovar as intenções que haviam marcado a primeira fase de suas relações serviam apenas, depois de tudo o que acontecera, para irritá-la. Ela perdeu qualquer consideração por ele ao se ver assim escolhida como o objeto de tão fútil e frívola galanteria; e, ao mesmo tempo que o repelia, não podia deixar de sentir nele a censura contida na certeza de que, não importando o tempo nem as causas de terem sido suas atenções desviadas, ela deveria se sentir envaidecida e ter seu interesse renovado a qualquer momento em que fossem renovadas.

No último dia da permanência do regimento em Meryton, ele jantou, com outro oficial, em Longbourn; e tão pouco disposta estava Elizabeth a se despedir dele de bom humor que, diante de alguma pergunta sobre como ela havia passado o tempo em Hunsford, mencionou terem o coronel Fitzwilliam e o sr. Darcy passado três semanas em Rosings e lhe perguntou se ele conhecia o primeiro.

Ele pareceu surpreso, aborrecido, alarmado; mas logo se refazendo e com o sorriso de volta aos lábios, respondeu que outrora o via com frequência; e, depois de observar que se tratava de um cavalheiro muito fino, perguntou-lhe o que achara dele. A resposta foi dada com entusiasmo e simpatia. Com ar indiferente, ele logo depois acrescentou:

– Por quanto tempo disse que ele ficou em Rosings?

– Quase três semanas.

– E o viu com frequência?

– Quase todos os dias.

– Suas maneiras são bem diferentes das do primo.

– São, sim, muito diferentes. Mas acho que o sr. Darcy ganha bastante à medida que o conhecemos melhor.

– Não diga! – exclamou o sr. Wickham com um olhar que não lhe escapou. – E, por favor, posso perguntar...?

Mas, controlando-se, acrescentou com expressão mais divertida:

– Será na maneira de falar que ele ganha? Terá ele se dignado a acrescentar alguma cortesia ao seu estilo habitual? Pois não ouso esperar – continuou, num tom mais baixo e mais sério – que ele tenha melhorado em essência.

– Oh! Não! – disse Elizabeth. – Em essência, creio eu, ele é exatamente o que sempre foi.

Enquanto ela falava, Wickham parecia não saber bem se era o caso de se alegrar com suas palavras ou desconfiar de seu significado. Havia algo na expressão dela que o fez ouvir com atenção intrigada e ansiosa quando ela acrescentou:

– Quando eu disse que o sr. Darcy ganha à medida que o conhecemos melhor, não quis dizer que sua mente ou maneiras estejam melhores, e sim que, conhecendo-o melhor, compreendemos melhor seu caráter.

O alarme de Wickham era agora evidente na pele ruborizada e no olhar agitado; por alguns minutos ele ficou em silêncio até que, vencendo seu embaraço, voltou-se outra vez para ela e disse no mais gentil dos tons:

– A senhorita, que tão bem conhece meus sentimentos em relação ao sr. Darcy, logo compreenderá quão sinceramente devo me rejubilar que ele seja sensato o bastante para chegar a assumir a *aparência* do que é correto. Seu orgulho, nesse sentido, pode ser útil, se não a ele, a muitos outros, pois só pode evitar que se conduza com tanta perfídia como agiu comigo. Só receio que tais precauções às quais, imagino, a senhorita aludiu, sejam apenas adotadas em suas visitas à tia, cujo bom conceito e julgamento ele muito teme. Sei que o medo que ele tem dela sempre se manifesta quando estão juntos; e boa parte dele deve ser imputada ao seu desejo de não comprometer sua união com a srta. De Bourgh, o que, tenho certeza, ele leva muito a sério.

Diante disso, Elizabeth não conseguiu disfarçar um sorriso, mas respondeu apenas com uma leve inclinação de cabeça. Percebia que ele desejava arrastá-la para o antigo assunto de suas queixas e não estava disposta a compactuar. O resto da noite transcorreu, para ele, com a *aparência* de sua habitual animação, mas sem novas tentativas de dar especial atenção a Elizabeth; e despediram-se afinal com mútua cortesia e talvez um desejo mútuo de nunca mais se encontrarem.

Quando o grupo se desfez, Lydia seguiu com a sra. Forster para Meryton, de onde deveriam partir cedo na manhã seguinte. A separação entre ela e a família foi mais barulhenta do que emocionada. Kitty foi a única que derramou lágrimas, mas chorava de raiva e inveja. A sra. Bennet foi profusa em votos de felicidades para a filha e eloquente em sua insistência para que não perdesse qualquer oportunidade de se divertir ao máximo, conselho que, tudo levava a crer, seria seguido à risca. E, na ruidosa felicidade da própria Lydia ao se despedir, os adeuses mais gentis de suas irmãs foram expressos sem serem ouvidos.

Capítulo 42

Fossem todas as opiniões de Elizabeth formadas a partir de sua própria família, sua ideia de felicidade conjugal ou conforto doméstico não seria das mais agradáveis. O pai, cativado pela juventude, pela beleza e por aquela aparência de bom humor que em geral acompanha a juventude e a beleza, casara-se com uma mulher cuja pouca inteligência e espírito intolerante em pouco tempo destruíram todo o afeto que sentira por ela. Respeito, estima e confiança desapareceram para sempre, e toda esperança de felicidade doméstica foi abandonada. Mas o sr. Bennet não tinha propensão para buscar conforto para o desapontamento causado por sua própria imprudência em nenhum daqueles prazeres que tantas vezes consolam os desafortunados por sua loucura ou devassidão. Ele gostava do campo e de livros; e dessas preferências brotaram suas maiores alegrias. À esposa, ao contrário, pouco devia, além da diversão provocada pela ignorância e pela loucura. Não é esse o tipo de felicidade que, em geral, um homem deseja atribuir à própria mulher; mas, onde se fizer sentir a falta de outras possibilidades de prazer, o verdadeiro filósofo extrairá benefícios do que se apresentar.

Elizabeth, entretanto, nunca fora cega à impropriedade do comportamento do pai enquanto marido. Sempre sofreu com isso, mas, respeitando suas qualidades e grata pelo afetuoso tratamento que ele lhe dispensava, tentava esquecer o que não podia deixar de perceber e afastar do pensamento a contínua transgressão das obrigações conjugais e a falta de decoro que, por expor a mulher ao desprezo de suas próprias filhas, era tão altamente condenável. Mas nunca antes sentira tanto como agora as desvantagens que podem atingir os filhos de um casamento tão inadequado, nem tivera tanta consciência dos males originados por tão imprudente condução de habilidades; habilidades que, bem usadas, poderiam ter ao menos preservado a respeitabilidade de suas filhas, mesmo se incapazes de ampliar a mentalidade da esposa.

Tendo Elizabeth se alegrado com a partida de Wickham, poucas outras razões de satisfação se deveram à perda do regimento. As festas em casas de amigos eram menos variadas do que antes e, em casa, havia a mãe e a irmã, cujos constantes resmungos contra o tédio em relação a tudo o que as rodeava projetavam uma verdadeira sombra sobre o círculo familiar; e, embora Kitty pudesse, com o tempo, recuperar seu natural bom-senso, já que as causas de perturbação do seu cérebro haviam sido removidas, sua outra irmã, cujo temperamento fazia recear grandes males, arriscava-se a ter sua insensatez e arrogância alimentadas pelas circunstâncias duplamente perigosas de um balneário e um acampamento. De modo geral, portanto, ela descobriu o que já foi algumas vezes descoberto: que um fato esperado com impaciente ansiedade não trazia, ao acontecer, toda a satisfação que ela mesma se prometera. Era preciso, portanto, marcar alguma outra época para o início da verdadeira felicidade... ter algum outro ponto no qual poderiam se apoiar seus desejos e esperanças e, outra vez gozando do prazer da antecipação, consolar-se do presente e preparar-se para outra decepção. A viagem aos Lagos era agora o objeto de seus pensamentos mais felizes; era o melhor consolo para todas as horas desconfortáveis que o descontentamento da mãe e de Kitty tornavam inevitáveis; e, se pudesse incluir Jane em seus planos, tudo seria perfeito.

"Mas é uma sorte", pensou ela, "que eu tenha alguma coisa para desejar. Se tudo estivesse perfeito, meu desapontamento estaria garantido. Mas assim, levando comigo uma incessante fonte de tristeza pela ausência de minha irmã, posso razoavelmente esperar ver realizadas todas as minhas expectativas de prazer. Um esquema em que todas as partes prometem delícias nunca pode ser bem-sucedido; e a decepção geral só pode ser evitada pela existência de pequenas contrariedades."

Quando Lydia partiu, prometeu escrever muitas vezes e com muitos detalhes para a mãe e para Kitty; mas as cartas, sempre muito curtas, sempre se faziam esperar. As que se destinavam à mãe pouco diziam além de terem acabado de voltar da biblioteca, onde tais e tais oficiais estavam à espera e onde ela vira enfeites tão bonitos que quase enlouquecera; que tinha um vestido novo, ou uma nova sombrinha, que descreveria melhor, mas era obrigada a sair com muita pressa, pois a sra. Forster a estava chamando e as duas iam para o acampamento; e da correspondência com a irmã, havia ainda menos a ser aproveitado... pois as cartas para Kitty, embora mais longas, continham entrelinhas demais para serem tornadas públicas.

Depois da primeira quinzena, ou de três semanas de sua ausência, a saúde, o bom humor e a animação começaram a reaparecer em Longbourn. Tudo tinha um ar mais feliz. As famílias que tinham ido passar o inverno na cidade estavam de volta e começavam a surgir os trajes e os compromissos de verão. A sra. Bennet voltara à habitual serenidade rabugenta e, em meados de junho, Kitty estava recuperada a ponto de poder entrar em Meryton sem lágrimas, acontecimento tão promissor que fez Elizabeth esperar que no Natal seguinte ela poderia ser toleravelmente razoável para não mencionar o nome de um oficial mais de uma vez por dia, a não ser que, por alguma cruel e maldosa determinação do Departamento de Guerra, outro regimento fosse alojado em Meryton.

O dia marcado para a viagem ao Norte aproximava-se depressa, e faltava apenas uma quinzena para o início quando chegou uma carta da sra. Gardiner, ao mesmo tempo adiando o passeio e encurtando sua duração. Os negócios do sr. Gardiner o impediam de se ausentar por mais duas semanas, até julho, e ele precisaria estar de volta a Londres um mês depois; e, como esse período era curto demais para irem tão longe e visitar todos os lugares que se tinham proposto, ou pelo menos visitar com a liberdade e o conforto que planejaram, eram obrigados a desistir dos Lagos e substituir a viagem por uma mais curta; assim, de acordo com o plano atual, não deveriam ir além de Derbyshire. Naquele condado havia atrações suficientes para preencher a maior parte das três semanas; e, para a sra. Gardiner, um atrativo especial. A cidade onde ela passara alguns anos de sua vida e onde agora deveriam passar alguns dias era provavelmente um objeto de curiosidade tão grande quanto todas as famosas belezas de Matlock, Chatsworth, Dovedale ou o Peak.

Elizabeth ficou desapontada demais; tinha preparado seu coração para ver os Lagos e ainda pensava que poderia haver tempo suficiente. Mas era do seu feitio se conformar... e com certeza do seu temperamento ser feliz; e logo tudo estava certo outra vez.

À menção a Derbyshire havia muitos pensamentos conectados. Era impossível ver a palavra sem pensar em Pemberley e em seu proprietário. "Mas com certeza", pensou, "posso entrar em seu condado impunemente e roubar alguns mastros petrificados sem ser percebida."

O período de expectativa havia sido duplicado. Quatro semanas deveriam se passar antes da chegada dos tios. Mas elas passaram, e o sr. e a sra. Gardiner, com seus quatro filhos, apareceram afinal em Longbourn. As crianças, duas meninas de seis e oito anos e dois meninos menores, seriam deixados aos especiais cuidados da prima Jane, que era a favorita de todos e cujo bom-senso e temperamento doce tornavam ideal para se ocupar deles em todos os sentidos, estudar com eles, brincar com eles e amá-los.

Os Gardiner dormiram apenas uma noite em Longbourn e partiram na manhã seguinte com Elizabeth, em busca de novidade e diversão. Um prazer era garantido, o de serem companheiros adequados; uma adequação que envolvia saúde e bom humor para superar inconveniências, entusiasmo para tornar maiores os prazeres, e afeto e inteligência que os consolariam caso surgissem decepções.

Não é o objetivo desta obra fazer uma descrição de Derbyshire, nem de qualquer dos lugares famosos pelos quais passariam; Oxford, Blenheim, Warwick, Kenilworth, Birmingham e outros são suficientemente conhecidos. Uma pequena parte de Derbyshire é tudo o que interessa no momento. Depois de apreciarem todas as principais maravilhas da região, encaminharam-se os três para a cidadezinha de Lambton, cenário da antiga residência da sra. Gardiner e onde há pouco soubera viverem ainda alguns conhecidos; e Elizabeth foi informada pela tia de que Pemberley se situava a cinco milhas de Lambton. Não ficava em seu caminho, mas não precisariam se desviar mais do que uma ou duas milhas. Conversando sobre o trajeto na noite anterior, a sra. Gardiner expressou o desejo de rever o local. O sr. Gardiner se declarou a favor, e a aprovação de Elizabeth foi solicitada.

– Meu amor, você não gostaria de conhecer um lugar do qual já ouviu falar tanto? – disse a tia. – Um lugar ao qual, também, tantos conhecidos seus estão ligados? Wickham passou toda a juventude lá, você sabe.

Elizabeth ficou desolada. Sentia que não tinha o que fazer em Pemberley e foi obrigada a confessar sua relutância em ir. Precisou admitir que estava cansada de ver grandes mansões; depois de ter ido a tantas, belos tapetes e cortinas de cetim realmente não lhe davam prazer algum.

A sra. Gardiner declarou que ela dizia bobagens.

– Se fosse apenas uma bela casa ricamente mobiliada – disse –, eu mesma não me interessaria em ir; mas as terras são maravilhosas. Eles têm alguns dos mais belos bosques do país.

Elizabeth nada mais disse... mas sua alma não conseguiu concordar. A possibilidade de encontrar Darcy, ao visitar o lugar, ocorreu-lhe no mesmo instante. Seria terrível! Enrubesceu só de pensar e achou que seria melhor falar francamente com a tia do que correr tal risco. Mas contra isso via inconvenientes e ela afinal decidiu que aquele seria seu último recurso, caso suas investigações particulares quanto à ausência da família recebessem respostas desfavoráveis.

Assim pensando, ao se recolher à noite, perguntou à camareira se Pemberley não seria um lugar muito bonito, qual o nome do proprietário e, não sem algum pânico, se a família lá estava passando o verão. Uma mais que bem-vinda resposta negativa foi dada à última pergunta e, agora sem preocupações, ela ficou à vontade para alimentar uma enorme curiosidade de conhecer a casa; e, quando o assunto foi retomado na manhã seguinte e ela mais uma vez consultada, pôde responder prontamente e com o adequado ar de indiferença que realmente não fazia objeções. Para Pemberley, portanto, deveriam seguir.

Capítulo 43

Elizabeth, no caminho, aguardava com alguma perturbação a primeira visão dos Bosques Pemberley; e, quando afinal passaram pela guarita, seu alvoroço era enorme.

O parque era muito amplo e continha grande variedade de terras. Eles entraram por um dos pontos mais baixos e seguiram por algum tempo por uma bela mata que ocupava grande extensão do terreno.

A mente de Elizabeth estava ocupada demais para lhe permitir conversar, mas ela viu e admirou todos os esplêndidos recantos e paisagens. Subiram devagar uma ladeira de meia milha e viram-se então no alto de um amplo platô, onde terminava a mata, e de onde o olhar era no mesmo instante atraído pela Mansão Pemberley, situada do lado oposto a um vale em cuja direção a estrada dobrava um tanto abruptamente. Tratava-se de uma grande e bela construção em pedra, destacando-se num outeiro e tendo ao fundo as encostas de altas colinas arborizadas; e, à sua frente, um arroio não muito caudaloso se avolumava, sem com isso ganhar qualquer aparência artificial. Suas margens não eram regulares nem falsamente enfeitadas. Elizabeth estava maravilhada. Nunca vira um lugar em que a natureza fosse mais generosa, ou onde a beleza natural tivesse sido tão pouco alterada por alguma ideia inconveniente. Estavam todos embevecidos; e naquele momento ela percebeu o que significaria ser a senhora de Pemberley!

Desceram a colina, atravessaram a ponte e se encaminharam para a porta; e, enquanto examinavam mais de perto a casa, Elizabeth sentiu reviver todo o receio de encontrar seu dono. Apavorava-se com a ideia de que a camareira estivesse enganada. Ao pedir permissão para visitar o local, foram admitidos no vestíbulo; e, à espera da governanta, ela teve tempo de se perguntar o que fazia ali.

A governanta se apresentou; uma senhora de certa idade e aspecto respeitável, muito menos atraente e mais cortês do que ela a imaginaria. Seguiram-na à sala de refeições. Era um cômodo grande e bem proporcionado, belamente mobiliado. Elizabeth, depois de passar os olhos pela peça, foi a uma das janelas apreciar a vista. A colina, coberta pelo bosque por onde haviam descido, tornada mais abrupta pela distância, era um belo espetáculo. Toda a disposição do terreno era bela, e ela examinou deliciada toda a paisagem, o rio, as árvores semeadas pelas encostas e as curvas do vale, até onde o olhar alcançava. À medida que passavam a outras salas, as peças do cenário mudavam de posição, mas de todas as janelas havia belezas a serem apreciadas. Os cômodos eram impressionantes e belos e a mobília adequada à fortuna do proprietário; mas Elizabeth observou, admirando seu bom gosto, que nada era extravagante ou excessivo; havia ali menos fausto e mais elegância do que no mobiliário de Rosings.

"E deste lugar", pensou ela, "eu poderia ter sido dona! Com estas salas eu poderia estar agora familiarizada! Em vez de visitá-las como uma estranha, eu poderia me alegrar por serem meus e neles receber, como visitas, meu tio e minha tia. Mas não", refletiu, "isto não aconteceria; meus tios estariam perdidos para mim; eu não teria permissão para convidá-los."

Foi uma reflexão oportuna... salvou-a de algo muito parecido com remorso.

Ela ansiava por perguntar à governanta se o patrão estava mesmo ausente, mas não tinha coragem. A pergunta, porém, foi depois feita pelo tio; e ela se voltou, assustada, quando a sra. Reynolds respondeu que sim, acrescentando:

– Mas estamos à espera dele para amanhã, com um grande grupo de amigos.

Qual não foi o alívio de Elizabeth por não ter sua viagem sido adiada!

A tia chamou-a para olhar um quadro. Ela se aproximou e viu o retrato do sr. Wickham, pendurado, entre várias outras miniaturas, acima da lareira. A tia perguntou, sorrindo, o que achava da pintura. A governanta se aproximou e lhes disse que era um retrato de um jovem, filho do administrador de seu falecido patrão, de cuja criação se havia encarregado.

– Ele agora entrou para o Exército – acrescentou –, mas receio que se tenha tornado rebelde demais.

A sra. Gardiner olhou para a sobrinha com um sorriso, mas Elizabeth não teve como retribuir.

– E este – disse a sra. Reynolds mostrando outra miniatura – é o meu patrão... e lhe faz justiça. Foi pintado na mesma ocasião... há cerca de oito anos.

– Ouvi falar muito sobre a distinção de seu patrão – disse a sra. Gardiner, olhando para o retrato –, é um belo rosto. Mas, Lizzy, você pode nos dizer se está ou não parecido.

O respeito da sra. Reynolds por Elizabeth pareceu aumentar com a menção de que ela conhecia o patrão.

– Esta jovem conhece o sr. Darcy?

Elizabeth enrubesceu e disse:

– Um pouco.

– E não o considera um cavalheiro muito atraente, minha senhora?

– Sim, muito atraente.

– Tenho a certeza de que não conheço ninguém tão atraente; mas na galeria do andar superior as senhoras verão um quadro melhor e maior. Esta sala era a sala favorita do meu falecido patrão, e estas miniaturas estão exatamente como costumavam estar. Ele gostava muito delas.

Isso deu a Elizabeth o porquê do retrato do sr. Wickham entre elas.

A sra. Reynolds chamou-lhes então a atenção para o da srta. Darcy, pintado quando ela estava com oito anos.

– E a srta. Darcy é tão bela quanto o irmão? – perguntou a sra. Gardiner.

– Ah! É sim! A jovenzinha mais bela que jamais se viu; e tão prendada! Ela toca e canta o dia todo. Na próxima sala há um novo instrumento que acabou de chegar para ela, um presente do meu patrão; ela virá com ele amanhã.

A sra. Gardiner, cujas maneiras eram muito delicadas e agradáveis, encorajava a conversa com perguntas e observações; a sra. Reynolds, tanto por orgulho quanto por afeição, tinha evidentemente muito prazer em falar do patrão e da irmã...

– Seu patrão passa muito tempo em Pemberley durante o ano?

– Não tanto quanto eu gostaria, senhor; mas posso dizer que passa metade do seu tempo em casa; e a srta. Darcy sempre está aqui nos meses de verão.

"A não ser", pensou Elizabeth, "quando vai para Ramsgate."

– Se seu patrão se casasse, a senhora o veria mais.

– Sim, senhor; mas não sei quando *isso* acontecerá. Não conheço ninguém que o mereça.

O sr. e a sra. Gardiner sorriram. Elizabeth não conseguiu se impedir de dizer:

– O mérito é todo dele, estou certa, se a senhora pensa assim.

– Não digo mais do que a verdade, e todos que o conhecem dirão o mesmo – retrucou a outra.

Elizabeth pensou que aquilo era ir longe demais; e ouviu com crescente perplexidade a governanta acrescentar:

– Nunca, em toda a vida, ouvi dele uma palavra agressiva. E eu o conheço desde que ele tinha quatro anos de idade.

Esse elogio, de todos o mais extraordinário, era o mais contrário à ideia que fazia. Que ele não era um homem bem-humorado havia sido sua opinião mais firme. Toda a sua atenção foi despertada; queria ouvir mais e foi grata ao tio por dizer:

– Há muito pouca gente de quem se possa dizer tal coisa. A senhora tem muita sorte por ter tal patrão.

– Sim, senhor, sei que tenho. Se eu desse a volta ao mundo, não encontraria melhor. Mas sempre observei que aqueles que têm boa índole quando crianças também a têm quando adultos; e ele sempre foi o menino mais amável e bondoso do mundo.

Elizabeth quase não conseguiu deixar de encará-la. "Pode ser o mesmo sr. Darcy?", pensou.

– Seu pai era um excelente homem – disse a sra. Gardiner.

– Era sim, senhora, era mesmo; e seu filho será exatamente como ele... tão bom para os pobres quanto o pai.

Elizabeth ouvia, surpreendia-se, duvidava e queria mais. A sra. Reynolds não conseguiu interessá-la por qualquer outro assunto. Ela descreveu os motivos dos quadros, as dimensões dos quartos e o preço da mobília, tudo em vão. A sra. Gardiner, muitíssimo divertida com a parcialidade familiar à qual atribuía aqueles excessivos elogios ao patrão, logo voltou ao assunto; e a outra continuou a enumerar com veemência seus muitos méritos enquanto todos subiam a grande escadaria.

– Ele é o melhor dos senhores de terras e o melhor dos patrões – disse ela – que já existiram; não como os jovens rebeldes de hoje, que só pensam em si mesmos. Não há um só de seus colonos ou criados que não se refira a ele em bons termos. Algumas pessoas dizem que ele é orgulhoso; mas tenho certeza que nunca vi nada disso. Na minha opinião, isso é só porque ele não é falastrão como outros rapazes.

"Sob que luz favorável ela o coloca!", pensou Elizabeth.

– Essa bela descrição dele – cochichou sua tia enquanto andavam – não é muito consistente com seu comportamento em relação ao nosso pobre amigo.

– Talvez estejamos enganadas.

– Não é muito provável; nossa fonte era muito boa.

Ao chegarem ao espaçoso saguão superior, lhes foi mostrada uma graciosa sala de estar, recentemente decorada com mais elegância e leveza do que os aposentos do andar de baixo; e foram informados de que a peça acabava de ser preparada para dar prazer à srta. Darcy, que se encantara com a sala em sua última estada em Pemberley.

– Ele é sem dúvida um bom irmão – disse Elizabeth enquanto se dirigia a uma das janelas.

A sra. Reynolds antecipava o prazer da srta. Darcy ao entrar naquele cômodo.

– E ele é sempre assim – acrescentou. – O que quer que possa dar algum prazer à irmã é preparado num instante. Não há o que ele não faça por ela.

A galeria de quadros e dois ou três dos quartos principais eram tudo o que restava a ser visto. Na primeira havia excelentes pinturas; mas Elizabeth nada conhecia de arte; e das que havia para ver no andar de baixo ela de bom grado se afastara para examinar alguns desenhos da srta. Darcy, a crayon, cujos temas eram em geral mais interessantes e também mais compreensíveis.

Na galeria havia muitos retratos de família, mas pouco interesse tinham para prender a atenção de um estranho. Elizabeth andava, à procura do único rosto cujos traços lhe seriam conhecidos. Afinal um deles a fez parar e ela contemplou aquela extraordinária semelhança com o sr. Darcy, trazendo no rosto um sorriso como ela se lembrava de ter às vezes visto quando ele a olhava. Ficou por muitos minutos parada diante do quadro, em profunda contemplação, e voltou a ele antes de deixarem a galeria. A sra. Reynolds informou que fora pintado quando o pai ainda vivia.

Brotou sem dúvida naquele momento, no espírito de Elizabeth, um sentimento mais gentil em relação ao original do que jamais sentira durante todo o tempo em que o tinha conhecido. Os louvores a ele feitos pela sra. Reynolds nada tinham de triviais. Que elogio é mais valioso do que o elogio de um criado inteligente? Como irmão, proprietário, patrão, considerou ela, de quantas pessoas era ele o guardião da felicidade! Quanto prazer ou dor estava em suas mãos proporcionar! Quanto bem ou quanto mal poderia ser feito por ele! Todas as informações fornecidas pela governanta eram favoráveis ao seu caráter; e, enquanto estava diante da tela no qual ele era representado e que fazia seus olhos a fitarem, ela pensou naquele olhar com um profundo sentimento de gratidão que nunca antes se manifestara; lembrou-se do seu ardor e abrandou a impropriedade de suas expressões.

Quando foram vistas todas as partes da casa abertas à visitação pública, desceram a escadaria e, despedindo-se da governanta, foram entregues ao jardineiro, que os encontrou à porta do saguão.

Enquanto caminhavam pela alameda que seguia até o rio, Elizabeth se virou para olhar mais uma vez a mansão;

o tio e a tia pararam também e, enquanto o primeiro fazia conjecturas quanto à data da construção, o proprietário em pessoa surgiu de repente, vindo do caminho que, atrás da casa, levava às estrebarias.

Havia cerca de vinte jardas de distância entre eles, e tão repentino foi seu aparecimento que foi impossível evitar que os visse. Seus olhos se encontraram no mesmo instante e o rosto de ambos foi coberto pelo mais intenso rubor. Ele teve um evidente sobressalto e por um momento pareceu imobilizado com a surpresa; mas logo se recuperando adiantou-se até o grupo e falou com Elizabeth, se não em termos de total desenvoltura, ao menos com perfeita cortesia.

Ela se afastara instintivamente; mas, parando ao vê-lo se aproximar, recebeu seus cumprimentos com indisfarçável embaraço. Tivesse sido seu aparecimento, ou sua semelhança com o retrato que há pouco examinavam, insuficiente para assegurar aos outros dois que agora viam o sr. Darcy em pessoa, a expressão de surpresa do jardineiro ao ver o patrão lhes teria dito de quem se tratava. Mantiveram-se um pouco à parte enquanto ele falava com sua sobrinha que, perplexa e confusa, mal ousava levantar os olhos para o rosto dele e não sabia que resposta dar às educadas perguntas a respeito de sua família. Perturbada pela mudança de atitude dele desde que se tinham despedido, cada frase que ele pronunciava aumentava seu constrangimento; e voltando-lhe à mente a ideia de quão impróprio era ela ser vista ali, os poucos minutos que se seguiram foram dos mais desconfortáveis de sua vida. Também ele não parecia muito mais à vontade; quando falou, seu tom nada tinha de sua habitual seriedade; e ele repetia as perguntas sobre o dia em que ela saiu de Longbourn e sobre sua estada em Derbyshire, tantas vezes e de um modo tão apressado, que era evidente a agitação de seus pensamentos.

Afinal, todas as ideias pareceram abandoná-lo e, depois de alguns minutos diante dela sem dizer uma palavra, ele de repente se recompôs e se despediu.

Os outros então se aproximaram dela e expressaram sua admiração pela aparência do rapaz, mas Elizabeth nada ouvia e, totalmente absorta em seus próprios sentimentos, seguiu-os em silêncio. Estava arrasada de vergonha e constrangimento. Ter ido lá fora a coisa mais importuna, a mais imprudente do mundo! Como deve ter parecido estranho a ele! Sob que luz degradante a veria um homem tão vaidoso! Devia parecer como se ela, de propósito, se colocasse outra vez em seu caminho! Oh! Por que viera? Ou por que veio ele um dia antes do que era esperado? Tivessem saído apenas dez minutos antes e estariam fora do alcance de seus olhos; pois era evidente que chegara naquele momento... que descera naquele momento do cavalo ou da carruagem. Ruborizou-se inúmeras vezes, pelo absurdo do encontro. E o comportamento dele, tão visivelmente alterado... o que poderia significar? O simples fato de falar com ela era surpreendente! Mas falar com tanta cortesia, perguntar pela família! Nunca na vida ela vira nele tanta falta de solenidade em seus gestos, nunca ele lhe tinha falado com tanta gentileza como naquele encontro inesperado. Que contraste com suas últimas palavras no parque, em Rosings, quando lhe pôs a carta nas mãos! Não sabia o que pensar, ou como explicar.

Acabavam de entrar num belo caminho à beira d'água e cada passo os levava para mais perto de um declive de terreno mais aprazível, ou de uma vista mais esplêndida dos bosques dos quais se aproximavam; mas foi preciso algum tempo para que Elizabeth percebesse alguma coisa; e, mesmo respondendo maquinalmente aos repetidos apelos de seus tios e parecendo voltar os olhos para alguns objetos que lhe indicavam, nada distinguia da paisagem. Todos os seus pensamentos estavam fixos naquele ponto da Mansão Pemberley, fosse qual fosse, onde se encontrava agora o sr. Darcy. Ansiava por saber o que se passava neste instante na mente dele... de que modo pensava nela e se, a despeito de tudo, ela ainda lhe era cara. Talvez ele tivesse sido educado apenas por estar tranquilo; embora houvesse *aquilo* na voz dele que não parecia tranquilidade. Se ele sentira amargura ou prazer ao vê-la, ela não saberia dizer, mas sem dúvida não a vira com indiferença.

Aos poucos, entretanto, as observações dos companheiros sobre sua falta de atenção a despertaram e ela percebeu a necessidade de se recompor.

Entraram no bosque e, despedindo-se por algum tempo do rio, subiram até um dos terrenos mais altos, dos quais, em pontos de onde as clareiras permitiam aos olhos perambular, descortinavam-se diversas e encantadoras visões do vale, das colinas opostas com uma longa fileira de árvores ocultando tantas outras e, ocasionalmente, de parte do arroio. O sr. Gardiner expressou o desejo de dar a volta em todo o parque, mas receou que não se pudesse fazê-lo a pé. Com um triunfante sorriso lhes foi dito que seriam dez milhas. Isso resolveu a questão e prosseguiram com o circuito convencional, o que, depois de algum tempo, levou-os de volta, numa descida por entre bosques inclinados, à beira do curso d'água, num de seus trechos mais estreitos. Atravessaram-no por uma ponte simples, adequada ao aspecto geral da paisagem. Era um local mais despojado do que qualquer outro que haviam visitado; e o vale, aqui reduzido a uma bocaina, dava passagem apenas ao arroio e a um estreito caminho por entre o arvoredo agreste que o margeava. Elizabeth gostaria muito de explorar seus meandros; mas ao cruzar a ponte e constatar sua distância da casa, a sra. Gardiner, que não era grande andarilha, não podia continuar e só pensava em voltar o mais depressa possível para a carruagem. Sua sobrinha foi então obrigada a se submeter, e todos se dirigiram à casa do outro lado do rio, pelo caminho mais curto; mas a volta foi demorada, pois o sr. Gardiner, embora poucas vezes pudesse se permitir fazê-lo, adorava pescar e estava tão ocupado em observar as trutas eventualmente visíveis na água e conversar com o homem a respeito delas, que avançava muito pouco. Caminhando nesse ritmo lento, foram mais uma vez surpreendidos, e o choque de Elizabeth foi quase igual ao primeiro, com a visão do sr. Darcy que se aproximava, já não muito distante. Sendo aquele trecho menos protegido do que o outro lado, permitiu-lhes vê-lo antes que se encontrassem. Elizabeth, embora perplexa, estava pelo menos mais preparada para um confronto do que antes e decidiu portar-se e falar com calma, caso ele realmente pretendesse ir até eles. Por alguns momentos, na verdade, acreditou que ele seguiria por algum outro caminho. Essa ideia persistiu enquanto uma curva no atalho o ocultou; terminada a curva, ele estava diante deles. Num relance, viu que ele nada perdera de sua recente amabilidade; e, para imitar sua cortesia, começou, ao se encontrarem, a admirar a beleza do lugar; mas não tinha passado das palavras "adorável" e "encantador" quando algumas recordações infelizes a perturbaram e ela imaginou que elogios a Pemberley vindos dela poderiam ser mal-interpretados. Seu rosto mudou de cor e ela nada mais disse.

A sra. Gardiner estava parada um pouco atrás e, aproveitando a pausa, ele perguntou se Elizabeth não lhe daria a honra de ser apresentado a seus amigos. Aquele era um gesto de cortesia para o qual ela estava um tanto despreparada; e mal foi capaz de ocultar um sorriso ao vê-lo agora procurando se relacionar com algumas daquelas mesmas pessoas contra quem seu orgulho se revoltara por ocasião de sua proposta. "Qual será sua surpresa", pensou, "ao saber quem são? Ele agora as toma por pessoas importantes."

A apresentação, entretanto, foi feita no mesmo instante e, ao mencionar sua consanguinidade, ela o olhou de soslaio, para ver como reagia e não sem a expectativa de que ele abandonasse o mais depressa possível tão vergonhosa companhia. Que tenha ficado *surpreso* com o parentesco foi evidente; mas ele se refez com bravura e, longe de seguir adiante, deu meia-volta e começou a conversar com o sr. Gardiner. O sentimento de Elizabeth só podia ser de prazer, só podia ser de triunfo. Era consolador que ele soubesse que de alguns de seus parentes ela não precisava se envergonhar. Ouviu com toda a atenção tudo o que se passava entre eles e rejubilou-se a cada expressão, a cada frase do tio, que ressaltava sua inteligência, seu bom gosto ou suas boas maneiras.

A conversa logo se encaminhou para a pesca; e ela ouviu o sr. Darcy convidá-lo, com a maior cortesia, para pescar ali sempre que desejasse enquanto estivesse nos arredores, oferecendo-se ao mesmo tempo para fornecer o necessário equipamento e indicando os trechos do arroio onde em geral havia mais profusão de peixes. A sra. Gardiner, que caminhava de braços dados com Elizabeth, lançou-lhe um expressivo olhar de surpresa. Elizabeth nada disse, mas estava muitíssimo satisfeita; a gentileza era sem dúvida para com ela. Sua perplexidade, entretanto, era extrema, e ela continuava a se perguntar, "Por que ele está tão mudado? Qual será a razão? Não pode ser por *mim*... não pode ser por *minha* causa que suas maneiras estejam assim tão mais cordatas. Minhas recriminações em Hunsford não poderiam ter provocado tamanha transformação. É impossível que ele ainda me ame."

Depois de andar por algum tempo daquele modo, as duas senhoras à frente, os dois cavalheiros atrás, ao retomarem a caminhada depois de uma descida até a margem do rio para melhor examinarem alguma planta aquática mais curiosa, houve a possibilidade de uma pequena alteração. Deveu-se o fato à sra. Gardiner que, cansada pelo exercício matinal, considerou o braço de Elizabeth inadequado para se apoiar e, em consequência, preferiu o do marido. O sr. Darcy assumiu seu lugar junto à sobrinha e passaram a andar lado a lado. Depois de um curto silêncio, a moça foi a primeira a falar. Quis que ele soubesse que se tinha assegurado de sua ausência antes de ir até lá e, do mesmo modo, observou que sua chegada fora muito inesperada.

– Pois sua governanta – acrescentou – nos informou que o senhor certamente não estaria aqui antes de amanhã; e, na verdade, antes de sair de Bakewell, soubemos que sua presença na região não era esperada para breve.

Ele reconheceu a verdade de tudo aquilo e disse que assuntos com o administrador motivaram sua vinda algumas horas antes do resto do grupo com o qual estivera viajando.

– Eles se juntarão a mim amanhã – continuou –, e entre eles há alguns que afirmarão conhecê-la: o sr. Bingley e suas irmãs.

Elizabeth respondeu apenas com um leve aceno de cabeça. Seus pensamentos foram no mesmo instante levados de volta ao momento em que o nome do sr. Bingley fora pronunciado pela última vez entre eles; e, a julgar pelo tom de seu rosto, a cabeça *dele* não estava em outro lugar.

– Há também outra pessoa no grupo – prosseguiu ele depois de uma pausa – que nutre um especial desejo de conhecê-la. Poderá me permitir, ou será pedir muito, apresentar-lhe minha irmã durante sua estada em Lambton?

A surpresa de tal pedido era de fato enorme; enorme demais para que ela soubesse como reagir. Sentiu imediatamente que qualquer vontade de conhecê-la que pudesse ter a srta. Darcy se devia ao irmão e, sem maiores indagações, ficou satisfeita; era agradável saber que o ressentimento não o levara a pensar mal dela.

Andavam agora em silêncio, ambos mergulhados em seus pensamentos. Elizabeth não estava à vontade, seria impossível; mas estava lisonjeada e contente. O desejo dele de que a irmã a conhecesse era uma honra sem igual. Logo se distanciaram dos outros e, ao chegarem à carruagem, o sr. e a sra. Gardiner estavam meio quarto de milha para trás.

Ele convidou-a então a entrar na casa... mas ela declarou não estar cansada e esperaram juntos no gramado. Naquele momento muito poderia ter sido dito, e o silêncio era aterrador. Ela queria falar, mas para qualquer assunto parecia haver um empecilho. Afinal, lembrou-se de que tinha estado viajando e os dois conversaram com muita insistência a respeito de Matlock e Dovedale. Mas o tempo e sua tia andavam devagar, e sua paciência e imaginação quase se esgotaram antes do fim da conversa. Com a chegada do sr. e sra. Gardiner, Darcy insistiu para que entrassem e aceitassem uma bebida; mas o convite foi declinado e despediram-se todos com a maior cortesia de parte a parte. O sr. Darcy ajudou as senhoras a subir na carruagem e, ao se afastar, Elizabeth observou-o encaminhando-se devagar para a casa.

Começaram então as observações dos tios; e ambos o declararam infinitamente superior a tudo o que pudessem ter esperado.

– Ele é perfeitamente bem educado, cortês e despretensioso – disse o tio.

– A bem da verdade, *há* alguma pompa nele – retrucou a tia –, mas isso se limita à sua aparência e não lhe fica mal. Posso concordar agora com a governanta que, embora alguns o chamem de orgulhoso, não vi nada disso.

– O que mais me surpreendeu foi sua atitude conosco. Foi mais do que polida, foi mesmo atenciosa; e não havia necessidade de tanta atenção. Seu relacionamento com Elizabeth é muito superficial.

– A bem da verdade, Elizabeth – falou a tia –, ele não é tão bonito quanto Wickham; ou melhor, não é tão expressivo quanto Wickham, pois seus traços são bem harmoniosos. Mas por que você me disse que ele era tão desagradável?

Elizabeth desculpou-se como pôde; disse que gostara mais dele quando se encontraram em Kent do que antes e que nunca o vira tão simpático quanto naquela manhã.

– Mas talvez ele seja um pouco extravagante em suas gentilezas – observou o tio. – Os grandes homens em geral o são; portanto não o levarei ao pé da letra, pois ele pode mudar de ideia e, num outro dia, expulsar-me de suas terras.

Elizabeth sentiu que eles nada haviam compreendido da personalidade dele.

– Do que vimos dele – continuou a sra. Gardiner –, eu realmente não poderia acreditar que ele tenha se comportado de forma tão cruel com alguém como fez com o pobre Wickham. Ele não parece uma pessoa má. Pelo contrário, há algo agradável em seu modo de falar. E há uma dignidade em seu rosto que a ninguém daria uma impressão desfavorável de seu coração. Mas, a bem da verdade, a boa senhora que nos mostrou a casa atribuiu-lhe uma natureza das mais ardentes! Eu, às vezes, mal conseguia me controlar para não rir alto. Mas suponho que ele seja um patrão liberal, e *isso*, aos olhos de um criado, engloba todas as virtudes.

Elizabeth, agora, sentia-se na obrigação de dizer algo em defesa do comportamento dele em relação a Wickham; assim, da maneira mais reservada que pôde, deu-lhes a entender que, pelo que ouvira de seus parentes em Kent, seus atos podiam ser interpretados de modo muito diverso e que seu caráter de modo algum era tão falho, nem o de Wickham tão perfeito, quanto o haviam considerado em Hertfordshire. Em confirmação ao que dizia, relatou os pormenores de todas as transações pecuniárias nas quais ambos estiveram envolvidos, sem informar sua fonte, mas assegurando ser tal fonte digna de toda a confiança.

A sra. Gardiner ficou surpresa e interessada; mas, como se aproximavam do cenário de seus antigos encantos, todos os pensamentos cederam lugar ao prazer das recordações; e ela se envolveu por demais em mostrar ao marido todos os aspectos interessantes de seus arredores para pensar em qualquer outra coisa. Mesmo cansada como estava do passeio matinal, mal almoçaram e ela saiu em busca de antigos conhecidos; e a tarde se passou em meio às alegrias de relações reatadas após muitos anos de interrupção.

Os acontecimentos do dia haviam sido por demais interessantes para que Elizabeth pudesse dar muita atenção a qualquer desses novos amigos, e não foi capaz de qualquer outra coisa senão pensar, e pensar com assombro, na cortesia do sr. Darcy e, acima de tudo, em seu desejo de apresentá-la à irmã.

Capítulo 44

Elizabeth imaginara que o sr. Darcy traria sua irmã para visitá-la no dia seguinte à ida da moça para Pemberley e, em consequência, decidiu não se ausentar da hospedaria durante toda a manhã. Mas enganara-se em sua suposição pois, na manhã mesmo de sua chegada a Lambton, as visitas apareceram. Tinham estado passeando pelo lugar com alguns de seus novos amigos e acabavam de voltar à hospedaria a fim de se vestir para o almoço com a mesma família quando o som de uma carruagem os levou à janela e viram um cavalheiro e uma dama numa charrete subindo a rua. Elizabeth, reconhecendo de imediato a libré, adivinhou o que significava e transmitiu grande parte de sua surpresa aos parentes ao lhes informar a honra que a esperava. O pasmo de seus tios foi total, e o constrangimento por ela demonstrado enquanto falava, somado à própria situação e a muitas outras do dia anterior, abriu-lhe os olhos para novos aspectos do caso. Nada antes sugerira algo assim, mas os dois concluíram que não havia outra razão para atribuir tais atenções por parte de alguém como ele do que supondo um interesse pela sua sobrinha. Enquanto essas novíssimas impressões lhes passavam pela cabeça, a perturbação dos sentimentos de Elizabeth crescia a cada momento. Ela mesma estava um tanto surpresa com o próprio descontrole, mas, entre outras causas de inquietação, apavorava-se com a ideia de que o interesse do irmão pudesse ter-lhe atribuído qualidades demais e, mais do que nunca ansiosa por agradar, receava naturalmente que lhe faltassem todos os recursos.

Afastou-se da janela, com medo de ser vista, e, enquanto andava de um lado para outro pela sala, tentando se recompor, percebeu que as expressões de interrogativa surpresa dos tios tornavam tudo ainda pior.

A srta. Darcy e o irmão apareceram e deu-se aquela fantástica apresentação. Com assombro, Elizabeth percebeu que sua nova conhecida estava pelo menos tão constrangida quanto ela. Desde que chegara a Lambton, ouvira dizer que a srta. Darcy era excessivamente orgulhosa, mas a observação de poucos minutos convenceu-a de que era apenas excessivamente tímida. Foi difícil extrair dela qualquer palavra que não fosse um monossílabo.

A srta. Darcy era alta, bem mais alta do que Elizabeth; e, mesmo não tendo dezesseis anos completos, seu corpo já estava formado e sua aparência era feminina e graciosa. Era menos bela do que o irmão, mas havia sensatez e bom humor em seu rosto e seus gestos eram despretensiosos e gentis. Elizabeth, que esperava encontrar uma observadora tão perspicaz e desenvolta quanto o sr. Darcy, sentiu-se bastante aliviada ao perceber nela sentimentos bem diversos.

Não estavam juntos há muito tempo quando o sr. Darcy lhe disse que Bingley também viria cumprimentá-la, e ela mal teve tempo de expressar sua satisfação e se preparar para tal visita quando os passos rápidos de Bingley se fizeram ouvir na escada e, num momento, ele entrou na sala. Toda a raiva de Elizabeth em relação a ele desaparecera há muito; mas, sentisse ainda alguma, seria difícil mantê-la diante da sincera cordialidade por ele expressa ao vê-la de novo. Ele perguntou em tom amistoso, embora vago, por sua família e, pelo aspecto e modo de falar, parecia estar tão à vontade e bem-humorado como sempre fora.

Para o sr. e a sra. Gardiner ele era um personagem tão interessante quanto para ela mesma. Há muito tempo desejavam vê-lo. Todo o grupo diante deles, na verdade, despertava intensa curiosidade. As recentes suspeitas relacionadas ao sr. Darcy e sua sobrinha dirigiam seu olhar a cada um dos dois com profunda embora discreta análise; e logo, de tais análises, obtiveram total convicção de que pelo menos um deles sabia o que era amar. Quanto às emoções da dama ainda havia dúvidas, mas que o cavalheiro transbordava de admiração era por demais evidente.

Elizabeth, por sua vez, tinha muito a fazer. Queria averiguar os sentimentos de cada uma das visitas; queria dominar os seus e causar boa impressão a todos; e em seu último objetivo, no qual mais receara falhar, tinha maiores chances de sucesso, pois aqueles aos quais se esforçava por agradar estavam predispostos a seu favor. Bingley estava propenso, Georgiana disposta e Darcy determinado a admirá-la.

Ao ver Bingley, seus pensamentos voaram naturalmente para a irmã; e como desejaria saber se os dele seguiam a mesma direção! Em alguns momentos quis acreditar que ele falava menos do que em ocasiões anteriores e uma ou duas vezes alegrou-se com a impressão de que, quando a olhava, ele tentava buscar semelhanças. Mas, embora isso pudesse ser imaginário, não podia se enganar quanto ao comportamento dele em relação à srta. Darcy, que fora colocada como a rival de Jane. Nenhum olhar havia, dos dois lados, que sugerisse um interesse especial. Nada se passava entre ambos que pudesse justificar as esperanças da irmã dele. Nesse sentido, logo ficou satisfeita; e dois ou três pequenos detalhes, antes que partissem, demonstraram, em sua ansiosa interpretação, uma lembrança de Jane não destituída de ternura e um desejo de dizer algo que, se ele ousasse, o levaria a mencioná-la. Ele observou, num momento em que os outros conversavam entre si e num tom que expressava real tristeza, que "há muito tempo não tinha o prazer de vê-la"; e, antes que Elizabeth pudesse responder, acrescentou:

– São mais de oito meses. Não nos encontramos desde 26 de novembro, quando dançávamos todos em Netherfield.

Elizabeth gostou de perceber nele uma memória tão exata; e ele ainda encontrou um momento para lhe perguntar, quando ninguém prestava atenção, se *todas* as suas irmãs estavam em Longbourn. Nada havia de especial na pergunta, nem no comentário anterior, mas havia um olhar e uma expressão que lhes davam significado.

Não foram muitas as vezes em que ela conseguiu dirigir o olhar para o sr. Darcy; mas, sempre que relanceou os olhos para ele, viu uma expressão de simpatia geral e, em tudo o que ele disse, ouviu um tom tão distante de qualquer *altivez* ou desdém por seus companheiros que a convenceu de que a mudança de atitude que testemunhara na véspera, por mais temporária que fosse, sobrevivera ao menos mais um dia. Quando o via assim buscando a companhia e tentando angariar o bom conceito de pessoas com quem qualquer contato, há alguns meses, teria sido uma desgraça, quando o via assim cortês, não só com ela mas com os mesmos parentes que abertamente desdenhara, e se recordava de sua última e acalorada cena na casa paroquial de Hunsford, a diferença, a mudança era tão grande e tinha tão grande impacto em sua mente, que mal podia impedir a transparência de sua perplexidade. Nunca, nem mesmo com seus caros amigos em Netherfield, ou seus importantes parentes em Rosings, ela o vira tão desejoso de agradar, tão livre de qualquer arrogância ou posições rígidas como agora, quando nada importante poderia resultar do sucesso de seu comportamento e quando o simples convívio com aqueles a quem se dirigiam suas atenções seria motivo de ridículo e censura pelas damas, tanto em Netherfield quanto em Rosings.

As visitas se demoraram por cerca de meia hora e, quando se levantaram para partir, o sr. Darcy pediu à irmã que se juntasse a ele para expressar seu desejo de receber o sr. e a sra. Gardiner, além da srta. Bennet, para jantar em Pemberley antes que deixassem a região. A srta. Darcy, embora com um acanhamento que sublinhava sua pouca experiência em fazer convites, obedeceu sem hesitar. A sra. Gardiner olhou para a sobrinha, desejosa de saber como *ela*, a quem mais se dirigia o convite, se dispunha a aceitá-lo, mas Elizabeth virara o rosto para o outro lado. Presumindo, entretanto, que aquele estudado subterfúgio falava mais de um constrangimento momentâneo do que de qualquer desagrado com o convite, e vendo no marido, que adorava vida social, total disposição para aceitá-lo, arriscou-se a concordar em ir e ficaram acertados para dois dias depois.

Bingley expressou grande satisfação pela certeza de ver Elizabeth mais uma vez, tendo ainda muito a conversar com ela e muitas perguntas a fazer a respeito de todos os seus amigos de Hertfordshire. Elizabeth, compreendendo essas palavras como um desejo de ouvir falar de sua irmã, ficou contente e, por conta disso, além de outras coisas, viu-se, quando as visitas saíram, capaz de pensar na última meia hora com algum prazer, embora pouco tivesse aproveitado enquanto ela transcorria. Ansiosa por ficar sozinha e receosa das perguntas ou observações dos tios, ficou com eles apenas o tempo suficiente para ouvir sua opinião favorável a respeito de Bingley e apressou-se a ir trocar de roupa.

Mas não tinha motivos para temer a curiosidade do sr. e sra. Gardiner; não era intenção deles forçá-la a falar. Era evidente que ela conhecia o sr. Darcy muito mais do que haviam pensado; era evidente que ele estava muito apaixonado por ela. Tinham visto muita coisa interessante, mas nada que justificasse um interrogatório.

Ter uma boa opinião a respeito do sr. Darcy era agora fonte de ansiedade; e, até onde puderam perceber, não havia defeitos a encontrar. Não podiam ser insensíveis à sua cortesia e, tivessem traçado seu caráter de acordo com seus próprios sentimentos e as observações da serviçal, sem a interferência de qualquer outra opinião, o ambiente em Hertfordshire no qual ele era conhecido não teria nele reconhecido o sr. Darcy. Havia agora, porém, um empenho em acreditar na governanta; e logo se deram conta de que a autoridade de uma criada que o conhecia desde os quatro anos de idade, e cujos próprios modos indicavam respeitabilidade, não deveria ser rejeitada às pressas. Nem nada acontecera, de acordo com seus amigos em Lambton, capaz de desacreditá-la. Nada tinham para acusá-lo além de orgulho; orgulho que ele talvez tivesse e, se não, lhe seria sem dúvida imputado pelos habitantes de uma cidadezinha comercial não frequentada pela família. Era sabido, porém, que ele era um homem liberal e que muito fazia pelos pobres.

Em relação a Wickham, os viajantes logo descobriram não ser merecedor de muita estima; pois mesmo que sua principal queixa em relação ao filho de seu patrono fosse malinterpretada, era fato notório que, ao sair de Derbyshire, ele deixara muitas dívidas que o sr. Darcy mais tarde saldara.

Quanto a Elizabeth, seus pensamentos estavam em Pemberley, naquela noite mais do que na anterior. Ainda que o tempo parecesse longo, não foi longo o bastante para definir seus pensamentos em relação a *alguém* naquela mansão, e ela passou duas horas inteiras acordada tentando se decidir. Com certeza não o odiava. Não, o ódio há muito tempo se desvanecera e por muito tempo também ela se envergonhara de ter algum dia tido por ele alguma antipatia, se esse era o nome do que sentira. O respeito originado pela convicção de suas valiosas qualidades, embora a princípio admitido com relutância, já deixara de ser uma ideia repugnante e evoluíra agora, devido aos testemunhos a ele tão favoráveis, para algo de natureza mais amistosa, colocando suas atitudes sob uma luz bastante agradável, como acontecera na véspera. Mas, mais do que tudo, mais do que respeito e estima, havia um motivo para sua boa vontade que não poderia ser negligenciado. Era gratidão; gratidão não apenas por tê-la amado um dia, mas por amá-la ainda a ponto de perdoar toda a petulância e a amargura de suas palavras ao rejeitá-lo e todas as injustas acusações que acompanharam sua recusa. Aquele que, como estivera convencida, a evitaria como sua maior inimiga, pareceu, naquele encontro acidental, ansioso por preservar seu relacionamento e, sem qualquer demonstração de indelicadeza ou qualquer afetação em seus gestos, em situações que apenas a ambos diziam respeito, tentara causar uma boa impressão em seus amigos e fizera questão de apresentá-la à irmã. Tal mudança num homem tão orgulhoso gerava não apenas assombro mas também gratidão, pois ao amor, um amor ardente, deveria ser atribuída. E, como tal, sua impressão sobre ela era do tipo a ser encorajada como de modo algum desagradável, ainda que não pudesse ser definida com clareza. Ela o respeitava, o estimava, era grata a ele, interessava-se de fato pelo seu bem-estar; e tudo o que queria saber era até que ponto desejava que tal bem-estar dependesse dela e até que ponto seria importante para a felicidade de ambos que ela usasse o poder, que sua fantasia lhe dizia ainda ter, de levá-lo a renovar sua proposta.

Ficara acertado durante a tarde entre tia e sobrinha que uma cortesia tão grande como a da srta. Darcy tê-las visitado no mesmo dia de sua chegada a Pemberley, pois só chegara em casa a tempo de um café da manhã tardio, deveria ser imitada, ainda que não pudesse ser igualada, com alguma demonstração de polidez por parte delas; e, em consequência, que seria altamente conveniente ir a Pemberley na manhã seguinte. Assim foi, portanto, decidido. Elizabeth estava satisfeita; ainda que, quando se perguntava a razão, pouco tivesse a se dar como resposta.

O sr. Gardiner deixou-as logo após o café da manhã. O convite para a pesca fora renovado no dia anterior e marcado o seu encontro com alguns dos cavalheiros de Pemberley para antes do meio-dia.

Capítulo 45

Convencida como Elizabeth agora estava de que a antipatia da srta. Bingley por ela se devia a ciúmes, não poderia deixar de sentir como seria para ela desagradável sua ida a Pemberley e estava curiosa para saber com quanta amabilidade por parte daquela dama seriam suas relações agora retomadas.

Ao chegar à casa, foram conduzidas pelo saguão até o salão, cuja posição ao norte tornava-o muito agradável no verão. As janelas que se abriam para o bosque ofereciam uma visão refrescante das altas colinas arborizadas atrás da casa e dos belos carvalhos e castanheiras espanholas espalhados pelo gramado intermediário.

Foram recebidas nesse salão pela srta. Darcy, que lá estava com a sra. Hurst, a srta. Bingley e a dama com quem vivia em Londres. A recepção de Georgiana foi muito cortês, mas acompanhada por todo o embaraço que, mesmo proveniente de timidez e do medo de errar, daria facilmente aos que se sentem inferiores a impressão de ser ela orgulhosa e reservada. A sra. Gardiner e a sobrinha, entretanto, fizeram-lhe justiça e se compadeceram da moça.

Pela sra. Hurst e pela srta. Bingley foram recebidas apenas com uma mesura; e, sentando-se ambas, uma pausa, terrível como sempre são tais pausas, teve lugar por alguns momentos. Quem primeiro a quebrou foi a sra. Annesley, mulher gentil e de bela aparência, cuja tentativa de introduzir algum tipo de conversa provou ser ela mais bem-educada que qualquer uma das outras; e entre ela e a sra. Gardiner, com ocasionais contribuições de Elizabeth, os assuntos se sucederam. A srta. Darcy parecia querer ter coragem para se juntar a elas e algumas vezes se aventurou a frases curtas, quando havia menos perigo de ser ouvida.

Elizabeth logo percebeu estar sendo observada de perto pela srta. Bingley e que não podia dizer uma palavra, sobretudo para a srta. Darcy, sem lhe chamar a atenção. Tal observação não a impediria de tentar conversar com a menina, não estivessem ambas sentadas a inconveniente distância; mas não lamentava ser poupada da necessidade de falar demais. Seus próprios pensamentos a ocupavam. Imaginava que a qualquer momento alguns cavalheiros poderiam entrar na sala. Desejava e receava que o dono da casa estivesse entre eles e não conseguia se decidir se mais desejava ou mais receava.

Depois de estar assim sentada por quinze minutos sem ouvir a voz da srta. Bingley, Elizabeth surpreendeu-se ao receber dela uma fria indagação quanto à saúde de sua família. Respondeu com igual indiferença e concisão, e as outras nada mais disseram.

O próximo episódio ocorrido durante a visita deveu-se à entrada de criados com frios, bolo e uma variedade das melhores frutas da estação; mas isso só aconteceu depois de diversos olhares e sorrisos significativos da sra. Annesley para a srta. Darcy, a fim de lembrar-lhe de sua posição. Havia agora ocupação para todo o grupo; pois, embora não pudessem todas falar, podiam todas comer; e as belas pirâmides de uvas, ameixas e pêssegos logo as reuniram em torno da mesa.

Assim ocupada, Elizabeth teve uma boa oportunidade de decidir se mais receava ou desejava o aparecimento do sr. Darcy, pelos sentimentos que prevaleceram diante de sua entrada na sala; e então, embora um momento antes acreditasse que seu desejo predominaria, começou a lamentar a chegada do rapaz.

Ele estivera por algum tempo com o sr. Gardiner que, com dois ou três outros cavalheiros da casa, se dedicava ao rio e só o deixara ao saber que as senhoras da família tencionavam visitar Georgiana naquela manhã... Mal ele surgiu e Elizabeth decidiu com sensatez mostrar-se perfeitamente à vontade e sem constrangimentos; uma decisão muito necessária de ser tomada, mas talvez não mantida com muita facilidade, porque ela viu que as suspeitas de todo o grupo se voltaram para eles e que não houve um só olhar que não observasse o comportamento dele quando entrou na sala. Em nenhuma expressão havia atenta curiosidade mais aparente do que na da srta. Bingley, a despeito dos sorrisos que se abriam em seu rosto sempre que falava com quem os provocava, pois o ciúme ainda não a tinha feito desesperar e suas atenções ao sr. Darcy não se haviam extinguido. A srta. Darcy, com a entrada do irmão, obrigou-se a falar mais e Elizabeth viu que ele estava ansioso para que a irmã e ela se conhecessem melhor, encorajando ao máximo toda tentativa de conversa de ambos os lados. A srta. Bingley também percebeu; e, com a imprudência da raiva, aproveitou a primeira oportunidade para dizer, com sarcástica cortesia:

– Diga, srta. Eliza, é verdade que o regimento de ...shire foi removido de Meryton? Deve ter sido uma grande perda para a *sua* família.

Na presença de Darcy ela não ousou mencionar o nome de Wickham, mas Elizabeth compreendeu de imediato que ele estava presente em seus pensamentos; e as diversas recordações ligadas a ele a angustiaram por um momento; mas, obrigando-se a repelir o ataque mal-intencionado, respondeu à pergunta num tom razoavelmente indiferente. Enquanto falava, um olhar involuntário revelou-lhe Darcy, ruborizado, observando-a intensamente, e sua irmã bastante desconcertada e incapaz de levantar os olhos. Tivesse a srta. Bingley sabido a dor que causava à sua queridíssima amiga, sem dúvida se absteria daquela observação; mas pretendera apenas desconcertar Elizabeth trazendo à tona a lembrança de um homem pelo qual a considerava interessada a fim de fazê-la trair uma emoção que a poderia denegrir aos olhos de Darcy e, talvez, lembrá-lo de todos os disparates e absurdos que ligavam parte da família de Elizabeth àquela corporação. Nem uma sílaba chegara até ela a respeito da planejada fuga da srta. Darcy. A ninguém aquilo havia sido revelado e o sigilo foi absoluto, exceto para Elizabeth; e de todos os parentes de Bingley, o irmão da moça tinha especial interesse em ocultar o fato, devido ao desejo, que Elizabeth há tempos lhe atribuía, de que aquela família viesse um dia a ser a dela. Ele sem dúvida tivera tal intenção e, sem que fosse essa a causa de sua tentativa de separar Bingley e a srta. Bennet, era provável que acrescentasse algo ao seu vivo interesse pelo bem-estar do amigo.

A serenidade de Elizabeth, entretanto, logo acalmou as emoções de Darcy; e como a srta. Bingley, mortificada e desapontada, não ousasse qualquer alusão mais direta a Wickham, Georgiana também se refez, embora não o bastante para conseguir falar. O irmão, cujo olhar receava encontrar, mal percebeu seu interesse no caso, e o próprio incidente que se destinava a desviar seus pensamentos de Elizabeth pareceu tê-los fixado nela com ainda maior prazer.

A visita não continuou por muito tempo depois da pergunta e resposta acima mencionadas; e, enquanto o sr. Darcy as acompanhava à carruagem, a srta. Bingley extravasava seus sentimentos em críticas à aparência, comportamento e roupas de Elizabeth. Mas Georgiana não lhe fez eco. A recomendação do irmão era suficiente para garantir sua boa vontade: seu julgamento não poderia estar errado. E ele falara de Elizabeth em termos tais que Georgiana só poderia considerá-la encantadora e amável. Quando Darcy voltou ao salão, a srta. Bingley não conseguiu deixar de repetir para ele parte do que estivera dizendo à irmã.

– Como estava mal a srta. Eliza Bennet esta manhã, sr. Darcy! – exclamou. – Nunca na vida eu vi alguém mudar tanto quanto ela desde o inverno. Ela está tão morena e com um ar tão grosseiro! Louisa e eu concordamos que não a teríamos reconhecido.

Por menos que o sr. Darcy tenha apreciado tal comentário, contentou-se em responder com frieza que ele não percebera qualquer outra alteração a não ser estar ela um tanto bronzeada, consequência nada espantosa de uma viagem no verão.

– No que me diz respeito – insistiu ela – devo confessar que nunca vi beleza alguma nela. O rosto é fino demais, a pele não tem brilho e seus traços não são harmoniosos. Ao nariz falta caráter... nada impressiona em suas linhas. Os dentes são toleráveis, mas nada fora do comum; e, quanto aos olhos, que já foram algumas vezes chamados de belos, nunca considerei extraordinários. Têm uma expressão penetrante e impertinente, da qual não gosto nem um pouco; e em toda ela há uma autossuficiência sem elegância, o que é intolerável.

Convencida como estava a srta. Bingley de que Darcy admirava Elizabeth, aquela não era a melhor forma de se fazer agradável; mas pessoas zangadas nem sempre são sensatas e, ao vê-lo afinal um pouco irritado, conseguiu tudo o que pretendia. Mas ele continuava decididamente calado e, determinada a fazê-lo falar, ela prosseguiu:

– Lembro-me, quando a vi pela primeira vez em Hertfordshire, como ficamos todos admirados ao descobrir que ela era famosa pela beleza. E eu me recordo sobretudo de ouvi-lo dizer uma noite, depois que elas jantaram em Netherfield, "*Ela*, uma beleza? Mais fácil seria chamar a mãe de espirituosa". Mas depois ela parece ter subido no seu conceito, porque acredito que já o ouvi dizer uma vez que a achava bem bonita.

– É verdade – retrucou Darcy, que não conseguiu mais se conter –, mas *aquilo* foi quando a vi pela primeira vez, pois há muitos meses eu a considero uma das mulheres mais belas que conheço.

Ele então se afastou e a srta. Bingley foi deixada com a satisfação de tê-lo obrigado a dizer o que só fez mal a ela mesma.

A sra. Gardiner e Elizabeth, na volta, falaram de tudo o que se passara durante a visita, exceto do que mais interessava a ambas. O aspecto e o comportamento de todos que tinham visto foi discutido, exceto da pessoa que mais lhes atraíra a atenção. Falaram de sua irmã, suas amigas, sua casa, suas frutas... tudo menos dele próprio; embora Elizabeth ansiasse por saber o que a sra. Gardiner pensava dele e a sra. Gardiner tivesse apreciado muitíssimo se a sobrinha abordasse o assunto.

Capítulo 46

Elizabeth ficara muito desapontada ao não encontrar uma carta de Jane ao chegarem a Lambton; e tal desapontamento se repetiu a cada manhã que lá passaram; mas na terceira suas queixas foram esquecidas e a irmã, desculpada com o recebimento de duas cartas simultâneas, numa das quais havia o aviso de que havia sido extraviada. Elizabeth não se surpreendeu, porque Jane escrevera o endereço todo errado.

Preparavam-se para um passeio quando as cartas chegaram, e os tios, deixando-a tranquila para ler, saíram sozinhos. A extraviada precisava ser lida primeiro – fora escrita cinco dias antes. O início continha um relato de todas as pequenas festas e compromissos, com todas as novidades que o campo podia ter; mas a segunda metade, datada do dia seguinte e escrita em evidente agitação, dava notícias mais importantes. Eis o que dizia:

> Desde que escrevi o que está acima, querida Lizzy, aconteceu uma coisa de natureza mais inesperada e séria, mas tenho medo de assustá-la – saiba que estamos todos bem. O que vou contar refere-se à pobre Lydia. Chegou uma mensagem urgente à meia-noite de ontem, logo depois de termos ido todos para a cama, do coronel Forster, para nos informar que ela havia fugido para a Escócia com um de seus oficiais; para dizer a verdade, com Wickham! Imagine nossa surpresa. Para Kitty, entretanto, não pareceu assim tão inesperado. Lamento muito, muito mesmo. Que união mais imprudente, dos dois lados! Mas quero esperar o melhor e desejar que tenhamos avaliado mal o caráter dele. Posso considerá-lo inconsequente e indiscreto, mas este passo (e alegremo-nos com isso) não caracteriza um coração perverso. Ao menos sua escolha é desinteressada, pois ele deve saber que meu pai nada tem para dar a ela. Nossa pobre mãe está arrasada. Papai suporta melhor.

Como sou grata por nunca lhes termos contado o que foi dito contra ele; nós mesmas devemos esquecer tudo. Eles fugiram no sábado, por volta da meia-noite, como se acredita, mas sua falta não foi sentida até ontem pela manhã, às oito horas. A mensagem expressa foi enviada no mesmo instante. Lizzy querida, eles devem ter passado a dez milhas daqui. O coronel Forster diz que devemos esperá-lo dentro em breve. Lydia deixou algumas linhas para sua esposa, informando o que pretendia, ou pretendiam, fazer. Preciso terminar, pois não posso deixar minha pobre mãe muito tempo sozinha. Receio que você não consiga entender tudo isto, mas já nem sei o que escrevi.

Sem se dar tempo para refletir, e mal sabendo o que sentia, Elizabeth, ao terminar essa carta, agarrou imediatamente a outra e, abrindo-a com a maior impaciência, leu o que continha. Fora escrita um dia depois da conclusão da primeira.

A esta altura, querida irmã, você já recebeu minha apressada carta; espero que esta seja mais inteligível, mas, embora não pressionada pelo tempo, minha cabeça está tão perturbada que não posso me responsabilizar por sua coerência. Queridíssima Lizzy, mal sei o que já escrevi, mas tenho más notícias para você e isso não pode ser adiado. Por mais imprudente que tenha sido o casamento entre o sr. Wickham e nossa pobre Lydia, estamos agora ansiosos para ter certeza de que se realizou, pois há inúmeras razões para temer que eles não tenham ido à Escócia. O coronel Forster chegou ontem, tendo saído de Brighton na véspera, não muitas horas depois de sua mensagem. Embora o bilhete de Lydia para a sra. F. lhes tenha feito acreditar que os dois iriam para Gretna Green, Denny deixou escapar sua crença de que W. nunca pretendera ir até lá, nem mesmo se casar com Lydia, o que chegou aos ouvidos do coronel F., que, no mesmo instante dando o alarma, saiu de B. com a intenção de ir em seu encalço. Seguiu seus rastros sem problemas até Clapham, mas não mais; pois os dois, ao lá chegarem, transferiram-se para um coche de aluguel e dispensaram a diligência que os levara de Epsom. Tudo o que se sabe a partir de então é que foram vistos seguindo pela estrada de Londres. Não sei o que pensar. Depois de todas as investigações possíveis naquela parte de Londres, o coronel F. veio para Hertfordshire, repetindo-as intensamente por todas as estradas e em todas as hospedarias em Barnet e Hatfield, mas sem qualquer sucesso: ninguém os viu passar. Muitíssimo preocupado, veio a Longbourn e apresentou-nos seus receios com toda a pureza e honradez de seu coração. Lamento profundamente por ele e pela sra. F., mas ninguém pode acusá-los de coisa alguma. Nossa angústia, querida Lizzy, é muito grande. Meus pais acreditam no pior, mas não consigo pensar tão mal dele. Muitas circunstâncias podem tê-los levados a se casar em segredo na cidade, em vez de levarem adiante seu plano inicial; e mesmo se *ele* pudesse ter tais intenções contra uma jovem bem relacionada como Lydia, o que não é provável, como posso imaginar que *ela* tenha perdido a cabeça a tal ponto? Impossível! Afligi-me ao descobrir, entretanto, que o coronel F. não está disposto a acreditar em tal casamento: ele sacudiu a cabeça quando expressei minhas esperanças e disse recear que W. não era um homem confiável. Minha pobre mãe está realmente doente e não consegue sair do quarto. Se ela fizesse um esforço, seria melhor, mas não se pode esperar por isso. E, quanto a meu pai, nunca na vida o vi tão abalado. A pobre Kitty está furiosa por ter mantido o namoro dos dois em segredo; mas era uma questão de confiança, não se pode censurá-la. Estou satisfeita, querida Lizzy, que você tenha sido poupada dessas cenas penosas; mas, agora que passou o primeiro choque, posso confessar que torço para que volte? Não sou tão egoísta, porém, para apressá-la, se for inconveniente. Adeus! Tomo uma vez mais a pena para fazer o que acabei de dizer que não faria; mas as circunstâncias são tais que não posso deixar de pedir a vocês todos que venham para cá o mais depressa possível. Conheço tão bem meus queridos tio e tia que não tenho medo de lhes pedir isto, embora tenha algo mais a pedir ao primeiro. Meu pai está indo agora mesmo a Londres com o coronel Forster, para tentar encontrá-la. Do que ele pretende não estou bem certa, mas sua enorme angústia não lhe permitirá tomar qualquer medida do modo mais adequado e mais sensato, e o coronel Forster é obrigado a estar amanhã à tarde em Brighton. Diante de tal exigência, o conselho e o apoio de meu tio significariam tudo no mundo; ele compreenderá imediatamente o que estou sentindo, e confio em sua bondade.

– Oh! Onde está meu tio? – exclamou Elizabeth, pulando da cadeira ao acabar a carta, desesperada para ir atrás dele, sem perder um momento daquele tempo tão precioso; mas quando chegou à porta ela foi aberta por um criado e o sr. Darcy apareceu. O rosto pálido e a atitude impetuosa da jovem assustaram-no e, antes que ele pudesse se recuperar e falar, ela, em cuja mente qualquer pensamento era superado pela situação de Lydia, exclamou apressada:

– Desculpe, mas preciso deixá-lo. Preciso encontrar o sr. Gardiner neste momento, por um assunto quc não pode ser adiado; não tenho um minuto a perder.

– Santo Deus! O que aconteceu? – exclamou ele, com mais sentimento do que cortesia; e depois, controlando-se: – Não vou detê-la, mas deixe que eu, ou o criado, vá procurar o sr. e a sra. Gardiner. A senhorita não está bem, não pode ir sozinha.

Elizabeth hesitou, mas seus joelhos tremiam e ela sentiu que não teria qualquer sucesso em sua tentativa de ir atrás deles. Chamando de volta o criado, portanto, ela o encarregou, embora tão sem fôlego que sua voz era quase inaudível, de trazer seus patrões imediatamente de volta à casa.

Quando o rapaz saiu da sala ela sentou, incapaz de se sustentar e parecendo tão miseravelmente doente que foi impossível para Darcy deixá-la ou se impedir de dizer, em tom de gentileza e compaixão:

– Deixe-me chamar sua camareira. Existe algo que eu possa fazer para melhorar seu estado? Um copo de vinho... ajudaria se eu fosse buscar? A senhorita está muito mal.

– Não, obrigada – respondeu ela, tentando se controlar. – O problema não é comigo. Estou bem; só estou angustiada com algumas notícias terríveis que acabo de receber de Longbourn.

Explodiu em lágrimas ao se referir àquilo e, por alguns instantes, não foi capaz de dizer mais. Darcy, amargurado e confuso, só conseguia manifestar de modo vago sua preocupação e observá-la num silêncio compadecido. Afinal, ela voltou a falar.

– Acabei de receber uma carta de Jane, com notícias pavorosas. Não há como esconder. Minha irmã mais moça abandonou todos os amigos... fugiu; atirou-se nos braços do... do sr. Wickham. Os dois fugiram juntos de Brighton. *O senhor* o conhece bem para imaginar o resto. Ela não tem dinheiro, nem parentes, nada que possa tentá-lo... ela está perdida para sempre.

Darcy estava imóvel de assombro.

– Quando penso – acrescentou ela num tom ainda mais agitado – que eu poderia ter evitado tudo isso! Eu, que sabia quem era ele. Se eu tivesse contado ao menos um pouco... um pouco do que eu sabia, para minha própria família! Se o caráter dele fosse revelado, isso poderia não ter acontecido. Mas é tarde... tarde demais agora!

– Estou realmente desolado – exclamou Darcy –, desolado... chocado. Mas isso é verdade... verdade absoluta?

– Ah! É, sim! Eles saíram juntos de Brighton no domingo à noite e seu rastro foi seguido quase até Londres, mas não além; com certeza não foram para a Escócia.

– E o que já foi feito, o que já foi tentado para recuperá-la?

– Meu pai foi para Londres, e Jane escreveu para implorar a ajuda imediata do meu tio; e iremos embora, espero, dentro de meia hora. Mas nada pode ser feito... sei muito bem que nada pode ser feito. Como pode um homem como aquele ser levado a agir com decência? Como poderão ao menos ser descobertos? Não tenho a menor esperança. É tudo horrível demais!

Darcy balançou a cabeça em silenciosa concordância.

– Quando *meus* olhos foram abertos para o verdadeiro caráter dele... Ah! Se eu soubesse o que deveria, o que poderia fazer! Mas eu não soube... tive medo de ir longe demais. Maldito, maldito engano!

Darcy não respondeu. Mal parecia ouvi-la e andava de um lado para outro da sala em profunda meditação, sobrancelhas contraídas, expressão sombria. Elizabeth logo percebeu e no mesmo instante compreendeu. Seu poder sobre ele desaparecia; tudo *deveria* desaparecer sob tal prova de fraqueza familiar, sob tal garantia da mais profunda desgraça. Ela não poderia se surpreender ou condenar, mas a crença no autodomínio dele nenhum consolo lhe trouxe, nenhum alívio para sua angústia. Pelo contrário, tudo era exatamente calculado para fazê-la compreender seus próprios desejos; e nunca, com tanta honestidade, sentira que poderia tê-lo amado como sentia agora, quando qualquer amor era em vão.

Mas o que lhe dizia respeito, embora se manifestasse, não a absorveria. Lydia, a humilhação, a desgraça que ela trazia sobre todos logo afastaram qualquer preocupação pessoal; e, cobrindo o rosto com um lenço, Elizabeth logo esqueceu qualquer outra coisa. E, depois de uma pausa de vários minutos, só foi trazida de volta à realidade pela voz de seu companheiro, num tom que, embora piedoso, soava também controlado e dizia:

– Receio que a senhorita há muito tempo deseje minha ausência e nada posso apresentar como desculpas por ter ficado senão uma verdadeira, embora impotente, preocupação. Quisessem os céus que algo pudesse ser por mim dito ou feito capaz de lhe oferecer consolo para tal angústia! Mas não a atormentarei com desejos inúteis, que podem parecer apenas um desejo de despertar seus agradecimentos. Esse infeliz acontecimento, acredito, impedirá que minha irmã tenha o prazer de recebê-la hoje em Pemberley.

– Oh! É verdade. Queira ter a gentileza de nos desculpar com a srta. Darcy. Diga que assuntos urgentes nos obrigam a voltar imediatamente. Oculte a triste verdade ao máximo. Sei que não poderá ser por muito tempo.

Ele prontamente afirmou que manteria segredo; mais uma vez expressou sua consternação pela sua angústia, desejou um final melhor do que se poderia esperar no momento e, pedindo-lhe que cumprimentasse por ele os tios, despediu-se apenas com um olhar sério.

Quando ele saiu da sala, Elizabeth sentiu o quanto seria improvável que viessem a se ver outra vez em termos tão cordiais como os que marcaram seus diversos encontros em Derbyshire e, lançando um olhar retrospectivo sobre todo o seu relacionamento, tão cheio de contradições e mudanças, lamentou a tirania dos sentimentos que agora gostariam de lhe dar continuidade e antes se alegrariam com seu término.

Se gratidão e estima são bons alicerces do afeto, a transformação dos sentimentos de Elizabeth não é improvável ou condenável. Mas se, ao contrário, o interesse despertado por tais fontes for irracional ou antinatural, em comparação com o que é tantas vezes descrito como nascendo de um primeiro encontro com o objeto afetivo e mesmo antes que duas palavras tenham sido trocadas, nada haveria a ser dito a seu favor, exceto que ela de certa forma tentara o último método em seu interesse por Wickham e que todo o seu insucesso talvez pudesse autorizá-la a buscar aquela outra forma menos interessante de afeição. Seja como for, ela o viu partir com tristeza e, nesse primeiro exemplo do que poderia acarretar a infâmia de Lydia, descobriu novas agonias ao refletir sobre aquele caso vergonhoso. Nunca, desde a leitura da segunda carta de Jane, acalentou qualquer esperança de que Wickham pretendesse se casar com sua irmã. Só mesmo Jane, pensou, poderia se iludir com tal expectativa. A surpresa foi o menor de seus sentimentos diante dos fatos. Enquanto o conteúdo da primeira carta ocupou sua mente, ela era toda surpresa... toda perplexidade com a ideia de que Wickham se casaria com uma menina com quem seria impossível se casar por dinheiro; e como Lydia poderia tê-lo conquistado parecera incompreensível. Mas agora era tudo muito natural. Para uma conquista daquele tipo ela possuía atrativos suficientes e, mesmo não acreditando que Lydia se envolveria de propósito numa fuga sem intenção de casamento, não via dificuldades em acreditar que nem a virtude nem a inteligência fariam dela uma presa menos fácil.

Ela nunca percebera, enquanto o regimento esteve em Hertfordshire, que Lydia tivesse qualquer interesse por ele, mas estava convencida de que Lydia só precisava de encorajamento para se ligar a alguém. Às vezes um oficial, às vezes outro, era o favorito, as atenções que lhes dispensavam fazendo-os subir ou descer em seu conceito. Os apegos flutuavam todo o tempo, mas nunca sem um alvo. O mal que podem causar a uma menina como aquela a negligência e o excesso de benevolência... Ah! Com que dor percebia isso agora!

Estava louca para chegar em casa... para ouvir, ver, estar lá para dividir com Jane os cuidados que agora estavam todos nas mãos dela, numa família tão confusa, um pai ausente, uma mãe sem energia, exigindo cuidados constantes; e mesmo quase convencida de que nada poderia ser feito por Lydia, a interferência do tio parecia de suma importância e até que ele entrasse na sala sua impaciência foi grande. O sr. e a sra. Gardiner correram alarmados, supondo pela descrição do criado que a sobrinha tivesse caído doente; mas, tranquilizando-os no mesmo instante, ela logo e avidamente comunicou por que os tinha chamado, lendo em voz alta as duas cartas e insistindo no final da última com trêmula energia. Ainda que Lydia nunca tivesse sido muito apreciada por eles, o sr. e a sra. Gardiner não poderiam evitar um profundo abalo. Não apenas Lydia, mas todos estavam envolvidos naquilo; e, depois das primeiras exclamações de surpresa e horror, o sr. Gardiner prometeu fazer tudo o que estivesse ao seu alcance. Elizabeth, embora não esperando menos, agradeceu com lágrimas de gratidão; e, imbuídos os três do mesmo espírito, tudo o que se relacionava com a viagem foi providenciado com rapidez. Sairiam o mais depressa possível.

– Mas o que faremos com Pemberley? – exclamou a sra. Gardiner. – John nos disse que o sr. Darcy estava aqui quando você o mandou à nossa procura. É isso mesmo?

– É, e eu lhe disse que não poderíamos manter nosso compromisso. *Isto* já está resolvido.

"O que está resolvido?", pensou a outra, enquanto corria ao quarto para se preparar. "E em que termos estão os dois para que ela lhe contasse a verdade? Ah, se eu soubesse!"

Mas seus desejos eram inúteis ou, pelo menos, serviriam apenas para distraí-la na pressa e confusão da hora seguinte. Tivesse Elizabeth tempo livre, teria tido certeza de que qualquer ocupação seria impossível para alguém tão desgraçada quanto ela; mas, como a tia, tinha sua cota de trabalho a fazer e, entre outras coisas, havia bilhetes a serem escritos para todos os amigos em Lambton, com falsas desculpas para sua súbita partida. Em uma hora, porém, tudo estava pronto e, tendo o sr. Gardiner acertado as contas na hospedaria, nada restava a ser feito além de partir; e Elizabeth, depois de toda a infelicidade daquela manhã, viu-se, num espaço de tempo mais curto do que imaginaria, sentada na carruagem e a caminho de Longbourn.

Capítulo 47

– Estive pensando mais uma vez, Elizabeth – disse o tio enquanto se afastavam da cidade –, e na verdade, depois de sérias considerações, estou muito mais inclinado do que antes a concordar com sua irmã mais velha. Parece-me tão improvável que qualquer rapaz tenha más intenções em relação a uma menina que não é desprotegida ou desamparada e que, além disso, estava morando com a família do coronel do seu regimento, que estou fortemente inclinado a esperar pelo melhor. Poderia ele imaginar que os amigos dela não interviriam? Poderia esperar ser aceito de volta no regimento, depois de tal afronta ao coronel Forster? A tentação não é proporcional ao risco!

– O senhor acredita mesmo? – exclamou Elizabeth, iluminando-se por um instante.

– Por Deus! – disse a sra. Gardiner. – Começo a concordar com seu tio. É realmente uma violação grande demais de decência, honra e interesse para que ele seja culpado. Não consigo pensar tão mal de Wickham. Será você capaz, Lizzy, de mudar de opinião a respeito dele a ponto de acreditá-lo capaz disto?

– Talvez não capaz de negligenciar seus próprios interesses, mas dc qualquer outra negligência eu o acredito capaz. Se realmente pudesse ser como dizem! Mas não ouso esperar tanto. Por que, se assim fosse, não iriam para a Escócia?

– Em primeiro lugar – retrucou o sr. Gardiner –, não há qualquer prova de que não tenham ido para a Escócia.

– Oh! Mas terem passado da diligência para um coche de aluguel é tão revelador! E, além disso, nenhum traço deles foi encontrado na estrada de Barnet.

– Bem, então... suponha que estejam em Londres. Devem estar lá, apenas com o propósito de se esconderem, sem qualquer outra intenção. Não é provável que o dinheiro seja muito abundante de nenhum dos lados e pode lhes ter ocorrido ser mais econômico, embora menos rápido, casarem-se em Londres e não na Escócia.

– Mas por que todo esse sigilo? Por que o medo de serem descobertos? Por que deveria o casamento ser secreto? Ah! Não, não... não faz sentido. Seu melhor amigo, como viram pelo relato de Jane, estava convencido de que ele nunca pretendeu se casar com ela. Wickham nunca se casará com uma mulher sem dinheiro. Não pode se dar a tal luxo. E que méritos tem Lydia, que atrativos oferece ela, além de juventude, saúde e bom humor, para fazer com que ele, por ela, renuncie a todas as oportunidades de se beneficiar através de um bom casamento? Até que ponto o risco de cair em desgraça no regimento poderia fazê-lo desistir de uma fuga desonrosa com ela, não sou capaz de julgar, pois nada sei dos efeitos que pode ocasionar tal atitude. Mas, quanto à sua outra objeção, receio que não se sustente. Lydia não tem irmãos que possam interferir; e ele deve imaginar, pelo comportamento de meu pai, pela indolência e pela pouca atenção que esse pai sempre pareceu dar ao que se passava em sua família, que *ele* faria tão pouco e pensaria tão pouco a respeito quanto qualquer pai nessa situação.

– Mas você imagina que Lydia esteja tão perdida de amor a ponto de consentir em viver com ele em outros termos que não o casamento?

– Assim parece; e é realmente muito chocante – respondeu Elizabeth, com lágrimas nos olhos – que o senso de decência e virtude de uma irmã possa admitir alguma dúvida a respeito. Mas, na verdade, não sei o que dizer. Talvez eu não lhe esteja fazendo justiça. Mas ela é jovem demais; nunca foi ensinada a pensar em coisas sérias e, nos últimos seis meses, não, doze meses, abandonou tudo o que não fosse diversão e vaidade. Permitiram que usasse seu tempo do modo mais fútil e frívolo possível e a seguir quaisquer opiniões que lhe apresentassem. Desde que o regimento de ...shire se instalara em Meryton, nada além de amor, namoros e oficiais esteve em sua cabeça. Ela vinha fazendo tudo o que podia para pensar e falar no assunto, para aumentar... como posso dizer?... a suscetibilidade de suas emoções, que já são por natureza bastante intensas. E todos nós sabemos que Wickham tem encantos de sobra, em termos de figura e maneiras, para conquistar uma mulher.

– Mas você vê que Jane – disse a tia – não pensa mal de Wickham a ponto de acreditá-lo capaz de tal atitude.

– De quem Jane já pensou mal na vida? E quem, fosse qual fosse a conduta anterior, ela consideraria capaz de tal atitude, até haver provas suficientes? Mas Jane sabe, tanto quanto eu, que tipo de homem é Wickham. Nós duas sabemos que ele tem sido devasso em toda a acepção da palavra; que ele não tem integridade ou honra; que ele é tão falso e mentiroso quanto é insinuante.

– E você sabe realmente tudo isto? – exclamou a sra. Gardiner, cuja curiosidade para saber de onde vinham aquelas informações era muito grande.

– Realmente sei – respondeu Elizabeth, corando. – Eu já lhes falei, outro dia, sobre o comportamento infame dele para com o sr. Darcy; e a senhora mesma, da última vez que esteve em Longbourn, ouviu como ele se referia ao homem que agiu em relação a ele com tanta tolerância e liberalidade. E há outras circunstâncias que não estou autorizada... que não vale a pena relatar; mas as mentiras desse rapaz relativas a toda a família de Pemberley são infindáveis. Pelo que ele dizia da srta. Darcy eu estava preparada para uma menina orgulhosa, fechada e desagradável. Embora ele soubesse que não era assim. Deve saber quc cla é amável e despretensiosa, como constatamos.

– Mas Lydia sabia de alguma coisa? É possível que ela não tenha ideia de tudo o que você e Jane parecem conhecer tão bem?

– Ah! Pode sim... e isto é o pior de tudo. Até minha estadia em Kent, quando me encontrei muito com o sr. Darcy e seu primo, o coronel Fitzwilliam, eu também não fazia ideia da verdade. E quando voltei para casa, o regimento sairia de Meryton dentro de uma semana, ou uma quinzena. Diante disso, nem Jane, a quem contei tudo, nem eu julgamos necessário tornar público o que sabíamos, pois de que serviria a alguém se fosse destruída a boa impressão que toda a vizinhança tinha dele? E, mesmo quando ficou acertado que Lydia iria com a sra. Forster, nunca me ocorreu a necessidade de abrir-lhe os olhos em relação ao caráter de Wickham. Que *ela* pudesse correr o risco de se decepcionar nunca me passou pela cabeça. Que uma consequência como *esta* fosse possível, como bem podem imaginar, foi algo que nunca aflorou em meus pensamentos.

– Quando todos foram para Brighton, então, vocês não tinham qualquer razão, suponho, para acreditar que os dois se gostassem.

– Nem de longe. Não consigo me lembrar de qualquer sintoma de afeto em nenhum dos lados; e, tivesse algo desse gênero sido perceptível, devem saber que a nossa não é uma família na qual isso passaria despercebido. Quando ele entrou para a corporação, ela estava bem disposta a admirá-lo; mas também estávamos todas. Qualquer moça que vivesse em Meryton ou nos arredores perdeu a cabeça por ele nos primeiros dois meses; mas ele nunca deu a *ela* qualquer atenção especial; assim, depois de um curto período de admiração selvagem e extravagante, seu capricho por ele desapareceu, e outros oficiais, que a tratavam melhor, voltaram a ser seus favoritos.

Pode-se facilmente compreender que embora pouco pudesse ser acrescentado aos medos, esperanças e conjecturas de todos em relação àquele importante assunto, por sua incessante discussão, nenhum outro seria capaz de desviá-los dele por muito tempo durante toda a viagem. Dos pensamentos de Elizabeth, nunca saiu. Presa da maior das angústias, a autocensura, ela não teve um só instante de paz ou esquecimento.

Viajaram o mais depressa possível e, dormindo uma noite na estrada, chegaram a Longbourn para o jantar do dia seguinte. Era um conforto para Elizabeth pensar que Jane não se desgastaria devido a uma longa espera.

Os pequenos Gardiner, atraídos pela visão de um coche, estavam parados nos degraus da casa quando entraram no pátio e, quando a carruagem parou à porta, a alegre surpresa que iluminou seus rostos e se manifestou por todos os corpos, numa variedade de pulos e tremeliques, foi sua primeira e sincera manifestação de boas-vindas.

Elizabeth saltou e, depois de dar a cada criança um beijo apressado, correu para o vestíbulo onde Jane, que descera depressa dos aposentos da mãe, logo a encontrou.

Elizabeth, beijando-a com carinho, enquanto lágrimas enchiam os olhos de ambas, não perdeu um momento sem perguntar se havia novidades dos fugitivos.

– Ainda não – respondeu Jane. – Mas agora que meu querido tio chegou, espero que tudo fique bem.

– Meu pai está na cidade?

– Está, foi para lá na terça-feira, como lhe escrevi.

– E tem dado notícias?

– Só duas vezes. Ele me escreveu algumas linhas na quarta para dizer que tinha chegado bem e me dar o endereço de onde estava, coisa que eu lhe pedira muito para fazer. Acrescentou apenas que não escreveria outra vez até ter algo importante a dizer.

– E minha mãe, como está? Como estão vocês todas?

– Mamãe está razoavelmente bem, acredito; embora seu ânimo esteja muito abatido. Ela está lá em cima e ficará muito satisfeita vendo todos vocês. Ainda não sai do quarto de vestir. Mary e Kitty, graças a Deus, estão muito bem.

– Mas você... como você está? – exclamou Elizabeth. – Parece pálida. Por quanta coisa você passou!

A irmã, entretanto, garantiu estar perfeitamente bem; e sua conversa, que se passara enquanto o sr. e a sra. Gardiner se entretinham com os filhos, chegou ao fim com a aproximação de todo o grupo. Jane correu para os tios, deu-lhes as boas-vindas e agradeceu a ambos, entre sorrisos e lágrimas alternados.

Estando todos na sala de estar, as perguntas que Elizabeth já fizera foram, é claro, repetidas pelos outros, que logo perceberam não ter Jane qualquer novidade a contar. No entanto, o corajoso otimismo proveniente da benevolência de seu coração ainda não a abandonara; ela continuava a acreditar que tudo acabaria bem e que cada nova manhã traria uma carta, de Lydia ou do pai, explicando o comportamento da moça e, talvez, anunciando o casamento.

A sra. Bennet, a cujos aposentos se dirigiram todos depois de alguns minutos de conversa, recebeu-os exatamente como se esperaria; com lágrimas e manifestações de pesar, ataques à infame conduta de Wickham e queixas de seus próprios sofrimentos e de tudo o que a faziam passar; culpando todos menos a pessoa a cuja equivocada tolerância se devia a maior parte dos erros da filha.

– Se eu tivesse conseguido – disse ela – fazer valer minha vontade de ir para Brighton com toda a minha família, *isso* não teria acontecido; mas não havia ninguém para tomar conta da pobrezinha da Lydia. Por que os Forster a perderam de vista? Tenho certeza de que houve grande negligência por parte de alguém, porque ela não é o tipo de moça que faria uma coisa dessas se cuidassem direito dela. Sempre achei que eles não tinham capacidade para tomar conta dela; mas passaram por cima da minha opinião, como sempre acontece. Pobre criança! E agora lá se foi o sr. Bennet, e sei que ele vai se bater com Wickham, onde quer que o encontre, e então vai ser morto, e o que será então de todas nós? Os Collins nos despejarão antes que seu corpo tenha esfriado no túmulo e, se você, meu irmão, não se apiedar de nós, não sei o que faremos.

Todos protestaram contra aquelas ideias terríveis; e o sr. Gardiner, depois das devidas garantias de afeto por ela e toda a família, disse-lhe que pretendia estar em Londres já no dia seguinte e daria assistência ao sr. Bennet em todas as tentativas de encontrar Lydia.

– Não se entregue a pânicos inúteis – acrescentou ele –, ainda que seja bom estar preparado para o pior, não há motivo para considerá-lo garantido. Não se passou ainda uma semana desde que deixaram Brighton. Dentro de mais alguns dias podemos ter alguma notícia deles e, enquanto não soubermos que não estão casados, ou que não há intenção de casamento, não consideremos o caso perdido. Tão logo eu chegue à cidade irei ao encontro de meu irmão e o levarei para casa comigo em Gracechurch Street; então estudaremos juntos o que pode ser feito.

– Oh! Meu querido irmão – respondeu a sra. Bennet –, isto é tudo o que eu mais desejo. E agora, por favor, ao chegar à cidade, encontre-os onde quer que estejam; e, se ainda não se casaram, *faça* com que se casem. E, quanto ao enxoval, não os deixe esperar, mas diga a Lydia que, se preferir, ela terá o mesmo dinheiro para comprá-lo depois do casamento. E, acima de tudo, impeça que o sr. Bennet entre num duelo. Diga-lhe em que estado terrível eu me encontro, que estou mais do que apavorada, e que tenho tantos tremores, tantas palpitações, por todo o corpo, tantos espasmos e tantas dores de cabeça, e tanta agitação no coração que não consigo descansar nem de dia, nem de noite. E diga à minha querida que não tome qualquer providência em relação a roupas antes de me encontrar, porque ela não sabe quais são as melhores lojas. Ah, irmão, como você é bom! Sei que vai resolver tudo.

Mas o sr. Gardiner, mesmo reafirmando que faria todas as tentativas possíveis, não deixou de lhe recomendar moderação tanto em esperanças quanto em medos; e, depois de conversar com ela nesse sentido até que o jantar estivesse servido, todos a deixaram extravasar seus sentimentos com a governanta, que a servia na ausência das filhas.

Embora persuadidos de que não havia motivo real para tal isolamento da família, seu irmão e irmã não fizeram qualquer objeção, pois sabiam que ela não teria sensatez suficiente para segurar a língua diante dos criados, enquanto serviam a mesa, e julgaram melhor que apenas *um* membro da criadagem, a pessoa em quem mais confiavam, compartilhasse de todos os medos e preocupações da patroa.

Na sala de refeições logo foram a seu encontro Mary e Kitty, que tinham estado por demais ocupadas em seus respectivos aposentos para se apresentarem antes. Uma vinha de seus livros, a outra de sua toalete. Os rostos de ambas, entretanto, estavam razoavelmente calmos e nenhuma alteração era visível nas duas, a não ser que a perda da irmã favorita, ou a raiva por estar ela própria envolvida naquele assunto, tivesse tornado mais irritadiços do que sempre os modos de Kitty. Quanto a Mary, era bastante senhora de si para sussurrar a Elizabeth, com expressão grave e logo após se terem sentado à mesa:

– Este assunto é muito desagradável e talvez ainda seja objeto de muita discussão. Mas devemos combater a maré de hostilidade e deixar fluir em nossos corações feridos o bálsamo do consolo fraterno.

Então, não percebendo em Elizabeth qualquer inclinação para respostas, acrescentou:

– Por mais infeliz que seja tal evento para Lydia, podemos extrair dele esta proveitosa lição: que a perda da virtude numa mulher é irrecuperável; que um passo em falso a envolve em infinita ruína; que sua reputação não é menos frágil do que bela; e que ela nunca será suficientemente cautelosa em seu comportamento perante a indignidade do outro sexo.

Elizabeth ergueu os olhos perplexa, mas estava oprimida demais para dar qualquer resposta. Mary, entretanto, continuou a se consolar com esse tipo de máximas morais extraídas do mal que as atingira.

À tarde, as duas moças Bennet mais velhas conseguiram ficar meia hora a sós, e Elizabeth, no mesmo instante, aproveitou a oportunidade para fazer mais perguntas, que Jane estava também ávida para responder. Depois de se solidarizar com os lamentos gerais quanto às terríveis consequências do fato, que Elizabeth considerava inevitáveis e a srta. Bennet não foi capaz de garantir serem impossíveis, a primeira continuou o assunto, dizendo:

– Mas conte-me tudo o que ainda não sei. Dê-me mais detalhes. O que disse o coronel Forster? Não tiveram quaisquer suspeitas antes que ocorresse a fuga? Os dois devem ter sido vistos juntos muitas vezes.

– O coronel Forster chegou a confessar que mais de uma vez suspeitou de algum interesse, sobretudo por parte de Lydia, mas nada que o alarmasse. Lamento tanto por ele! Seu comportamento foi atencioso e gentil ao máximo. Ele *estava* a caminho daqui, para nos comunicar sua preocupação, antes de qualquer ideia de que os dois não tivessem seguido para a Escócia: quando essa possibilidade surgiu, apressou-se ainda mais.

– E Denny estava convencido de que Wickham não se casaria? Sabia de sua intenção de fugir? O coronel Forster esteve pessoalmente com Denny?

– Esteve sim; mas, quando questionado por *ele*, Denny negou saber algo de seus planos e não deu sua verdadeira opinião a respeito. Não repetiu sua convicção de que não se casariam... e, por *isso*, fico inclinada a esperar que ele não tenha se expressado bem antes.

– E até que o coronel Forster viesse aqui, nenhuma de vocês teve dúvida alguma, suponho, quanto a eles estarem casados?

– Como seria possível que tal ideia passasse pelas nossas cabeças? Eu me senti um pouco desconfortável... um pouco apreensiva quanto à felicidade da minha irmã casando-se com ele, porque sabia que a conduta desse rapaz nem sempre fora correta. Meus pais nada sabiam a respeito; só consideraram aquela união imprudente. Kitty então confessou, com um orgulho muito natural por saber mais do que o resto de nós, que na última carta de Lydia ela a havia preparado para tal passo. Ela já sabia, ao que parece, que os dois estavam apaixonados há muitas semanas.

– Mas não antes que fossem para Brighton?

– Não, acho que não.

– E o coronel Forster parecia ter boa opinião a respeito de Wickham? Conhece seu verdadeiro caráter?

– Devo confessar que ele não falou tão bem de Wickham como fazia antes. Considerava-o imprudente e extravagante. E, depois desse triste acontecimento, soube-se que ele deixou Meryton bastante endividado; mas espero que isso seja falso.

– Ah, Jane, tivéssemos nós guardado menos segredo, tivéssemos dito o que sabíamos dele, nada disso teria acontecido!

– Talvez tivesse sido melhor – retrucou a irmã. – Mas expor faltas antigas de alguém sem saber quais são seus atuais sentimentos pareceu injustificado. Agimos com a melhor das intenções.

– O coronel Forster foi capaz de repetir os detalhes do bilhete de Lydia à esposa?

– Ele o trouxe consigo para que o víssemos.

Jane tirou-o então de dentro de um livro e entregou-o a Elizabeth. Assim estava escrito:

MINHA QUERIDA HARRIET,

Você vai rir quando souber para onde fui, e não posso deixar de rir também imaginando sua surpresa amanhã pela manhã, quando sentir minha falta. Estou indo para Gretna Green, e, se você não adivinhar com quem, vou achar que você é uma tonta, pois só existe um homem no mundo que eu amo, e ele é um anjo. Eu nunca seria feliz sem ele, então acho que não tem problema estar indo. Você não precisa mandar avisar Longbourn da minha ida, se não quiser, pois isso fará a surpresa ser maior, quando eu lhes escrever e assinar 'Lydia Wickham'. Será uma maravilha! Mal posso escrever, de tanto rir. Por favor apresente minhas desculpas a Pratt por não manter minha palavra de dançar com ele hoje à noite. Diga que espero que me desculpe quando souber de tudo; e diga que dançarei com ele no próximo baile em que nos encontrarmos, com muito prazer. Mandarei buscar minhas roupas quando chegar a Longbourn; mas quero que você diga a Sally para consertar um rasgão em meu velho vestido de musselina antes de guardá-lo. Adeus. Lembranças ao coronel Forster. Espero que brindem à nossa boa viagem.

Sua amiga sincera,
LYDIA BENNET

– Oh! Insensata, insensata Lydia! – exclamou Elizabeth ao terminar. – Que carta é esta, para ser escrita num momento desses! Mas ao menos mostra que *ela* levava a sério o objetivo de sua viagem. O que quer que ele possa ter feito para convencê-la, não partiu dela um *plano* de infâmia. Meu pobre pai! Como deve ter sofrido!

– Nunca vi alguém tão chocado. Ele não conseguiu dizer uma palavra por dez minutos. Minha mãe passou mal no mesmo instante, e toda a casa era só confusão!

– Oh, Jane! – exclamou Elizabeth. – Haverá um só criado nesta casa que não soubesse de toda a história antes do fim do dia?

– Não sei. Espero que sim. Mas ser discreto num momento desses é muito difícil. Minha mãe estava histérica e, por mais que eu tentasse lhe dar o máximo de assistência possível, receio não ter feito tanto quanto deveria! Mas o horror do que poderia ter acontecido quase me fez perder a cabeça.

– Seus cuidados com ela foram demais para você. Você não parece bem. Ah! Se eu estivesse aqui! Todo o trabalho e a ansiedade que você suportou sozinha!

– Mary e Kitty foram muito gentis e teriam dividido comigo todo o cansaço, tenho certeza; mas não achei justo com nenhuma das duas. Kitty é frágil e delicada; e Mary estuda tanto que suas horas de descanso não deveriam ser perturbadas. Minha tia Phillips veio a Longbourn na terça, depois que meu pai viajou, e foi boa a ponto de ficar comigo até quinta. Foi de grande ajuda e consolo para todos nós. E Lady Lucas tem sido muito gentil; caminhou até aqui na quarta pela manhã para nos consolar e ofereceu seus serviços, ou de quaisquer de suas filhas, se nos pudessem ser úteis.

– Ela faria melhor ficando em casa – exclamou Elizabeth. – Talvez a *intenção* tenha sido boa, mas, numa desgraça como esta, o melhor é que não se vejam os vizinhos. Ajudas são impossíveis, e condolências, insuportáveis. Que triunfem sobre nós de longe, e se regozijem.

Passou então a indagar que medidas o pai pretendia tomar, quando na cidade, para encontrar a filha.

– Acredito que ele pretenda – respondeu Jane – ir a Epsom, onde pela última vez trocaram de cavalos, conversar com os pontilhões e tentar obter deles alguma informação. Seu principal objetivo deve ser descobrir o número do coche de aluguel que os levou a partir de Clapham e que havia trazido um passageiro de Londres. Como ele acredita que o fato de um cavalheiro e uma dama mudando de uma carruagem para outra pode ter sido alvo de observação, pretende fazer tais perguntas em Clapham. Se de algum modo conseguir descobrir em que casa o cocheiro havia deixado o passageiro, está determinado a continuar lá sua investigação, e talvez não seja impossível descobrir o número do coche e seu ponto de parada. Não sei que outros planos ele arquitetou, mas ele estava com tanta pressa de ir e num estado de espírito tão alterado, que me foi difícil descobrir até mesmo isso.

Capítulo 48

Todo o grupo tinha esperanças de receber uma carta do sr. Bennet na manhã seguinte, mas o correio chegou sem trazer uma só linha. A família sabia que ele era, em situações triviais, um correspondente negligente e procrastinador, mas, numa ocasião como aquela, esperavam algum esforço. Foram obrigados a concluir que ele não tinha qualquer notícia agradável a dar; mas, mesmo *disso* gostariam de ter certeza. O sr. Gardiner só esperara pelas cartas para se pôr a caminho.

Quando ele se foi, tiveram todos pelo menos a certeza de receber constantes informações sobre os acontecimentos, e o tio, ao partir, prometeu fazer com que o sr. Bennet voltasse para Longbourn o mais depressa possível, para grande consolo da irmã, que considerava ser essa a única garantia de o marido não ser morto num duelo.

A sra. Gardiner e as crianças deveriam ficar em Hertfordshire por mais alguns dias, pois sua presença poderia ser útil às sobrinhas. Dividiu com elas os cuidados com a sra. Bennet e foi de grande consolo para as moças em seus momentos de descanso. Sua outra tia também as visitava com frequência e sempre, como dizia, com o intuito de animá-las e encorajá-las... embora, como nunca chegasse sem relatar algum novo exemplo de esbanjamento ou falcatrua de Wickham, poucas vezes as deixava menos acabrunhadas do que as encontrara.

Meryton inteira parecia determinada a denegrir o homem que, há apenas três meses, era quase um anjo de luz. Declaravam estar ele em débito com todos os comerciantes locais, e suas intrigas, sempre honradas com o título de sedução, estenderam-se às famílias de todos os negociantes. Todos declaravam ser ele o rapaz mais perverso do mundo; e todos começaram a descobrir ter sempre desconfiado de sua aparente bondade. Elizabeth, mesmo não dando crédito à metade do que era dito, acreditava o suficiente para consolidar sua certeza inicial quanto à ruína da irmã; e até Jane, que ainda acreditava menos, quase perdia as esperanças, sobretudo agora quando, passado o tempo em que, se tivessem ido para a Escócia, como insistia em acreditar, já seria mais do que provável terem recebido alguma notícia dos dois.

O sr. Gardiner saiu de Longbourn no domingo; na terça-feira, a esposa recebeu uma carta que lhes dizia que, ao chegar, encontrara no mesmo instante o irmão e o convencera a ir para Gracechurch Street, que o sr. Bennet estivera em Epsom e Clapham antes de sua chegada, mas sem obter qualquer informação satisfatória, e que ele estava agora decidido a investigar todos os principais hotéis da cidade, pois o sr. Bennet achava possível que tivessem ido para algum deles ao chegar a Londres, antes de procurarem acomodações. O sr. Gardiner, pessoalmente, não esperava muito sucesso dessa providência, mas, como o irmão insistia, pretendia ajudá-lo em sua busca. Acrescentava que o sr. Bennet parecia, no momento, muito pouco disposto a deixar Londres e prometia escrever outra vez em breve. Havia também um adendo nos seguintes termos:

> Escrevi para o coronel Forster solicitando que descobrisse, se possível, com algum dos amigos do rapaz no regimento, se Wickham tinha algum parente ou amigo que pudesse saber em que parte da cidade ele se escondia. Se houvesse alguém a quem se pudesse consultar com probabilidades de obter tal informação, isso poderia ter extrema importância. Até agora, nada temos em que nos basear. O coronel Forster fará, acredito, tudo o que estiver a seu alcance para nos ajudar. Mas, pensando melhor, talvez Lizzy, melhor do que qualquer outra pessoa, possa nos dizer que parentes vivos ele pode ter.

Elizabeth não podia deixar de compreender de onde provinha tal deferência à sua autoridade, mas não tinha meios de dar qualquer informação capaz de lhe fazer justiça. Nunca ouvira uma palavra a respeito dele ter quaisquer parentes, salvo pai e mãe, ambos falecidos há muitos anos. Era possível, entretanto, que alguns de seus colegas de regimento fossem capazes de fornecer mais dados; e, embora não alimentasse grandes expectativas, aquela consulta era uma boa ideia.

Todos os dias em Longbourn eram agora dias de ansiedade; mas a ansiedade maior ficava por conta da hora da vinda do correio. A chegada das cartas era o grande motivo da impaciência matinal. Através das cartas viria o comunicado do que pudesse haver de bom ou ruim, e de cada novo dia se esperava que trouxesse algumas notícias relevantes.

Mas antes que soubessem algo mais do sr. Gardiner, uma carta chegou para o seu pai, escrita de outro lugar, pelo sr. Collins. E, como Jane recebera instruções para abrir tudo o que chegasse para ele em sua ausência, abriu-a e leu; e Elizabeth, sabendo que tais cartas eram sempre curiosas, olhou por cima de seu ombro e leu também. Dizia o seguinte:

> Caro senhor,
>
> Senti-me no dever, por nosso parentesco e pela minha posição na vida, de exprimir meus sentimentos na terrível aflição pela qual está passando e de que fomos ontem informados por carta de Hertfordshire. Esteja certo, meu caro senhor, que a sra. Collins e eu mesmo nos solidarizamos sinceramente com o senhor e toda a sua respeitável família em sua atual mortificação, que pode ser das mais amargas, por provir de causa que o tempo não poderá apagar. Não podem existir, de minha parte, argumentos capazes de minorar infortúnio tão grave, ou que possam confortá-lo nestas circunstâncias que, de quaisquer outras, são as mais duras para um coração paterno. A morte de sua filha seria uma bênção em comparação a isto. E mais razão há para lamentar, pois tudo leva a crer, como me informa minha cara Charlotte, que tal licenciosidade de comportamento de sua filha deriva de excessivo grau de indulgência; embora ao mesmo tempo, para seu próprio consolo e da sra. Bennet, eu me incline a pensar que a própria índole da jovem deve ser naturalmente má, ou ela não seria culpada de tamanha enormidade, em idade tão

tenra. Quaisquer que sejam as circunstâncias, porém, o senhor é digno de grande piedade; e é esta também a opinião não apenas da sra. Collins, mas também de Lady Catherine e sua filha, a quem dei ciência do caso. Elas concordam comigo que tomar conhecimento desse passo em falso de uma filha será prejudicial para o destino de todas as outras; pois quem, como a própria Lady Catherine se dignou dizer, quem se ligará a tal família? E esta consideração me leva ainda mais a refletir, com maior satisfação, sobre certo evento ocorrido em novembro último; pois, fosse de outro modo, eu estaria envolvido em toda a sua tristeza e desgraça. Deixe-me então aconselhá-lo, caro senhor, a se conformar ao máximo, a arrancar sua indigna filha de seu coração para sempre e a deixá-la colher os frutos de seu próprio crime hediondo.

Subscrevo-me, caro senhor, etc. etc.

O sr. Gardiner não escreveu novamente até ter recebido uma resposta do coronel Forster e, quando o fez, nada tinha de agradável a dizer. Não se sabia que Wickham tivesse algum conhecido com que mantivesse relações, e era certo que não tivesse qualquer parente vivo. Seus relacionamentos antigos eram numerosos, mas, desde que entrara para a milícia, não parecia ter mantido qualquer relação de amizade com algum deles. Não havia ninguém, portanto, que pudesse dar qualquer informação a seu respeito. E, no lamentável estado de suas próprias finanças, havia razões muito poderosas para se manter em segredo, somadas ao medo de ser descoberto pelos parentes de Lydia, pois era notícia recente que deixara para trás dívidas de jogo de valor considerável. O coronel Forster acreditava que mais de mil libras seriam necessárias para cobrir suas despesas em Brighton. Ele devia muito na cidade, mas os débitos de honra eram ainda maiores. O sr. Gardiner não tentou ocultar tais detalhes da família de Longbourn. Jane leu com horror.

– Um jogador! – exclamou. – Isto é totalmente inesperado. Eu não fazia ideia.

O sr. Gardiner acrescentava, na carta, que elas podiam esperar ter o pai em casa no dia seguinte, que seria sábado. Desanimado com o insucesso de todos os seus esforços, cedera à insistência do cunhado para que voltasse para a família e deixasse a seu cargo decidir quando seriam mais favoráveis as circunstâncias para continuarem a busca. Quando a sra. Bennet soube disso, não demonstrou tanta satisfação quanto esperavam as filhas, considerando a ansiedade anterior pela vida do marido.

– O quê? Ele está vindo para casa, e sem a pobre Lydia? – exclamou. – Com certeza ele não vai sair de Londres antes de encontrar os dois. Quem vai enfrentar Wickham e fazê-lo casar-se com ela, se ele vier embora?

Quando a sra. Gardiner começou a desejar estar em casa, ficou acertado que ela e as crianças iriam para Londres na mesma ocasião em que o sr. Bennet viesse de lá. A carruagem, portanto, levou-os na primeira parte de seu trajeto e trouxe o patrão de volta a Longbourn.

A sra. Gardiner se foi com a mesma perplexidade em relação a Elizabeth e seu amigo de Derbyshire que a atingira naquela parte do mundo. O nome dele nunca foi voluntariamente mencionado na sua frente pela sobrinha; e o tipo de semiexpectativa criada pela sra. Gardiner, de receberem dele uma carta, resultara em nada. Elizabeth não recebera, desde seu regresso, carta alguma vinda de Pemberley.

A triste situação familiar atual tornaria desnecessária qualquer outra desculpa para seu estado de abatimento. Nada, portanto, poderia ser conjecturado a partir *daquilo*, embora Elizabeth, que a esta altura conhecia bastante bem seus próprios sentimentos, tivesse plena consciência de que, se nada soubesse de Darcy, teria suportado um pouco melhor o pavor da infâmia de Lydia. Isso lhe teria poupado, imaginava, uma noite de insônia a cada duas.

Quando o sr. Bennet chegou, tinha sua habitual aparência de serenidade filosófica. Falou tão pouco quanto de costume, não fez qualquer menção ao que o levara a viajar, e algum tempo se passou antes que as filhas tivessem coragem de mencionar algo.

Só à tarde, quando ele se juntou a elas para o chá, Elizabeth se aventurou a tocar no assunto; e então, tendo ela de imediato manifestado tristeza pelo que ele deveria ter passado, o pai respondeu:

– Não diga nada. Quem passaria por isso se não eu? Foi minha própria culpa, e eu deveria pagar por ela.

– Não deve ser tão severo consigo mesmo – retrucou Elizabeth.

– Talvez você deva me alertar contra um erro tão grande. A natureza humana é tão propensa a repeti-lo! Não, Lizzy, deixe-me uma vez na vida perceber o tamanho da minha culpa. Não tenho medo de ser esmagado por esta constatação. Dentro de pouco tempo, tudo isto terá passado.

– O senhor acredita que estejam em Londres?

– Acredito. Onde mais poderiam se esconder tão bem?

– E Lydia costumava querer ir para Londres – acrescentou Kitty.

– Então ela está contente – disse o pai com frieza –, e sua estada lá talvez dure algum tempo.

Depois de um curto silêncio, ele continuou:

– Lizzy, não lhe guardo rancor por ter tido razão no conselho que me deu no último mês de maio, o que, considerando os fatos, demonstra alguma sagacidade.

Foram interrompidos pela srta. Bennet, que foi buscar o chá da mãe.

– Isto é um espetáculo – exclamou ele – que faz bem aos olhos; isto dá elegância ao infortúnio! Dia desses farei o mesmo: vou me sentar na biblioteca, de gorro de dormir e bata, e darei todo o trabalho que puder; ou talvez eu deva deixar para fazê-lo quando Kitty fugir.

– Eu não vou fugir, papai – disse Kitty, nervosa. – Se eu alguma vez fosse a Brighton, me comportaria melhor do que Lydia.

– *Você*, ir a Brighton! Eu não confiaria em você para ir nem a Eastbourne! Não, Kitty, eu afinal aprendi a ser cauteloso, e você sentirá os efeitos disso. Nenhum oficial entrará outra vez em minha casa, nem mesmo a caminho da aldeia. Bailes serão absolutamente proibidos, a não ser que você fique ao lado de uma de suas irmãs. E você nunca sairá de casa sem ter antes provado que passou dez minutos por dia de modo sensato.

Kitty, que levou a sério todas essas ameaças, começou a chorar.

– Bem, bem – disse ele –, não fique tão infeliz. Se você for uma boa menina durante os próximos dez anos, eu a levarei, no final, para assistir a uma parada.

Capítulo 49

Dois dias depois da volta do sr. Bennet, quando Jane e Elizabeth andavam juntas pelo arvoredo atrás da casa, viram a governanta vindo na sua direção e, deduzindo que a mãe tinha mandado buscá-las, adiantaram-se ao seu encontro; mas, em lugar do esperado chamado, quando se aproximaram, ela disse à srta. Bennet:

– Peço-lhe desculpas, minha senhora, por interrompê-la, mas eu tinha esperanças de que a senhora tivesse alguma boa notícia vinda da cidade, portanto tomei a liberdade de vir perguntar.

– Do que está falando, Hill? Não tivemos qualquer notícia da cidade.

– Minha cara senhora – exclamou a sra. Hill com grande surpresa –, então não sabe que chegou um mensageiro urgente do sr. Gardiner para o patrão? Ele esteve aqui há meia hora e o patrão recebeu uma carta.

Para casa correram as moças, ansiosas demais por entrar para terem tempo de responder. Voaram do vestíbulo à saleta de refeições; de lá, à biblioteca; o pai não estava, e elas estavam a ponto de procurá-lo no andar de cima com a mãe, quando encontraram o mordomo, que disse:

– Se está procurando o patrão, minha senhora, ele está andando em direção ao pequeno bosque.

Diante dessa informação, as duas voltaram a passar pelo vestíbulo e correram pelo gramado atrás do pai, que seguia decidido na direção da pequena mata de um dos lados do pasto.

Jane, que não era tão leve nem tão acostumada a correr como Elizabeth, logo ficou para trás, enquanto a irmã, ofegante, chegou até ele e chamou ansiosa:

– Ah! Papai, o que há... o que há de novo? Notícias de meu tio?

– É, recebi uma carta dele por mensageiro expresso.

– Bem, e que notícias traz... boas ou más?

– O que se pode esperar de bom? – disse ele, tirando a carta do bolso. – Mas talvez você queira ler.

Elizabeth, impaciente, tirou o papel de sua mão. Jane já havia chegado.

– Leia em voz alta – disse o pai –, pois eu mesmo mal sei do que se trata.

Gracechurch Street, segunda-feira, 2 de agosto.

Caro irmão,

Afinal posso mandar alguma notícia de minha sobrinha e espero que, tudo levado em consideração, lhe traga satisfação. Logo depois de sua partida no sábado, tive bastante sorte para descobrir em que parte de Londres os dois estavam. Os detalhes, deixarei para quando nos encontrarmos; basta agora saber que foram descobertos. Estive com os dois...

– Então é como sempre esperei – exclamou Jane. Estão casados!

Elizabeth continuou:

Estive com os dois. Não estão casados, nem descobri que houvesse qualquer intenção neste sentido; mas, se estiver disposto a cumprir o compromisso que tomei a liberdade de assumir em seu nome, espero que não tardem a fazê-lo. Tudo o que exigem é que seja assegurada à sua filha, por doação, sua cota proporcional das cinco mil libras destinadas às suas filhas após o seu falecimento e o de minha irmã; e, além disso, comprometer-se a lhe entregar, enquanto viver, cem libras por ano. São condições que, considerando a situação, não hesitei em aceitar, por acreditar ter autoridade para tanto. Mando esta carta pelo correio expresso, pois nenhum tempo deve ser perdido para que me envie sua resposta. Você logo compreenderá, por estes detalhes, que a situação do sr. Wickham não é tão desesperadora quanto se acreditava. Estavam todos enganados a respeito e fico feliz por dizer que haverá algum dinheiro, mesmo quando seus débitos forem quitados, a ser doado à minha sobrinha, além de sua própria fortuna. Se, como deduzo que será o caso, você me der plenos poderes para agir em seu nome até o fim deste assunto, darei imediatas instruções a Haggerston para preparar os devidos documentos. Não haverá a menor necessidade de que você volte à cidade; portanto fique quieto em Longbourn e confie em meu empenho e zelo. Mande sua resposta o mais depressa possível e tenha o cuidado de ser bastante explícito no que escrever. Achamos melhor que minha sobrinha se case nesta casa, o que espero que aprove. Ela virá hoje para cá. Escreverei novamente assim que tudo estiver mais decidido. Seu, etc. etc.,

EDW. GARDINER

– Será possível? – exclamou Elizabeth, ao terminar. – Pode ser possível que ele se case com ela?

– Wickham não é tão indigno como imaginávamos, então – disse a irmã. – Meu caro pai, eu o felicito.

– E o senhor já respondeu à carta? – exclamou Elizabeth.

– Não, mas é preciso que isso seja feito logo.

Com insistência ela lhe pediu que não perdesse mais tempo.

– Ah! Meu querido pai – exclamou ela –, volte e escreva imediatamente. Pense como cada momento é importante num caso como este.

– Deixe-me escrever para o senhor – disse Jane –, se o trabalho o aborrece.

– Aborrece-me muito – respondeu ele –, mas precisa ser feito.

Assim dizendo, deu meia-volta com elas e andou em direção à casa.

– E posso perguntar... – disse Elizabeth –, mas... suponho que é preciso concordar com os termos.

– Concordar! Só tenho vergonha por ele ter pedido tão pouco.

– E eles *precisam* se casar! Mesmo sendo ele *este* tipo de homem!

– É, é, eles precisam se casar. Não há outra coisa a ser feita. Mas há duas coisas que quero muito saber; uma é quanto dinheiro o seu tio pagou para chegar a este acordo; e a outra é como vou poder pagar a ele.

– Dinheiro! Meu tio! – exclamou Jane. – O que o senhor quer dizer com isso?

– Quero dizer que homem algum, em seu juízo perfeito, se casaria com Lydia tentado por uma quantia tão insignificante quanto cem libras por ano enquanto eu viver e cinco mil quando eu me for.

– Isso é bem verdade – disse Elizabeth –, embora não me tenha ocorrido antes. Seus débitos sendo pagos, e ainda sobrará algum! Oh! Isso deve ser coisa do meu tio! Homem generoso e bom, receio que ele tenha se sacrificado. Uma pequena quantia não resolveria tudo.

– Não – disse o pai. – Wickham seria um idiota se ficasse com ela por menos de dez mil libras. Eu não gostaria de pensar tão mal dele, logo no começo de nossas relações.

– Dez mil libras! Deus nos livre! Como pode ser restituída sequer a metade de tal quantia?

O sr. Bennet não deu resposta, e todos, mergulhados em seus pensamentos, continuaram em silêncio até chegarem à casa. O pai foi então à biblioteca, para escrever, e as moças se dirigiram à saleta de café da manhã.

– E eles vão mesmo se casar! – exclamou Elizabeth assim que ficaram sozinhas. – Como é estranho! E ainda devemos agradecer por *isso*. Por se casarem, com tão pouca chance de felicidade e tendo ele um caráter tão abjeto, ainda somos obrigadas a nos alegrar. Ah, Lydia!

– Eu me consolo com o pensamento – retrucou Jane – de que ele com certeza não se casaria com Lydia se não tivesse um afeto real por ela. Embora nosso bondoso tio tenha feito algo para convencê-lo, não acredito que dez mil libras, ou algo assim, tenham sido adiantadas. Ele tem seus próprios filhos e ainda pode ter mais. Como poderia dispor da metade de dez mil libras?

– Se pudéssemos descobrir a quanto somavam os débitos de Wickham – disse Elizabeth – e de quanto foi o dote que estipulou para nossa irmã, saberíamos exatamente o que o sr. Gardiner fez por eles, porque Wickham não tem dois tostões de seus. Nunca poderemos recompensar a bondade de meus tios. O fato de levarem-na para sua casa e garantirem-lhe sua proteção pessoal e sustento é tamanho sacrifício feito por ela que anos de gratidão não serão suficientes para compensar. A esta hora ela já está com eles! Se tanta bondade não a deixar envergonhada, ela não merece ser feliz! Que humilhação para ela, quando se defrontar com minha tia!

– Precisamos nos esforçar para esquecer tudo o que aconteceu, de parte a parte – disse Jane. – Espero e acredito que sejam felizes. Que ele consinta em se casar com ela é uma prova, quero crer, de que ele está no bom caminho. Sua afeição recíproca lhes dará equilíbrio. E confio em que vão sossegar e viver de um modo tão sensato que com o tempo toda a imprudência será esquecida.

– A conduta desse rapaz foi tal – retrucou Elizabeth – que nem você, nem eu, nem ninguém jamais poderá esquecer. É inútil falar nisso.

Ocorreu então às moças que a mãe estava em total ignorância do que acontecera. Foram à biblioteca, portanto, e perguntaram ao pai se não desejava que elas a informassem. Ele estava escrevendo e, sem erguer a cabeça, respondeu com frieza:

– Como quiserem.

– Podemos levar a carta de meu tio e ler para ela?

– Levem o que quiserem e saiam daqui.

Elizabeth apanhou a carta da escrivaninha e as duas subiram juntas. Mary e Kitty estavam com a sra. Bennet: um só comunicado seria, então, feito para todas. Depois de uma rápida preparação para as boas novas, a carta foi lida em voz alta. A sra. Bennet mal se continha. Tão logo Jane leu sobre a esperança do sr. Gardiner de que Lydia logo estaria casada, sua alegria explodiu e cada frase seguinte aumentava sua exuberância. A felicidade a deixava agora numa impaciência tão intensa quanto fora sua perturbação devida à ansiedade e à vergonha. Saber que a filha iria se casar já era o bastante. Não a preocupava qualquer receio quanto à sua felicidade nem a humilhava qualquer lembrança de sua leviandade.

– Minha querida, querida Lydia! – exclamou. – Isto é realmente maravilhoso! Ela se casará! Eu a verei novamente! Ela se casará aos dezesseis anos! Meu bom e gentil irmão! Eu sabia que seria assim. Eu sabia que ele consertaria tudo! Como desejo vê-la! E ver o querido Wickham também! Mas as roupas, o enxoval! Vou escrever a respeito diretamente para a minha irmã Gardiner. Lizzy, querida, corra lá embaixo e pergunte ao sei pai quanto vai dar a ela. Espere, espere, eu mesma vou. Toque a campainha, Kitty, chame Hill. Vou me vestir num instante. Minha querida, querida Lydia! Como ficaremos felizes quando nos encontrarmos!

A filha mais velha tentou atenuar um pouco o ímpeto daqueles arroubos, dirigindo seus pensamentos às obrigações devidas por todos eles ao comportamento do sr. Gardiner.

– Pois devemos atribuir este final feliz – acrescentou – em grande parte à bondade dele. Estamos convencidos de que ele se empenhou em ajudar o sr. Wickham com dinheiro.

– Bem – exclamou a mãe –, está tudo certo; quem poderia fazer isso senão seu tio? Se ele não tivesse tido sua própria família, eu e minhas filhas ficaríamos com todo o dinheiro dele, vocês sabem; e esta é a primeira vez que recebemos algo dele, a não ser uns poucos presentes. Bem! Estou tão feliz! Dentro de pouco tempo terei uma filha casada. Sra. Wickham! Como é bonito! E ela só fez dezesseis anos em junho. Minha querida Jane, estou tão agitada que tenho certeza de que não serei capaz de escrever; então vou ditar e você escreverá por mim. Depois nos entenderemos com seu pai quanto ao dinheiro; mas as coisas precisam ser imediatamente encomendadas.

Ela começou então a discorrer sobre todos os detalhes de morins, musselinas e cambraias e teria rapidamente mandado fazer algumas encomendas imensas se Jane, com alguma dificuldade, não a tivesse convencido a esperar até que seu pai pudesse ser consultado. Um dia de atraso, observou ela, não faria muita diferença; e a mãe estava feliz demais para ser tão teimosa quanto de costume. Outros planos, também, vieram-lhe à cabeça.

– Vou a Meryton – disse ela – assim que estiver vestida e darei essas notícias maravilhosas à minha irmã Phillips. E, na volta, posso passar em Lady Lucas e na sra. Long. Kitty, corra lá embaixo e mande preparar a carruagem. Um pouco de ar fresco me fará muito bem, tenho certeza. Meninas, há algo que eu possa fazer por vocês em Meryton? Oh! Aí vem Hill! Minha cara Hill, você já ouviu as boas novas? A srta. Lydia vai se casar; e todos vocês terão uma jarra de ponche para festejar as bodas.

A sra. Hill começou no mesmo instante a manifestar alegria. Elizabeth recebeu suas felicitações junto com as outras e então, enjoada com aquela loucura, buscou refúgio em seu próprio quarto, para poder pensar em paz.

A situação da pobre Lydia era, na melhor das hipóteses, bastante ruim; mas ela precisava ser grata por não ser ainda pior. Assim se sentia; e ainda que, olhando para o futuro, não se pudesse na verdade esperar para a irmã nem uma razoável felicidade nem alguma prosperidade material, ao olhar para trás, para tudo o que temiam apenas duas horas antes, percebeu todas as vantagens do que haviam conseguido.

Capítulo 50

Mais de uma vez, em outras épocas, o sr. Bennet desejara que, em vez de ter gasto toda a sua renda, tivesse posto de lado uma quantia anual para melhor amparo de suas filhas, e da esposa, se a ele sobrevivesse. Agora desejava isso mais do que nunca. Tivesse ele cumprido com esse dever, Lydia não precisaria estar em débito com o tio por qualquer honra ou crédito que agora precisassem ser comprados para ela. A satisfação de convencer um dos piores rapazes da Inglaterra a ser seu marido estaria então em seu devido lugar.

Ele estava seriamente preocupado com o fato de que uma causa tão pouco vantajosa para todos devesse ser levada adiante apenas a expensas de seu cunhado e estava decidido a, se possível, descobrir a extensão de seu auxílio e se desincumbir, tão logo pudesse, daquela obrigação.

Logo que o sr. Bennet se casou, a economia foi considerada totalmente inútil, pois, é claro, deveria haver um filho. O filho entraria na partilha do legado tão logo chegasse à maioridade, e assim estariam garantidas a viúva e as crianças menores. Cinco filhas vieram sucessivamente ao mundo, mas o filho continuava por vir, e a sra. Bennet, por muitos anos depois do nascimento de Lydia, tinha certeza de que ainda viria. Perderam-se afinal as esperanças de que isso acontecesse, mas era então tarde demais para poupar. A sra. Bennet não tinha vocação para economia, e só o amor do marido pela independência impediu que ultrapassassem sua renda.

Cinco mil libras foram destinadas, pelo contrato de casamento, à sra. Bennet e seus filhos. Mas em que proporções seriam divididas entre os últimos dependeria da vontade dos pais. Esse era um ponto que deveria agora ser definido, pelo menos em relação a Lydia, e o sr. Bennet não podia hesitar em concordar com a proposta apresentada. Em termos de grato reconhecimento pela gentileza do irmão, mesmo expressos de forma um tanto concisa, ele colocou então no papel sua total aprovação a tudo o que havia sido feito e sua disposição de cumprir os compromissos assumidos em seu nome. Nunca antes ele imaginara que, caso Wickham fosse convencido a se casar com sua filha, isso se daria em termos tão convenientes para ele mesmo do que os do presente acordo. Não chegaria a perder dez libras por ano com as cem que lhes deveria entregar; pois somadas a mesada e as despesas que dava em casa, mais os contínuos presentes em dinheiro que a ela chegavam pelas mãos da mãe, os gastos com Lydia chegavam mais ou menos àquela quantia.

Que isso fosse feito sem o menor esforço de sua parte era também uma surpresa muito bem-vinda; pois seu desejo agora era ter tão pouco trabalho quanto possível com esse caso. Quando se esgotaram os primeiros ímpetos de raiva que o lançaram à procura dela, ele voltou naturalmente a toda a sua antiga indolência. A carta foi logo despachada; pois, embora relapso para tomar decisões, era rápido para executá-las. Solicitava maiores detalhes de seus débitos ao irmão, mas estava zangado demais com Lydia para lhe mandar qualquer recado.

A boa nova espalhou-se depressa pela casa e, com velocidade proporcional, correu pela vizinhança. Foi recebida pela última com civilizada filosofia. A bem da verdade, teria sido mais interessante para as conversas se a srta. Lydia Bennet tivesse caído na vida ou, como alternativa mais feliz, se estivesse isolada da sociedade, em alguma fazenda distante. Mas havia muito a ser dito sobre o casamento; e os bem-intencionados votos de que ela estivesse bem, apresentados antes por todas as velhas senhoras invejosas de Meryton, pouco perderam de seu espírito com a mudança da situação, pois com tal marido a desgraça era considerada garantida.

Há uma quinzena a sra. Bennet não saía de seus aposentos, mas nesse dia feliz ela voltou a ocupar seu lugar à cabeceira da mesa, e com os ânimos terrivelmente agitados. Nenhum sentimento de vergonha obscurecia seu triunfo. O casamento de uma filha, principal objeto de seus desejos desde que Jane completara dezesseis anos, estava agora prestes a se realizar, e seus pensamentos e palavras continuavam fixos nos complementos de bodas elegantes, musselinas finas, novas carruagens e criados. Estava ocupadíssima buscando pelos arredores uma boa moradia para a filha e, sem saber ou se preocupar com sua renda, rejeitava diversas por não terem tamanho e valor adequados.

– Haye Park estaria bem – disse ela – se os Goulding a quitassem. Ou a grande casa em Stoke, se a sala de estar fosse maior; mas Ashworth é longe demais! Eu não suportaria tê-la a mais de dez milhas de distância; e, quanto a Pulvis Lodge, os sótãos são horríveis.

O marido a deixou falar sem interrupção enquanto os criados estavam presentes. Mas quando eles se retiraram, disse-lhe:

– Sra. Bennet, antes que a senhora escolha uma ou todas essas casas para seu filho e filha, vamos chegar a um acordo. Em *uma* das casas destas redondezas eles jamais serão admitidos. Não encorajarei o descaramento de ambos recebendo-os em Longbourn.

Uma longa discussão seguiu-se a essa declaração; mas o sr. Bennet foi firme. Logo outra teve início, e a sra. Bennet descobriu, com assombro e horror, que o marido não lhe daria um tostão para comprar roupas para a filha. Ele afirmou que ela não receberia dele qualquer demonstração de afeto naquela ocasião. A sra. Bennet não conseguia compreender. Que sua raiva chegasse ao ponto daquele inconcebível ressentimento que recusava à filha um privilégio sem o qual o casamento mal pareceria válido ultrapassava tudo o que ela poderia considerar possível. Afetava-a muito mais a desgraça que a falta de roupas novas faria às bodas de sua filha do que qualquer sentimento de vergonha por ela ter fugido e vivido com Wickham por uma quinzena antes que elas se realizassem.

Elizabeth estava agora ainda mais arrependida por ter, no desespero do momento, deixado que o sr. Darcy soubesse de seus receios em relação à irmã; pois já que o casamento daria tão depressa à fuga um final adequado, talvez fosse possível ocultar seu desfavorável início de todos os que não estivessem diretamente envolvidos.

Ela não receara que o segredo se espalhasse por indiscrição dele. Poucas pessoas havia em cujo sigilo ela mais confiasse; mas, ao mesmo tempo, não havia outra pessoa cujo conhecimento da fraqueza de uma irmã a mortificasse tanto... não, porém, por temer qualquer desvantagem para si mesma, pois, de qualquer modo, parecia haver entre ambos um abismo intransponível. Tivesse o casamento de Lydia se realizado nos termos mais honrosos, não se poderia supor que o sr. Darcy se ligaria a uma família que, a todas as outras objeções, somaria agora a aliança e o mais íntimo parentesco com um homem que ele com tanta razão desprezava.

Diante de tal associação ela não se surpreenderia que ele fugisse. O desejo de despertar seu interesse, que ela percebera ser seu intuito em Derbyshire, não poderia, numa expectativa racional, sobreviver a um golpe como aquele. Sentia-se humilhada, sentia-se acabrunhada; arrependia-se, embora mal soubesse de quê. Desejava seu afeto, agora que não mais podia esperar ser por ele contemplada. Queria saber dele, agora que parecia não haver qualquer possibilidade de receber notícias. Estava convencida de que poderia ter sido feliz com ele, agora que talvez nunca mais se encontrassem.

Que triunfo para ele, como ela várias vezes pensou, se soubesse que as propostas que ela orgulhosamente rejeitara há apenas quatro meses seriam agora recebidas com alegria e gratidão! Ele era tão generoso quanto o mais generoso dos homens, disso ela não duvidava; mas, sendo mortal, sentiria o triunfo.

Começava agora a compreender que ele era exatamente o homem que, em natureza e talentos, mais lhe conviria. Sua inteligência e temperamento, embora diferentes do dela, corresponderiam a todos os seus desejos. Era uma união que traria vantagens para ambos: com a espontaneidade e alegria dela, o gênio dele se suavizaria, suas maneiras melhorariam; e, com o raciocínio, a cultura e o traquejo social que ele possuía, os benefícios dela seriam ainda maiores.

Mas não haveria tal casamento feliz para ensinar à multidão admirada como era a felicidade conjugal. Uma união de outro tipo, excluindo a possibilidade da outra, logo se estabeleceria em sua família.

Como Wickham e Lydia seriam mantidos em tolerável independência, ela não conseguia imaginar. Mas não lhe era difícil conjecturar que um casal unido apenas por serem suas paixões mais fortes do que suas virtudes não poderia se manter feliz senão por muito pouco tempo.

O sr. Gardiner logo voltou a escrever para o irmão. Aos agradecimentos do sr. Bennet respondeu com poucas palavras, afirmando seu empenho em promover o bem-estar de qualquer membro de sua família, e concluiu com pedidos de que o assunto não mais fosse mencionado. O objetivo principal da carta era informá-los de que o sr. Wickham decidira deixar a milícia. E acrescentava:

> Era meu forte desejo que ele assim fizesse tão logo o casamento estivesse marcado. E acredito que você concordará comigo, considerando muito aconselhável sua saída daquela corporação, tanto por ele quanto por minha sobrinha. É intenção do sr. Wickham entrar para o Exército regular, e entre seus antigos amigos ainda há alguns capazes e dispostos a apoiá-lo na carreira militar. Prometeram-lhe um posto no regimento do general ..., agora alojado no Norte. É uma vantagem que esteja tão distante desta parte do reino. Ele promete se portar bem; e espero que, entre novas pessoas, numa situação em que cada um deles deverá ter uma imagem a preservar, sejam ambos mais prudentes. Escrevi ao coronel Forster para informá-lo de nossos últimos arranjos e pedir-lhe que tranquilize os vários credores do sr. Wickham em Brighton e arredores com garantias de pronto pagamento, no que me empenharei pessoalmente. E poderá você se dar ao trabalho de transmitir segurança semelhante aos seus credores em Meryton, dos quais anexo uma lista conforme as informações de Wickham? Ele confessou todas as dívidas; espero que

pelo menos não nos tenha enganado. Haggerston tem nossas instruções e tudo estará regularizado dentro de uma semana, quando então os dois se apresentarão no novo regimento, a não ser que sejam primeiro convidados para ir a Longbourn; e sei pela sra. Gardiner que minha sobrinha está muito desejosa de rever toda a família antes de deixar o Sul. Ela está bem e pede que seus respeitos sejam apresentados aos pais. Seu, etc.

E. Gardiner

O sr. Bennet e as filhas viram todas as vantagens da saída de Wickham de ...shire com tanta clareza quanto o sr. Gardiner. Mas a sra. Bennet não ficou tão contente assim. Lydia ser instalada no Norte, logo quanto esperava tanto prazer e orgulho com sua companhia, pois de modo algum desistira de seu plano para que residissem em Hunsford, era um terrível desapontamento. Além disso, era uma grande pena que Lydia fosse afastada de um regimento em que conhecia todo mundo e tinha tantos amigos.

– Ela gosta tanto da sra. Forster – disse a mãe. – Será um choque abandoná-la! E há também diversos rapazes que ela aprecia tanto. Os oficiais do regimento do general ... podem não ser tão agradáveis.

O pedido da filha, pois assim deveria ser considerado, de ser admitida na família antes de partir para o Norte recebeu a princípio uma absoluta negativa. Mas Jane e Elizabeth, que concordavam, para o bem dos sentimentos e do futuro da irmã, que seu casamento deveria ser oficialmente participado e aceito pelos pais, insistiram com tanto empenho, embora com tanta sensatez e doçura, que a recebessem com o marido em Longbourn tão logo se casassem, que ele foi convencido a pensar como elas e a agir como desejavam. E a mãe teve o prazer de saber que poderia exibir a filha casada pela vizinhança antes que ela fosse banida para o Norte. Quando o sr. Bennet voltou a escrever para o irmão, portanto, deu permissão para que viessem; e ficou determinado que, tão logo terminasse a cerimônia, eles partiriam para Longbourn.

Elizabeth, porém, surpreendeu-se com a concordância de Wickham com tais planos e, tivesse consultado apenas seus próprios sentimentos, qualquer encontro com ele seria o último de seus desejos.

Capítulo 51

O dia do casamento da irmã chegou; e Jane e Elizabeth se preocuparam com ela talvez mais do que ela se preocupava consigo mesma. A carruagem foi mandada a ... para buscá-los e eles deveriam estar em casa para o jantar. Sua chegada era esperada com apreensão pelas duas moças Bennet mais velhas, em especial por Jane, que atribuía a Lydia os sentimentos que ela mesma teria caso fosse culpada e sentia-se mal com o pensamento do quanto a irmã deveria estar sofrendo.

Chegaram. A família estava reunida na saleta de refeições para recebê-los. Sorrisos cobriram o rosto da sra. Bennet quando a carruagem se aproximou da porta; o marido parecia imperturbável e sério; as filhas, preocupadas, ansiosas, desconfortáveis.

A voz de Lydia se fez ouvir no vestíbulo; a porta foi escancarada e ela correu para a sala. A mãe se adiantou, beijou-a e deu-lhe as boas-vindas extasiada; estendeu a mão, com um sorriso afetuoso, para Wickham, que vinha atrás da esposa, e lhes desejou boa sorte com um entusiasmo que não deixava dúvidas quanto à felicidade de ambos.

Sua recepção pelo sr. Bennet, para quem então se voltaram, não foi tão cordial. O semblante do pai tornou-se ainda mais austero e ele mal moveu os lábios. A atitude despreocupada do jovem casal, na verdade, bastava para provocá-lo. Elizabeth estava enojada, e até a srta. Bennet estava chocada. Lydia continuava a ser Lydia; indomável, petulante, selvagem, barulhenta e afoita. Foi de irmã a irmã, pedindo parabéns, e, quando afinal todos se sentaram, passou os olhos ávidos pela saleta, percebeu algumas pequenas alterações e observou, com uma risada, que muito tempo se passara desde que lá estivera.

Wickham também não estava absolutamente menos à vontade do que ela, mas suas maneiras eram sempre tão agradáveis que, fosse sua índole e aquele casamento exatamente o que todos desejavam, seu sorriso e sua atitude desembaraçada ao declarar seu parentesco teriam encantado os presentes. Elizabeth nunca antes o acreditara capaz de tal segurança; mas sentou-se, decidindo-se a, no futuro, nunca traçar limites para a insolência de um homem insolente. Ela enrubesceu, e Jane enrubesceu; mas as faces dos dois que as constrangiam não sofreram qualquer alteração de cor.

Não havia falta de assunto. Entre a noiva e a mãe não se sabia quem falava mais depressa; e Wickham, que acabara sentado ao lado de Elizabeth, começou a perguntar por seus conhecidos na região com uma desenvoltura bem-humorada que ela se considerou incapaz de igualar em suas respostas. Ambos pareciam ter as melhores lembranças do mundo. Nenhum fato passado era recordado com tristeza; e Lydia abordava voluntariamente assuntos em que suas irmãs não tocariam por nada deste mundo.

– Pensem só que já se passaram três meses – exclamou ela – desde que me fui; parece não ser mais de quinze dias; e olhem que muitas coisas aconteceram nesse tempo. Deus seja louvado! Quando eu parti, com certeza não fazia ideia de estar casada quando voltasse! Embora eu achasse que seria engraçado demais se isso acontecesse.

O pai ergueu os olhos. Jane estava desesperada. Elizabeth deu um olhar significativo para Lydia; mas ela, que nunca ouvia nem via algo a que preferisse ser insensível, continuou alegremente:

– Ah, mamãe! As pessoas por aqui já sabem que eu me casei hoje? Eu estava com medo que não soubessem; e, quando passamos por William Goulding em sua charrete, resolvi que ele precisava saber e então baixei o vidro do lado dele, tirei a luva e deixei a mão solta sobre a moldura da janela para que ele pudesse ver o anel e então acenei e sorri como se nada houvesse.

Elizabeth não conseguiu mais suportar. Levantou-se e saiu da sala; não voltou até ouvi-los passando pelo saguão em direção à sala de refeições. Juntou-se então a eles a tempo de ver Lydia, muito aflita, se colocar à direita da mãe e de ouvi-la dizer à irmã mais velha:

– Ah! Jane, agora eu fico com o seu lugar e você tem que ir mais para longe, porque eu sou uma mulher casada.

Não era de se supor que o tempo desse a Lydia o constrangimento que tanto lhe faltara no início. Sua desenvoltura e animação aumentaram. Ela estava louca para ver a sra. Phillips, os Lucas e todos os outros vizinhos, e para se ouvir chamar de "sra. Wickham" por todos; e, enquanto não o fazia, foi depois do jantar se vangloriar de estar casada e mostrar o anel à sra. Hill e às duas arrumadeiras.

– Bem, mamãe – disse ela, quando todos voltaram à primeira saleta –, e o que você acha do meu marido? Não é um homem encantador? Tenho certeza de que minhas irmãs estão com inveja de mim. Só espero que tenham a metade da minha sorte. Precisam ir todas para Brighton. É o lugar para arranjar marido. Que pena, mamãe, que não tenhamos ido todas.

– É verdade; e se fosse pela minha vontade, teríamos ido. Mas, minha querida Lydia, não gosto nem um pouco de você ir para tão longe. Precisa ser assim?

– Oh, meu Deus! É claro! Não tem nada de mais. É do que eu mais gosto. A senhora e papai, e minhas irmãs, precisam ir lá nos visitar. Ficaremos em Newcastle o inverno todo, e acredito que haverá alguns bailes, e eu tratarei de arrumar alguns bons pares para todas elas.

– Eu adoraria isso mais do que tudo! – disse a mãe.

– E então, quando se forem, podem deixar uma ou duas das minhas irmãs comigo; e ouso dizer que arrumarei maridos para elas antes do final do inverno.

– Agradeço pela parte que me toca – disse Elizabeth –, mas não gosto muito da sua maneira de conseguir maridos.

Os hóspedes não deveriam ficar mais de dez dias com eles. O sr. Wickham fora recrutado antes de deixar Londres e deveria se apresentar ao regimento ao final de uma quinzena.

Ninguém além da sra. Bennet lamentou que sua estada fosse tão curta; e ela passou a maior parte do tempo fazendo visitas com a filha e dando frequentes festas em casa. Essas festas eram oportunas para todos; evitar uma reunião familiar era ainda mais desejável para os que pensavam do que para os que não pensavam.

O afeto de Wickham por Lydia era exatamente como Elizabeth imaginara que seria; nada parecido com o de Lydia por ele. Ela não precisaria da observação atual para ter certeza, por razões óbvias, de que a fuga dos dois se devia mais à força do amor dela do que ao dele; e se perguntaria por que, sem gostar tanto assim dela, ele preferira fugir com ela e não com outra, se não estivesse convencida de que sua fuga se tornara necessária por trágicas circunstâncias; e, sendo esse o caso, ele não era homem capaz de resistir a uma oportunidade de ter uma companheira.

Lydia estava muitíssimo apaixonada por ele. Ele era seu querido Wickham em todas as ocasiões; ninguém competiria com ele. Ele fazia tudo melhor do que todos no mundo; e ela tinha certeza de que ele mataria mais pássaros no dia 1º de setembro* do que qualquer outra pessoa em todo o país.

Uma manhã, logo após sua chegada e estando com as duas irmãs mais velhas, ela disse a Elizabeth:

– Lizzy, acho que nunca contei a *você* como foi meu casamento. Você não estava na sala quando o descrevi a mamãe e às outras. Não está curiosa para saber como foi?

– Realmente não – respondeu Elizabeth –, acho que quanto menos se falar neste assunto, melhor será.

– Ih! Você é tão estranha! Mas eu preciso contar como foi tudo. Nós nos casamos, como sabe, na igreja de St. Clement, porque a residência de Wickham era naquela paróquia. E ficou acertado que todos deveríamos estar lá às onze horas. Meu tio, minha tia e eu fomos juntos e os outros deveriam nos encontrar na igreja. Bem, chegou a manhã de segunda-feira e eu estava tão angustiada! Eu tinha muito medo, você sabe, de que alguma coisa pudesse acontecer e adiar tudo, e aí eu teria ficado muito desesperada. E tinha a minha tia, durante todo o tempo em que eu me vestia, fazendo recomendações e falando sem parar como se estivesse fazendo um discurso. De qualquer maneira, eu não ouvia uma palavra em cada dez, porque estava pensando, como você pode imaginar, no meu

* O início da estação de caça aos pássaros na Inglaterra. (N.T.)

querido Wickham. Estava louca para saber se ele se casaria de uniforme azul. Pois bem, então tomamos o café da manhã às dez como de costume; achei que nunca fosse acabar; porque, aliás, você tem que entender, meus tios foram terrivelmente desagradáveis todo o tempo em que estive com eles. Você não vai acreditar, eu não botei o pé na rua, mesmo tendo ficado lá uma quinzena. Nenhuma festa, nem passeio, nada. Para dizer a verdade, Londres estava bem desanimada, mas, de qualquer maneira, o Little Theatre estava aberto. Bem, e então, no instante em que a carruagem chegou à porta, meu tio foi chamado para cuidar de negócios com aquele horrível sr. Stone. E então, você sabe, quando os dois se juntam, aquilo não tem fim. Bem, eu estava tão apavorada que não sabia o que fazer, porque era meu tio quem me levaria ao altar; e se nos atrasássemos não poderíamos nos casar naquele dia. Mas, felizmente, ele voltou em dez minutos e então fomos todos. Entretanto, fiquei sabendo depois que se ele não tivesse podido ir, o casamento não precisaria ser adiado, porque o sr. Darcy entraria no lugar dele.

– O sr. Darcy! – repetiu Elizabeth, em absoluto assombro.

– Ah, é! Ele deveria levar Wickham, você sabe. Mas Deus do céu! Eu me esqueci! Eu não deveria dizer uma palavra a respeito disso. Prometi tanto a eles! O que Wickham vai dizer? Era para ser um segredo tão grande!

– Se era para ser segredo – disse Jane –, não diga mais uma palavra sobre o assunto. Pode confiar que não perguntaremos mais nada.

– Oh! Com certeza – disse Elizabeth, mesmo ardendo de curiosidade –, não vamos fazer mais perguntas.

– Obrigada – disse Lydia. – Porque, se fizessem, eu com certeza iria contar tudo e Wickham ficaria zangado.

Diante de tal encorajamento, Elizabeth foi obrigada a se impedir de abusar, fugindo dali.

Mas viver na ignorância daquele detalhe era impossível; ou pelo menos era impossível não tentar obter informações. O sr. Darcy estivera no casamento de Lydia. Aquele era o tipo de cena em que ele, ao que tudo indicava, nada tinha a fazer, e com o tipo de pessoas com as quais ele não teria interesse de estar. Conjecturas quanto ao que aquilo significava, rápidas e violentas, passaram por sua cabeça; mas nenhuma a satisfez. As que mais a agradavam, colocando a conduta dele sob uma luz de nobreza, pareciam muito improváveis. Ela não aguentaria tamanha expectativa e, tomando depressa de uma folha de papel, escreveu à tia uma pequena carta, pedindo uma explicação para o que Lydia deixara escapar, caso fosse compatível com o segredo envolvido.

> A senhora compreenderá facilmente – acrescentou – o quanto fiquei curiosa ao saber que uma pessoa sem qualquer ligação com nenhum de nós, e (falando de modo relativo) estranha à nossa família, estava a seu lado numa ocasião daquelas. Por favor, escreva-me agora mesmo e ajude-me a compreender o que houve, a não ser que, por razões muito fortes, tudo deva ser mantido no sigilo que Lydia parece considerar necessário; e então tratarei de me satisfazer com minha ignorância.

"Não que eu *vá* fazer isso, afinal", disse consigo mesma, ao terminar a carta; "e, minha querida tia, se a senhora não me contar tudo de maneira honrada, serei sem dúvida obrigada a apelar para truques e estratagemas para descobrir."

O delicado senso de honra de Jane não lhe permitiria falar com Elizabeth a sós sobre o que Lydia deixara escapar; Elizabeth ficava satisfeita com isso; enquanto parecesse que suas dúvidas não seriam esclarecidas, era melhor que não tivesse uma confidente.

Capítulo 52

Elizabeth teve a satisfação de receber uma resposta ao seu bilhete o mais depressa possível. Mal tomou posse da carta e, correndo para o arvoredo, onde era menos provável que a interrompessem, sentou-se num dos bancos e preparou-se para ser feliz, pois a extensão da carta convenceu-a de que não continha uma negativa.

Gracechurch Street, 6 de setembro.

Querida sobrinha,

Acabei de receber sua carta e dedicarei toda a manhã a respondê-la, pois prevejo que *algumas* linhas não serão suficientes para o que tenho a lhe dizer. Devo me confessar surpresa com seu pedido; eu não o esperava vindo de *você*. Não acredite, entretanto, que eu esteja zangada, porque só quero que saiba que eu não imaginava ser tal pedido necessário de *sua* parte. Se você prefere não me compreender, perdoe minha impertinência. Seu tio está tão surpreso quanto eu... e nada senão a crença no seu envolvimento teria lhe permitido agir como agiu. Mas, estando você realmente inocente e na ignorância de tudo, preciso ser mais explícita.

No mesmo dia em que voltei de Longbourn, seu tio recebeu uma visita das mais inesperadas. Esteve aqui o sr. Darcy e ficaram os dois a sós por várias horas. Tudo aconteceu antes que eu chegasse; então minha curiosidade não foi tão horrivelmente espicaçada como a *sua* parece ter sido. Ele veio dizer ao sr. Gardiner que havia descoberto onde estavam Lydia e o sr. Wickham e que falara com ambos; com Wickham diversas vezes, com Lydia uma. Pelo que pude entender, ele saiu de Derbyshire um dia depois de nós e veio para a cidade decidido a encontrá-los. O motivo confessado foi sua convicção de que se culpava por não ter sido o pouco valor de Wickham suficientemente alardeado para que qualquer moça de caráter considerasse impossível amá-lo ou confiar nele. Com generosidade, atribuiu toda a culpa a seu equivocado orgulho e confessou ter antes pensado não ser digno dele tornar pública sua vida particular. Seu caráter deveria falar por si mesmo. Considerava, portanto, seu dever tomar a iniciativa e tentar remediar um mal que fora causado por ele mesmo. Se *havia outro* motivo, estou certa de que não deporia contra ele. Ele passou alguns dias na cidade, antes de conseguir descobri-los; mas tinha algo que direcionava sua busca, o que era mais do que *nós* tínhamos; e saber disso fora mais uma razão para que se dispusesse a nos procurar.

Há uma senhora, parece, uma certa sra. Younge, que foi durante algum tempo acompanhante da srta. Darcy e que havia sido demitida de suas funções devido a alguma desaprovação, embora ele não tenha dito qual. Ela se instalou, nessa ocasião, numa grande casa na Edward Street e desde então se mantinha alugando quartos. Essa sra. Younge era, ele sabia, intimamente ligada ao sr. Wickham; e ele foi a ela perguntar por ele tão logo chegou à cidade. Mas dois ou três dias se passaram antes que ele pudesse arrancar dela o que queria. Ela não trairia o amigo, acredito, sem suborno e corrupção, pois realmente sabia onde ele poderia ser encontrado. Wickham, na verdade, fora à sua procura no mesmo dia em que chegou a Londres e, tivesse ela cômodos suficientes, teriam se hospedado em sua casa. Afinal, porém, nosso bom amigo conseguiu o desejado endereço. Estavam na rua ... Ele foi ter com Wickham e depois insistiu em ver Lydia. O primeiro objetivo do sr. Darcy, ele confessou, era convencê-la a abandonar sua atual situação desonrosa e voltar para a companhia dos amigos tão logo pudessem ser persuadidos a recebê-la, oferecendo sua ajuda até onde fosse necessário. Mas encontrou Lydia firmemente decidida a continuar onde estava. Não se preocupava com nenhum de seus amigos; não queria qualquer ajuda; não queria ouvir falar em deixar Wickham. Tinha certeza de que se casariam algum dia e não importava muito quando. Já que era assim que ela se sentia, só restava, pensou o sr. Darcy, garantir e apressar um casamento que, na primeira conversa com Wickham, ele logo soube nunca ter sido intenção *dele*. Ele confessou ter sido obrigado a deixar o regimento, em razão de algumas dívidas de honra, todas muito urgentes; e não teve escrúpulos em atribuir exclusivamente à própria insensatez de Lydia todas as infelizes consequências de sua fuga. Pretendia renunciar de imediato a seu cargo comissionado e pouco se preocupava com sua futura situação. Deveria ir para algum lugar, mas não sabia onde e sabia que não tinha com que se manter.

O sr. Darcy perguntou-lhe por que não havia se casado logo com a moça. Embora não se imaginasse o sr. Bennet muito rico, ele teria sido capaz de fazer algo por ele e sua situação se beneficiaria com o casamento. Mas descobriu, na resposta a essa pergunta, que Wickham ainda alimentava a esperança de, com mais sucesso, fazer fortuna pelo casamento em algum outro país. Diante das circunstâncias, entretanto, não parecia plausível que ele resistisse à tentação de uma solução imediata.

Encontraram-se diversas vezes, pois havia muito a ser discutido. Wickham, é claro, queria mais do que poderia conseguir; mas aos poucos foi obrigado a ser razoável.

Tudo tendo sido arranjado entre ambos, o próximo passo do sr. Darcy seria dar ciência da situação a seu tio, e ele veio pela primeira vez a Gracechurch Street na noite antes de minha chegada. Mas o sr. Gardiner não pôde ser localizado, e o sr. Darcy soube, fazendo mais perguntas, que seu pai ainda estava com ele, mas deixaria a cidade na manhã seguinte. Ele não julgava ser o seu pai alguém que pudesse ser tão adequadamente consultado quanto seu tio, portanto adiou a visita até depois da partida do primeiro. Não deixou seu nome e até o dia seguinte só soubemos que um cavalheiro o tinha procurado para tratar de negócios.

No sábado, ele voltou. Seu pai partira, seu tio estava em casa e, como eu disse antes, os dois passaram muito tempo conversando.

Encontraram-se outra vez no domingo, e então *eu* também o vi. Nada ficou acertado antes de segunda: tão logo isso aconteceu, o correio expresso foi mandado a Longbourn. Mas nosso visitante era muito obstinado. Acredito, Lizzy, que a obstinação é seu verdadeiro defeito de caráter, afinal de contas. Ele tem sido acusado de muitas coisas, em momentos diferentes, mas *este* é o verdadeiro problema. Nada deveria ser feito sem que ele próprio fizesse; embora eu tenha certeza (e não digo isso para que me agradeçam, portanto não toque neste assunto) que seu tio teria prontamente resolvido tudo.

Os dois discutiram por muito tempo, mais do que mereciam o cavalheiro ou a dama envolvidos. Mas, afinal, seu tio foi obrigado a ceder e, em vez de ter permissão para ser útil à sobrinha, foi forçado a aceitar apenas ter o provável crédito por tudo, com o que concordou muito a contragosto. E eu realmente acredito que sua carta desta manhã lhe tenha dado muito prazer, pois pedia uma explicação que o despojaria de suas indevidas plumas e daria o mérito a quem é de direito. Mas, Lizzy, isso não pode chegar ao conhecimento de ninguém mais além de você, ou, no máximo, ao de Jane.

Você sabe bastante bem, suponho, o que foi feito pelo jovem par. As dívidas estão sendo pagas, somando, acredito, bem mais do que mil libras; outras mil a serem dadas a *ela* como acréscimo ao dote. E a patente no Exército foi comprada. A razão pela qual tudo isso deveria ser feito apenas pelo sr. Darcy era a que já mencionei acima. Era culpa dele, de sua reserva e falta de adequado entendimento o fato de ter sido tão mal interpretado o caráter de Wickham; e, em consequência, de ter sido recebido e tratado como foi. Talvez haja *nisso* alguma verdade, embora eu duvide que a reserva *dele*, ou de *alguém*, possa ser responsável pelo que houve. Mas, a despeito de todas essas palavras bonitas, querida Lizzy, você pode ter absoluta certeza de que seu tio nunca teria cedido se não lhe tivéssemos dado crédito por *outros interesses* neste caso.

Quando tudo foi resolvido, ele voltou para os amigos, que continuavam em Pemberley; mas ficou acertado que retornaria a Londres por ocasião da cerimônia de casamento, quando todos os assuntos financeiros seriam então finalizados.

Acredito ter agora contado tudo. É um relato que, pelo que você me disse, lhe proporcionará uma grande surpresa, e espero pelo menos que não lhe traga qualquer contrariedade. Lydia veio para nossa companhia e Wickham tinha constante acesso à casa. *Ele* era exatamente o mesmo que conheci em Hertfordshire; mas eu não lhe diria o quanto me desagradou o comportamento dela enquanto esteve conosco se não tivesse percebido, pela carta de Jane da última quarta-feira, que sua conduta ao chegar em casa foi exatamente a mesma, portanto o que lhe digo agora não lhe causará novos aborrecimentos. Falei inúmeras vezes com ela, da maneira mais séria possível, mostrando-lhe toda a desgraça do que tinha feito e toda a infelicidade que tinha causado à família. Se ela me ouviu, foi por pura sorte, pois tenho certeza de que não me ouvia. Irritei-me algumas vezes, mas então eu me lembrava de minhas queridas Elizabeth e Jane e, pelo seu bem, fui paciente com ela.

O sr. Darcy foi pontual em sua volta e, como Lydia contou, assistiu ao casamento. Jantou conosco no dia seguinte e deveria deixar a cidade na quarta ou quinta-feira. Mesmo que se zangue comigo, querida Lizzy, aproveito a oportunidade para dizer (o que nunca tive coragem de dizer antes) o quanto gosto dele. Seu comportamento conosco tem sido, sob todos os aspectos, tão agradável quanto quando estivemos em Derbyshire. Seu discernimento e opiniões me despertam tal simpatia; nada lhe falta além de um pouco de vivacidade, e *isso*, se ele fizer uma *boa escolha* ao se casar, sua esposa pode ensinar. Acho-o muito dissimulado; ele mal mencionou o seu nome. Mas a dissimulação parece estar na moda.

Por favor perdoe-me se eu estiver sendo insolente, ou pelo menos não me castigue a ponto de me excluir de P. Não serei completamente feliz até ter conhecido todo o parque. Um pequeno cabriolé, com um lindo par de pôneis, seria perfeito.

Mas não posso mais escrever. As crianças me chamam há meia hora.

Sua, com carinho,
M. Gardiner

O conteúdo da carta lançou Elizabeth em tal confusão de sentimentos que era difícil determinar se o prazer ou a dor ocupava maior espaço. As vagas e indistintas suspeitas derivadas da incerteza quanto ao que poderia ter o sr. Darcy feito para promover o casamento da irmã, que ela não quisera encorajar como uma demonstração de bondade grande demais para ser provável, e que ao mesmo tempo receara estar certa, pelo temor da obrigação, se tinham transformado numa realidade maior do que qualquer expectativa! Ele os procurara pela cidade, assumira todo o trabalho e a mortificação decorrentes de uma busca como aquela; em que fora preciso pedir favores a uma mulher a quem ele devia abominar e desprezar e com quem se obrigara a encontrar... encontrar diversas vezes, argumentar, convencer e afinal subornar... o homem que ele sempre desejou evitar ao máximo e de quem apenas pronunciar o nome era um castigo. Ele fizera tudo aquilo por uma menina que não poderia respeitar ou estimar. O coração de Eliza lhe sussurrava que ele fizera aquilo por ela. Mas essa foi uma esperança logo questionada por outras considerações, e ela bem depressa sentiu que até mesmo sua vaidade era insuficiente quando chamada a acreditar que seu afeto por ela, por uma mulher que já o recusara, seria motivo para superar um sentimento tão natural quanto a repugnância por qualquer relacionamento com Wickham. Cunhado de Wickham! Qualquer tipo de orgulho se revoltaria com tal parentesco. Ele, sem dúvida, fizera muito. Ela se envergonhava de pensar o quanto. Mas ele dera uma razão bastante verossímil para sua interferência. Era razoável que ele sentisse que agira mal; ele era generoso e tinha meios para demonstrar sua generosidade. E, embora ela não se quisesse colocar como seu principal incentivo, talvez fosse capaz de acreditar que resquícios de seu interesse por ela contribuíram para o empenho de Darcy numa causa que em muito comprometia sua paz de espírito. Era doloroso, doloroso demais, saber que eram todos devedores a alguém que jamais receberia algo em troca. Deviam-lhe a reputação de Lydia, seu caráter, tudo. Oh! Como, de todo o coração, lamentava todos os sentimentos de desagrado que encorajara, todas as palavras insolentes que lhe havia dirigido. De si mesma, envergonhava-se; mas, dele, orgulhava-se. Orgulhava-se porque, numa causa de compaixão e honra, ele soubera dar o melhor de si. Mais de uma vez, releu os elogios que lhe fazia a tia. Mal lhe faziam justiça, mas a agradavam. Era até capaz de sentir algum prazer, embora mesclado de remorso, ao perceber a certeza que tanto ela quanto o tio tinham de que entre o sr. Darcy e ela continuavam a existir afeto e confiança.

Foi arrancada do banco, e de suas reflexões, pela aproximação de alguém; e antes que pudesse fugir por algum atalho, foi abordada por Wickham.

– Receio interromper seu passeio solitário, minha cara irmã – disse ele ao se aproximar.

– Sem dúvida interrompe – respondeu ela com um sorriso –, o que não significa que a interrupção não seja bem-vinda.

– Eu lamentaria muito, se assim fosse. Sempre fomos bons amigos; e agora somos ainda mais.

– É verdade. Os outros também saíram para andar?

– Não sei. A sra. Bennet e Lydia estão indo de carruagem a Meryton. E então, minha cara irmã? Eu soube, pelos seus tios, que estiveram os três em Pemberley.

Ela respondeu que sim.

– Quase lhes invejo o prazer. Acredito até que, não fosse demais para mim, conheceria essa alegria a caminho de Newcastle. E imagino que tenham conhecido a velha governanta. Pobre Reynolds, ela sempre gostou demais de mim. Mas com certeza ela não lhes mencionou meu nome.

– Mencionou sim.

– E o que disse?

– Que o senhor tinha entrado para o Exército e que receava que não... estivesse se saindo muito bem. A uma distância *daquelas*, o senhor sabe, as coisas são estranhamente deturpadas.

– Sem dúvida – respondeu ele, mordendo os lábios.

Elizabeth esperava tê-lo silenciado, mas ele logo depois disse:

– Fiquei surpreso por ver Darcy na cidade no mês passado. Cruzamos diversas vezes um com o outro. Pergunto-me o que estaria ele fazendo por lá.

– Talvez se preparando para seu casamento com a srta. De Bourgh – disse Elizabeth. – Deve ter sido algo muito especial, para levá-lo lá nesta época do ano.

– Com toda certeza. Estiveram com ele durante sua visita a Lambton? Acredito ter ouvido dos Gardiner que sim.

– É verdade; ele nos apresentou à irmã.

– E gostou dela?

– Muito.

– Ouvi dizer, de fato, que ela melhorou bastante nos últimos dois anos. Da última vez que a vi, não prometia grande coisa. Fico muito contente que tenha gostado dela. Espero que fique bem.

– Acredito que sim; ela já passou da idade mais difícil.

– Passaram pela aldeia de Kympton?

– Não me lembro.

– Eu a menciono porque é a paróquia que eu deveria ter recebido. Um lugar encantador! Excelente casa paroquial! Sob todos os aspectos, me teria servido muito bem.

– Teria então gostado de fazer sermões?

– Muitíssimo. Consideraria parte de minhas obrigações e logo não representaria qualquer esforço. Ninguém se deve queixar... mas, a bem da verdade, teria sido maravilhoso para mim! A quietude, o isolamento desse tipo de vida corresponderia a todos os meus ideais de felicidade! Mas não era para ser. Alguma vez ouviu Darcy mencionar os fatos, quando esteve em Kent?

– Ouvi de fonte fidedigna, que reputo *muito boa*, que a paróquia lhe foi deixada sob condições e subordinada à decisão do atual proprietário.

– A senhorita ouviu. É, há alguma verdade *nisso*; eu mesmo lhe contei da primeira vez, como deve se lembrar.

– Eu também *ouvi* que houve um tempo em que fazer sermões não lhe era tão aceitável quanto parece ser agora; que o senhor na verdade declarou sua intenção de jamais entrar para o serviço religioso e que houve um acordo nesse sentido.

– É mesmo? E não foram dados totalmente sem fundamento. Deve se lembrar que tocamos nesse ponto, quando lhe falei sobre isso da primeira vez.

Estavam agora quase à porta de casa, pois ela andara depressa para se livrar dele; e não querendo, pelo bem da irmã, provocá-lo, retrucou apenas, com um sorriso bem-humorado:

– Vamos, sr. Wickham, somos irmão e irmã agora. Não vamos discutir sobre o passado. No futuro, espero que estejamos sempre de acordo.

Ela lhe estendeu a mão; ele a beijou com galante cortesia, embora mal soubesse que expressão assumir, e entraram na casa.

Capítulo 53

O sr. Wickham ficou tão satisfeito com aquela conversa que nunca mais se angustiou nem provocou sua querida irmã Elizabeth abordando o assunto; e ela ficou contente por achar que havia dito o suficiente para mantê-lo quieto.

O dia em que ele e Lydia deveriam partir logo chegou, e a sra. Bennet foi obrigada a se conformar com a separação que, não tendo seu marido de modo algum concordado com seus planos de irem todos para Newcastle, deveria durar por pelo menos doze meses.

– Oh! Lydia, minha querida! – exclamou ela. – Quando nos veremos de novo?

– Oh, Deus! Não sei. Talvez não nos próximos dois ou três anos.

– Escreva com frequência, querida.

– Com a frequência que eu puder. Mas você sabe que mulheres casadas nunca têm muito tempo para escrever. Minhas irmãs podem escrever para *mim*. Elas não terão o que fazer.

As despedidas do sr. Wickham foram muito mais carinhosas do que as de sua esposa. Ele sorriu, foi encantador e disse muitas coisas agradáveis.

– Ele é um dos melhores sujeitos que já vi – disse a sra. Bennet assim que os dois saíram. – Ele dá sorrisinhos todo o tempo e flerta com todas nós. Estou absurdamente orgulhosa dele. Desafio até o próprio Sir William Lucas a ter um genro melhor.

A perda da filha deixou a sra. Bennet sem ânimo por vários dias.

– Muitas vezes acho – disse ela – que não há nada pior do que se separar dos amigos. Fica-se tão desamparado sem eles.

– É este o resultado, como pode sentir, de se casar uma filha – disse Elizabeth. – A senhora deve se alegrar por ter as outras quatro ainda solteiras.

– Não é este o caso. Lydia não me deixou por estar casada, mas apenas porque o regimento do marido fica tão longe daqui. Fosse mais perto e ela não teria ido embora tão cedo.

Mas o triste estado em que esse acontecimento a deixou logo desapareceu e sua mente abriu-se outra vez para a agitação da esperança trazida por uma novidade que logo começou a circular. A governanta de Netherfield recebera ordens para se preparar para a vinda do patrão, que deveria chegar dentro de um ou dois dias para uma temporada de caça de várias semanas. A sra. Bennet ficou agitadíssima. Olhava para Jane e sorria e sacudia a cabeça, tudo ao mesmo tempo.

– Bem, bem, com que então o sr. Bingley está de volta, irmã! – pois foi a sra. Phillips quem trouxe a notícia – Bem, tanto melhor. Não que eu me importe com isso, afinal. Ele nada representa para nós, você sabe, e tenho certeza de que *eu* nunca vou querer vê-lo de novo. Mas, de qualquer modo, ele é muito bem-vindo a Netherfield, se gostar de lá. E quem sabe o que *pode* acontecer? Mas isso não tem nada a ver conosco. Você sabe, irmã, há muito tempo concordamos não dizer uma palavra a respeito. Então, a vinda dele é mesmo garantida?

– Pode ter certeza – respondeu a outra –, pois a sra. Nicholls esteve em Meryton ontem à noite; eu a vi passar e saí também de propósito para saber a verdade, e ela me disse que não havia qualquer dúvida. Ele chegará no máximo na quinta-feira, talvez na quarta. Disse-me que estava indo ao açougueiro, a fim de encomendar carne para quarta, e que tinha lá meia dúzia de patos prontos para serem mortos.

A srta. Bennet não conseguiu ouvir falar de sua vinda sem mudar de cor. Havia já muitos meses que não mencionava o nome dele para Elizabeth, mas agora, assim que ficaram a sós, disse:

– Vi seu olhar para mim hoje, Lizzy, quando minha tia nos deu a notícia; e sei que pareci perturbada. Mas não imagine que foi por algum motivo tolo. Só fiquei confusa por um instante, porque senti que *todos* iriam olhar para mim. Garanto a você que a novidade não me afetou, seja com prazer ou com dor. Estou contente por um motivo, que ele vem sozinho; porque o veremos o mínimo possível. Não que eu tenha medo de *mim*, mas me apavoram as observações das outras pessoas.

Elizabeth não sabia o que fazer com aquilo. Não o tivesse visto em Derbyshire, poderia acreditá-lo capaz de ir para lá sem qualquer outro motivo além do que se sabia; mas ela ainda acreditava no interesse dele por Jane e hesitava entre a maior possibilidade de ele estar indo *com* a permissão do amigo e a de que fosse audacioso o bastante para ir por decisão própria.

"Embora seja um absurdo", pensava ela às vezes, "que esse pobre homem não possa vir para uma casa por ele legalmente alugada sem despertar toda esta especulação. *Vou* parar de pensar nisto."

A despeito do que a irmã declarara, e no que realmente acreditava, sobre como se sentia à espera da chegada de Bingley, Elizabeth podia sem dificuldade perceber que seus ânimos estavam afetados. Estavam mais alterados, mais inconstantes do que de costume.

O assunto que com tanta ênfase fora discutido por seus pais cerca de um ano antes voltava agora à tona.

– Assim que o sr. Bingley chegar, meu caro – disse a sra. Bennet –, o senhor irá visitá-lo, é claro.

– Não, não. A senhora me obrigou a visitá-lo ano passado e me prometeu, se eu fosse, que ele se casaria com uma das minhas filhas. Mas tudo acabou em nada e eu não serei mandado para fazer papel de tolo outra vez.

A esposa explicou-lhe ser indispensável tal atenção por parte de todos os cavalheiros das redondezas, diante do retorno do sr. Bingley a Netherfield.

– O tipo de etiqueta que desprezo – disse ele. – Se ele quiser nossa companhia, que a procure. Ele sabe onde moramos. Não vou passar horas correndo atrás de meus vizinhos a cada vez que partem e voltam.

– Bem, tudo o que sei é que será uma abominável grosseria se o senhor não for visitá-lo. Mas, de qualquer modo, isso não impedirá que eu o convide para jantar aqui, estou decidida. Devemos receber em breve a sra. Long e os

Goulding. Isso nos dará, contando conosco, treze à mesa, portanto haverá exatamente um lugar para ele.

Consolada por sua decisão, sentia-se melhor para suportar a falta de civilidade do marido; embora fosse desolador saber que, por culpa dele, todos os seus vizinhos veriam antes *deles* o sr. Bingley. Ao se aproximar a data da chegada:

– Começo a lamentar que ele venha – disse Jane à irmã. – Nada significaria, eu poderia vê-lo com total indiferença, mas mal consigo suportar ouvir falar nisso o tempo todo. Minha mãe não faz por mal, mas ela não sabe, ninguém pode saber, o quanto eu sofro com o que ela diz. Ficarei feliz quando se encerrar essa temporada dele em Netherfield!

– Eu gostaria de poder dizer algo para consolá-la – retrucou Elizabeth –, mas está fora do meu alcance. Você deve saber; e a costumeira satisfação de recomendar paciência a um sofredor me foi negada, porque você sempre a tem de sobra.

O sr. Bingley chegou. A sra. Bennet, com a ajuda dos criados, conseguiu receber os primeiros ecos, de modo que o período de ansiedade e impaciência por parte dela fosse o mais longo possível. Ela contava os dias que deveriam se passar antes que pudesse mandar o convite, desesperançosa de vê-lo antes. Mas, na terceira manhã após a chegada do rapaz em Hertfordshire, ela o viu, da janela de seu quarto de vestir, passar pela cancela e cavalgar em direção à casa.

As filhas foram chamadas com urgência para compartilhar de sua alegria. Jane, resoluta, continuou sentada, mas Elizabeth, para agradar à mãe, foi à janela. Olhou... Viu com ele o sr. Darcy e voltou a se sentar ao lado da irmã.

– Há um cavalheiro com ele, mamãe – disse Kitty –, quem pode ser?

– Algum conhecido, meu bem, eu imagino; tenho certeza de que não conheço.

– Ora! – retrucou Kitty. – Parece aquele homem que costumava estar sempre com ele. O sr. esqueci-o-nome. Aquele alto e orgulhoso.

– Santo Deus! O sr. Darcy! E é ele mesmo, juro. Bem, qualquer amigo do sr. Bingley sempre será bem-vindo aqui, a bem da verdade; mas devo dizer que detesto a simples visão desse homem.

Jane olhou para Elizabeth com surpresa e preocupação. Ela pouco sabia do encontro de ambos em Derbyshire, assim sendo, imaginava o constrangimento que deveria sentir a irmã por vê-lo praticamente pela primeira vez depois de ter recebido sua carta explicativa. As duas irmãs estavam bastante desconfortáveis. Cada uma se preocupava com a outra e, é claro, por si mesmas; e a mãe continuava a falar da antipatia pelo sr. Darcy e da decisão de só ser cortês com ele por ser amigo do sr. Bingley, sem ser ouvida por nenhuma das duas. Mas Elizabeth tinha motivos de embaraço jamais suspeitados por Jane, a quem nunca tivera a coragem de mostrar a carta da sra. Gardiner, ou de confessar sua própria mudança de sentimentos em relação a ele. Para Jane, ele poderia não passar de um homem cuja proposta ela recusara e cujos méritos avaliara mal; mas para ela, cujas informações eram maiores, ele era a pessoa a quem toda a família devia o mais importante de todos os favores e que ela própria olhava com um interesse, se não exatamente terno, pelo menos tão razoável e justo como o que Jane sentia por Bingley. Seu assombro diante da vinda dele... da vinda a Netherfield, a Longbourn e do fato de que por vontade própria a procurasse, era quase igual ao que sentira ao presenciar pela primeira vez sua mudança de comportamento em Derbyshire.

A cor que lhe fugira do rosto voltou por meio minuto com um brilho mais intenso, e um sorriso de prazer acrescentou luz a seus olhos, enquanto ela pensou, pelo mesmo espaço de tempo, que os sentimentos e desejos dele poderiam estar inalterados. Mas não tinha certeza.

"Verei primeiro como ele se comporta", disse consigo mesma, "haverá então tempo para esperanças".

Concentrou-se ao máximo em seu trabalho, determinada a se acalmar e sem ousar erguer os olhos, até que uma ansiosa curiosidade levou-os ao rosto da irmã quando o criado se aproximou da porta. Jane parecia um pouco mais pálida do que o normal, mas mais serena do que Elizabeth esperaria. Quando surgiram os cavalheiros, seu rubor aumentou, e ainda assim ela os recebeu com razoável tranquilidade e uma elegância de maneiras sem qualquer sintoma de ressentimento ou qualquer desnecessário exagero de amabilidades.

Elizabeth falou tão pouco quanto permitiria a cortesia e voltou a sentar-se, dedicando-se ao trabalho com um afinco que não lhe era muito comum. Aventurara-se apenas a lançar um rápido olhar a Darcy. Ele parecia sério, como sempre; e, pensou ela, mais como era em Hertfordshire do que como o tinha visto em Pemberley. Mas talvez ele não pudesse, na presença de sua mãe, ser o mesmo que era diante de seus tios. Essa era uma conjectura dolorosa, mas não improvável.

Observara também Bingley por um instante e, nesse curto período, viu-o parecendo tanto satisfeito quanto embaraçado. Ele foi recebido pela sra. Bennet com um grau de amabilidade que deixou suas duas filhas envergonhadas, sobretudo quando contrastado com a fria e cerimoniosa polidez da mesura e das palavras dirigidas ao amigo.

Elizabeth, principalmente, sabedora de que sua mãe devia ao último a salvação de sua filha favorita da irremediável infâmia, sentiu-se magoada e angustiada ao extremo por uma distinção tão mal aplicada.

Darcy, depois de lhe perguntar como passavam o sr. e a sra. Gardiner, pergunta à qual ela não conseguiu responder sem constrangimento, mal disse algo mais. Não estava sentado a seu lado, o que talvez fosse a razão de seu silêncio, mas não tinha sido assim em Derbyshire. Lá ele conversava com seus parentes, quando não podia falar com ela. Mas agora, vários minutos se passavam sem que se ouvisse o som de sua voz; e quando, ocasionalmente, incapaz de resistir ao impulso da curiosidade, ela erguia os olhos para seu rosto, o via muitas vezes olhando para Jane e para ela mesma e outras tantas apenas para o chão. Mais contemplação e menos ansiedade para agradar do que da última vez que se encontraram, era o que exprimia sua atitude. Ela estava desapontada e zangada consigo mesma por se sentir assim.

"E poderia eu esperar que fosse de outro modo?", pensou. "Mas, então, por que ele veio?"

Não tinha vontade de conversar com ninguém além dele, e com ele mal tinha coragem de falar.

Perguntou por Georgiana, mas não conseguiu fazer mais do que isso.

– Passou-se muito tempo, sr. Bingley, desde que o senhor se foi – disse a sra. Bennet.

Ele concordou prontamente.

– Eu começava a temer que o senhor não voltasse. Chegou a ser *dito* que o senhor pretendia abandonar por completo o lugar até a Festa de São Miguel; mas, mesmo assim, espero que não seja verdade. Muitas coisas aconteceram nas vizinhanças desde que o senhor se foi. A srta. Lucas casou e mudou-se. E uma de minhas próprias filhas. Suponho que o senhor tenha ouvido dizer; na verdade, deve ter visto nos jornais. Saiu no *The Times* e no *The Courier*, que eu saiba; embora não tenha sido publicado como deveria. Só dizia, "Há poucos dias, George Wickham, Esq.*, com a srta. Lydia Bennet", sem uma sílaba a respeito do pai dela, ou do lugar onde vivia, ou fosse o que fosse. Foi meu irmão Gardiner quem redigiu, e me pergunto como ele foi fazer uma coisa tão sem graça. O senhor leu?

Bingley respondeu que sim e apresentou seus cumprimentos. Elizabeth não ousou levantar os olhos. Que expressão tinha o sr. Darcy, portanto, ela não saberia dizer.

– É uma coisa maravilhosa, a bem da verdade, ter uma filha bem casada – continuou a mãe. – Mas, ao mesmo tempo, sr. Bingley, é muito triste vê-la levada para tão longe de mim. Eles foram para Newcastle, um lugar muito ao norte, parece, e lá devem ficar por não sei quanto tempo. O regimento dele está lá; pois suponho que o senhor soube que ele deixou a milícia do distrito e entrou para o Exército regular. Graças a Deus! Ele tem alguns amigos, embora talvez não tantos quanto mereça.

Elizabeth, sabendo que aquilo se dirigia ao sr. Darcy, sentiu uma vergonha tão desesperadora que mal conseguia se manter sentada. Aquilo, porém, deu-lhe forças para falar,

---

* Esquire, título equivalente a senhor, aposto aos nomes masculinos em documentos oficiais na Inglaterra da época. (N.T.)

como nada antes conseguira; e ela perguntou a Bingley se ele pretendia agora se demorar no campo. Algumas semanas, acreditava ele.

– Quando o senhor tiver matado todos os seus próprios pássaros, sr. Bingley – disse a mãe –, peço que venha aqui e atire em quantos quiser nas terras do sr. Bennet. Tenho certeza de que ele ficará imensamente feliz lhe fazendo esse obséquio. E deixaremos para o senhor as melhores ninhadas.

O desespero de Elizabeth crescia diante dessas gentilezas tão desnecessárias, tão intrometidas. Pudessem agora voltar a brotar as mesmas esperanças de sucesso do ano anterior, ela tinha certeza, tudo se precipitaria para a mesma vergonhosa conclusão. Naquele instante, ela sentiu que anos de felicidade não poderiam ressarcir Jane e ela desses momentos de tão dolorosa confusão.

"O primeiro desejo do meu coração", disse consigo mesma, "é nunca mais estar na presença de um deles. Seu convívio não nos pode dar prazer algum que compense uma desgraça como esta! Que eu nunca mais veja um dos dois!"

Mas o desespero, para o qual anos de felicidade não ofereceriam compensação, recebeu logo depois considerável alívio, pela observação de como a beleza da irmã reacendia a admiração de seu antigo namorado. Logo que ele entrou, pouco falou com ela; mas a cada cinco minutos parecia lhe dar um pouco mais de atenção. Ele a via tão bela quanto no ano anterior; igualmente agradável e espontânea, embora menos falante. Jane estava ansiosa para que nenhuma diferença transparecesse em sua maneira de ser e estava mesmo convencida de que conversava tanto quanto antes. Mas seus pensamentos estavam tão ocupados que ela nem sempre percebia seu próprio silêncio.

Quando os cavalheiros se levantaram para sair, a sra. Bennet não deixou passar sua planejada cortesia e ambos foram convidados e se comprometeram a jantar em Longbourn dentro de alguns dias.

– O senhor me deve uma visita, sr. Bingley – acrescentou ela –, pois quando foi para a cidade no inverno passado prometeu comparecer a um jantar familiar aqui em casa, assim que voltasse. Não me esqueci, como vê; e lhe digo mais, fiquei muito desapontada por o senhor não ter voltado e mantido sua promessa.

Bingley pareceu um pouco confuso diante dessa observação e disse alguma coisa sobre ter sido retido por negócios. Os dois, então, se foram.

A sra. Bennet estivera muito inclinada a convidá-los para ficar e jantar naquele mesmo dia; mas, embora sempre tivesse uma ótima mesa, não acreditava que nada menos do que dois pratos principais seria o bastante para um homem em quem depositava tantas ansiosas esperanças, ou para satisfazer o apetite e o orgulho de alguém que tinha dez mil libras de renda anual.

Capítulo 54

Assim que se foram, Elizabeth saiu para recobrar a paz de espírito; ou, em outras palavras, para meditar sem interrupção naqueles assuntos que poderiam acabrunhá-la ainda mais. O comportamento do sr. Darcy deixou-a surpresa e irritada.

"Por que ele veio, afinal, se veio apenas para ficar em silêncio, sério e indiferente?", pensou.

Não conseguia uma resposta que a satisfizesse.

"Ele continuou amável, continuou agradável com meu tio e minha tia quando esteve na cidade; e por que não comigo? Se tem medo de mim, por que vir aqui? Se não se importa mais comigo, por que o silêncio? Irritante, que homem irritante! Não pensarei mais nele."

Sua decisão foi por pouco tempo involuntariamente mantida pela aproximação da irmã, que se juntou a ela com um ar animado que demonstrava estar mais feliz com tais visitas do que Elizabeth.

– Agora – disse ela – que esse primeiro encontro acabou, estou perfeitamente tranquila. Conheço minha própria força e nunca mais me sentirei constrangida com a presença dele. Fico contente por ele vir jantar na quinta-feira. Assim todos verão que, de ambas as partes, nós nos encontramos apenas como dois conhecidos comuns e indiferentes.

– É, muito indiferentes mesmo – disse Elizabeth, rindo. – Ah, Jane! Tome cuidado.

– Lizzy, querida, você não pode me achar tão fraca a ponto de estar correndo riscos.

– Acho que você corre o enorme risco de deixá-lo mais apaixonado por você do que nunca.

Os cavalheiros não tornaram a ser vistos antes de quinta-feira. E a sra. Bennet, nesse meio-tempo, permitia-se todos os felizes planos que o bom humor e a amabilidade habitual de Bingley, em meia hora de visita, haviam reavivado.

Na quinta, havia um grande grupo reunido em Longbourn; e os dois mais ansiosamente esperados, fazendo jus à sua pontualidade de desportistas, chegaram na hora marcada. Quando se encaminharam para a sala de refeições, Elizabeth observou ansiosa se Bingley se colocaria no lugar em que, em todas as festas anteriores, lhe pertencera, ao lado de Jane. Sua prudente mãe, com os mesmos pensamentos, absteve-se de convidá-lo para sentar ao seu lado. Ao entrar na sala, ele pareceu hesitar; mas Jane olhava em volta e sorria: tudo foi decidido. Ele se colocou a seu lado.

Elizabeth, com uma sensação de triunfo, olhou na direção de seu amigo. Ele presenciou tudo com nobre indiferença e ela teria imaginado se Bingley recebera seu aval para ser feliz, não tivesse visto seus olhos também se voltarem na direção do sr. Darcy com uma expressão de alarme meio divertida.

Durante o jantar, o comportamento do rapaz em relação a Jane e a demonstração de sua admiração por ela, mesmo mais discreta do que antes, convenceram Elizabeth de que, dependendo apenas dele, a felicidade de Jane e a dele próprio logo estariam garantidas. Embora não ousasse confiar nos resultados, era um prazer observar sua atitude. Isso lhe deu toda a alegria possível, já que seu humor não era dos melhores. O sr. Darcy sentava-se tão longe dela quanto permitia o tamanho da mesa. Estava ao lado de sua mãe. Sabia que tal arranjo pouco prazer dava a qualquer dos dois e que dali não adviria vantagem alguma para ambos. Não estava perto o suficiente para ouvir o que diziam, mas podia ver que poucas vezes falaram um com o outro e como era formal e fria sua atitude sempre que o faziam. A descortesia da mãe tornava a consciência do quanto lhe deviam ainda mais dolorosa para Elizabeth; e ela teria, em alguns momentos, dado qualquer coisa para ter o privilégio de lhe dizer que sua bondade não era ignorada ou desprezada por toda a família.

Ela tinha esperanças de que a noite trouxesse alguma oportunidade para que ficassem juntos; que toda a visita não se passasse sem lhes permitir momentos de conversa um pouco mais profunda do que as simples saudações cerimoniosas da entrada. Agitado e desconfortável, o tempo passado na sala de estar antes da vinda dos cavalheiros foi frustrante e aborrecido a ponto de quase torná-la descortês.

Ela ansiava pela sua volta como se todas as possibilidades de prazer naquela noite disso dependessem.

"Se ele não vier falar comigo", pensou, "*então* desistirei dele para sempre."

Os cavalheiros vieram; e ela achou que ele parecia ter ouvido seus desejos; mas, que pena!, as senhoras se reuniram em torno da mesa em que a srta. Bennet preparava o chá e Elizabeth servia o café, num grupo tão fechado que não havia espaço algum para mais uma cadeira. E, à aproximação dos cavalheiros, uma das jovens convidadas moveu-se para ainda mais perto dela e disse num sussurro:

– Os homens não vão nos separar, estou decidida. Não queremos nenhum deles, não é?

Darcy afastara-se para outro lado da sala. Ela o seguiu com os olhos, invejou todos com quem ele falava, mal tinha paciência para ajudar alguém com o café; e depois ficou furiosa consigo mesma por ser tão estúpida!

"Um homem que já fora recusado! Como posso ser tola a ponto de esperar um novo despertar de seu amor? Há alguém desse sexo que não proteste contra a fraqueza de fazer uma segunda proposta à mesma mulher? Não há indignidade mais abominável para seus sentimentos!"

Animou-se um pouco, porém, quando ele foi em pessoa devolver a xícara de café; e aproveitou a oportunidade para dizer:

– Sua irmã ainda está em Pemberley?

– Está sim, ela ficará lá até o Natal.

– E sozinha? Todas as suas amigas já se foram?

– A sra. Annesley está com ela. As outras foram passar estas três semanas em Scarbourough.

Ela não conseguia pensar em outra coisa para dizer. Se ele quisesse começar uma conversa, talvez tivesse mais sucesso. Mas ele continuou em silêncio a seu lado por alguns minutos e então, quando mais uma vez a jovem convidada sussurrou algo a Elizabeth, afastou-se.

Quando os apetrechos do chá foram removidos e as mesas de jogo arrumadas, todas as senhoras se levantaram e Elizabeth desejou então que ele logo se aproximasse, mas todas as suas esperanças desmoronaram ao vê-lo cair vítima da ganância da mãe, que o colocava entre os jogadores de uíste, e, logo depois, se viu sentada com outro grupo. Perdeu então qualquer perspectiva de prazer. Estavam confinados, pelo resto da noite, a mesas diferentes, e ela nada mais podia desejar além de que seus olhos se voltassem com tanta frequência para o seu lado da sala que isso o fizesse jogar tão mal quanto ela.

A sra. Bennet pretendia contar com os dois cavalheiros de Netherfield para a ceia, mas infelizmente sua carruagem foi chamada antes de qualquer outra e ela não teve como retê-los.

– Bem, meninas – disse ela, assim que ficaram a sós –, o que me dizem? Para mim, tudo saiu excepcionalmente bem, tenho certeza. O jantar foi dos melhores que já vi serem servidos. O assado de veado estava perfeito... e todos disseram nunca ter visto um pernil tão gordo. A sopa era cinquenta vezes melhor do que a servida nos Lucas semana passada; e até o sr. Darcy concordou que as perdizes estavam admiráveis. E imagino que ele deva ter dois ou três cozinheiros franceses, pelo menos. E Jane, minha querida, nunca vi você tão bonita. A sra. Long também achou, pois perguntei a ela se não era verdade. E o que você acha que ela também disse? "Ah, sra. Bennet! Vamos afinal vê-la em Netherfield!" Disse sim. Acho a sra. Long a melhor das criaturas... e suas sobrinhas são moças muito bem-educadas e nada bonitas. Gosto demais delas.

A sra. Bennet, em resumo, estava na maior das alegrias; tinha visto o suficiente do comportamento de Bingley em relação a Jane para se convencer de que ela o conquistaria afinal; e as expectativas de vantagens para sua família, quando de bom humor, eram tão absolutamente insensatas que ficaria bastante desapontada quando não o visse de volta no dia seguinte para fazer o pedido.

– Foi uma festa muito agradável – disse a srta. Bennet a Elizabeth. – O grupo me pareceu tão seleto; todos se deram tão bem. Espero que possamos nos reunir muitas outras vezes.

Elizabeth sorriu.

– Lizzy, não faça assim. Não deve pensar mal de mim. Isso me magoa. Garanto-lhe que agora aprendi a gostar da companhia dele como um rapaz agradável e sensível, sem quaisquer segundas intenções. Estou perfeitamente convencida, pelo modo como me trata agora, de que ele nunca teve qualquer intenção de conquistar meu afeto. Acontece que ele é abençoado com maneiras mais afetuosas e um desejo maior de agradar do que qualquer outro homem.

– Você é muito cruel – disse a irmã. – Você não quer me deixar sorrir, mas fica me provocando a cada instante.

– Como é difícil se fazer acreditar em algumas situações!

– E como é impossível em outras!

– Mas por que você quer me convencer de que eu sinto mais do que confesso?

– Esta é uma pergunta cuja resposta é um tanto difícil. Todos nós gostamos de dar lições, embora só possamos ensinar o que não vale a pena saber. Perdoe-me; e, se insistir na indiferença, não faça *de mim* sua confidente.

Capítulo 55

Poucos dias depois daquela visita, o sr. Bingley voltou, sozinho. Seu amigo partira para Londres naquela manhã, mas deveria estar de volta em dez dias. Esteve com elas por cerca de uma hora e estava de excelente humor. A sra. Bennet convidou-o para jantar, mas, com muitas desculpas, ele confessou ter outro compromisso.

– Da próxima vez que vier – disse ela –, espero que tenhamos mais sorte.

Ele ficaria muito feliz em qualquer dia etc. etc., e se ela assim permitisse, voltaria a visitá-las na primeira oportunidade.

– Pode vir amanhã?

Sim, ele não tinha compromisso algum para amanhã, e o convite foi aceito com entusiasmo.

Ele chegou, e tão cedo que nenhuma das senhoras estava vestida. A sra. Bennet correu ao quarto da filha, de camisola e com o cabelo por pentear, exclamando:

– Querida Jane, ande logo e desça depressa. Ele chegou... o sr. Bingley chegou. Chegou sim, é ele mesmo. Aqui, Sarah, venha para a srta. Bennet neste momento e ajude-a com o vestido. Deixe para lá o cabelo da srta. Lizzy.

– Desceremos assim que pudermos – disse Jane –, mas acredito que Kitty já se adiantou a todas nós, pois já subiu as escadas há meia hora.

– Ah! Esqueça Kitty! O que ela tem a ver com isso? Vamos, depressa, depressa! Onde está sua faixa, meu bem?

Mas, quando a mãe saiu, ninguém convenceu Jane a descer sem uma das irmãs.

A mesma ansiedade para deixá-los a sós foi outra vez visível à tarde. Depois do chá, o sr. Bennet retirou-se para a biblioteca, como era seu costume, e Mary subiu para seus instrumentos. Dois obstáculos dos cinco estando assim removidos, a sra. Bennet passou um tempo considerável sentada, olhando e piscando para Elizabeth e Catherine, sem obter delas qualquer reação. Elizabeth não a olhava e, quando Kitty finalmente o fez, disse com toda a ingenuidade:

– Qual é o problema, mamãe? Por que a senhora fica piscando para mim? O que quer que eu faça?

– Nada, criança, nada. Não estou piscando para você.

Sentou-se então por mais cinco minutos; mas, incapaz de desperdiçar ocasião tão preciosa, levantou-se de repente e, dizendo a Kitty, "Venha cá, meu bem, preciso falar com você", tirou-a da sala. Jane, no mesmo instante, lançou a Elizabeth um olhar que falou de seu desgosto com aquela premeditação e sua súplica para que *ela* não cedesse. Alguns minutos depois, a sra. Bennet entreabriu a porta e chamou:

– Lizzy, meu bem, quero falar com você.

Elizabeth foi obrigada a ir.

– Podemos muito bem deixar os dois sozinhos, você sabe – disse a mãe assim que ela chegou ao saguão. – Kitty e eu vamos subir para nos sentarmos em meu quarto de vestir.

Elizabeth não fez qualquer tentativa de argumentar com a mãe, mas continuou calmamente no saguão até que ela e Kitty desapareceram e então voltou para a sala de estar.

Os esquemas da sra. Bennet para aquele dia foram infrutíferos. Bingley foi o mais encantador possível, mas não como o suposto namorado da filha. Sua naturalidade e alegria fizeram dele uma agradável aquisição para a reunião da noite; e ele suportou todas as improcedentes intromissões da mãe e ouviu todos os comentários tolos com uma tolerância e uma serenidade especialmente gratas à filha.

Ele mal esperou um convite para ficar para a ceia; e, antes que se fosse, um compromisso foi assumido, de comum acordo entre ele e a sra. Bennet, que ele voltaria na manhã seguinte para caçar com seu marido.

Depois daquele dia, Jane não falou mais em indiferença. Nem uma palavra foi trocada entre as irmãs a respeito de Bingley; mas Elizabeth foi para a cama com a feliz crença de que logo tudo estaria decidido, a não ser que o sr. Darcy voltasse antes da data marcada. Pensando com seriedade, porém, ela estava razoavelmente convencida de que tudo aquilo acontecia com a concordância daquele cavalheiro.

Bingley foi pontual, e ele e o sr. Bennet passaram a manhã juntos, como combinado. O último foi muito mais agradável do que esperava seu companheiro. Nada havia de presunçoso ou insensato em Bingley que estimulasse a zombaria do anfitrião ou o mergulhasse em irritado silêncio; e o sr. Bennet foi mais comunicativo e menos excêntrico do que o outro jamais vira. Bingley, é claro, voltou com ele para jantar e, à noite, a engenhosidade da sra. Bennet foi mais uma vez posta em prática para afastar todos de perto dele e de Jane. Elizabeth, que tinha uma carta para escrever, foi logo após o chá para a saleta com essa intenção; pois, como todos os outros se sentariam para jogar cartas, ela não era necessária para neutralizar os planos da mãe.

Mas, ao voltar à sala de estar, quando terminou a carta, percebeu, com infinita surpresa, que havia razões para recear que a mãe fosse engenhosa demais para ela. Ao abrir a porta, viu a irmã e Bingley de pé juntos ao lado da lareira, como se entretidos em profunda conversa; e, não bastasse isso para levantar suspeitas, os rostos de ambos, quando apressadamente deram meia-volta e se afastaram um do outro, teriam dito tudo. A situação dos dois era um tanto embaraçosa; mas ela pensou que a *sua* era ainda pior. Ninguém esboçou uma sílaba; e Elizabeth estava a ponto de sair quando Bingley, que, como sua irmã, se tinha sentado, levantou-se de repente e, sussurrando algumas palavras para Jane, fugiu da sala.

Jane não podia ter segredos para Elizabeth num assunto cujas confidências lhe davam prazer; e, beijando-a no mesmo instante, confessou, com a maior emoção, que era a criatura mais feliz do mundo.

– É demais! – acrescentou. – Demais mesmo. Eu não mereço. Oh! Por que não estão todos felizes assim?

Os parabéns de Elizabeth foram dados com uma sinceridade, uma ternura e uma alegria que palavras seriam pobres para exprimir. Cada frase gentil era uma nova fonte de felicidade para Jane. Mas ela não poderia se permitir ficar com a irmã ou dizer tudo o que havia para ser dito no momento.

– Preciso ir ter agora mesmo com minha mãe – exclamou. – Não posso de modo algum fazer pouco de sua afetuosa solicitude, ou deixar que ela a ouça de outra pessoa que não eu mesma. Ele já foi falar com meu pai. Oh, Lizzy! Saber que o que tenho a contar dará tanto prazer a toda a minha querida família! Como poderei suportar tanta felicidade?

Saiu então apressada em busca da mãe, que de propósito desfizera o grupo de jogos e estava no andar de cima com Kitty.

Elizabeth, deixada sozinha, sorria agora diante da rapidez e facilidade com que fora afinal resolvido um caso que proporcionara a todos tantos meses de expectativa e frustração.

"E isto", pensou, "é o fim de toda a ansiosa circunspecção de seu amigo! De toda a falsidade e maquinação de suas irmãs! O final mais feliz, mais sensato e mais razoável!"

Em poucos minutos Bingley, cuja conversa com seu pai fora curta e objetiva, juntou-se a ela.

– Onde está sua irmã? – disse ele apressado, ao abrir a porta.

– Com minha mãe, lá em cima. Imagino que descerá num instante.

Ele então fechou a porta e, indo até ela, pediu-lhe os votos de felicidades e o afeto de uma irmã. Elizabeth, com honestidade e de coração aberto expressou sua alegria com a ideia de seu parentesco. Apertaram-se as mãos com grande cordialidade; então, até que sua irmã descesse, ela precisou ouvir tudo o que ele tinha a dizer de sua própria felicidade e sobre as perfeições de Jane; e, mesmo estando ele apaixonado, Elizabeth considerou sensatas todas as suas expectativas de felicidade, porque se baseavam em excelente compreensão e no mais que perfeito temperamento de Jane, além da plena afinidade de sentimentos e gostos.

Foi uma noite de incomum alegria para todos; a satisfação da alma da srta. Bennet dava a seu rosto o brilho de tão doce entusiasmo que a fazia parecer mais bela do que nunca. Kitty sorria e dava risinhos, desejando que sua vez logo chegasse. A sra. Bennet não conseguiu dar seu consentimento ou demonstrar sua aprovação em termos suficientemente calorosos para expressar seus sentimentos, mesmo tendo falado com Bingley por nada menos que meia hora; e, quando o sr. Bennet se juntou a eles para a ceia, sua voz e postura não deixavam dúvidas quanto à sua felicidade.

Nem uma palavra, entretanto, saiu de seus lábios em alusão ao fato até que seu visitante se despediu; mas, tão logo ele saiu, ele se voltou para a filha e disse:

– Jane, eu a felicito. Você será uma mulher muito feliz.

Jane se aproximou dele no mesmo instante, beijou-o e agradeceu sua bondade.

– Você é uma boa moça – respondeu ele –, e me dá muito prazer pensar em você tão bem casada. Não tenho quaisquer dúvidas quanto aos dois se darem muito bem. Seus temperamentos não são diferentes. Vocês são ambos tão cordatos que nenhuma decisão será definitiva; tão amáveis que todos os criados os enganarão; e tão generosos que sempre excederão sua renda.

– Espero que não. Imprudência e desleixo em assuntos financeiros seriam imperdoáveis em mim.

– Exceder sua renda! Meu caro sr. Bennet – exclamou a esposa –, do que o senhor está falando? Porque ele tem quatro ou cinco mil por ano, e talvez mais.

Então, voltando-se para a filha:

– Ah! Minha querida Jane, estou tão feliz! Tenho a certeza de que não dormirei um só instante esta noite. Eu sabia que seria assim. Pelo menos, eu sempre disse que deveria ser. Eu tinha a certeza de que você não podia ser tão bonita à toa! Eu me lembro, assim que o vi, quando ele veio pela primeira vez a Hertfordshire no ano passado, eu pensei como era provável que vocês dois ficassem juntos. Oh! Ele é o rapaz mais bonito que jamais existiu!

Wickham, Lydia, tudo estava esquecido. Jane era, sem comparação, sua filha favorita. Naquele momento, nenhuma outra importava. As irmãs mais moças logo começaram a se interessar pelos objetos de prazer que ela poderia lhes proporcionar no futuro.

Mary pediu permissão para usar a biblioteca de Netherfield, e Kitty implorou muito para que alguns bailes se realizassem lá a cada inverno.

Bingley, como seria natural, foi dali em diante uma visita diária em Longbourn, chegando muitas vezes antes do café da manhã e sempre ficando até depois da ceia; exceto se algum terrível vizinho, que nunca seria detestado o bastante, lhe tivesse feito um convite para jantar que ele se considerara obrigado a aceitar.

Elizabeth tinha agora muito pouca oportunidade de conversar com a irmã, pois, quando ele estava presente, Jane não tinha atenção para dar a qualquer outra pessoa; mas ela se viu consideravelmente útil a ambos naqueles momentos de separação que podem às vezes ocorrer. Na ausência de Jane, ele sempre se aproximava de Elizabeth, pelo prazer de falar dela; e, quando Bingley se ia, Jane muitas vezes buscava a mesma fonte de consolo.

– Ele me fez tão feliz – disse ela uma noite – ao me dizer que não fazia ideia da minha presença na capital na primavera passada. Eu não imaginava que fosse possível.

– Eu suspeitava – retrucou Elizabeth. – Mas como explicou não saber disso?

– Deve ter sido coisa das irmãs dele. Elas na verdade não gostavam do interesse dele por mim, o que não posso estranhar, pois ele poderia ter feito escolhas mais vantajosas sob muitos aspectos. Mas quando virem, como acredito que acontecerá, que seu irmão está feliz comigo, saberão que devem se conformar e ficaremos em bons termos outra vez; embora nunca mais possamos ser como éramos antes.

– Esta é a frase mais rancorosa – disse Elizabeth – que já a ouvi pronunciar. Muito bem! Eu ficaria realmente irritada se a visse sendo outra vez enganada pela falsa consideração da srta. Bingley.

– Você pode acreditar, Lizzy, que ele me amava de verdade quando foi para a cidade em novembro e que apenas a insinuação da *minha* indiferença o impediu de voltar?

– Ele cometeu um pequeno engano, sem dúvida; mas podemos creditá-lo à sua modéstia.

Isso, é claro, introduziu um panegírico de Jane à timidez de Bingley e ao pequeno valor que ele dava às próprias virtudes. Elizabeth ficou satisfeita por descobrir que ele não revelara a interferência do amigo; pois, embora Jane tivesse o coração mais generoso e magnânimo do mundo, ela sabia que essa era uma circunstância que poderia dar margem a algum preconceito contra Darcy.

– Sou com certeza a criatura mais afortunada que jamais existiu! – exclamou Jane. – Oh, Lizzy! Por que sou eu a escolhida da família e mais abençoada do que todas? Se eu ao menos pudesse ver *você* tão feliz assim! Se *existisse* pelo menos outro homem assim para você!

– Se você pudesse me dar quarenta homens assim, eu nunca seria tão feliz quanto você. Sem o seu temperamento e a sua bondade, eu jamais posso ter a sua felicidade. Não, não, deixe-me como estou; e talvez, se tiver muita sorte, eu acabe um dia encontrando outro sr. Collins.

Os novos acontecimentos da família de Longbourn não poderiam permanecer por muito tempo em segredo. A sra. Bennet teve o privilégio de cochichá-los para a sra. Phillips e ela se permitiu, sem qualquer permissão, fazer o mesmo com todas as vizinhas em Meryton.

Os Bennet foram logo declarados a família mais venturosa do mundo, ainda que poucas semanas antes, por ocasião da fuga de Lydia, tivessem dado provas cabais de estarem marcados pelo infortúnio.

Capítulo 56

Uma manhã, cerca de uma semana depois do noivado de Bingley e Jane, quando ele e as mulheres da família estavam juntos na sala de refeições, sua atenção dirigiu-se de repente para a janela, pelo som de uma carruagem; e avistaram um landau puxado por quatro cavalos subindo a alameda. Era cedo demais para visitas e, além disso, o veículo não se parecia com o de nenhum dos vizinhos. Os cavalos eram de aluguel; e nem a carruagem, nem a libré do criado que a precedia lhes eram familiares. Como não havia dúvidas, porém, de que alguém chegava, Bingley no mesmo instante convenceu a srta. Bennet, para evitar que fossem perturbados por tal intrusão, a caminhar com ele pelo arvoredo. Os dois saíram e as conjecturas das três restantes continuaram, sem muito sucesso, até que a porta foi aberta e a visita entrou. Era Lady Catherine de Bourgh.

Estavam todas, é claro, preparadas para uma surpresa; mas seu assombro superou qualquer expectativa; e, por parte da sra. Bennet e de Kitty, embora aquela dama lhes fosse totalmente desconhecida, não se comparou ao que sentiu Elizabeth.

Ela entrou na sala com um ar ainda mais desagradável do que de costume, não deu outra resposta à saudação de Elizabeth além de uma leve inclinação da cabeça e sentou-se sem proferir uma palavra. Elizabeth mencionara seu nome para a mãe, à entrada de Sua Senhoria, ainda que nenhum pedido de apresentação tivesse sido feito.

A sra. Bennet, mais do que perplexa, embora lisonjeada por receber uma visita tão importante, recebeu-a com toda cortesia. Depois de se sentar por um momento em silêncio, ela se dirigiu com secura a Elizabeth:

– Espero que esteja bem, srta. Bennet. Esta senhora, suponho, é sua mãe.

Elizabeth, sem se alongar, respondeu que sim.

– E *esta*, suponho, é uma de suas irmãs?

– Sim, senhora – disse a sra. Bennet, encantada por falar com alguém como Lady Catherine. – É minha penúltima filha. Minha caçula casou-se há pouco e minha mais velha está em algum lugar no bosque, caminhando com um jovem que em breve, acredito, será parte da família.

– Vocês têm um parque muito pequeno aqui – continuou Lady Catherine depois de um curto silêncio.

– Não é nada, comparado a Rosings, minha senhora, sem sombra de dúvida; mas garanto-lhe que é muito maior do que o de Sir William Lucas.

– Esta sala de estar deve ser muito inconveniente à noite, no verão; as janelas dão todas para o oeste.

A sra. Bennet assegurou-lhe que nunca permaneciam ali após o jantar e depois acrescentou:

– Posso tomar a liberdade de perguntar à Vossa Senhoria se deixou bem o sr. e a sra. Collins?

– Sim, muito bem. Eu os vi na noite de anteontem.

Elizabeth esperava agora que ela fosse lhe entregar uma carta de Charlotte, pois esse poderia ser o único motivo provável de sua visita. Mas nenhuma carta surgiu e ela ficou ainda mais confusa.

A sra. Bennet, com grande polidez, pediu a Sua Senhoria que aceitasse um lanche, mas Lady Catherine, com muita determinação e não muita cortesia, declinou qualquer oferecimento; e então, levantando-se, disse a Elizabeth:

– Srta. Bennet, pareceu-me ver uns graciosos arbustos selvagens de um dos lados do seu gramado. Eu gostaria de dar uma volta por lá, se a senhorita me der o prazer de sua companhia.

– Vá, minha querida – exclamou a mãe –, e mostre a Sua Senhoria os vários caminhos. Acredito que ela gostará de ver a ermida.

Elizabeth obedeceu e, correndo ao quarto para buscar a sombrinha, desceu ao encontro da nobre visitante. Ao passarem pelo vestíbulo, Lady Catherine abriu as portas para o salão de jantar e a sala de estar e declarando, após rápido exame, serem cômodos apresentáveis, seguiu adiante.

A carruagem continuava à porta e Elizabeth viu que a dama de companhia lá estava. Andaram em silêncio pela alameda de cascalho que levava ao bosque. Elizabeth estava decidida a não fazer qualquer esforço para conversar com uma mulher agora, mais do que nunca, insolente e desagradável.

"Como pude imaginar que ela se parecesse com o sobrinho?", pensou, olhando seu rosto.

Tão logo entraram no bosque, Lady Catherine começou a falar da seguinte maneira:

– Não lhe deve ser difícil, srta. Bennet, compreender a razão de minha vinda. Seu próprio coração, sua própria consciência, lhe devem dizer por que vim.

Elizabeth a olhou com verdadeiro assombro.

– Na verdade, a senhora está equivocada. De modo algum sou capaz de atinar com a razão da honra de vê-la aqui.

– Srta. Bennet – retrucou Sua Senhoria em tom zangado –, deve saber que não gosto de brincadeiras. Mas, por mais dissimulada que *a senhorita* prefira ser, não *me* verá fazendo o mesmo. Meu caráter sempre foi conhecido por sua sinceridade e franqueza e, num assunto tão importante como este, com certeza não me afastarei dessas virtudes. Uma notícia de natureza por demais alarmante chegou a mim dois dias atrás. Disseram-me que não apenas sua irmã estava a ponto de fazer um casamento dos mais atraentes, mas também que a senhorita, que a srta. Elizabeth Bennet, estaria, ao que tudo indicava, em breve casada com meu sobrinho, meu próprio sobrinho, o sr. Darcy. Embora eu *saiba* que só pode se tratar de uma escandalosa calúnia, embora eu não o queira ofender a ponto de supor que possa haver aí alguma verdade, no mesmo instante resolvi partir para este lugar a fim de lhe dar ciência de meus sentimentos.

– Se a senhora acredita impossível ser verdade – disse Elizabeth corando de espanto e desprezo –, pergunto-me por que se deu ao trabalho de vir até aqui. O que pretende com isso Vossa Senhoria?

– De imediato insistir em ver tais notícias universalmente desmentidas.

– A sua vinda a Longbourn, para me ver e visitar minha família – disse Elizabeth com frieza – seria mais uma confirmação de tudo isso; se é que de fato existem tais notícias.

– Se! Com que então pretende dizer que ignora? Não foi tudo diligentemente divulgado por todos vocês? Não sabe então que tais notícias foram espalhadas por toda parte?

– Nunca soube.

– E pode também declarar que não há qualquer fundamento para elas?

– Não tenho pretensões de ser tão franca quanto Vossa Senhoria. A senhora pode fazer perguntas às quais eu preferirei não responder.

– Assim não é possível! Srta. Bennet, eu insisto em saber de tudo. Acaso ele, acaso meu sobrinho, lhe fez uma proposta de casamento?

– Vossa Senhoria declarou ser isso impossível.

– Deveria ser, precisa ser, enquanto ele mantiver o uso da razão. Mas suas artes e sortilégios podem, num momento de paixão, tê-lo feito se esquecer o que deve a si mesmo e a toda a sua família. A senhorita deve tê-lo enfeitiçado.

– Se assim fosse, eu seria a última pessoa a confessar a verdade.

– Srta. Bennet, a senhorita sabe quem sou eu? Não estou acostumada a este tipo de linguagem. Sou quase a parente mais próxima que ele tem no mundo e tenho o direito de conhecer seus assuntos mais íntimos.

– Mas não tem o direito de conhecer os meus; e uma atitude como esta jamais me levaria a ser explícita.

– Deixe-me ser bastante clara. Esta união, à qual tem a pretensão de aspirar, jamais se realizará. Jamais. O sr. Darcy está comprometido com minha filha. Agora, o que tem a dizer?

– Apenas isto: que, se é assim, a senhora não tem qualquer razão para supor que ele me fará uma proposta.

Lady Catherine hesitou por um momento e depois retrucou:

– O compromisso entre eles é de um tipo especial. Desde crianças, foram destinados um ao outro. Este era o maior desejo da mãe *dele*, bem como da dela. Ambos ainda no berço, planejamos a união: e agora, no momento em que o desejo das duas irmãs se realizaria com o casamento dos dois, vê-lo ser impedido por uma jovem de origem inferior, sem qualquer importância social e completamente estranha à família! Não tem a senhorita consideração alguma pelos desejos dos amigos dele? Pelo seu tácito noivado com a srta. De Bourgh? Desconhece qualquer sentimento de dignidade e delicadeza? Não me ouviu dizer que desde suas primeiras horas de vida ele foi destinado à prima?

– Ouvi, e já ouvira antes. Mas o que significa isso para mim? Se não há qualquer outra objeção ao meu casamento com o seu sobrinho, eu com certeza não serei impedida por saber que sua mãe e tia queriam casá-lo com a srta. De Bourgh. Ambas fizeram o que puderam para planejar as bodas. A execução depende de outras pessoas. Se o sr. Darcy não se sente preso à prima nem pela honra nem pelo sentimento, por que não faria ele outra escolha? E, se sou eu tal escolha, por que não devo aceitá-lo?

– Porque a honra, o decoro, a prudência, até o interesse o proíbem. É, srta. Bennet, o interesse; pois não espere ser aceita pela família ou pelos amigos dele, se insistir em agir contra a preferência de todos. A senhorita será censurada, insultada e desprezada por todas as pessoas ligadas a ele. Sua aliança será uma desgraça; seu nome jamais será sequer mencionado por qualquer um de nós.

– Essas são enormes desventuras – respondeu Elizabeth. – Mas a esposa do sr. Darcy deve ter tão extraordinárias fontes de felicidade necessariamente incorporadas à sua posição que poderia, no cômputo geral, não ter razões de queixa.

– Menina intransigente e voluntariosa! Tenho vergonha de você! É esta a sua gratidão pelas minhas atenções da última primavera? Nada me deve por tudo aquilo? Vamos nos sentar. Precisa compreender, srta. Bennet, que vim aqui com a firme determinação de levar a cabo meu propósito; não serei dissuadida. Não estou acostumada a me submeter aos caprichos de quem quer que seja. Não tenho o hábito de tolerar desapontamentos.

– *Isto* tornará a atual situação de Vossa Senhoria ainda mais lamentável; mas não fará qualquer efeito sobre mim.

– Não vou ser interrompida. Ouça-me em silêncio. Minha filha e meu sobrinho são feitos um para o outro. Descendem os dois, pelo lado materno, da mesma linhagem nobre; e ele, do paterno, de famílias respeitáveis, honradas e antigas, embora sem títulos. Sua fortuna, de ambos os lados, é esplêndida. Estão destinados um ao outro pela voz de todos os membros de suas respectivas casas; e o que há entre eles? As presunçosas pretensões de uma jovem sem família, sem relações e sem fortuna. Pode ser algo assim tolerado? Mas não pode, não será. Para o seu próprio bem, não deveria desejar deixar a classe na qual foi criada.

– Casando-me com o seu sobrinho, eu não me consideraria deixando essa classe. Ele é um cavalheiro; eu sou a filha de um cavalheiro; assim sendo, somos iguais.

– É verdade. A senhorita *é* a filha de um cavalheiro. Mas quem era sua mãe? Quem são seus tios e tias? Não acredite que ignoro a situação de todos.

– Sejam quem forem os meus parentes – disse Elizabeth –, se seu sobrinho não faz objeções a eles, não *lhe* devem interessar.

– Diga-me de uma vez por todas, está noiva dele?

Embora Elizabeth não quisesse, pelo simples fato de não condescender com Lady Catherine, responder a essa pergunta, não teve outra saída senão dizer, depois de refletir por um instante:

– Não estou.

Lady Catherine pareceu satisfeita.

– E vai me prometer que nunca aceitará tal compromisso?

– Não farei qualquer promessa deste tipo.

– Srta. Bennet, estou chocada e perplexa. Esperava encontrar uma moça mais razoável. Mas não se iluda com a crença de que poderei mudar de ideia. Não irei embora até que me dê a garantia que exijo.

– E eu, com certeza, *jamais* a darei. Não me deixo intimidar por algo tão absolutamente insensato. Vossa Senhoria quer que o sr. Darcy se case com sua filha; mas, se eu lhe fizesse essa ambicionada promessa, acaso seria tal casamento mais provável? Supondo-o interessado em mim, faria minha recusa em aceitar sua mão com que ele desejasse oferecê-la à prima? Permita-me dizer, Lady Catherine, que os argumentos nos quais a senhora fundamentou sua extraordinária exigência foram tão frívolos quanto foi inadequada a exigência. A senhora se enganou por completo quanto ao meu caráter, se pensa que posso ser convencida por esse tipo de persuasão. Até que ponto pode o seu sobrinho aprovar sua intromissão nos assuntos dele não sei dizer; mas a senhora não tem qualquer direito de interferir nos meus. Devo pedir-lhe, portanto, que não mais me importune a respeito deste assunto.

– Não tão depressa, por favor. Ainda não terminei. A todas as objeções que já apresentei, ainda tenho uma a acrescentar. Não desconheço os detalhes da infame fuga de sua irmã mais moça. Sei de tudo; que o rapaz aceitou se casar com ela por um arranjo às custas de seu pai e seus tios. E uma garota dessas ser irmã do meu sobrinho? E o marido, o filho do intendente de seu falecido pai, ser seu irmão? Por todos os santos... o que tem na cabeça? Devem os ancestrais de Pemberley ser a tal ponto profanados?

– A senhora agora não deve ter nada mais a dizer – respondeu ela, ressentida. – Já me insultou de todas as formas possíveis. Devo lhe solicitar que voltemos à casa.

E levantou-se enquanto falava. Lady Catherine ergueu-se também e as duas voltaram. Sua Senhoria estava furiosa.

– Você não tem qualquer respeito, então, pela honra e pelo crédito de meu sobrinho! Garota insensível, egoísta! Não pensa que uma relação com você pode desgraçá-lo aos olhos de todos?

– Lady Catherine, nada mais tenho a dizer. A senhora conhece meus sentimentos.

– Está então decidida a ficar com ele?

– Eu não disse tal coisa. Estou apenas decidida a agir da forma que, no meu modo de ver, me proporcionará a felicidade, sem consultar a *sua* opinião ou a de qualquer pessoa que nenhuma ligação tenha comigo.

– Muito bem. Recusa-se, então, a fazer o que desejo. Recusa-se a obedecer às exigências do dever, da honra e da gratidão. Está determinada a destruí-lo perante todos os amigos e torná-lo digno do desprezo da sociedade.

– Nem o dever, nem a honra, nem a gratidão – respondeu Elizabeth – têm qualquer direito sobre mim, na situação presente. Nenhum destes princípios seria violado pelo meu casamento com o sr. Darcy. E, em relação ao ressentimento de sua família ou à indignação da sociedade, se o primeiro *fosse* provocado pelo fato de ele se casar comigo, não me causaria um minuto de preocupação... e a sociedade em geral teria bom-senso suficiente para não fazer eco a tal desdém.

– E é esta a sua atitude! Esta é sua decisão final! Muito bem. Sei agora como agir. Não imagine, srta. Bennet, que sua ambição colherá quaisquer frutos. Vim aqui para testá-la. Esperava que fosse razoável; mas, pode confiar, a vitória será minha.

Desta maneira Lady Catherine continuou a falar até chegarem à porta da carruagem quando, virando-se de repente, acrescentou:

– Não me despeço, srta. Bennet. Não mando cumprimentos à sua mãe. Vocês não merecem tal atenção. Estou seriamente descontente.

Elizabeth não deu resposta e, sem tentar convencer Sua Senhoria a voltar à casa, caminhou em silêncio até lá e entrou sozinha. Ouviu a carruagem se afastar enquanto subia as escadas. Sua mãe, impaciente, encontrou-a à porta do quarto de vestir, para perguntar por que Lady Catherine não entrara para descansar.

– Ela preferiu não fazê-lo – disse a filha –, ela se foi.

– Ela é uma mulher de aparência muito distinta! E vir até aqui foi prodigiosamente cortês! Pois ela só veio, imagino, nos dizer que os Collins estão bem. Ela está viajando para algum lugar, imagino, e ao passar por Meryton pensou que poderia muito bem vir vê-la. Suponho que não tivesse nada de especial a lhe dizer, não é, Lizzy?

Elizabeth foi obrigada aqui a recorrer a uma pequena mentira; pois dar a conhecer a essência de sua conversa era impossível.

Capítulo 57

O estado de nervos em que essa extraordinária visita lançou Elizabeth não seria facilmente controlado; nem ela foi capaz de, por muitas horas, deixar de pensar todo o tempo naquilo. Lady Catherine, ao que parecia, havia mesmo se dado ao trabalho de fazer aquela viagem desde Rosings com o único objetivo de romper seu suposto noivado com o sr. Darcy. Era um plano coerente, sem dúvida, mas de onde se poderiam ter originado as notícias de seu noivado, Elizabeth não tinha meios de imaginar; até que se lembrou que, sendo *ele* amigo íntimo de Bingley e sendo *ela* a irmã de Jane, isso era suficiente, numa época em que a expectativa de um casamento fazia todos ansiarem por outro, para criar aquela ideia. Ela mesma não deixara de pensar que o casamento da irmã deveria fazer com se encontrassem com mais frequência. E, em assim sendo, os vizinhos em Lucas Lodge (pois através de sua correspondência com os Collins, concluiu ela, a informação chegara a Lady Catherine) apenas concluíram ser quase certo e imediato algo que ela esperava ser possível em algum dia mais distante.

Refletindo sobre as expressões de Lady Catherine, porém, ela não podia deixar de se sentir pouco à vontade com as possíveis consequências de sua interferência, caso ela a levasse adiante. Do que ela dissera sobre a decisão de impedir seu casamento, ocorreu a Elizabeth que ela poderia planejar uma abordagem ao sobrinho; e como *ele* reagiria a tal exposição dos males ligados a uma união de ambos era algo que não ousava afirmar. Não sabia o grau exato da afeição dele pela tia, nem o quanto confiava em seu julgamento, mas era natural supor que ele tivesse por Sua Senhoria muito mais consideração do que *ela* e era certo que, ao enumerar as desgraças de um casamento com *alguém* cujos parentes próximos eram tão diferentes dos dele, sua tia o atacaria pelo ponto mais fraco. Com suas noções de honra, ele talvez considerasse que os argumentos que a Elizabeth pareceram frágeis e ridículos contivessem razoável bom-senso e lógica consistente.

Se ele, antes, hesitara quanto ao que deveria fazer, o que mais de uma vez parecera provável, o conselho e o pedido de um parente tão próximo poderiam dirimir quaisquer dúvidas e convencê-lo de imediato a ser tão feliz quanto lhe permitiria uma dignidade imaculada. Lady Catherine poderia estar com ele ao passar pela capital; e o compromisso com Bingley de voltar a Netherfield iria por água abaixo.

"Se, portanto, uma desculpa por não manter a promessa chegar ao seu amigo dentro de poucos dias", completou ela o raciocínio, "saberei como interpretá-la. Desistirei então de qualquer expectativa, de qualquer esperança de fidelidade. Se ele se conformar em apenas lamentar minha perda, quando poderia ter obtido meu afeto e minha mão, logo deixarei de lamentar a sua."

A surpresa do resto da família ao saber quem os viera visitar foi muito grande, mas contentaram-se todos em acreditar no mesmo tipo de suposição que tranquilizara a curiosidade da sra. Bennet; e Elizabeth foi poupada de muitas indagações a respeito.

Na manhã seguinte, ao descer as escadas, encontrou-se com o pai que vinha da biblioteca com uma carta nas mãos.

– Lizzy – disse ele –, eu ia à sua procura; venha ao meu quarto.

Ela o seguiu até lá e sua curiosidade para saber o que ele teria a lhe dizer cresceu com a suposição de que o assunto estivesse de algum modo ligado à carta que segurava. De repente, assaltou-lhe a ideia de que pudesse ser de Lady Catherine; e ela antecipou, acabrunhada, todas as consequentes explicações.

Seguiu o pai até a lareira e ambos se sentaram. Ele, então, disse:

– Recebi esta manhã uma carta que me surpreendeu demais. Como seu conteúdo diz respeito, sobretudo, a você, você deve saber do que se trata. Eu não fazia ideia de que tinha duas filhas a caminho do matrimônio. Deixe-me lhe dar os parabéns por tão importante conquista.

O rubor subiu agora ao rosto de Elizabeth com a instantânea convicção de se tratar de uma carta do sobrinho, e não da tia; e ela não se decidia quanto a estar contente por ele se ter afinal decidido ou ofendida por não ter sido aquela carta endereçada a ela mesma, quando o pai continuou:

– Você parece ter compreendido. As moças têm grande intuição em assuntos como este; mas acho que devo desafiar até a *sua* sagacidade para que descubra o nome do seu admirador. Esta carta é do sr. Collins.

– Do sr. Collins! E o que *ele* tem a dizer?

– Algo muito a propósito, é claro. Ele começa com congratulações pelas próximas bodas de minha primogênita, das quais, ao que parece, tomou conhecimento por alguma das bem-intencionadas e fofoqueiras Lucas. Não abusarei da sua paciência lendo o que ele diz a respeito. O que se refere a você é o seguinte:

> Tendo dessa forma lhe apresentado as sinceras congratulações da sra. Collins e minhas próprias por esse feliz evento, permita-me agora acrescentar um breve comentário a respeito de outro, do qual tomei conhecimento pela mesma fonte. Sua filha Elizabeth, presume-se, não usará por muito tempo o nome dos Bennet, depois que sua irmã mais velha a ele tiver renunciado, e o companheiro de vida por ela escolhido pode sem questionamentos ser considerado um dos mais ilustres personagens deste país.

– Você consegue adivinhar, Lizzy, quem é assim qualificado?

> Esse jovem cavalheiro é abençoado, de modo peculiar, com todas as coisas a que pode aspirar o coração dos mortais: esplêndida propriedade, berço nobre e extensos investimentos. Mas, mesmo a despeito de todas essas tentações, permita-me advertir minha prima Elizabeth, e o senhor, dos perigos em que podem incorrer por uma precipitada aceitação da proposta

desse cavalheiro, a qual, é claro, estarão inclinados a considerar vantajosa.

– Você faz alguma ideia, Lizzy, de quem é tal cavalheiro? Mas já veremos:

Meus motivos para alertá-los são os que seguem. Temos razões para acreditar que sua tia, Lady Catherine de Bourgh, não olhe com bons olhos essa união.

– O *sr. Darcy*, veja você, é o homem! Agora, Lizzy, acho que *eu* a surpreendi. Poderia ele, ou os Lucas, terem escolhido algum homem em todo o círculo de nossas relações cujo nome melhor desmentisse o que afirmam? O sr. Darcy, que nunca olha para qualquer mulher senão para encontrar defeitos e que provavelmente jamais olhou para você na vida! É admirável!

Elizabeth tentou tomar parte na brincadeira, mas só conseguiu se obrigar a um sorriso muito tímido. Nunca a espirituosidade do pai se manifestara de forma tão pouco agradável para ele.

– Você não está achando graça?

– Ah! Estou sim. Por favor, continue a ler.

Depois de mencionar a probabilidade desse casamento a Sua Senhoria ontem à noite, ela no mesmo instante, com sua habitual altivez, expressou o que sentia, quando ficou evidente que, fundamentada em algumas objeções familiares relativas à minha prima, ela jamais daria seu consentimento ao que chamou de união infeliz. Acreditei ser meu dever dar imediata ciência disso à minha prima, pois ela e seu nobre admirador precisam ter conhecimento da situação e não se atirarem apressados num casamento não devidamente sancionado.

E o sr. Collins ainda acrescenta:

Rejubilo-me deveras por ter o triste caso de minha prima Lydia sido tão bem rematado e preocupo-me apenas com o fato de terem os dois vivido juntos antes do casamento ter sido de conhecimento público. Não devo, porém, negligenciar os deveres de meu posto, ou me privar de declarar meu assombro ao ouvir que o senhor recebeu o jovem casal em sua casa tão logo se casaram. Isso foi um encorajamento da devassidão e, fosse eu o reitor de Longbourn, teria me oposto enfaticamente. O senhor deve sem dúvida perdoá-los, enquanto cristão, mas jamais admitir tê-los sob seus olhos ou permitir que seus nomes sejam pronunciados na sua presença.

– Assim é a interpretação que ele faz do perdão cristão. O resto da carta fala apenas do estado de sua querida Charlotte e sua espera por um jovem ramo de oliveira. Mas, Lizzy, você não parece estar se divertindo. Espero que não vá se comportar como uma *mulherzinha* e fingir estar ofendida por coisa tão sem importância. Para que vivemos, senão para dar aos vizinhos motivo de caçoada e zombar deles por nossa vez?

– Oh! – exclamou Elizabeth. – Estou muitíssimo divertida. Mas é tão estranho!

– É... e *isso* é que torna tudo engraçado. Tivessem eles escolhido outro homem e não teria importância; mas a perfeita indiferença *dele* e a *sua* declarada antipatia tornam tudo deliciosamente absurdo! Por mais que eu abomine escrever, não desistiria da correspondência com o sr. Collins por motivo algum. E mais, quando leio uma carta dele, não tenho como não lhe dar preferência até mesmo sobre Wickham, por mais que eu valorize a impertinência e a hipocrisia de meu genro. E, por favor, Lizzy, o que disse Lady Catherine a respeito dessa notícia? Veio aqui para lhe recusar seu consentimento?

A essa pergunta, sua filha respondeu apenas com uma risada; e, como havia sido formulada sem a menor suspeita, ela não se importou que tivesse sido feita. Elizabeth nunca tivera tanta dificuldade para fazer com que seus sentimentos parecessem o que não eram. Era preciso rir, quando gostaria de ter chorado. Seu pai a mortificara do modo mais cruel com o que dissera sobre a indiferença do sr. Darcy, e tudo o que ela podia fazer era se surpreender diante de tal falta de discernimento, ou recear que, em vez de ter ele visto tão pouco, talvez tivesse ela fingido demais.

Capítulo 58

Em lugar de receber qualquer carta de desculpas do amigo, como Elizabeth de certa forma receava fosse acontecer com o sr. Bingley, ele teve a oportunidade de levar Darcy a Longbourn antes que transcorressem muitos dias da visita de Lady Catherine. Os cavalheiros chegaram cedo e, antes que a sra. Bennet tivesse tempo de lhe dizer que tinham estado com sua tia, o que sua filha por instantes temeu, Bingley, que queria ficar a sós com Jane, propôs que dessem uma volta. Assim foi acertado. A sra. Bennet não costumava caminhar; Mary nunca tinha tempo; mas os cinco restantes saíram juntos. Bingley e Jane, porém, logo permitiram que os outros os ultrapassassem. Ficaram para trás, deixando Elizabeth, Kitty e Darcy entregues uns aos outros. Muito pouco foi dito por todos; Kitty tinha medo demais dele para falar; Elizabeth tomava em segredo uma decisão desesperada; e talvez ele pudesse estar fazendo o mesmo.

Caminharam na direção da residência dos Lucas, pois Kitty queria visitar Maria; e Elizabeth, não vendo razão para que o fizessem todos, seguiu audaciosamente adiante a sós com ele quando Kitty os deixou. Chegara o momento de colocar em prática sua decisão e no mesmo instante, antes que a coragem a abandonasse, disse:

– Sr. Darcy, sou uma criatura muito egoísta; e, a fim de tranquilizar meus próprios sentimentos, não me importo com o quanto possa ferir os seus. Já não posso por mais tempo deixar de lhe agradecer por sua incomparável bondade para com minha pobre irmã. Desde que soube de tudo, tenho estado ansiosa para lhe confessar o quanto lhe sou grata. Fosse seu gesto do conhecimento de toda a minha família, eu não teria apenas minha própria gratidão para expressar.

– Lamento, lamento demais – retrucou Darcy num tom de surpresa e emoção – que tenha chegado ao seu conhecimento algo que, se mal interpretado, poderia lhe causar constrangimento. Não imaginei que a sra. Gardiner fosse tão pouco confiável.

– Não deve censurar minha tia. A falta de decoro de Lydia foi o que primeiro me revelou sua interferência no caso; e, é claro, eu não descansaria até saber dos detalhes. Deixe-me agradecer-lhe mais uma vez, em nome de toda a minha família, por essa generosa compaixão que o levou a ter tanto trabalho e suportar tantas mortificações para descobrir o paradeiro dos dois.

– Se faz *questão* de me agradecer – ele respondeu –, que seja apenas em seu nome. Não tentarei negar que o desejo de lhe proporcionar felicidade somou-se a outros estímulos que me levaram a agir. Mas sua *família* nada me deve. Por mais que os respeite, importei-me apenas *consigo*.

Elizabeth estava muito embaraçada para conseguir falar. Depois de uma pequena pausa, seu companheiro acrescentou:

– A senhorita é demasiado generosa para brincar comigo. Se seus sentimentos ainda forem os mesmos que me revelou em abril, diga-me agora mesmo. Os *meus* afetos e desejos não mudaram, mas uma palavra sua me silenciará para sempre a este respeito.

Elizabeth, sentindo todo o excepcional constrangimento e nervosismo da situação em que ele se encontrava, obrigou-se agora a falar; e no mesmo instante, embora sem muita fluência, deu-lhe a entender que seus sentimentos haviam sofrido tamanha mudança, desde a época a que ele se referira, que a faziam agora receber com gratidão e prazer suas atuais declarações. A felicidade ocasionada por essa resposta era algo que sem dúvida ele jamais sentira; e ele se expressou então com tanta sensibilidade e ardor quanto se pode esperar de um homem violentamente apaixonado. Pudesse Elizabeth ver seus olhos, teria percebido o quanto o embelezava a expressão de profunda felicidade refletida em todo o seu rosto; mas, embora não pudesse ver, podia ouvir, e ele lhe falou de seus sentimentos que, demonstrando tudo o que ela representava para ele, tornavam seu afeto mais valioso a cada instante.

Continuaram a andar, sem saber em que direção. Havia muito a ser pensado, e sentido, e dito, para que dessem atenção a qualquer outra coisa. Ela logo soube que deviam seu atual bom entendimento aos esforços da tia dele, que fora vê-lo ao passar por Londres e relatara a ida a Longbourn, seus motivos e a essência de sua conversa com Elizabeth, insistindo com ênfase em todas as reações dessa última que, na interpretação de Sua Senhoria, eram peculiares à sua perversidade e audácia, na crença em que tal relatório deveria ajudá-la a obter do sobrinho o que ela se recusara a dar. Mas, para a infelicidade de Sua Senhoria, seu efeito foi absolutamente oposto.

– Isso me permitiu ter esperanças – disse ele – como jamais me permiti. Conheço seu temperamento bastante bem para ter a certeza de que, caso estivesse total e irrevogavelmente decidida contra mim, teria dito isso a Lady Catherine, com franqueza e sem rodeios.

Elizabeth corou e riu ao responder:

– É verdade, o senhor conhece bastante bem minha franqueza para me crer capaz *disso*. Depois de tê-lo ofendido pessoalmente de modo tão abominável, eu não teria escrúpulos em ofendê-lo perante todos os seus parentes.

– Mas o que disse de mim, que eu não merecesse? Pois, apesar de terem sido suas acusações infundadas, formadas sobre falsas premissas, meu comportamento para consigo na época mereceria as mais severas censuras. Era imperdoável. Não posso pensar naquilo sem me horrorizar.

– Não vamos discutir sobre quem recairia a maior parte de culpa naquela noite – disse Elizabeth. – A conduta de nenhum dos dois, se bem avaliada, seria irrepreensível; mas desde então, espero, melhoramos ambos em termos de cortesia.

– Não consigo me reconciliar comigo mesmo com tanta facilidade. A recordação do que eu disse naquela ocasião, minha conduta, minha atitude, a maneira como me exprimi, tudo isso é hoje para mim, como tem sido há vários meses, indescritivelmente doloroso. Jamais esquecerei sua reprimenda, tão bem aplicada: "caso se tivesse comportado de forma mais cavalheiresca". Foram as suas palavras. Não tem como, não pode sequer imaginar o quanto elas me torturaram, embora algum tempo se tenha passado, confesso, antes que eu fosse sensato o bastante para lhes reconhecer a justiça.

– Longe de mim a intenção de deixar uma impressão tão forte. Não fazia a menor ideia de que minhas palavras pudessem provocar tal reação.

– Posso acreditar. Tenho certeza de que me considerava então destituído de quaisquer bons sentimentos. Nunca me esquecerei da expressão em seu rosto ao dizer que não haveria maneira alguma de lhe oferecer minha mão que a tentasse a aceitá-la.

– Oh! Não repita o que eu disse. Essas lembranças não nos levarão a lugar algum. Garanto-lhe que por muito tempo senti imensa vergonha de tudo aquilo.

Darcy mencionou a carta.

– Terá ela feito – disse ele –, terá feito com que pensasse melhor de mim? Chegou a dar algum crédito a seu conteúdo, quando a leu?

Ela explicou qual fora o efeito e como foram aos poucos todos os seus antigos preconceitos removidos.

– Sei – disse ele – que o que escrevi deve lhe ter causado muita dor, mas era preciso. Espero que tenha destruído a carta. Detesto a ideia de que possa reler tudo aquilo, sobretudo um trecho, no início. Posso me lembrar de algumas frases que poderiam fazê-la, com razão, me odiar.

– A carta será sem dúvida queimada, se acreditar que isso é essencial para a preservação de meus sentimentos; mas, ainda que tenhamos ambos razões para pensar que minhas opiniões não são imutáveis, espero que não mudem com tanta facilidade como pretende dar a entender.

– Quando escrevi aquela carta – retrucou Darcy –, eu me acreditava totalmente calmo e frio, mas desde então me convenci de que foi escrita com terrível amargura.

– A carta talvez comece amarga, mas não termina do mesmo modo. A despedida é pura compaixão. Mas não pense mais na carta. Os sentimentos da pessoa que a escreveu e da pessoa que a recebeu são agora tão diferentes do que eram então que qualquer circunstância desagradável a ela relacionada deve ser esquecida. O senhor precisa aprender um pouco da minha filosofia. Só pense no passado se sua recordação lhe trouxer prazer.

– Não lhe posso dar crédito por qualquer filosofia deste tipo. Seus retrospectos devem ser tão absolutamente isentos de censura que a satisfação oriunda deles não vem da filosofia e sim, o que é muito melhor, da inocência. Mas, comigo, não é o que acontece. Vêm à tona dolorosas recordações, que não podem ser repelidas. Tenho sido um ser egoísta durante toda a vida, na prática, ainda que não em sentimentos. Quando criança, ensinaram-me o que era correto, mas não como corrigir meu gênio. Recebi bons princípios, mas me deixaram praticá-los com orgulho e arrogância. Infelizmente único filho (e por muitos anos filho único), fui mimado por meus pais, que, embora bons (meu pai, sobretudo, era todo benevolência e amabilidade), permitiram, encorajaram, quase me ensinaram a ser egoísta e altivo; a não considerar pessoa alguma fora do círculo familiar; a desprezar o resto do mundo; a acreditar, pelo menos, serem sua inteligência e valores inferiores quando comparados aos meus. Assim fui, dos oito aos vinte e oito anos; e assim poderia ainda ser não fosse por minha querida, amada Elizabeth! O que não lhe devo? Consigo aprendi uma lição, dura a princípio, é verdade, mas muito proveitosa. Por suas mãos, fui merecidamente humilhado. Aproximei-me sem qualquer dúvida quanto a ser aceito. Sua resposta me mostrou como eram insuficientes todas as minhas pretensões de agradar a uma mulher digna de todos os agrados.

– Estava então convencido de que eu o aceitaria?

– Estava, sim. O que vai pensar da minha vaidade? Eu a imaginava desejando, esperando minha proposta.

– Meu comportamento pode não ter sido dos melhores, mas não foi intencional, garanto-lhe. Nunca pretendi enganá-lo, mas meu temperamento muitas vezes me leva a agir mal. Como deve ter me odiado depois *daquela* tarde.

– Odiá-la? Talvez eu tenha me zangado no início, mas minha raiva logo foi canalizada na direção certa.

– Quase tenho medo de perguntar o que pensou de mim, quando nos encontramos em Pemberley. Censurou-me por ter ido?

– De modo algum; meu único sentimento foi o de surpresa.

– Sua surpresa não poderia ter sido maior do que a *minha* ao receber sua atenção. Minha consciência me dizia que eu não merecia tão extraordinária cortesia e confesso que não esperava receber *mais* do que o devido.

– Meu objetivo – retrucou Darcy – foi então demonstrar-lhe, por meio de toda a amabilidade possível, que eu não era tão mau a ponto de me ressentir do passado; e esperei obter o seu perdão e atenuar sua má impressão, fazendo-a perceber que suas críticas haviam sido levadas em consideração. Quando surgiram quaisquer outros desejos não sei dizer, mas acredito que meia hora depois de tê-la visto.

Ele falou então do prazer que Georgiana sentiu ao conhecê-la e de seu desapontamento pela súbita interrupção de seus encontros; o que, levando-os à causa de tal interrupção, fez com que ela logo soubesse que sua decisão de segui-la desde Derbyshire em busca de sua irmã fora tomada antes que ele deixasse a hospedaria e que sua seriedade e ar pensativo de então se deveram apenas aos esforços para a elaboração de tal intento.

Ela expressou mais uma vez sua gratidão, mas tratava-se de um assunto por demais doloroso para que nele se detivessem.

Depois de caminharem por várias milhas, sem pressa e ocupados demais para se preocuparem com isso, descobriram afinal, ao olhar o relógio, que já deveriam estar em casa.

– O que foi feito do sr. Bingley e de Jane?

Foi esse o pensamento que deu início à conversa a respeito de ambos. Darcy estava encantado com o noivado; seu amigo já lhe dera as últimas notícias.

– Devo perguntar se ficou surpreso? – disse Elizabeth.

– De modo algum. Quando viajei, imaginei que isso logo aconteceria.

– O que quer dizer que deu sua permissão. Pude calcular.

E, mesmo tendo ele protestado contra a expressão, ela achou que tinha sido mesmo esse o caso.

– Na noite anterior à minha ida a Londres – disse ele –, fiz a ele uma confissão, que acredito deveria ter feito há muito tempo. Contei-lhe tudo o que havia acontecido para provocar minha absurda e impertinente interferência em seus assuntos. Sua surpresa foi grande. Ele jamais tivera a menor suspeita. Disse-lhe ainda que acreditava estar enganado ao supor, como fizera, que Jane nada sentia por ele; e, ao perceber que seu interesse por ela continuava inabalável, não tive dúvidas de que seriam felizes juntos.

Elizabeth não pôde deixar de sorrir diante da facilidade com que ele manipulava o amigo.

– Falou a partir de sua própria observação – perguntou ela – ao dizer que minha irmã o amava, ou apenas pela minha informação dada na primavera?

– Pelo que vi. Observei-a de perto durante as duas visitas que fiz à sua casa e me convenci de seus sentimentos.

– E sua segurança a respeito, suponho, levou à imediata convicção de seu amigo.

– Assim foi. Bingley é modesto ao extremo. Sua timidez o impedia de confiar em seu próprio julgamento num caso tão importante, mas sua confiança no meu torna tudo mais fácil. Fui obrigado a confessar algo que, por algum tempo, e não sem razão, o ofendeu. Eu não poderia me permitir ocultar que sua irmã passara três meses na cidade no último inverno, que eu soube e de caso pensado não lhe contei. Ele ficou zangado. Mas sua raiva, tenho certeza, não durou mais do que até desaparecerem quaisquer dúvidas quanto aos sentimentos de sua irmã. Agora, já me perdoou de todo o coração.

Elizabeth morreu de vontade de observar que o sr. Bingley era um amigo dos melhores; tão bem manipulado que seu valor era inestimável; mas se conteve. Lembrou-se de que ele ainda precisava aprender a aceitar ironias e que era cedo demais para começar a ensinar. Antecipando a felicidade de Bingley, que com certeza só seria inferior à dele próprio, ele continuou a conversar até chegarem à casa. No saguão, separaram-se.

Capítulo 59

– Lizzy querida, por onde estiveram andando? – foi a pergunta que Elizabeth ouviu de Jane tão logo entrou no quarto e de todas as outras quando se sentaram à mesa. Só tinha a responder que andaram a esmo, não saberia dizer até onde foram. Enrubesceu ao responder; mas nem isso, nem qualquer outra coisa, despertou suspeitas quanto à verdade.

A tarde transcorreu tranquila, sem qualquer fato extraordinário. Os namorados oficiais conversaram e riram, os não-oficiais ficaram em silêncio. Darcy não tinha um temperamento no qual a felicidade transborda em alegria; e Elizabeth, agitada e confusa, mais *sabia* que estava feliz do que se *sentia* assim; pois, além do imediato constrangimento, havia outros problemas à sua espera. Previa o que sentiria sua família quando a situação se revelasse; sabia que ninguém além de Jane gostava dele; e até receava que, nos outros, se tratasse de uma antipatia que nem toda a sua fortuna e importância poderiam apagar.

À noite, abriu seu coração para Jane. Ainda que a suspeita não fosse uma atitude comum aos hábitos da srta. Bennet, sua incredulidade foi total.

– Esta brincando, Elizabeth! Noiva do sr. Darcy! Não, não, você não vai me enganar. Sei que é impossível.

– Este é realmente um péssimo começo! Você era minha única esperança; e tenho certeza de que ninguém mais vai acreditar em mim, se você não o fizer. Mas, por favor, estou sendo honesta. Estou dizendo apenas a verdade. Ele ainda me ama e nós estamos noivos.

Jane a olhou em dúvida.

– Ah! Não pode ser, Lizzy! Sei o quanto você o detesta.

– Você não sabe coisa alguma. Tudo *aquilo* já está esquecido. Talvez eu nem sempre o tenha amado tanto quanto agora. Mas, em casos como este, uma boa memória é imperdoável. Esta é a última vez em que me lembrarei disso.

A srta. Bennet ainda parecia perplexa. Elizabeth mais uma vez, e ainda mais séria, garantiu-lhe ser tudo verdade.

– Santo Deus! Será mesmo possível? Mas preciso acreditar em você! – exclamou Jane. – Minha querida, querida Lizzy, eu lhe daria... eu lhe dou os parabéns... mas você tem certeza... desculpe-me a pergunta... tem mesmo certeza de que poderá ser feliz com ele?

– Não pode haver dúvida quanto a isso. Já foi combinado entre nós que seremos o casal mais feliz do mundo. Mas você fica contente, Jane? Gostará de ter este irmão?

– Muito, muito mesmo. Nada poderia dar a Bingley ou a mim mesma mais alegria. Mas considerávamos, falávamos nisso como impossível. E você realmente o ama muito? Oh, Lizzy! Faça qualquer coisa mas não se case sem afeto. Você tem mesmo certeza de que sente o que deve sentir?

– Ah, tenho! Você só vai achar que sinto *mais* do que deveria, quando eu lhe contar tudo.

– O que quer dizer?

– Porque devo confessar a você que gosto mais dele do que de Bingley. Tenho medo de que você se zangue.

– Minha querida irmã, agora, *seja* séria. Quero falar muito sério com você. Conte-me tudo o que devo saber, sem demora. Vai me contar a quanto tempo você o ama?

– Tudo foi acontecendo tão devagar que não sei bem quando começou. Mas acredito que deva ter sido quando vi pela primeira vez os lindos campos de Pemberley.

Outra insistência para que falasse sério, entretanto, produziu o efeito desejado e ela logo satisfez Jane com solenes garantias quanto a seu sentimento. Uma vez convencida, a srta. Bennet nada mais tinha a desejar.

– Agora estou mesmo feliz – disse ela – porque você vai ser tão feliz quanto eu. Eu sempre o apreciei. Ainda que não fosse senão pelo seu amor por você, devo tê-lo estimado desde sempre; mas agora, como amigo de Bingley e seu marido, só mesmo Bingley e você mesma me são mais queridos. Mas Lizzy, você foi muito sonsa, muito reservada comigo. Como me contou pouco do que tinha se passado em Pemberley e Lambton! Devo tudo o que sei a outra pessoa, não a você.

Elizabeth contou-lhe todos os motivos de seu segredo. Estivera evitando mencionar Bingley; e a indecisão de seus próprios sentimentos fizera com que evitasse também o nome de seu amigo. Mas agora não ocultaria mais dela o papel por ele representado no casamento de Lydia. Tudo ficou entendido e metade da noite se passou em conversas.

– Deus do céu! – exclamou a sra. Bennet ao se pôr à janela na manhã seguinte. – E não é que aquele desagradável sr. Darcy está vindo de novo para cá com o nosso querido Bingley? O que ele pretende, sendo tão cansativo com esta história de vir sempre aqui? Não faço ideia, mas ele poderia ir caçar, ou fazer outra coisa, e não nos perturbar com a sua companhia. O que faremos com ele? Lizzy, você precisa ir passear com ele outra vez, para que ele não fique no caminho de Bingley.

Elizabeth mal conseguiu controlar o riso diante de proposta tão conveniente, embora ficasse realmente irritada por sua mãe estar sempre se referindo a ele daquela forma.

Tão logo entraram, Bingley deu-lhe um olhar tão significativo e apertou-lhe a mão com tanto ardor que não deixou dúvidas sobre saber das boas notícias; e logo depois disse em voz alta:

– Sra. Bennet, não teria a senhora mais alamedas nas quais Lizzy possa se perder novamente hoje?

– Aconselho o sr. Darcy, e Lizzy, e Kitty – disse a sra. Bennet – a andarem para o lado do monte Oakham esta manhã. É um longo e agradável passeio, e o sr. Darcy nunca apreciou aquela vista.

– Pode ser muito bom para os outros – retrucou o sr. Bingley –, mas estou certo de que será demais para Kitty. Não é mesmo, Kitty?

Kitty confessou que preferiria ficar em casa. Darcy expressou grande curiosidade para ver a vista do monte e Elizabeth consentiu em silêncio. Quando subiu as escadas para se aprontar, a sra. Bennet a seguiu, dizendo:

– Sinto muito, Lizzy, por você ser forçada a aguentar sozinha aquele homem desagradável. Mas espero que não se importe: é tudo para o bem de Jane, você sabe. E não é preciso conversar com ele, só de vez em quando mesmo. Então, não faça grandes esforços.

Durante o passeio, ficou resolvido que o consentimento do sr. Bennet seria pedido durante a tarde. Elizabeth reservou para si mesma a explicação à mãe. Não fazia ideia de como a mãe receberia a notícia; às vezes duvidava até se toda a riqueza e nobreza de Darcy seriam bastantes para superar sua antipatia pelo homem. Mas, ficasse ela furiosamente contra o casamento, ou furiosamente encantada, era certo que seus modos seriam da mesma forma inadequados; e Elizabeth não suportaria que o sr. Darcy ouvisse os primeiros arroubos de alegria, ou as primeiras explosões de desaprovação da sra. Bennet.

À tarde, tão logo o sr. Bennet se retirou para a biblioteca, ela viu o sr. Darcy também se levantar para segui-lo e sua agitação diante de tal cena foi extrema. Ela não temia a oposição do pai, mas ele ficaria infeliz; e seria por causa dela; que *ela*, sua filha favorita, o angustiasse devido à sua escolha, que lhe trouxesse temores e dúvidas por se separar dela, eram pensamentos desoladores. E permaneceu sentada, sentindo-se miserável, até que o sr. Darcy reapareceu, quando, ao olhar para ele, ficou um pouco aliviada com o seu sorriso. Em poucos instantes ele se aproximou da mesa onde ela estava com Kitty e, fingindo admirar seu trabalho, disse num sussurro:

– Vá ter com seu pai, ele a quer na biblioteca.

Ela foi direto para lá.

O pai andava pela sala, parecendo grave e ansioso.

– Lizzy – disse ele –, o que está fazendo? Perdeu a razão, aceitando este homem? Você não o odiou desde sempre?

Com que intensidade ela desejou então que suas primeiras opiniões tivessem sido mais razoáveis, suas expressões mais moderadas! Isso a teria poupado de explicações e declarações terrivelmente embaraçosas; mas elas eram agora necessárias e ela afirmou ao pai, com alguma confusão, seu interesse pelo sr. Darcy.

– Ou, em outras palavras, você está decidida a tê-lo. Ele é rico, sem dúvida, e você poderá ter mais roupas finas e melhores carruagens do que Jane. Mas será que tudo isso vai fazê-la feliz?

– O senhor tem qualquer outra objeção – disse Elizabeth –, além de sua crença em minha indiferença?

– Nenhuma. Todos nós sabemos que ele é um tipo de homem orgulhoso e desagradável, mas isso nada significaria se você realmente gostasse dele.

– Eu gosto, eu gosto dele – respondeu ela, com lágrimas nos olhos. – Eu o amo. Na verdade ele não é assim tão orgulhoso. É perfeitamente amável. O senhor não sabe como ele é; então, por favor, não me magoe falando dele nesses termos.

– Lizzy – disse o pai –, eu dei a ele o meu consentimento. Ele é o tipo de homem a quem eu, de fato, nunca ousaria recusar coisa alguma que ele se dignasse pedir. Agora eu o dou a *você*, se estiver resolvida a se casar com ele. Mas deixe-me aconselhá-la a pensar melhor. Conheço o seu temperamento, Lizzy. Sei que você não poderia ser feliz ou respeitável a não ser que realmente estimasse seu marido; a não ser que o considerasse superior a você. Seus muitos talentos a colocariam em grande perigo num casamento desigual. Você dificilmente escaparia do descrédito e do infortúnio. Minha filha, não me permita ter a infelicidade de ver *você* incapaz de respeitar seu parceiro de vida. Você não faz ideia do que a espera.

Elizabeth, ainda muito abalada, foi honesta e sincera em sua resposta e, aos poucos, com repetidas afirmações de que o sr. Darcy era realmente o objeto de sua escolha, explicando a gradual mudança pela qual havia passado seus sentimentos por ele, relatando sua absoluta certeza de que o afeto dele não era coisa de um dia, mas passara pelo teste de vários meses de incerteza, e enumerando com paixão todas as boas qualidade de Darcy, ela venceu a incredulidade do pai e reconciliou-o com a ideia do casamento.

– Bem, querida – disse ele quando ela parou de falar –, não tenho mais o que dizer. Se tudo é assim, ele a merece.

Eu não me separaria de você, minha Lizzy, por alguém que valesse menos.

Para completar a impressão favorável, ela contou então o que o sr. Darcy fizera voluntariamente por Lydia. Ele a ouviu perplexo.

– Esta é uma tarde de assombros, realmente! Com que então Darcy fez tudo; arrumou o casamento, deu o dinheiro, pagou as dívidas do camarada e lhe arrumou um certificado de reservista! Tanto melhor. Isso vai me economizar um mundo de problemas e dinheiro. Tivesse sido coisa do seu tio, eu precisaria e *iria* pagar a ele; mas esses rapazes enamorados e arrebatados fazem tudo do seu jeito. Vou me oferecer amanhã para pagar; ele vai vociferar e bradar seu amor por você e será o final da história.

Ele então se lembrou do constrangimento dela alguns dias antes, quando lia a carta do sr. Collins, e, depois de zombar dela por algum tempo, permitiu que saísse, dizendo, quando ela deixava a sala:

– Se aparecer algum rapaz interessado em Mary ou em Kitty, mande entrar, pois não tenho mesmo o que fazer.

A cabeça de Elizabeth estava agora aliviada de um enorme peso e, depois de meia hora passada em silenciosa reflexão em seu próprio quarto, foi capaz de se juntar aos outros com razoável tranquilidade. Tudo era recente demais para que houvesse alegria, mas a tarde passou em paz; não havia mais o que temer, e o bem-estar da calma e da familiaridade viria a seu devido tempo.

Quando a mãe subiu para seu quarto de vestir, à noite, ela a seguiu e fez o importante comunicado. Seu efeito foi o mais extraordinário; pois, ao ouvir, a sra. Bennet sentou-se muito rígida e incapaz de pronunciar uma sílaba. Passaram-se muitos, muitos minutos até que ela conseguisse compreender o que ouvira; ainda que em geral não demorasse a reconhecer qualquer coisa que representasse vantagens para sua família ou que viesse na forma de um pretendente para alguma das filhas. Começou aos poucos a se recuperar, a se remexer na cadeira, levantou-se, voltou a sentar, duvidou e se benzeu.

– Deus do céu! Que o Senhor me abençoe! Imagine só! Ai, meu Deus! O sr. Darcy! Quem diria! E é verdade mesmo? Oh! Minha doce Lizzy! Como você será rica e poderosa! Quantas mesadas, quantas joias, quantas carruagens você terá! Jane não é nada perto disso... nada mesmo. Estou tão contente... tão feliz. Um homem tão encantador! Tão bonito! Tão alto! Ah! Minha querida Lizzy! Por favor me desculpe por tê-lo detestado tanto antes. Espero que ele não se importe. Querida, querida Lizzy. Uma casa na capital! Tudo o que há de encantador! Três filhas casadas! Dez mil libras por ano! Oh, Senhor! O que será de mim? Não sei o que pensar.

Isso foi o bastante para provar que sua aprovação não deixava dúvidas. E Elizabeth, agradecida por ter sido tamanha efusão ouvida apenas por ela, logo se foi. Mas antes que estivesse há três minutos em seu próprio quarto, surgiu a mãe.

– Minha filha querida – exclamou ela. – Não consigo pensar em outra coisa! Dez mil por ano! E provavelmente mais! É tão bom quanto um lorde! E uma licença especial. Você deve e vai se casar por licença especial. Mas, meu amorzinho, diga-me de que prato o sr. Darcy mais gosta, que vou mandar fazer amanhã.

Era um mau presságio do que poderia ser o comportamento de sua mãe para com o cavalheiro; e Elizabeth achou que, embora certa de sua calorosa afeição e segura do consentimento dos parentes, havia ainda algo a desejar. Mas a manhã transcorreu bem melhor do que esperava; pois a sra. Bennet, por sorte, portava-se com tanta reverência diante do futuro genro que não se aventurava a falar com ele, exceto se estivesse em seu poder prestar-lhe algum favor ou sublinhar seu respeito por suas opiniões.

Elizabeth teve a satisfação de ver o pai se esforçando para se dar bem com ele; e o sr. Bennet logo garantiu-lhe que a cada momento o noivo subia mais em seu conceito.

– Admiro muitíssimo meus três genros – disse ele. – Wickham talvez seja meu favorito; mas acho que gostarei do *seu* marido tanto quanto do de Jane.

Capítulo 60

Com o humor de Elizabeth logo voltando à habitual vivacidade, ela quis que o sr. Darcy lhe contasse como se apaixonara por ela.

– Como tudo começou? – perguntou ela. – Posso compreender que, depois do primeiro impulso, tudo tenha ido adiante sem problemas, mas o que despertou seus sentimentos em primeiro lugar?

– Não posso determinar a hora, ou o lugar, o olhar, as palavras, em que tudo se baseou. Foi há muito tempo. Eu já estava a meio caminho antes de compreender que já *tinha* começado.

– Minha beleza foi logo descartada e, quanto às minhas maneiras... meu comportamento *consigo* foi, no mínimo, quase grosseiro; e eu nunca lhe dirigi a palavra sem alguma vontade de feri-lo. Agora, seja sincero, foi minha impertinência que lhe despertou admiração?

– Foi a vivacidade de seu espírito.

– Pode chamar logo de impertinência. Era pouco menos que isso. O fato é que o senhor estava cansado de cortesias, deferências, atenções intrometidas. Estava farto das mulheres todo o tempo falando, olhando e pensando apenas em busca da *sua* aprovação. Eu me destaquei e o interessei por ser tão diferente *delas*. Não fosse sua índole tão amável, teria me odiado por isso; mas, a despeito do trabalho que teve para mascará-los, seus sentimentos sempre foram nobres e justos; e, em seu coração, sempre houve desprezo pelas pessoas que com tanta assiduidade o cortejavam. Pronto! Já lhe poupei o esforço da explicação e, de fato, pensando bem, começo a achá-la bastante razoável. A bem da verdade, não era do seu conhecimento qualquer das minhas virtudes... mas ninguém pensa *nisso* quando se apaixona.

– Não havia virtude em seu comportamento afetuoso com Jane quando ela esteve doente em Netherfield?

– Querida Jane! Quem não faria o mesmo por ela? Mas faça disso uma virtude, sem problemas. Minhas boas qualidades estão sob sua proteção e pode exagerá-las o quanto quiser; e, em troca, tenho o direito de descobrir ocasiões para provocá-lo e discutir o quanto puder; e começarei agora mesmo perguntando por que tanta indecisão para esclarecer tudo. Por que tanta timidez, quando veio nos visitar, e depois, quando jantou aqui? Por que, sobretudo, quando veio, pareceu pouco se importar comigo?

– Porque sua atitude era grave e silenciosa, sem me dar qualquer encorajamento.

– Mas eu estava constrangida.

– E eu também.

– Poderia ter conversado mais comigo, quando veio jantar.

– Um homem menos emocionado poderia.

– Uma pena serem suas respostas sempre tão sensatas. E que eu seja sensata a ponto de admitir isso! Mas me pergunto por quanto tempo *teria* insistido naquela atitude, se tivesse sido deixado por sua conta. Pergunto-me quando *teria* falado, se eu não perguntasse! Minha decisão de agradecer sua bondade em relação a Lydia sem dúvida fez um grande efeito. Grande *demais*, receio; pois o que acontece com a moral, se nosso bem-estar brotou de uma quebra de promessa? Pois eu não deveria ter mencionado o assunto. Isto não vai funcionar.

– Não precisa se angustiar. A moral estará perfeitamente bem. Os injustificáveis empenhos de Lady Catherine para nos separar foram os responsáveis pela remoção de todas as minhas dúvidas. Não devo minha atual felicidade ao seu ávido desejo de expressar gratidão. Eu não estava disposto a esperar qualquer abertura de sua parte. O relatório de minha tia me dera esperanças e logo me decidira a esclarecer tudo.

– Lady Catherine tem sido uma ajuda inestimável, o que deve deixá-la feliz, pois ela adora ser útil. Mas, diga-me, o que veio fazer em Netherfield? Apenas para cavalgar até Longbourn e ficar constrangido? Ou eram mais sérias as suas intenções?

– Meu real objetivo era *vê-la* e avaliar, se possível, que esperanças poderia ter de me fazer amado. O que confessei, ou o que confessei para mim mesmo, era ver se sua irmã ainda estava interessada em Bingley e, se estivesse, confessar a ele o que eu fizera.

– Terá algum dia a coragem de anunciar a Lady Catherine o que a espera?

– É provável que eu queira mais tempo do que coragem, Elizabeth. Mas isso precisa ser feito e, se me der uma folha de papel, eu o farei agora mesmo.

– E se eu não tivesse também uma carta para escrever, poderia me sentar a seu lado e admirar a homogeneidade de sua caligrafia, como outra jovem fez um dia. Mas tenho também uma tia, que não pode ser negligenciada por mais tempo.

Por não desejar confessar o quanto sua intimidade com o sr. Darcy havia sido exagerada, Elizabeth não respondera ainda à longa carta da sra. Gardiner; mas agora, sabendo como seria muito bem recebido *aquilo* que tinha a comunicar, quase se envergonhou ao pensar que seus tios já haviam perdido três dias de felicidade e no mesmo instante escreveu o que segue:

> Eu lhe teria agradecido antes, querida tia, como deveria ter feito, por sua longa, gentil e satisfatória explanação dos detalhes; mas, para dizer a verdade, estava irritada demais para escrever. Sua suposição ia além da realidade. Mas *agora* pode supor tanto quanto quiser; solte as rédeas de sua fantasia, permita-se todos os possíveis voos de sua imaginação originados pelo assunto e, a não ser que me acredite já casada, não poderá errar por muito. Deve me escrever outra carta em breve e elogiá-lo muito mais do que fez na última. Agradeço-lhe, cada vez mais, por não termos ido para os Lagos. Como pude ser tão tola a ponto de desejar aquela viagem! Sua ideia dos pôneis é deliciosa. Percorreremos o parque todos os dias. Sou a criatura mais feliz do mundo. Talvez outras pessoas já tenham dito isso antes, mas nenhuma com maior propriedade. Sou até mais feliz do que Jane; ela apenas sorri, eu rio. O sr. Darcy envia-lhes todo

o carinho do qual me possa privar. Devem ir todos a Pemberley para o Natal. Sua... etc.

A carta do sr. Darcy para Lady Catherine foi num estilo diferente; e ainda mais diferente foi a que o sr. Bennet enviou ao sr. Collins, em resposta à dele.

Prezado Senhor,

Devo perturbá-lo uma vez mais pedindo-lhe congratulações. Elizabeth logo será a esposa do sr. Darcy. Console Lady Catherine o quanto possa. Mas, se eu estivesse no seu lugar, me colocaria ao lado do sobrinho. Ele tem mais a oferecer.

Cordialmente, etc. etc.

Os parabéns da srta. Bingley ao irmão, pelo casamento próximo, foram absolutamente afetuosos e falsos. Ela chegou a escrever a Jane na ocasião, para expressar sua alegria e repetir todas as antigas declarações de amizade. Jane não se deixou enganar, mas comoveu-se; e, embora não confiando nela, não pôde deixar de escrever uma resposta bem mais gentil do que sabia ser merecida.

A felicidade expressa pela srta. Darcy ao receber semelhante informação foi tão sincera quanto a do irmão ao enviá-la. Quatro páginas foram insuficientes para conter todo o contentamento da jovem e todo o seu sincero desejo de ser amada pela irmã.

Antes que qualquer resposta pudesse chegar do sr. Collins, ou quaisquer felicitações a Elizabeth vindos de sua esposa, a família de Longbourn soube que os Collins viriam pessoalmente a Lucas Lodge. A razão da súbita viagem logo ficou evidente. Lady Catherine ficara tão absurdamente zangada com o conteúdo da carta do sobrinho que Charlotte, alegrando-se com aquela união, ficou ansiosa para se afastar até passada a tempestade. Num momento como aquele, a chegada da amiga causou sincero prazer a Elizabeth, ainda que em seus encontros precisasse às vezes considerar o custo desse prazer um tanto caro, ao ver o sr. Darcy exposto a todas as bombásticas e subservientes cortesias do marido da outra. Mas ele as suportou com admirável calma. Foi até capaz de ouvir Sir William Lucas, que o cumprimentou por ter conquistado a mais bela joia campestre e expressou sua esperança de que se encontrassem com frequência em St. James com absoluta compostura. Se deu de ombros, foi apenas depois, quando Sir William não mais podia vê-lo.

A vulgaridade da sra. Phillips foi outra, e talvez a maior, provação para sua tolerância. E mesmo tendo a sra. Phillips assumido, como a irmã, uma atitude reverente demais para poder conversar com a familiaridade que o bom humor de Bingley encorajava, ainda assim *qualquer* coisa que ela dissesse era vulgar. Nem era seu respeito por ele, embora a deixasse mais quieta, de modo algum passível de torná-la mais elegante. Elizabeth fez o que estava ao seu alcance para protegê-lo das frequentes atenções de ambas e mostrou-se mesmo ansiosa por mantê-lo perto dela e dos membros da família com os quais ele pudesse conversar sem mortificação. E, apesar de terem os desconfortáveis sentimentos oriundos de tudo isso privado de grande parte do prazer o período de noivado, acrescentaram esperanças para o futuro; e ela esperava encantada o tempo em que, livres daquela convivência tão pouco prazerosa para ambos, estariam no conforto e elegância de seu círculo familiar em Pemberley.

Capítulo 61

Bem-aventurado foi, para todos os seus sentimentos maternais, o dia em que a sra. Bennet se viu livre de suas duas filhas mais prestativas. Pode-se imaginar com que encantado orgulho ela mais tarde visitava a sra. Bingley e conversava com o sr. Darcy. Eu gostaria de poder dizer, para o bem da família, que a realização de seu sincero desejo de ter tantas filhas bem situadas na vida produziu o feliz efeito de torná-la uma mulher sensata, amável e bem-informada pelo resto de sua vida; embora talvez tenha sido melhor para o marido, que talvez não apreciasse forma tão incomum de felicidade doméstica, que ela ainda demonstrasse ser eventualmente nervosa e invariavelmente tola.

O sr. Bennet sentiu muitíssimo a falta da segunda filha; seu afeto por ela tirou-o de casa com mais frequência do que qualquer outra coisa. Ele adorava ir a Pemberley, sobretudo quando menos o esperavam.

O sr. Bingley e Jane ficaram em Netherfield por apenas um ano. Tanta proximidade da mãe e dos parentes de Meryton não era desejável nem para o bom gênio *dele* nem para o afetuoso coração *dela*. O acalentado desejo das irmãs dele foi então realizado: ele comprou uma propriedade num condado vizinho a Derbyshire, e Jane e Elizabeth, além de todas as outras fontes de felicidade, passaram a viver a trinta milhas de distância.

Kitty, para seu próprio bem, vivia a maior parte de seu tempo com as duas irmãs mais velhas. Em convivência tão superior à que em geral conhecera, seus progressos foram grandes. Seu temperamento não era tão rebelde quanto o de Lydia e, distante da influência do exemplo da irmã, tornou-se, com atenção e orientação corretas, menos irritável, menos ignorante e menos insípida. De outras desvantagens da convivência com Lydia ela foi sem dúvida cuidadosamente protegida, e, embora a sra. Wickham insistisse em convidá-la, com promessas de bailes e rapazes, o pai jamais permitiu que fosse.

Quanto a Wickham e Lydia, nada em seu caráter se alterou com o casamento das irmãs. Ele encarou com filosofia a certeza de que Elizabeth conhecia agora todas as facetas de sua ingratidão e falsidade anteriores ao seu conhecimento; e, a despeito de tudo, não perdeu por completo as esperanças de que Darcy pudesse ser ainda convencido a fazer sua fortuna. A carta de congratulações que Elizabeth recebeu de Lydia por ocasião do casamento mostrou que, por sua esposa ao menos, se não por ele mesmo, tal esperança era alimentada. A carta era nestes termos:

> Minha querida Lizzy,
>
> Desejo-lhe felicidade. Se seu amor pelo sr. Darcy for a metade do que sinto pelo meu querido Wickham, você deve estar muito feliz. É um grande conforto saber que está rica e, quando não tiver mais o que fazer, espero que pense em nós. Tenho certeza de que Wickham gostaria muito de um lugar na corte, e não creio que teremos muito dinheiro para viver sem alguma ajuda. Qualquer lugar serve, onde se tenha umas três ou quatro mil libras por ano; mas de qualquer modo não diga nada ao sr. Darcy, se *achar* melhor.
>
> Sua... etc.

Como Elizabeth *achava* melhor não dizer, tentou, na resposta, colocar um ponto final em qualquer tentativa ou expectativa naquele sentido. Alguma ajuda, contudo, na medida em que estava em seu poder providenciar, através do que poderia ser chamado de economia de suas despesas pessoais, ela enviava com frequência. Sempre fora evidente para ela que uma renda como a deles, sob a administração de duas pessoas com gostos tão extravagantes e pouco preocupadas com o futuro, deveria ser muito insuficiente para se manterem; e, sempre que mudavam de quartel, Jane ou ela podiam ter certeza de que receberiam um pequeno pedido de auxílio para a quitação de algumas dívidas. Seu modo de viver, mesmo quando a restauração da paz lhes permitiu morar numa casa, era desregrado ao extremo. Estavam sempre se mudando de um lugar para outro, em busca de algo mais barato, e sempre gastando mais do que deveriam. O afeto dele por ela logo se transformou em indiferença; o dela durou um pouco mais; e, a despeito de sua juventude e maneiras, ela conservou a boa reputação obtida através do casamento.

Embora Darcy nunca recebesse *aquele* rapaz em Pemberley, ajudou-o, em consideração a Elizabeth, a progredir na carreira. Lydia os visitava às vezes, quando o marido partia para se divertir em Londres ou Bath; e em casa dos Bingley ambos costumavam ficar por tanto tempo que nem o bom humor de Bingley foi capaz de suportar e ele chegou até mesmo a insinuar que deveriam partir.

A srta. Bingley ficou profundamente arrasada com o casamento de Darcy; mas, como achou aconselhável conservar o direito de visitar Pemberley, engoliu todo o ressentimento, aproximou-se ainda mais de Georgiana, foi quase tão atenciosa com Darcy quanto antes e saldou todas as antigas dívidas de cortesia com Elizabeth.

Pemberley era agora a casa de Georgiana, e a ligação das irmãs era exatamente a que Darcy esperara. Conseguiram gostar uma da outra tanto quanto desejaram. Georgiana tinha a melhor opinião do mundo a respeito de Elizabeth; embora no início muitas vezes ouvisse com um assombro beirando o alarme sua maneira espontânea e zombeteira de falar com seu irmão. Ele, que sempre lhe inspirara um respeito quase superior ao afeto, era agora visto por ela como objeto de brincadeiras. Com a ajuda de Elizabeth, começou a compreender que uma mulher pode tomar com o marido liberdades que um irmão nem sempre permitiria a uma irmã mais de dez anos mais moça do que ele.

Lady Catherine ficou muitíssimo indignada com o casamento do sobrinho e, ao dar vazão a toda a genuína franqueza de seu caráter na resposta à carta que lhe anunciava o noivado, fez observações tão ofensivas, sobretudo a Elizabeth, que por algum tempo qualquer contato foi interrompido. Mas aos poucos, por insistência de Elizabeth, ele se deixou convencer a esquecer as ofensas e buscar uma reconciliação; e, depois de alguma pequena resistência por parte da tia, seu ressentimento deu lugar ou à sua afeição por ele ou à curiosidade para ver como sua esposa se conduzia e ela condescendeu em ir visitá-los em Pemberley, apesar da poluição que seus bosques haviam recebido, não apenas pela presença de tal senhora, mas pelas visitas de seus tios da capital.

Com os Gardiner, sempre estiveram nos melhores termos. Darcy, tanto quanto Elizabeth, realmente gostava deles; e ambos sempre foram sensíveis à mais profunda gratidão para com aqueles que, levando-a a Derbyshire, foram responsáveis pela sua união.

Coleção L&PM POCKET

600.**Crime e castigo** – Dostoiévski
601.**Mistério no Caribe** – Agatha Christie
602.**Odisseia (2): Regresso** – Homero
603.**Piadas para sempre (2)** – Visconde da Casa Verde
604.**À sombra do vulcão** – Malcolm Lowry
605(8).**Kerouac** – Yves Buin
606.**E agora são cinzas** – Angeli
607.**As mil e uma noites** – Paulo Caruso
608.**Um assassino entre nós** – Ruth Rendell
609.**Crack-up** – F. Scott Fitzgerald
610.**Do amor** – Stendhal
611.**Cartas do Yage** – William Burroughs e Allen Ginsberg
612.**Striptiras (2)** – Laerte
613.**Henry & June** – Anaïs Nin
614.**A piscina mortal** – Ross Macdonald
615.**Geraldão (2)** – Glauco
616.**Tempo de delicadeza** – A. R. de Sant'Anna
617.**Tiros na noite 2: Medo de tiro** – Dashiell Hammett
618.**Snoopy em Assim é a vida, Charlie Brown! (3)** – Schulz
619.**1954 – Um tiro no coração** – Hélio Silva
620.**Sobre a inspiração poética (Íon)** e ... – Platão
621.**Garfield e seus amigos (8)** – Jim Davis
622.**Odisseia (3): Ítaca** – Homero
623.**A louca matança** – Chester Himes
624.**Factótum** – Bukowski
625.**Guerra e Paz: volume 1** – Tolstói
626.**Guerra e Paz: volume 2** – Tolstói
627.**Guerra e Paz: volume 3** – Tolstói
628.**Guerra e Paz: volume 4** – Tolstói
629(9).**Shakespeare** – Claude Mourthé
630.**Bem está o que bem acaba** – Shakespeare
631.**O contrato social** – Rousseau
632.**Geração Beat** – Jack Kerouac
633.**Snoopy: É Natal! (4)** – Charles Schulz
634.**Testemunha da acusação** – Agatha Christie
635.**Um elefante no caos** – Millôr Fernandes
636.**Guia de leitura (100 autores que você precisa ler)** – Organização de Léa Masina
637.**Pistoleiros também mandam flores** – David Coimbra
638.**O prazer das palavras** – vol. 1 – Cláudio Moreno
639.**O prazer das palavras** – vol. 2 – Cláudio Moreno
640.**Novíssimo testamento: com Deus e o diabo, a dupla da criação** – Iotti
641.**Literatura Brasileira: modos de usar** – Luís Augusto Fischer
642.**Dicionário de Porto-Alegrês** – Luís A. Fischer
643.**Clô Dias & Noites** – Sérgio Jockymann
644.**Memorial de Isla Negra** – Pablo Neruda
645.**Um homem extraordinário e outras histórias** – Tchékhov
646.**Ana sem terra** – Alcy Cheuiche
647.**Adultérios** – Woody Allen
651.**Snoopy: Posso fazer uma pergunta, professora? (5)** – Charles Schulz
652(10).**Luís XVI** – Bernard Vincent
653.**O mercador de Veneza** – Shakespeare
654.**Cancioneiro** – Fernando Pessoa
655.**Non-Stop** – Martha Medeiros
656.**Carpinteiros, levantem bem alto a cumeeira & Seymour, uma apresentação** – J.D.Salinger
657.**Ensaios céticos** – Bertrand Russell
658.**O melhor de Hagar 5** – Dik e Chris Browne
659.**Primeiro amor** – Ivan Turguêniev
660.**A trégua** – Mario Benedetti
661.**Um parque de diversões da cabeça** – Lawrence Ferlinghetti
662.**Aprendendo a viver** – Sêneca
663.**Garfield, um gato em apuros (9)** – Jim Davis
664.**Dilbert (1)** – Scott Adams
666.**A imaginação** – Jean-Paul Sartre
667.**O ladrão e os cães** – Naguib Mahfuz
669.**A volta do parafuso** *seguido de* **Daisy Miller** – Henry James
670.**Notas do subsolo** – Dostoiévski
671.**Abobrinhas da Brasilônia** – Glauco
672.**Geraldão (3)** – Glauco
673.**Piadas para sempre (3)** – Visconde da Casa Verde
674.**Duas viagens ao Brasil** – Hans Staden
676.**A arte da guerra** – Maquiavel
677.**Além do bem e do mal** – Nietzsche
678.**O coronel Chabert** *seguido de* **A mulher abandonada** – Balzac
679.**O sorriso de marfim** – Ross Macdonald
680.**100 receitas de pescados** – Sílvio Lancellotti
681.**O juiz e seu carrasco** – Friedrich Dürrenmatt
682.**Noites brancas** – Dostoiévski
683.**Quadras ao gosto popular** – Fernando Pessoa
685.**Kaos** – Millôr Fernandes
686.**A pele de onagro** – Balzac
687.**As ligações perigosas** – Choderlos de Laclos
689.**Os Lusíadas** – Luís Vaz de Camões
690(11).**Átila** – Éric Deschodt
691.**Um jeito tranquilo de matar** – Chester Himes
692.**A felicidade conjugal** *seguido de* **O diabo** – Tolstói
693.**Viagem de um naturalista ao redor do mundo** – vol. 1 – Charles Darwin
694.**Viagem de um naturalista ao redor do mundo** – vol. 2 – Charles Darwin
695.**Memórias da casa dos mortos** – Dostoiévski
696.**A Celestina** – Fernando de Rojas
697.**Snoopy: Como você é azarado, Charlie Brown! (6)** – Charles Schulz
698.**Dez (quase) amores** – Claudia Tajes
699.**Poirot sempre espera** – Agatha Christie
701.**Apologia de Sócrates** *precedido de* **Êutifron** e *seguido de* **Críton** – Platão
702.**Wood & Stock** – Angeli
703.**Striptiras (3)** – Laerte
704.**Discurso sobre a origem e os fundamentos da desigualdade entre os homens** – Rousseau

705.**Os duelistas** – Joseph Conrad
706.**Dilbert (2)** – Scott Adams
707.**Viver e escrever** (vol. 1) – Edla van Steen
708.**Viver e escrever** (vol. 2) – Edla van Steen
709.**Viver e escrever** (vol. 3) – Edla van Steen
710.**A teia da aranha** – Agatha Christie
711.**O banquete** – Platão
712.**Os belos e malditos** – F. Scott Fitzgerald
713.**Libelo contra a arte moderna** – Salvador Dalí
714.**Akropolis** – Valerio Massimo Manfredi
715.**Devoradores de mortos** – Michael Crichton
716.**Sob o sol da Toscana** – Frances Mayes
717.**Batom na cueca** – Nani
718.**Vida dura** – Claudia Tajes
719.**Carne trêmula** – Ruth Rendell
720.**Cris, a fera** – David Coimbra
721.**O anticristo** – Nietzsche
722.**Como um romance** – Daniel Pennac
723.**Emboscada no Forte Bragg** – Tom Wolfe
724.**Assédio sexual** – Michael Crichton
725.**O espírito do Zen** – Alan W.Watts
726.**Um bonde chamado desejo** – Tennessee Williams
727.**Como gostais** *seguido de* **Conto de inverno** – Shakespeare
728.**Tratado sobre a tolerância** – Voltaire
729.**Snoopy: Doces ou travessuras? (7)** – Charles Schulz
730.**Cardápios do Anonymus Gourmet** – J.A. Pinheiro Machado
731.**100 receitas com lata** – J.A. Pinheiro Machado
732.**Conhece o Mário?** vol.2 – Santiago
733.**Dilbert (3)** – Scott Adams
734.**História de um louco amor** *seguido de* **Passado amor** – Horacio Quiroga
735(11).**Sexo: muito prazer** – Laura Meyer da Silva
736(12).**Para entender o adolescente** – Dr. Ronald Pagnoncelli
737(13).**Desembarcando a tristeza** – Dr. Fernando Lucchese
738.**Poirot e o mistério da arca espanhola & outras histórias** – Agatha Christie
739.**A última legião** – Valerio Massimo Manfredi
741.**Sol nascente** – Michael Crichton
742.**Duzentos ladrões** – Dalton Trevisan
743.**Os devaneios do caminhante solitário** – Rousseau
744.**Garfield, o rei da preguiça (10)** – Jim Davis
745.**Os magnatas** – Charles R. Morris
746.**Pulp** – Charles Bukowski
747.**Enquanto agonizo** – William Faulkner
748.**Aline: viciada em sexo (3)** – Adão Iturrusgarai
749.**A dama do cachorrinho** – Anton Tchékhov
750.**Tito Andrônico** – Shakespeare
751.**Antologia poética** – Anna Akhmátova
752.**O melhor de Hagar 6** – Dik e Chris Browne
753(12).**Michelangelo** – Nadine Sautel
754.**Dilbert (4)** – Scott Adams
755.**O jardim das cerejeiras** *seguido de* **Tio Vânia** – Tchékhov
756.**Geração Beat** – Claudio Willer
757.**Santos Dumont** – Alcy Cheuiche
758.**Budismo** – Claude B. Levenson
759.**Cleópatra** – Christian-Georges Schwentzel
760.**Revolução Francesa** – Frédéric Bluche, Stéphane Rials e Jean Tulard
761.**A crise de 1929** – Bernard Gazier
762.**Sigmund Freud** – Edson Sousa e Paulo Endo
763.**Império Romano** – Patrick Le Roux
764.**Cruzadas** – Cécile Morrisson
765.**O mistério do Trem Azul** – Agatha Christie
768.**Senso comum** – Thomas Paine
769.**O parque dos dinossauros** – Michael Crichton
770.**Trilogia da paixão** – Goethe
773.**Snoopy: No mundo da lua! (8)** – Charles Schulz
774.**Os Quatro Grandes** – Agatha Christie
775.**Um brinde de cianureto** – Agatha Christie
776.**Súplicas atendidas** – Truman Capote
779.**A viúva imortal** – Millôr Fernandes
780.**Cabala** – Roland Goetschel
781.**Capitalismo** – Claude Jessua
782.**Mitologia grega** – Pierre Grimal
783.**Economia: 100 palavras-chave** – Jean-Paul Betbèze
784.**Marxismo** – Henri Lefebvre
785.**Punição para a inocência** – Agatha Christie
786.**A extravagância do morto** – Agatha Christie
787(13).**Cézanne** – Bernard Fauconnier
788.**A identidade Bourne** – Robert Ludlum
789.**Da tranquilidade da alma** – Sêneca
790.**Um artista da fome** *seguido de* **Na colônia penal e outras histórias** – Kafka
791.**Histórias de fantasmas** – Charles Dickens
796.**O Uraguai** – Basílio da Gama
797.**A mão misteriosa** – Agatha Christie
798.**Testemunha ocular do crime** – Agatha Christie
799.**Crepúsculo dos ídolos** – Friedrich Nietzsche
802.**O grande golpe** – Dashiell Hammett
803.**Humor barra pesada** – Nani
804.**Vinho** – Jean-François Gautier
805.**Egito Antigo** – Sophie Desplancques
806(14).**Baudelaire** – Jean-Baptiste Baronian
807.**Caminho da sabedoria, caminho da paz** – Dalai Lama e Felizitas von Schönborn
808.**Senhor e servo e outras histórias** – Tolstói
809.**Os cadernos de Malte Laurids Brigge** – Rilke
810.**Dilbert (5)** – Scott Adams
811.**Big Sur** – Jack Kerouac
812.**Seguindo a correnteza** – Agatha Christie
813.**O álibi** – Sandra Brown
814.**Montanha-russa** – Martha Medeiros
815.**Coisas da vida** – Martha Medeiros
816.**A cantada infalível** *seguido de* **A mulher do centroavante** – David Coimbra
819.**Snoopy: Pausa para a soneca (9)** – Charles Schulz
820.**De pernas pro ar** – Eduardo Galeano
821.**Tragédias gregas** – Pascal Thiercy
822.**Existencialismo** – Jacques Colette
823.**Nietzsche** – Jean Granier
824.**Amar ou depender?** – Walter Riso
825.**Darmapada: A doutrina budista em versos**
826.**J'Accuse...! – a verdade em marcha** – Zola
827.**Os crimes ABC** – Agatha Christie
828.**Um gato entre os pombos** – Agatha Christie

831.**Dicionário de teatro** – Luiz Paulo Vasconcellos
832.**Cartas extraviadas** – Martha Medeiros
833.**A longa viagem de prazer** – J. J. Morosoli
834.**Receitas fáceis** – J. A. Pinheiro Machado
835.(14).**Mais fatos & mitos** – Dr. Fernando Lucchese
836.(15).**Boa viagem!** – Dr. Fernando Lucchese
837.**Aline: Finalmente nua!!!** (4) – Adão Iturrusgarai
838.**Mônica tem uma novidade!** – Mauricio de Sousa
839.**Cebolinha em apuros!** – Mauricio de Sousa
840.**Sócios no crime** – Agatha Christie
841.**Bocas do tempo** – Eduardo Galeano
842.**Orgulho e preconceito** – Jane Austen
843.**Impressionismo** – Dominique Lobstein
844.**Escrita chinesa** – Viviane Alleton
845.**Paris: uma história** – Yvan Combeau
846(15).**Van Gogh** – David Haziot
848.**Portal do destino** – Agatha Christie
849.**O futuro de uma ilusão** – Freud
850.**O mal-estar na cultura** – Freud
853.**Um crime adormecido** – Agatha Christie
854.**Satori em Paris** – Jack Kerouac
855.**Medo e delírio em Las Vegas** – Hunter Thompson
856.**Um negócio fracassado e outros contos de humor** – Tchékhov
857.**Mônica está de férias!** – Mauricio de Sousa
858.**De quem é esse coelho?** – Mauricio de Sousa
860.**O mistério Sittaford** – Agatha Christie
861.**Manhã transfigurada** – L. A. de Assis Brasil
862.**Alexandre, o Grande** – Pierre Briant
863.**Jesus** – Charles Perrot
864.**Islã** – Paul Balta
865.**Guerra da Secessão** – Farid Ameur
866.**Um rio que vem da Grécia** – Cláudio Moreno
868.**Assassinato na casa do pastor** – Agatha Christie
869.**Manual do líder** – Napoleão Bonaparte
870(16).**Billie Holiday** – Sylvia Fol
871.**Bidu arrasando!** – Mauricio de Sousa
872.**Os Sousa: Desventuras em família** – Mauricio de Sousa
874.**E no final a morte** – Agatha Christie
875.**Guia prático do Português correto – vol. 4** – Cláudio Moreno
876.**Dilbert (6)** – Scott Adams
877(17).**Leonardo da Vinci** – Sophie Chauveau
878.**Bella Toscana** – Frances Mayes
879.**A arte da ficção** – David Lodge
880.**Striptiras (4)** – Laerte
881.**Skrotinhos** – Angeli
882.**Depois do funeral** – Agatha Christie
883.**Radicci 7** – Iotti
884.**Walden** – H. D. Thoreau
885.**Lincoln** – Allen C. Guelzo
886.**Primeira Guerra Mundial** – Michael Howard
887.**A linha de sombra** – Joseph Conrad
888.**O amor é um cão dos diabos** – Bukowski
890.**Despertar: uma vida de Buda** – Jack Kerouac
891(18).**Albert Einstein** – Laurent Seksik
892.**Hell's Angels** – Hunter Thompson
893.**Ausência na primavera** – Agatha Christie
894.**Dilbert (7)** – Scott Adams
895.**Ao sul de lugar nenhum** – Bukowski
896.**Maquiavel** – Quentin Skinner
897.**Sócrates** – C.C.W. Taylor
899.**O Natal de Poirot** – Agatha Christie
900.**As veias abertas da América Latina** – Eduardo Galeano
901.**Snoopy: Sempre alerta! (10)** – Charles Schulz
902.**Chico Bento: Plantando confusão** – Mauricio de Sousa
903.**Penadinho: Quem é morto sempre aparece** – Mauricio de Sousa
904.**A vida sexual da mulher feia** – Claudia Tajes
905.**100 segredos de liquidificador** – José Antonio Pinheiro Machado
906.**Sexo muito prazer 2** – Laura Meyer da Silva
907.**Os nascimentos** – Eduardo Galeano
908.**As caras e as máscaras** – Eduardo Galeano
909.**O século do vento** – Eduardo Galeano
910.**Poirot perde uma cliente** – Agatha Christie
911.**Cérebro** – Michael O'Shea
912.**O escaravelho de ouro e outras histórias** – Edgar Allan Poe
913.**Piadas para sempre (4)** – Visconde da Casa Verde
914.**100 receitas de massas light** – Helena Tonetto
915(19).**Oscar Wilde** – Daniel Salvatore Schiffer
916.**Uma breve história do mundo** – H. G. Wells
917.**A Casa do Penhasco** – Agatha Christie
919.**John M. Keynes** – Bernard Gazier
920(20).**Virginia Woolf** – Alexandra Lemasson
921.**Peter e Wendy** *seguido de* **Peter Pan em Kensington Gardens** – J. M. Barrie
922.**Aline: numas de colegial (5)** – Adão Iturrusgarai
923.**Uma dose mortal** – Agatha Christie
924.**Os trabalhos de Hércules** – Agatha Christie
926.**Kant** – Roger Scruton
927.**A inocência do Padre Brown** – G.K. Chesterton
928.**Casa Velha** – Machado de Assis
929.**Marcas de nascença** – Nancy Huston
930.**Aulete de bolso**
931.**Hora Zero** – Agatha Christie
932.**Morte na Mesopotâmia** – Agatha Christie
934.**Nem te conto, João** – Dalton Trevisan
935.**As aventuras de Huckleberry Finn** – Mark Twain
936(21).**Marilyn Monroe** – Anne Plantagenet
937.**China moderna** – Rana Mitter
938.**Dinossauros** – David Norman
939.**Louca por homem** – Claudia Tajes
940.**Amores de alto risco** – Walter Riso
941.**Jogo de damas** – David Coimbra
942.**Filha é filha** – Agatha Christie
943.**M ou N?** – Agatha Christie
945.**Bidu: diversão em dobro!** – Mauricio de Sousa
946.**Fogo** – Anaïs Nin
947.**Rum: diário de um jornalista bêbado** – Hunter Thompson
948.**Persuasão** – Jane Austen
949.**Lágrimas na chuva** – Sergio Faraco
950.**Mulheres** – Bukowski
951.**Um pressentimento funesto** – Agatha Christie

952.**Cartas na mesa** – Agatha Christie
954.**O lobo do mar** – Jack London
955.**Os gatos** – Patricia Highsmith
956(22).**Jesus** – Christiane Rancé
957.**História da medicina** – William Bynum
958.**O Morro dos Ventos Uivantes** – Emily Brontë
959.**A filosofia na era trágica dos gregos** – Nietzsche
960.**Os treze problemas** – Agatha Christie
961.**A massagista japonesa** – Moacyr Scliar
963.**Humor do miserê** – Nani
964.**Todo o mundo tem dúvida, inclusive você** – Édison de Oliveira
965.**A dama do Bar Nevada** – Sergio Faraco
969.**O psicopata americano** – Bret Easton Ellis
970.**Ensaios de amor** – Alain de Botton
971.**O grande Gatsby** – F. Scott Fitzgerald
972.**Por que não sou cristão** – Bertrand Russell
973.**A Casa Torta** – Agatha Christie
974.**Encontro com a morte** – Agatha Christie
975(23).**Rimbaud** – Jean-Baptiste Baronian
976.**Cartas na rua** – Bukowski
977.**Memória** – Jonathan K. Foster
978.**A abadia de Northanger** – Jane Austen
979.**As pernas de Úrsula** – Claudia Tajes
980.**Retrato inacabado** – Agatha Christie
981.**Solanin (1)** – Inio Asano
982.**Solanin (2)** – Inio Asano
983.**Aventuras de menino** – Mitsuru Adachi
984(16).**Fatos & mitos sobre sua alimentação** – Dr. Fernando Lucchese
985.**Teoria quântica** – John Polkinghorne
986.**O eterno marido** – Fiódor Dostoiévski
987.**Um safado em Dublin** – J. P. Donleavy
988.**Mirinha** – Dalton Trevisan
989.**Akhenaton e Nefertiti** – Carmen Seganfredo e A. S. Franchini
990.**On the Road – o manuscrito original** – Jack Kerouac
991.**Relatividade** – Russell Stannard
992.**Abaixo de zero** – Bret Easton Ellis
993(24).**Andy Warhol** – Mériam Korichi
995.**Os últimos casos de Miss Marple** – Agatha Christie
996.**Nico Demo: Aí vem encrenca** – Mauricio de Sousa
998.**Rousseau** – Robert Wokler
999.**Noite sem fim** – Agatha Christie
1000.**Diários de Andy Warhol (1)** – Editado por Pat Hackett
1001.**Diários de Andy Warhol (2)** – Editado por Pat Hackett
1002.**Cartier-Bresson: o olhar do século** – Pierre Assouline
1003.**As melhores histórias da mitologia: vol. 1** – A.S. Franchini e Carmen Seganfredo
1004.**As melhores histórias da mitologia: vol. 2** – A.S. Franchini e Carmen Seganfredo
1005.**Assassinato no beco** – Agatha Christie
1006.**Convite para um homicídio** – Agatha Christie
1008.**História da vida** – Michael J. Benton
1009.**Jung** – Anthony Stevens
1010.**Arsène Lupin, ladrão de casaca** – Maurice Leblanc
1011.**Dublinenses** – James Joyce
1012.**120 tirinhas da Turma da Mônica** – Mauricio de Sousa
1013.**Antologia poética** – Fernando Pessoa
1014.**A aventura de um cliente ilustre** ***seguido de*** **O último adeus de Sherlock Holmes** – Sir Arthur Conan Doyle
1015.**Cenas de Nova York** – Jack Kerouac
1016.**A corista** – Anton Tchékhov
1017.**O diabo** – Leon Tolstói
1018.**Fábulas chinesas** – Sérgio Capparelli e Márcia Schmaltz
1019.**O gato do Brasil** – Sir Arthur Conan Doyle
1020.**Missa do Galo** – Machado de Assis
1021.**O mistério de Marie Rogêt** – Edgar Allan Poe
1022.**A mulher mais linda da cidade** – Bukowski
1023.**O retrato** – Nicolai Gogol
1024.**O conflito** – Agatha Christie
1025.**Os primeiros casos de Poirot** – Agatha Christie
1027(25).**Beethoven** – Bernard Fauconnier
1028.**Platão** – Julia Annas
1029.**Cleo e Daniel** – Roberto Freire
1030.**Til** – José de Alencar
1031.**Viagens na minha terra** – Almeida Garrett
1032.**Profissões para mulheres e outros artigos feministas** – Virginia Woolf
1033.**Mrs. Dalloway** – Virginia Woolf
1034.**O cão da morte** – Agatha Christie
1035.**Tragédia em três atos** – Agatha Christie
1037.**O fantasma da Ópera** – Gaston Leroux
1038.**Evolução** – Brian e Deborah Charlesworth
1039.**Medida por medida** – Shakespeare
1040.**Razão e sentimento** – Jane Austen
1041.**A obra-prima ignorada** ***seguido de*** **Um episódio durante o Terror** – Balzac
1042.**A fugitiva** – Anaïs Nin
1043.**As grandes histórias da mitologia greco-romana** – A. S. Franchini
1044.**O corno de si mesmo & outras historietas** – Marquês de Sade
1045.**Da felicidade** ***seguido de*** **Da vida retirada** – Sêneca
1046.**O horror em Red Hook e outras histórias** – H. P. Lovecraft
1047.**Noite em claro** – Martha Medeiros
1048.**Poemas clássicos chineses** – Li Bai, Du Fu e Wang Wei
1049.**A terceira moça** – Agatha Christie
1050.**Um destino ignorado** – Agatha Christie
1051(26).**Buda** – Sophie Royer
1052.**Guerra Fria** – Robert J. McMahon
1053.**Simons's Cat: as aventuras de um gato travesso e comilão – vol. 1** – Simon Tofield
1054.**Simons's Cat: as aventuras de um gato travesso e comilão – vol. 2** – Simon Tofield
1055.**Só as mulheres e as baratas sobreviverão** – Claudia Tajes
1057.**Pré-história** – Chris Gosden

1058.**Pintou sujeira!** – Mauricio de Sousa
1059.**Contos de Mamãe Gansa** – Charles Perrault
1060.**A interpretação dos sonhos: vol. 1** – Freud
1061.**A interpretação dos sonhos: vol. 2** – Freud
1062.**Frufru Rataplã Dolores** – Dalton Trevisan
1063.**As melhores histórias da mitologia egípcia** – Carmem Seganfredo e A.S. Franchini
1064.**Infância. Adolescência. Juventude** – Tolstói
1065.**As consolações da filosofia** – Alain de Botton
1066.**Diários de Jack Kerouac – 1947-1954**
1067.**Revolução Francesa – vol. 1** – Max Gallo
1068.**Revolução Francesa – vol. 2** – Max Gallo
1069.**O detetive Parker Pyne** – Agatha Christie
1070.**Memórias do esquecimento** – Flávio Tavares
1071.**Drogas** – Leslie Iversen
1072.**Manual de ecologia (vol.2)** – J. Lutzenberger
1073.**Como andar no labirinto** – Affonso Romano de Sant'Anna
1074.**A orquídea e o serial killer** – Juremir Machado da Silva
1075.**Amor nos tempos de fúria** – Lawrence Ferlinghetti
1076.**A aventura do pudim de Natal** – Agatha Christie
1078.**Amores que matam** – Patricia Faur
1079.**Histórias de pescador** – Mauricio de Sousa
1080.**Pedaços de um caderno manchado de vinho** – Bukowski
1081.**A ferro e fogo: tempo de solidão (vol.1)** – Josué Guimarães
1082.**A ferro e fogo: tempo de guerra (vol.2)** – Josué Guimarães
1084(17).**Desembarcando o Alzheimer** – Dr. Fernando Lucchese e Dra. Ana Hartmann
1085.**A maldição do espelho** – Agatha Christie
1086.**Uma breve história da filosofia** – Nigel Warburton
1088.**Heróis da História** – Will Durant
1089.**Concerto campestre** – L. A. de Assis Brasil
1090.**Morte nas nuvens** – Agatha Christie
1092.**Aventura em Bagdá** – Agatha Christie
1093.**O cavalo amarelo** – Agatha Christie
1094.**O método de interpretação dos sonhos** – Freud
1095.**Sonetos de amor e desamor** – Vários
1096.**120 tirinhas do Dilbert** – Scott Adams
1097.**200 fábulas de Esopo**
1098.**O curioso caso de Benjamin Button** – F. Scott Fitzgerald
1099.**Piadas para sempre: uma antologia para morrer de rir** – Visconde da Casa Verde
1100.**Hamlet (Mangá)** – Shakespeare
1101.**A arte da guerra (Mangá)** – Sun Tzu
1104.**As melhores histórias da Bíblia (vol.1)** – A. S. Franchini e Carmen Seganfredo
1105.**As melhores histórias da Bíblia (vol.2)** – A. S. Franchini e Carmen Seganfredo
1106.**Psicologia das massas e análise do eu** – Freud
1107.**Guerra Civil Espanhola** – Helen Graham
1108.**A autoestrada do sul e outras histórias** – Julio Cortázar
1109.**O mistério dos sete relógios** – Agatha Christie
1110.**Peanuts: Ninguém gosta de mim... (amor)** – Charles Schulz
1111.**Cadê o bolo?** – Mauricio de Sousa
1112.**O filósofo ignorante** – Voltaire
1113.**Totem e tabu** – Freud
1114.**Filosofia pré-socrática** – Catherine Osborne
1115.**Desejo de status** – Alain de Botton
1118.**Passageiro para Frankfurt** – Agatha Christie
1120.**Kill All Enemies** – Melvin Burgess
1121.**A morte da sra. McGinty** – Agatha Christie
1122.**Revolução Russa** – S. A. Smith
1123.**Até você, Capitu?** – Dalton Trevisan
1124.**O grande Gatsby (Mangá)** – F. S. Fitzgerald
1125.**Assim falou Zaratustra (Mangá)** – Nietzsche
1126. **Peanuts: É para isso que servem os amigos (amizade)** – Charles Schulz
1127(27).**Nietzsche** – Dorian Astor
1128.**Bidu: Hora do banho** – Mauricio de Sousa
1129.**O melhor do Macanudo Taurino** – Santiago
1130.**Radicci 30 anos** – Iotti
1131.**Show de sabores** – J.A. Pinheiro Machado
1132.**O prazer das palavras** – vol. 3 – Cláudio Moreno
1133.**Morte na praia** – Agatha Christie
1134.**O fardo** – Agatha Christie
1135.**Manifesto do Partido Comunista (Mangá)** – Marx & Engels
1136.**A metamorfose (Mangá)** – Franz Kafka
1137.**Por que você não se casou... ainda** – Tracy McMillan
1138.**Textos autobiográficos** – Bukowski
1139.**A importância de ser prudente** – Oscar Wilde
1140.**Sobre a vontade na natureza** – Arthur Schopenhauer
1141.**Dilbert (8)** – Scott Adams
1142.**Entre dois amores** – Agatha Christie
1143.**Cipreste triste** – Agatha Christie
1144.**Alguém viu uma assombração?** – Mauricio de Sousa
1145.**Mandela** – Elleke Boehmer
1146.**Retrato do artista quando jovem** – James Joyce
1147.**Zadig ou o destino** – Voltaire
1148.**O contrato social (Mangá)** – J.-J. Rousseau
1149.**Garfield fenomenal** – Jim Davis
1150.**A queda da América** – Allen Ginsberg
1151.**Música na noite & outros ensaios** – Aldous Huxley
1152.**Poesias inéditas & Poemas dramáticos** – Fernando Pessoa
1153.**Peanuts: Felicidade é...** – Charles M. Schulz
1154.**Mate-me por favor** – Legs McNeil e Gillian McCain
1155.**Assassinato no Expresso Oriente** – Agatha Christie
1156.**Um punhado de centeio** – Agatha Christie
1157.**A interpretação dos sonhos (Mangá)** – Freud
1158.**Peanuts: Você não entende o sentido da vida** – Charles M. Schulz
1159.**A dinastia Rothschild** – Herbert R. Lottman
1160.**A Mansão Hollow** – Agatha Christie
1161.**Nas montanhas da loucura** – H.P. Lovecraft
1162(28).**Napoleão Bonaparte** – Pascale Fautrier
1163.**Um corpo na biblioteca** – Agatha Christie
1164.**Inovação** – Mark Dodgson e David Gann

1165.**O que toda mulher deve saber sobre os homens: a afetividade masculina** – Walter Riso
1166.**O amor está no ar** – Mauricio de Sousa
1167.**Testemunha de acusação & outras histórias** – Agatha Christie
1168.**Etiqueta de bolso** – Celia Ribeiro
1169.**Poesia reunida (volume 3)** – Affonso Romano de Sant'Anna
1170.**Emma** – Jane Austen
1171.**Que seja em segredo** – Ana Miranda
1172.**Garfield sem apetite** – Jim Davis
1173.**Garfield: Foi mal...** – Jim Davis
1174.**Os irmãos Karamázov (Mangá)** – Dostoiévski
1175.**O Pequeno Príncipe** – Antoine de Saint-Exupéry
1176.**Peanuts: Ninguém mais tem o espírito aventureiro** – Charles M. Schulz
1177.**Assim falou Zaratustra** – Nietzsche
1178.**Morte no Nilo** – Agatha Christie
1179.**Ê, soneca boa** – Mauricio de Sousa
1180.**Garfield a todo o vapor** – Jim Davis
1181.**Em busca do tempo perdido (Mangá)** – Proust
1182.**Cai o pano: o último caso de Poirot** – Agatha Christie
1183.**Livro para colorir e relaxar** – Livro 1
1184.**Para colorir sem parar**
1185.**Os elefantes não esquecem** – Agatha Christie
1186.**Teoria da relatividade** – Albert Einstein
1187.**Compêndio da psicanálise** – Freud
1188.**Visões de Gerard** – Jack Kerouac
1189.**Fim de verão** – Mohiro Kitoh
1190.**Procurando diversão** – Mauricio de Sousa
1191.**E não sobrou nenhum e outras peças** – Agatha Christie
1192.**Ansiedade** – Daniel Freeman & Jason Freeman
1193.**Garfield: pausa para o almoço** – Jim Davis
1194.**Contos do dia e da noite** – Guy de Maupassant
1195.**O melhor de Hagar 7** – Dik Browne
1196(29).**Lou Andreas-Salomé** – Dorian Astor
1197(30).**Pasolini** – René de Ceccatty
1198.**O caso do Hotel Bertram** – Agatha Christie
1199.**Crônicas de motel** – Sam Shepard
1200.**Pequena filosofia da paz interior** – Catherine Rambert
1201.**Os sertões** – Euclides da Cunha
1202.**Treze à mesa** – Agatha Christie
1203.**Bíblia** – John Riches
1204.**Anjos** – David Albert Jones
1205.**As tirinhas do Guri de Uruguaiana 1** – Jair Kobe
1206.**Entre aspas (vol.1)** – Fernando Eichenberg
1207.**Escrita** – Andrew Robinson
1208.**O spleen de Paris: pequenos poemas em prosa** – Charles Baudelaire
1209.**Satíricon** – Petrônio
1210.**O avarento** – Molière
1211.**Queimando na água, afogando-se na chama** – Bukowski
1212.**Miscelânea septuagenária: contos e poemas** – Bukowski
1213.**Que filosofar é aprender a morrer e outros ensaios** – Montaigne
1214.**Da amizade e outros ensaios** – Montaigne
1215.**O medo à espreita e outras histórias** – H.P. Lovecraft
1216.**A obra de arte na era de sua reprodutibilidade técnica** – Walter Benjamin
1217.**Sobre a liberdade** – John Stuart Mill
1218.**O segredo de Chimneys** – Agatha Christie
1219.**Morte na rua Hickory** – Agatha Christie
1220.**Ulisses (Mangá)** – James Joyce
1221.**Ateísmo** – Julian Baggini
1222.**Os melhores contos de Katherine Mansfield** – Katherine Mansfied
1223(31).**Martin Luther King** – Alain Foix
1224.**Millôr Definitivo: uma antologia de *A Bíblia do Caos*** – Millôr Fernandes
1225.**O Clube das Terças-Feiras e outras histórias** – Agatha Christie
1226.**Por que sou tão sábio** – Nietzsche
1227.**Sobre a mentira** – Platão
1228.**Sobre a leitura *seguido do* Depoimento de Céleste Albaret** – Proust
1229.**O homem do terno marrom** – Agatha Christie
1230(32).**Jimi Hendrix** – Franck Médioni
1231.**Amor e amizade e outras histórias** – Jane Austen
1232.**Lady Susan, Os Watson e Sanditon** – Jane Austen
1233.**Uma breve história da ciência** – William Bynum
1234.**Macunaíma: o herói sem nenhum caráter** – Mário de Andrade
1235.**A máquina do tempo** – H.G. Wells
1236.**O homem invisível** – H.G. Wells
1237.**Os 36 estratagemas: manual secreto da arte da guerra** – Anônimo
1238.**A mina de ouro e outras histórias** – Agatha Christie
1239.**Pic** – Jack Kerouac
1240.**O habitante da escuridão e outros contos** – H.P. Lovecraft
1241.**O chamado de Cthulhu e outros contos** – H.P. Lovecraft
1242.**O melhor de Meu reino por um cavalo!** – Edição de Ivan Pinheiro Machado
1243.**A guerra dos mundos** – H.G. Wells
1244.**O caso da criada perfeita e outras histórias** – Agatha Christie
1245.**Morte por afogamento e outras histórias** – Agatha Christie
1246.**Assassinato no Comitê Central** – Manuel Vázquez Montalbán
1247.**O papai é pop** – Marcos Piangers
1248.**O papai é pop 2** – Marcos Piangers
1249.**A mamãe é rock** – Ana Cardoso
1250.**Paris boêmia** – Dan Franck
1251.**Paris libertária** – Dan Franck
1252.**Paris ocupada** – Dan Franck
1253.**Uma anedota infame** – Dostoiévski
1254.**O último dia de um condenado** – Victor Hugo
1255.**Nem só de caviar vive o homem** – J.M. Simmel

1256.**Amanhã é outro dia** – J.M. Simmel
1257.**Mulherzinhas** – Louisa May Alcott
1258.**Reforma Protestante** – Peter Marshall
1259.**História econômica global** – Robert C. Allen
1260(33).**Che Guevara** – Alain Foix
1261.**Câncer** – Nicholas James
1262.**Akhenaton** – Agatha Christie
1263.**Aforismos para a sabedoria de vida** – Arthur Schopenhauer
1264.**Uma história do mundo** – David Coimbra
1265.**Ame e não sofra** – Walter Riso
1266.**Desapegue-se!** – Walter Riso
1267.**Os Sousa: Uma famíla do barulho** – Mauricio de Sousa
1268.**Nico Demo: O rei da travessura** – Mauricio de Sousa
1269.**Testemunha de acusação e outras peças** – Agatha Christie
1270(34).**Dostoiévski** – Virgil Tanase
1271.**O melhor de Hagar 8** – Dik Browne
1272.**O melhor de Hagar 9** – Dik Browne
1273.**O melhor de Hagar 10** – Dik e Chris Browne
1274.**Considerações sobre o governo representativo** – John Stuart Mill
1275.**O homem Moisés e a religião monoteísta** – Freud
1276.**Inibição, sintoma e medo** – Freud
1277.**Além do princípio de prazer** – Freud
1278.**O direito de dizer não!** – Walter Riso
1279.**A arte de ser flexível** – Walter Riso
1280.**Casados e descasados** – August Strindberg
1281.**Da Terra à Lua** – Júlio Verne
1282.**Minhas galerias e meus pintores** – Kahnweiler
1283.**A arte do romance** – Virginia Woolf
1284.**Teatro completo v. 1: As aves da noite** ***seguido de*** **O visitante** – Hilda Hilst
1285.**Teatro completo v. 2: O verdugo** ***seguido de*** **A morte do patriarca** – Hilda Hilst
1286.**Teatro completo v. 3: O rato no muro** ***seguido de*** **Auto da barca de Camiri** – Hilda Hilst
1287.**Teatro completo v. 4: A empresa** ***seguido de*** **O novo sistema** – Hilda Hilst
1289.**Fora de mim** – Martha Medeiros
1290.**Divã** – Martha Medeiros
1291.**Sobre a genealogia da moral: um escrito polêmico** – Nietzsche
1292.**A consciência de Zeno** – Italo Svevo
1293.**Células-tronco** – Jonathan Slack
1294.**O fim do ciúme e outros contos** – Proust
1295.**A jangada** – Júlio Verne
1296.**A ilha do dr. Moreau** – H.G. Wells
1297.**Ninho de fidalgos** – Ivan Turguêniev
1298.**Jane Eyre** – Charlotte Brontë
1299.**Sobre gatos** – Bukowski
1300.**Sobre o amor** – Bukowski
1301.**Escrever para não enlouquecer** – Bukowski
1302.**222 receitas** – J. A. Pinheiro Machado
1303.**Reinações de Narizinho** – Monteiro Lobato
1304.**O Saci** – Monteiro Lobato
1305.**Memórias da Emília** – Monteiro Lobato
1306.**O Picapau Amarelo** – Monteiro Lobato
1307.**A reforma da Natureza** – Monteiro Lobato
1308.**Fábulas** *seguido de* **Histórias diversas** – Monteiro Lobato
1309.**Aventuras de Hans Staden** – Monteiro Lobato
1310.**Peter Pan** – Monteiro Lobato
1311.**Dom Quixote das crianças** – Monteiro Lobato
1312.**O Minotauro** – Monteiro Lobato
1313.**Um quarto só seu** – Virginia Woolf
1314.**Sonetos** – Shakespeare
1315(35).**Thoreau** – Marie Berthoumieu e Laura El Makki
1316.**Teoria da arte** – Cynthia Freeland
1317.**A arte da prudência** – Baltasar Gracián
1318.**O louco** *seguido de* **Areia e espuma** – Khalil Gibran
1319.**O profeta** *seguido de* **O jardim do profeta** – Khalil Gibran
1320.**Jesus, o Filho do Homem** – Khalil Gibran
1321.**A luta** – Norman Mailer
1322.**Sobre o sofrimento do mundo e outros ensaios** – Schopenhauer
1323.**Epidemiologia** – Rodolfo Sacacci
1324.**Japão moderno** – Christopher Goto-Jones
1325.**A arte da meditação** – Matthieu Ricard
1326.**O adversário secreto** – Agatha Christie
1327.**Pollyanna** – Eleanor H. Porter
1328.**Espelhos** – Eduardo Galeano
1329.**A Vênus das peles** – Sacher-Masoch
1330.**O 18 de brumário de Luís Bonaparte** – Karl Marx
1331.**Um jogo para os vivos** – Patricia Highsmith
1332.**A tristeza pode esperar** – J.J. Camargo
1333.**Vinte poemas de amor e uma canção desesperada** – Pablo Neruda
1334.**Judaísmo** – Norman Solomon
1335.**Esquizofrenia** – Christopher Frith & Eve Johnstone
1336.**Seis personagens em busca de um autor** – Luigi Pirandello
1337.**A Fazenda dos Animais** – George Orwell
1338.**1984** – George Orwell
1339.**Ubu Rei** – Alfred Jarry
1340.**Sobre bêbados e bebidas** – Bukowski
1341.**Tempestade para os vivos e para os mortos** – Bukowski
1342.**Complicado** – Natsume Ono
1343.**Sobre o livre-arbítrio** – Schopenhauer
1344.**Uma breve história da literatura** – John Sutherland
1345.**Você fica tão sozinho às vezes que até faz sentido** – Bukowski
1346.**Um apartamento em Paris** – Guillaume Musso
1347.**Receitas fáceis e saborosas** – José Antonio Pinheiro Machado
1348.**Por que engordamos** – Gary Taubes
1349.**A fabulosa história do hospital** – Jean-Noël Fabiani
1350.**Voo noturno** *seguido de* **Terra dos homens** – Antoine de Saint-Exupéry
1351.**Doutor Sax** – Jack Kerouac
1352.**O livro do Tao e da virtude** – Lao-Tsé
1353.**Pista negra** – Antonio Manzini
1354.**A chave de vidro** – Dashiell Hammett
1355.**Martin Eden** – Jack London

IMPRESSÃO:
PALLOTTI
GRÁFICA
Santa Maria - RS | Fone: (55) 3220.4500
www.graficapallotti.com.br